魔術師ペンリック

ロイス・マクマスター・ビジョルド

JN225590

ペンリック・キン・ジュラルド19歳、兄が決めた婚約式のために町へ行く途中、病で倒れている老女の最期を看取ったのが、すべての始まりだった。亡くなった神殿魔術師の老女に宿っていた庶子神の魔が、あろうことかペンリックに飛び移ってしまったのだ。おかげで婚約は破棄され、ペンリックは10人の人間とライオンと馬を経てきた年古りた魔を自分の内に棲まわせる羽目に。魔はすべて庶子神に属する。魔を受け継いだペンリックは魔を制御すべく訓練をはじめるが……。中編3編を収録、ヒューゴー賞など5賞受賞の〈五神教シリーズ〉最新作登場。

魔術師ペンリック

ロイス・マクマスター・ビジョルド
鍛 治 靖 子 訳

創元推理文庫

PENRIC'S DEMON
PENRIC AND THE SHAMAN
PENRIC'S FOX

by

Lois McMaster Bujold

目次

魔術師ペンリック

ペンリックと魔

Penric's Demon

登場人物

ペンリック・キン・ジュラルド……連州の貴族ジュラルド一族の末子
ロルシュ……………………………ペンリックの長兄。ジュラルド領守
ドゥロヴォ…………………………ペンリックの次兄。故人
プレイタ……………………………ペンリックの婚約者
ガンス………………………………ペンリックの従僕
ルチア………………………………庶子神の魔術師神官
トリンカー…………………………神殿護衛騎士
ウィルロム…………………………神殿護衛騎士
ティグニー…………………………マーテンズブリッジの庶子神教団の神官
クリー………………………………マーテンズブリッジ庶子神の館の写字生。信士
ルシリン・キン・マーテンデン……クリーの兄。マーテンデン領守
王女大神官…………………………ウィールド王家の王女。マーテンズブリッジの統治者
ブロイリン…………………………イダウの聖者
デズデモーナ………………………ペンリックの魔

朝日が斜めに草地を照らし、そのむこうにひろがる森のからみあう枝々に淡い緑を吹きこんでは、はにかみがちなピンクや白の花を新葉のあちこちに咲かせていく。期待に満ちた春の空気が穏やかに漂っている。ペンリックの母は、姉たちとともに馬車に乗って最後の確認に出かける前、さわやかな青い空を見あげ、婚約にはもってこいの日だことと宣言した。神々もようやくジュラルド一族に微笑《ほほえ》みたもうたのですね！　ペンリックは口をつぐみ、学識深い神官たちは神々が天候を左右することはないとおっしゃっておられますと指摘するのをこらえた。だがその見返りとして得られたのは、母からの厳しい指図だけだった。さっさと着替えを終えてあとからくるのですよ！　ぐずぐずしている時間などないのですからね！

　ペンリックはひょこひょこ揺れる馬の耳のあいだをむっつりとにらみながら、いまから釣りに行くのだったら、もっとずっと楽しい一日になったのにと考えた。最高に刺激的な気晴らしというわけではないが、少なくとも釣りをしていれば、みんなからあれこれ言われることはない。この曲がりくねった泥道が、グリーンウェルの町でない見知らぬどこかにつながっていると想像してみる。どこまでもどこまでも進んでいけば、きっとそういう〝どこか〟に行きつくのだろう。ドゥロヴァ兄上のように？　いや、それはあまり楽しい考えではない。

眉をひそめてジャケットの茶色い袖を見おろした。オレンジと金色の刺繡糸《ししゅう》の下で真鍮色《しんちゅう》に色褪《あ》せているのがはっきりとわかる。今日という日の晴れ着ですらやはりおさがりなのだ。ドゥロヴァは十三歳で見習い信騎士として御子神騎士団に誓約を捧げたが、その儀式で身につけたとき、この立派な晴れ着はまだ新品だった。ドゥロヴァが軍人になることを選んだのは、こうした身分に属する年頃の男子の習慣だからというばかりでなく、おそらくその荒ぶる気性ゆえのことだったのだろう。そしてあまりにもはやく成長したため、継ぎをあてるのはもちろん、ほとんど擦り切れる暇もないまま、ドゥロヴァはこの服を着られなくなってしまった。樟脳《しょうのう》の匂う櫃《ひつ》からひっぱりだしてきたいま、肩から少しばかりの生地をとってズボンの裾に継ぎ足しただけで、十九歳のペンリックにはぴったりとあう。いや、〝姉たち〟のおさがりを着せられずにすんだだけでもありがたいと思わなくては。とはいえ、ジャケットの下のくったりとやわらかなリネンのシャツは、間違いなく以前は婦人用ブラウスだったものだろう。

まあいい。ドゥロヴァはもう、どんな服だろうと着られなくなるほど成長することはないのだから。

彼は昨年アドリアで、傭兵隊にはいって最初の戦闘の敗北に手を貸すこともないまま、発疹チフスでこの世を去った。この四年のあいだに一族を襲った二件めの死である。第一の死は父だった。放置していた歯の膿瘍《のうよう》が急速にあごまでひろがり、感染症を起こしたのだ。酒癖と賭《と》博癖《ばくへき》はともかくとして、陽気なジュラルド卿の死はみなに悼まれた。長兄ロルシュは父よりも謹厳《きんげん》な家長となった。ぼろを着ていようと神殿ローブに身を包んでいようと、訪れる信心深い物乞いすべてに施しをしてしまうのが玉に疵《きず》ではある。代々のジュラルド卿が治める民といえば、弓射や密猟や脱税を主たる娯楽とする貧しい農夫ばかりだ。そこでドゥロヴォは傭兵隊から与えられた支度金で装備を整え、戦利品をたっぷり持ち帰ってふたたび一族に富をもたらしてやると陽気な約束を残し、山のむこうでおこなわれている戦へと旅立っていったのだった。

少なくとも兄に訪れた運命のおかげで、ペンリックは一族の者たちから同じ進路を選ぶようせまられることはなくなった……

その道に進みたいと考えたことはない。粗暴なドゥロヴォがひとりいただけで、ペンリックの少年時代はみじめなものとなった。次兄のような乱暴者の集団と野営生活を送るなど、考えただけで悪夢ではないか。しかもそのうえ、恐ろしい戦におもむかなくてはならないのだ。

「もう少しいそいでください、ペン坊っちゃま」従僕のガンスが子供のころと同じように注意してくる。「わたしがお供しながら遅れたとなると、どんなに叱られるか、考えたくもありませんので」

「わたしだって同じだよ」同意しながらため息が漏れる。

そしてふたりは踵《かかと》をいれて馬の足をはやめた。

もっと明るいことを考えよう。この朝にふさわしい何か。運命を切りひらこうというなら、裕福なチーズ商人の娘の寝台のほうが、北部の戦場より魅力的に決まっている。プレイタは、持参する財布と同じくらい丸々としていてすてきだ。彼女ははたして、家族が自分のために買ってくれた貴族の称号がどれほど実体のないものであるか、理解しているだろうか。彼女とはこれまで三度、厳格な付き添いのもとで会っている。プレイタは今回の話すべてに曖昧《あいまい》な態度を示しながらも、ペンリックの容姿はそれなりに気に入ったようだった。内気なのだろうか、それともしたたかなのだろうか。この縁組は、プレイタの母の知人を介して、ペンリックの義姉レディ・ジュラルドがもちこんで進めたものだ。まあいい、おそらく娘の両親は、自分たちが何を買ったか理解しているはずだ。彼女にこの取引を後悔させないよう努めるのがペンリックの役目だ。

結婚とはどれくらいたいへんなものなのだろう。

〈お酒を飲まないで〉〈賭け事をしないで〉〈猟犬を食堂に連れてこないで〉〈歯医者を怖がらないで〉〈無駄遣いをしないで〉〈軍隊にはいらないで〉〈女の子を殴らないで〉

どの禁止事項も破ったことはない。〝女の子〟の中に姉たちをいれなくてよいならではあるが。たとえいれたとしても、さきに手を出して殴ったことはない。

花嫁と持参金を手に入れてしまったあとで、彼女とともに街道のどこか遠くに移って暮らすことはできるだろうか。自分で雇ったのではない使用人などひとりもいない、湖のそばの小屋を想像してみる。だがプレイタは自分の家族をとても大切にしている。それに、ペンが成年に達するまでは、夫婦のどちらもさほど多くの小遣いがもらえるわけではない。成人するまでのあいだ、財布の紐はロルシュが握りつづけることになる。ロルシュはけっして許可しないだろう。ジュラルド城にいくらでも部屋があるのに、兄として監督の目が行き届かない家をかまえるための余分な費用など、認めてくれるわけがない。もちろんプレイタも、自分がこれから小屋で暮らすことになるなどとは考えてもいないだろう。それにきっと、湖のそばの小屋はものすごく湿気が多いにちがいない。

〈最善をつくせ〉

みずからにしっかりと言い聞かせながら、グリーンウェルにむかう街道にはいったところで、ペンリックはふと顔をあげた。

〈あれはなんだ〉

道端に、奇妙なとりあわせの馬と人が集まっている。

姫神の騎士なのだろう、バッジを使って青と白の羽根を小粋に帽子にとめた男が、そわそわとおちつかない四頭の馬の手綱を握っている。腰には神殿護衛騎士の剣がさがっている。もうひとりの護衛騎士と、上級使用人らしい服装の中年の女が、ひろげたマントの上にぐったりと仰臥《ぎょうが》する人影のかたわらで膝をついている。誰かが落馬したのだろうか。ペンリックは馬をとめて声をかけた。

「どなたか怪我でもなさったのですか」

近づいてみると、横たわっているのはほっそりとした年輩の女だ。灰色の髪に、青ざめた顔をして、色の統一感のないくしゃくしゃになったローブを何枚も重ねている。

「何かお手伝いできることはありますか」

ふたりめの騎士が立ちあがって必死の顔をむけた。

「ありがとうございます！　つぎの町までどれくらいあるか、おわかりでしょうか。その町に母神の医師はいらっしゃるでしょうか」

「ええ、この街道を五マイルも行けばグリーンウェルです」ペンは指さして答えた。「母神教団が診療所をひらいています」

護衛騎士は同僚から三頭の手綱をとりあげ、彼の肩をたたいた。

「助けを呼んできてくれ。担架《たんか》か、できれば荷馬車をもってこい」

男はうなずいて鞍にとびのり、むきを変えて馬の腹に踵をいれた。馬は土煙をあげて飛ぶように駆け去った。

ペンリックは馬をおり、手綱をガンスにわたした。ガンスはどうしたものかと言いたげな顔でこの場をながめている。中年の女はペンリックの慎み深く上品な茶色の晴れ着を見て、いくらか安心したようだ。

「ルチア神官さまは」と、横たわったまま苦しげに短い呼吸をくり返している年輩の女を示して、「旅の途中でとつぜん具合が悪くなられたのです。胸に激しい痛みが走って、馬から落ちました」

「病はずっと前からもっていたのですよ」老女が苦しげな息のあいまに口をひらいた。「ダルサカに長居しすぎたようです……。むこうで儀式をおこなうようとりはからってくれと、何度も要求したのですけれどね」

　好奇心と懸念と、言いつけどおりはやめに城を出ていたらこうした事件すべてに巻きこまれずにすんだという思いのあいだで引き裂かれながら、ペンは老女のかたわらに膝をついた。子供のころ母がよくしてくれたように、そっとひたいに手をあててみる。老女の肌はしっとりと冷たく、熱はない。彼女のために何ができるか見当もつかないが、また馬に乗って歩み去るのは正しいことではないだろう。いくらガンスがくちびるを引き結び、不安そうににらみつけていようとも。

「わたしはこの山間の土地の」——と、いまやってきた街道のほうを示して——「領守の一族、ペンリック・キン・ジュラルド卿です」

　そして——何を話せばいいのだろう。この場でもっとも権威をもっているのは間違いなくこの神官だが、病に倒れたいまの状況では指示をくだすことはできない。マントがすべり落ち、肩にとめられた神殿の徽章《きしよう》が見えた。ペンリックは夏の母神をあらわす緑と金か、春の姫神を示す青と白を予想していたのだが、それはそのどちらでもなく——白とクリームと銀の組み紐——庶子神のしるしだった。季節にかかわりのないすべての災厄を司る第五の神。ペンリックは息をとめて驚きをのみこんだ。

　老女が苦しげに短い笑い声をあげ、身じろぎをして、鉤爪《かぎづめ》のような手をもちあげてペンの顔に触れた。

「綺麗《きれい》な坊やだこと。最後に目にするものがマルダのしかめっ面ではなく、あなたであって嬉しいですよ。天の恵みですね。でもその色はあなたに似合いませんね、わかっていますか」

ペンリックは顔をあげて、彼が膝をつくと同時に脇についていた使用人の女に視線をむけた。

「この方は錯乱《さくらん》しておられるのでしょうか」

女は首をふった。

「わたくしにわかるわけがございません。お供をおおせつかってよりずっと、誰にもわからないことばかり、まくしたてていらっしゃるのですから」

老女のくちびるが笑いの形に引き攣《つ》った。

「まあ、ほんとうに?」

だがその言葉は、マルダにも、ペンリックにも、むけられているわけではなさそうだ。

「それはそれは、愚か者たちがさぞとまどうことでしょうね」また苦しげに息をついて、「それを見たいと望んでも詮ないことだけれど」

しだいに恐ろしくなり、また自分の無力さが腹立たしく、ペンリックは言葉をつづけた。

「学師殿、わたしでお役に立てることがあればなんなりとお申しつけください」

老女は乱れた呼吸ふたつのあいだ、じっと彼を見つめ、それからぜいぜいとあえいだ。

「申し出を受けましょう」

〈この人は死にかけているのだ〉

父の死の床のような熱や異臭はなく、ひんやりとすべらかではあるけれど、間違えようもなくその顔はどんどん血の気を失っていく。この場から逃げだしたくてたまらないのに、ペンの顔から離れた老女の手が、いまでは弱々しく彼の手を握っている。ペンリックはそれをふりほどけるほど――勇敢でも臆病でもない。視野の隅で、使用人と護衛騎士があわててあとずさるのが見えた。

〈なんだというのだ〉

「庶子神よ」老女がささやいた。「あなたの門は苦しい。あなたのしもべのために、あと少し心安いものを用意してはいただけませぬか……」

手を握ってあげることしかできないのなら――ペンは自棄《やけ》になりながら決意した――いいだろう、そうしてやろうではないか。さらに強く老女の手を握る。

一瞬、老女の茶色の目に濃い紫の光がひらめいたようだった。呼吸ひとつ……それにつづく呼吸はなく、両眼が力を失い静止した。

もう誰もペンを見返してはいない。

雑然とわけのわからないことをしゃべる幾人もの女の声が聞こえた。六つの異なる言語が使われているため、ほとんど理解できない。ペンリックは恐怖と苦痛の悲鳴をあげた。張りつめてずきずき痛む頭が、分厚い網の目のような稲妻《いなずま》の中で爆発する。すべてが白に染まる。

そして、すべてが闇に包まれた。

奇妙な夢が飛び散って目が覚めた。猛烈に頭が痛み、激しく咽喉《のど》が渇き、すさまじい尿意が襲ってくる。ペンリックは小さな部屋の寝台に横たわっていた。漆喰《しっくい》塗りの天井が傾いているところを見ると、建物の最上階なのだろう。シャツとズボンしか身につけていない。身じろぎをしてうめきをあげると、見知らぬ顔が目の前にあらわれた。母神の信士であることをあらわす緑のチュニックを着た男の姿を見ても、さほど心は安らがない。男に手伝われながら室内用便器で用を足し、窓から顔を出そうとするのをひきもどされて、どたばたと数分がすぎた。つかのま目にとめた街路と空から察するに、ここはグリーンウェルの町の、たぶん母神の診療所だ。まだ昼には時間があるようだから、それほどおおごとにはなっていないだろう。信士にうながされてよろよろと寝台にもどり、水をもらって飲んだ。頭痛と混乱がひどくなっただけだった。

「わたしはどうやってここまできたのですか。街道にいたはずなのですが。気を失ったのですか。わたしの服はどこにあるのでしょう」

失くしたとか汚したとかでなければいいのだけれど。上等のブーツも見当たらないが、あれも無事だろうか。

「街道にいらした具合の悪いご婦人は――神官殿は――」

「ルーレンツ学師さまを呼んできます」信士が言った。「じっとしていてください!」

男はあわただしく出ていった。廊下にくぐもった声が響き、足音が遠ざかっていく。ああ、櫃の上にきちんとたたまれた晴れ着がのっている。かたわらにはブーツもある。これで不安がひとつ取り除かれた。力をこめて目をひらき、また閉じ、身体を起こしてもう一杯水を飲んだ。おぼつかない足で部屋を横切り、晴れ着をとってこられるだろうかと思案しているとき、また足音が聞こえた。ペンリックはあわてて言われたとおり掛け布の下にもぐりこんだ。

ノックもなく、グリーンウェル神殿の神官長、長身瘦軀のルーレンツ学師がはいってきた。知った顔を見て安堵すると同時に、張りつめた表情に不安をおぼえる。神官長は彼のひたいに触れようとするかのように身をかがめたものの、すぐさま手をひいてたずねた。

「あなたはどちらなのですか」

ペンリックはまばたきをした。自分は体調を崩したのではなく、吟遊詩人の物語の中にはいりこんでしまったのだろうか。

「ルーレンツ学師、わたしがおわかりにならないのですか！　ペンリック・キン・ジュラルドです――学師さまに算術と地理を教わりました。注意散漫だと、しじゅう指し棒で頭をたたかれていました」

それもかなり痛かった。もう十年も昔、ルーレンツがいまの地位にあがる前のことだ。彼は長いあいだ熱心に冬の父神に仕え、その結果、いまでは上級神官となって五つの教団すべての監督を務めている。この町は発展しつつあるからいずれ大神官管区になるだろうと、ロルシュが以前言っていた。ルーレンツ神官もきっとそうした昇進を望んでいるのだろう。

「おお」ルーレンツが安堵のため息をついて身体を起こした。「では、わたしたちは間にあったのですね」

「わたしもそうであってほしいです！　ほんとうに、母と兄がかんかんに腹を立てるでしょう。かわいそうなプレイタもなんと思うことか。ガンスはどこにいるのですか」

「ペンリックさま」ルーレンツが、ダルサカのおもだった川の名をあげなさいと命じるときのような厳しい声で言った。「昨日のことは何をおぼえていらっしゃいますか」

ペンリックは固く目を閉じ、またあけた。まだずきずきする。

「昨日ですか。昨日はとりたててお話しするようなことは何もありませんでした。母と姉があの馬鹿げた晴れ着の寸法あわせで大騒ぎをしただけで。おかげで遠乗りに行くことができませんでした」

ふたりは一瞬、たがいの話が理解できずに見つめあい、やがてルーレンツがつぶやいた。

「ああ、そうでした！」それから改めて、「街道で。あなたはガンスを連れて町にむかう途中、ルチア学師のご一行と行きあったのですね……？　ルチア学師は具合が悪く、地面に横たわっておられました」

「ああ、あのお気の毒なご婦人ですね。そうです。あの方はほんとうに亡くなられたのですか」

「残念ながら」

ルーレンツはひたい、くちびる、臍《へそ》、下腹部に触れ、ひらいた手を心臓にあてた。姫神・庶子神・母神・父神・御子神からなる五柱の神々をあらわす聖印である。

「ご遺体はこの町の庶子神孤児院に安置してあります。そしてご葬儀と、この厄介事の収束を待つことになります」

「厄介事とはどういうことですか」たずねながら、頭痛に加えて胃にも不快感がこみあげてきた。

「ペン坊っちゃま」——昔ながらの呼び方にいくらか心が静まる——たぶん、まだそれほどひどい厄介事が起こっているわけではないのだろう——「ルチア学師と出会ったときのことを、おぼえているかぎり、すべてお話しください。それから、どのようにして、その、気を失ったか。何もかもくわしくです」

　そして寝台脇にスツールをひきよせて腰をおろした。すっかり聞かせてもらいますからねという意思表示だ。

　ペンリックは、いつも言われているとおり、何が大切になるかわからないから、奇妙なこともふくめてすべてを、思いだせるかぎり正確に、くわしく語った。ついさっきのことだ、それほど難しくはない。だが、紫の光とわけのわからない話し声についてはいささかのためらいがあった。幻覚を見ていたと思われるかもしれない。だが結局はそれも話した。

「それにしても、『申し出を受ける』とはどういう意味だったのでしょう。もちろん、いまにも亡くなろうという方がはっきり筋の通った話をすることなど期待できないとわかっています。でもあのご婦人の言葉にはとても明確な意志が感じられました。それに、じつのところ、このようなことを言うのは心苦しいのですが、あの使用人はあまり忠実に学師殿に仕えているようには見えませんでした。あの、もしかして」——新たに恐ろしい考えが浮かんだ——「あの学師殿は伝染病だったのでしょうか」

　そういえば自分は神官の手を握ってしまった。ペンリックはこっそりシーツで手をぬぐった。

「伝染性のものではありますが、病気ではありません」

ルーレンツはため息をつき、のりだしていた身体をまっすぐに起こした。眉をひそめてペンリックを見つめるその顔が、恐ろしい不安をもたらす。

「ペンリックさまはあの神官が神殿魔術師であることに気づいておられましたか」

「なんですって?」ぽかんと口があいた。

「強大な力をもった魔を宿す、最高位の魔術師であったと聞きました。マーテンズブリッジの庶子神教団本部にむかう途中だったそうです。なんらかの報告をおこなうと同時に、病の中で――かの生き物をいかに扱うべきか援助を得るために。もしくは、死を迎えるならばそれをつぎの者に譲るために。庶子神の方々には、この手順を確実におこなうためのなんらかの儀式があるようなのです。その、わたしはあまりよく、ええ、正確なことは知らないのですが」

不安が石のように固まっていく。

「わたしはこれまで魔術師に会ったことがないです」咽喉に塊がこみあげてきて、ペンリックの意志とは無関係に口が言葉を発した。「おや、でもいまではあなたが魔術師なのですよ、青い目の坊や!」

いまの声には死にかけていた神官の皮肉っぽい口調がこもっているのではないか。何をしたわけでもないのに、咽喉のつかえは消えていった。ペンリックは口を押さえ、恐怖をこめてルーレンツを見つめた。

「いまのはわたしが言ったのではありません!」

ルーレンツはあとずさって彼を凝視している。

「冗談はやめなさい」

ペンリックは激しく首をふった。とつぜん、口をひらくのが恐ろしくなった。

廊下から抑えた話し声が聞こえたと思うと、激しい議論になり、大きな音をたてて扉がひらいた。街道で出会った神殿護衛騎士が腕をつかもうとするのをふりほどき、ペンリックの母がとびこんできた。あとにつづくロルシュが鋭く片手をあげて、もう一度母を捕らえようとした騎士を押しとどめる。ルーレンツが立ちあがり、否定するとも安心させるともつかないしぐさで首をふり、護衛騎士をさがらせることで騒ぎをおさめた。

「目を覚ましたのですね！　神々に感謝を！」

母は——先のレディ・ジュラルドは、寝台に駆けよってペンリックにすがりつこうとしたが、ありがたいことにその手前で足をとめ、かわってルーレンツのローブの袖をつかみ、必死の声でたずねた。

「この子に何が起こったのです。まだ話してはいただけないのですか」

ロルシュが神官から母を引き離しておちつかせた。だがペンリックを見おろし、それからルーレンツにむけた彼の顔は、母と同じくらい不安に翳っている。ふたりとも、着ているものこそ今朝と同じ礼装だが、その端正さは驚くほど失われてしまっている。レディ・ジュラルドの顔はむくみ、目は赤く泣きはらし、編みあげた頭からはいく筋もの髪がはらはらとこぼれ落ちている。ロルシュもまた疲れ果てた顔をして、髭が……のびている？

〈もう〝今朝〟ではないのだ〉ペンはようやく気がついた。〈では〝明日〟になっているのか

〈……あれ、〝今日〟かな……ああ、なんということだ〉

自分は丸一日、眠っていたのだろうか……

ルーレンツはつらい義務から逃げだすような人間ではない。彼はレディ・ジュラルドのふるえる手をとり、背筋をのばして、もっとも慈愛に満ちた荘厳な態度で語った。

「まことに残念です、レディ・ジュラルド」ロルシュにも均等にうなずきかけながら、「恐れていたとおりの事態になってしまいました。ご子息は白の神の魔に取り憑かれています——と申しますか、魔を所有しておられます。たったいま、魔はわたしの前にその存在を明らかにいたしました」

ロルシュがあとずさり、母が息をのんだ。

「夏の母神よ、お助けくださいまし。どうすることもできないのですか」

ペンリックは寝台の頭板にもたれたまま、驚いて自分の身体を見おろした。庶子神の魔がこの身体の中にいるだって？　身体の中の、どこにいるのだろう。

ルーレンツがくちびるを湿した。

「ですが最悪の事態というわけではありません。魔は優位に立ってはおりません——まだご子息の身体を支配するにはいたっていないのです。このように変則的な譲渡の場合、新しい肉体に安定するまで、もしくは慣れるまで、魔はしばらくのあいだ混乱し、弱体化すると聞いたことがあります。強固な意志をもち、その、聖なる指示のすべてに従うならば、まだペンリックさまをお救いする道はあるでしょう」

ロルシュが口をひらいた。

「魔は人の中にはいる。ならば魔を追いだす方法もあるのではないか」そして不確かな楽観的見解を抑えこむように、「もちろん、その者の死によってという方法をべつにしてだが」

ルーレンツがもう一度——少しばかり無造作すぎるしぐさで——うなずいた。

「お気の毒なルチア学師の死によって、ペンリックさまはこのような苦境に陥ったのです」

「ああ、ペン、あなたはほんとうにどうしていつもいつも……」母が叱りつける。

「わたしは……べつに……」ペンは両手をふった。「わたしはただ、あのご婦人がご病気だと思ったので！」そう、それは少なくとも間違いではなかった。「わたしはただ、お助けしようと思っただけです！」

そしてあわてて口を閉じた。だが奇妙な塊が咽喉にこみあげて皮肉っぽいひと言をつけ加えることはなかった。

「ああ、ペン」

母は嘆き、ロルシュはどこにむけるでもない怒りをこめてくるりと目をまわしている。

ルーレンツが長々とつづきそうな非難の応酬をさっさと終わらせてくれた。

「いずれにしても不運は起こり、ここグリーンウェルの町ではそれを覆すことができません。ルチア学師のお供の方々と話しあいました。亡くなられた神官の肉体たる脱け殻はこの地に埋葬されますが、その持ち物はお供の方々によって目的地まで運ばれます。そうすれば教団が、ルチア学師が希望していたとおりに処理してくれるでしょう。その指示にはとうぜん」——ロ調に強い含みをにじませ――「ルチア神官のもっとも貴重なる所持品、魔も、ふくまれます」

ルーレンツは〝ペンリックさまをお救いする道〟という言葉をどういうつもりで口にしたのだろう。ペンは、自分がいま目の前にいるのにその身のふり方をあれこれ話しあわれることに抗議しようと口をひらきかけ、それから成り行きを理解して慎重につぐんだ。魔を運ぶということは、すなわち、ペンリックを運ぶということだ。どこへ……？　ともかく、グリーンウェルよりも遠いところ。もしかすると、フレイッテンまでも？

「神殿護衛騎士のおふたりは、ペンリックさまをマーテンズブリッジの庶子神教団本部までお連れすることを引き受けてくれました。あそこまで行けば間違いなく……この事態をどう処理すればよいか判断できる学者がいるでしょう」

「まあ」

レディ・ジュラルドが疑わしげな声をあげ、ロルシュが眉をひそめた。

「旅費は誰がもつのですか。どちらかといえば神殿の問題のように思えるのですが……」

ルーレンツはあまり愉快そうではないものの、言葉の意味を察して答えた。

「神殿よりルチア神官に支給された旅費の残額がペンリックさまに譲られますし、宿と替え馬についても同様です。マーテンズブリッジ到着のあとのことは……教団が決めてくれるでしょう」

「なるほど」とロルシュ。

ロルシュは昨年、フレイッテンに新設された大学に行きたいというペンリックの希望を、わが家にそんな余裕はないといってしりぞけた。そして、うんざりするほど詳細にわたる領地の収支決算を示してその事実を証明し、彼の抗議を封じこめた。あのときは、兄が利己的なわけではなくそれが現実なのだと知って、心が沈んだ。なのにいま——マーテンズブリッジだって？　フレイッテンよりもさらに遠い町ではないか。

　ペンリックはおずおずと咳払いをした。大丈夫、自分の声だ……

「婚約式はどうなるのでしょう」

陰鬱《いんうつ》な沈黙がそれに答えた。やがてロルシュが重たげな口をひらいた。

「そうだな、ともかく昨日はおこなわれなかった」

　母が言葉を継いだ。

「ですがプレイタのご家族は、わたくしたちがここで……あなたの目覚めを待つあいだ、親切にいろいろと便宜をはかってくださったのですよ。少なくとも、婚約式のご馳走は無駄になりませんでした」

「チーズもな……」ロルシュがつぶやく。

　ペンリックは自分がこの寝台で温かな死体のように横たわっているあいだに何が起こったか、すべてを理解しはじめた。あまり嬉しいことではない。彼は神官の死体とならんで荷馬車で運ばれ、どうやってか母とロルシュに知らせが行き——〈もちろんガンスが知らせたのだ〉——婚約式ははじまりもしないうちにぶち壊しとなり、心配した家族はひと晩じゅうまんじりともせず……

「プレイタは……どうしているのですか」

「運ばれてきたおまえを見たときは、ひどく驚いて怯えていた」ロルシュが答えた。

「いまはお母さまが慰めていらっしゃいますよ」とレディ・ジュラルド。

「誰か使いをやって、わたしは大丈夫だと伝えてください」ペンリックは狼狽《ろうばい》しながら言った。

それにつづいて、わずかに長すぎる沈黙が流れた。

レディ・ジュラルドがため息をついた。彼女もまたつらい義務から逃げだすような人間ではない。さもなければ、ペンリックたちの父親とこの年月ずっと夫婦でいつづけることなどできなかっただろう。

「わたくしが自身で出むいたほうがいいでしょうね。ほんとうにたくさん説明しなくてはならないことがありますから。相談しなくてはならないことも」

魔術師になるというのは、結婚相手として魅力が増すことになるのか減ることになるのかたずねたかったが、なんとなく見当はついた。気持ちが沈む。ペンリックは気弱に、なんの伝言も預けないまま母を見送った。とうぜんのように、ロルシュも母に付き添っていった。レディ・ジュラルドはペンリックひとりを残していくのがいかにも気がかりなようだったが。

「何かご入り用なものはありますか、ペンリックさま」たずねるルーレンツ学師もまた退室しようとしている。

「とてもお腹がすいているのですが」いまさらのように気づいたが、昨日の朝から何も食べていないのだからそれもあたりまえだ。「食堂までおりていってもいいでしょうか」

「信士に言って、お食事を運ばせます」神官が約束した。

「ですが……わたしは怪我をしているわけではないのですから」

肩をまわして脚をのばすと、熱病から回復したかのように身体の感覚がもどってくる。

「服を着て下まで行けます。わざわざ運んでくださるにはおよびません」

「いいえ、ペンリックさま、この部屋から出ないでいただきたいのです」ルーレンツがそれまでとうってかわった厳しい声で言った。「少なくともいましばらくのあいだは」

そして神官は部屋を出ていった。扉を閉めると同時に足をとめて、廊下で立ち番をしていた神殿護衛騎士と話している。なんの危険もない母神の診療所にいるというのに、騎士は街道にいたときと同じく完全武装をしたままだ。この診療所で、いったいどんな敵から身を守る必要があるというのだろう……

〈ああ、そうか〉

胃を苦しめていた空腹感が凍りついた。ペンリックはシーツの中で身体を丸めた。

食事がすんで信士がトレイを持ち去ると、ペンリックは思いきって廊下に首を出してみた。さっき目にした大柄な神殿護衛騎士の姿はなく、それ以上に体格のよい、グリーンウェル警備士の制服を着た男が立っていた。いかにも強面《こわもて》で、どう見ても傭兵志願の新兵ではなく、戦からもどってきた古参兵だ。

「騎士の方はどちらに行かれたのでしょう、その……」あのご婦人をどう呼べばいいのだろう、

〝亡くなられた魔術師〟というのはわかりやすいが、失礼にあたらないだろうか。「……ルチア学師のお供をしておられたおふたりは」

「亡くなった魔術師ですか?」と警備士。「おふたりとも、自分に持ち場をまかせて、葬儀に参列にいかれました」

「わたしは――行かなくてもいいのでしょうか」

「自分はペンリックさまをこの部屋からお出ししないようにと指示されています。よろしいですね」

男はペンリックを見おろし、気づかわしげな微笑《びしょう》を浮かべた。ペンは面食らいながらも、しかたなく同じように上辺だけの微笑を返した。

「もちろんです」そして部屋にひっこんだ。

小さな部屋にはスツール以上に心地よい椅子がなかったため、寝台にもどって膝を抱え、魔術師とその魔について、これまで学んできたすべてを思いだそうとした。すべてといってもほんのわずかしかない。

ほんものの魔術師が子供のおとぎ話に出てくるようなものでないことだけはわかっている。はかなく失われた英雄のため、キノコのように地面から城を生えさせたり、お姫さまに魔法をかけて百年の眠りにつかせたり、それから、それから……。〝王子に毒を盛る〟もあっただろうか。でも、薬屋のほうがうまくできそうな仕事を魔術師に要求するのは筋がちがうような気がする。いずれにしても、これまでのペンの人生は、英雄や王女や王子とは悲しいほどに無縁だった。

考えてみれば、ほんものの魔術師がどうやって生計をたてているのかも、どうやって神殿の管轄下にはいり、もしくは神殿に背くのかも、はっきりとは知らない。巷間《こうかん》に伝えられる話では、馬を得た人が騎手となるように、人は魔を得て魔術師になるのだという。この言葉には、無能な騎手は落馬して破滅するという意味もこもっているのだが、では、どうすればよい騎手になれるのだろう。

魔はそもそものはじめ、心も形ももたないひと欠片《かけら》の素霊として、混沌と崩壊が支配する庶子神の地獄からこの世界へ逃げだす、もしくは漏れてくるのだという。火花を散らす白い毛玉のようなものを思い描いてみる。言葉や知識や個性は代々の所有主から得られるといわれているが、魔はそれらを〝模写する〟のだろうか、それとも〝盗む〟のだろうか。獲得が所有主の死後であるならば、そんな区別にたいした意味はないのかもしれない。ただし……それらを失った魂が神のもとに召されなくなるなら話はべつだ。学舎での退屈な神学講義のあまりにも多くを、居眠りをしたりぼんやりしたりしてすごしてしまったことを、いまペンリックは不安とともに後悔した。

子供むきではない物語では、魔が所有主よりも優位に立ち、肉体をのっとって勝手な行動をとりはじめるというものがある。そのあいだ、人はみずからの内に閉じこめられたまま、なす術もなくそれをながめているしかない。魔は、急使がつぎつぎと替え馬を使っていくように、馬が消耗すればつぎの馬に飛び移ることができるのだから、怪我も病気も、死すらも気にかけない。そして魔術師の魂は、そうした無軌道な混沌によって食いつくされていくのだ。とはいえ、ルチア学師の魂はごくあたりまえに神のもとに召されるらしい。つまり、すべてが一律ではないということだろうか。それとも、ちがいが生じるのは謎めいた神殿の戒律か何かに関係しているのだろうか。それがどんなものかはまったく見当もつかないが。誰か、彼に教えようと思いついてくれればいいのだけれど。

この診療所の書庫にそうした問題を扱った書物があるかもしれない。頼めば読ませてもらえるだろうか。だが母神の館にあるのはきっと、母神のふたりめの息子と彼が愛玩する魔についてではなく、解剖学と薬学に関する学術書ばかりだろう。

夜になり、ガンスが顔を出したことでいらだちもいくらかおさまった。ガンスはジュラルド城にもどって、ペンの衣類と身のまわり品と、それらを収納するための鞍袋をとってきたのだ。荷物は鞍袋におさまりきらないほど多かったが、それでもいくつかの必要品が欠けている。

「兄上はわたしに剣をくださらなかったのか」

ジュラルド城の武器庫にはあれだけの剣があるのだから、一本くらい譲ってくれてもかまわないだろうに。

髪に白いものがまじりはじめた従者が咳払いをして答えた。

「ロルシュさまはわたしに剣をくださいました。ペンリックさまのかわりに、ということだと思います。マーテンズブリッジまでお供し、ペンリックさまとペンリックさまにかかわるすべてのお世話をすることになっております」冒険の機会を与えられたというのに、ガンスはさほど喜んでいないようだ。「明日、夜明けに出発いたします」

「なんだって！」ペンは驚きの声をあげた。「そんなにはやく？」

「はやくはじめればそれだけはやく終わると言いますから」ガンスが淡々と唱える。

彼が目指しているのは明らかに〝終わる〟のほうだ。ガンスはいつだって、決まった日課を正確にこなすことを好むのだから。

ペンはそれから、ガンスの目から見た昨日の詳細を聞きだそうとしたが、簡潔な言葉で語られる彼の話には、すでに想像していた以上のことはほとんど何もふくまれていなかった。ただ、自分がついているときに坊っちゃまがこのような災難に出くわしたのは不当であるという、強烈な思いがにじみでているばかりだ。それでも新しい任務は罰として与えられたものではない。見たままをマーテンズブリッジで証言してくれと、神殿護衛騎士から頼まれたのである。

「理由はわかりません」ガンスはこぼした。「どう考えても、祐筆が紙半分に書き記せるような話なんです。そうしてくれたらわたしも鞍で尻を痛くせずにすむのに」

ガンスは睡眠をとるため、母神教団に寄贈されて現在の慈悲深い目的のために改装されたこの古い館のどこかへ姿を消した。ペンリックが隔離されているこの部屋は、かつて召使いが使っていたものなのだろう。では荷造りにとりかかろうか。ジュラルド城では誰かが、とにかくペンのものである衣類すべてをかき集めたようだった。朝になれば茶色の晴れ着も、擦り切れがひどいおさがりの山とともに、不要な衣類として城に返してしまおう。それにしても、自分はどのくらいのあいだ城を離れることになるのだろう。正直な話、どこまで行くのだろう。そこでは何が必要になるのだろう。

大学進学を許されていたら、そのための荷造りもこんなふうだったのだろうか。ペンが以前考えていた〝学問をおさめたのちになりたいもの一覧〟の中に〝魔術師〟ははいっていない。だがそれをいうならば、〝神学者〟も〝神官〟も〝医師〟も〝教師〟も〝法務士〟も、大学で教わる専門知識を必要とする上級職はどれひとつとしてはいっていなかった。それもまたロルシュが彼の進学に懐疑的だった理由のひとつだ。庶子神教団は独自の学舎のようなものをもっているのだろうか……

水盤で顔を洗い、寝台にもどった。そして長い長いあいだ横たわったまま、自分の肉体に寄生している異質な霊を感知しようとした。魔は胃痛としてあらわれるのだろうか。なおも思考をめぐらしながら、やがて彼は眠りに落ちていった。

夜明け前、まだ暗いうちに鞍袋をもって玄関におりると、思いがけず、ぽっちゃりとして可愛いプレイタが、不機嫌そうな兄と姉に付き添われて見送りにきていた。

「プレイタ！」

ペンリックは歩み寄ろうとしたが、彼女は怯えたような微笑を浮かべ、「おはようございます」と挨拶をしながらもあとずさった。

ふたりはぼんやりと見つめあった。

「あなたが遠くに行ってしまうって聞いたから」

「たかがマーテンズブリッジです。世界の果てじゃない」ペンリックは唾をのみこみ、思いきって口をひらいた。「わたしはまだあなたの婚約者ですよね？」

残念ながら彼女は首をふった。

「いつもどってこられるか、わからないのでしょう？」

「それは……そうだけれど」

二日前、ペンは自分の未来のすべてを思い描くことができた。だが今日は何ひとつわからない。この変化は進歩だろうか、退歩だろうか。

「だから――だから、それがわたしにとってどれくらいたいへんなことか、わかってくださるでしょ」

「ああ、そうですね」

彼女は手をのばそうとし、それから背中にひっこめ、そこで慰めを得ようとするかのように握りしめた。

「ごめんなさい。だけどわかってちょうだい。ひと言で女の子に火をつけることができる殿方となんて、誰だって怖くて結婚できないわ！」

口づけで彼女を燃えあがらせる夢なら見たこともあるけれど。

「松明を使えばどんな男だって女の子に火をつけることはできるけれど、そんなことをするのは頭がおかしな人だけです」

彼女は頼りなげに肩をすくめただけだった。

「贈り物があるの。お餞別《せんべつ》に」

うながされて、彼女の兄が大きな袋をさしだした。あけてみると巨大な丸いチーズだ。

「ありがとう」

ペンはかろうじて礼を述べてから、ふくれあがった鞍袋を一瞥《いちべつ》し、いらだたしげに待っているガンスに無理やり押しつけた。

「これ、どこかあいてるところを見つけて荷物にいれてくれ」

ガンスは困惑の視線をむけながらも、袋をもって外に出ていった。

プレイタはぎくしゃくと会釈をしただけで、近づいてこようとしない。どうやら温かな別れの抱擁をかわすことはできないらしい。

「ごきげんよう。あなたに幸運が訪れるよう、祈っているわ」

「あなたにも幸運が訪れますよう」

玄関の外ではふたりの神殿護衛騎士が、鞍をつけた馬の手綱をもって立っていた。頑強なコブ種の馬に、亡くなった魔術師の荷物に加え、チーズの袋がくくりつけられている。ペンのためにも馬が用意されていた。

そちらにむかって歩きはじめたとき、声が呼びとめた。いま一度、別れの愁嘆場《しゅうたんば》に耐えなくてはならないらしい。立ち去ろうとするプレイタやその兄姉とぎこちなく会釈をかわしながら、母とロルシュが足早に近づいてきた。疲労や困惑は昨日よりましになっているものの、やはり幸せそうではない。

「ペン」ロルシュが重々しい声で語りかけた。「五柱の神々がおまえの旅をお守りくださいますよう」

そして驚いたことに、貨幣のはいった小さな巾着《きんちゃく》をさしだした。

「首にかけておくのですよ」心配そうに母が忠告する。「町の掏摸《すり》は、ひっぱられたと感じる暇もないうちにベルトから巾着を切りとることができるといいますからね」

そのためだろう、紐が長いものに付け替えられている。ペンはそっと中をのぞいてから、やわらかな革袋をシャツの内側につっこんだ。銀貨よりも銅貨が多く、金貨はない。それでもこれがあれば、神殿のお情けのみにすがった物乞いのような気分にならずにすむ。

きまり悪くとも涙にくれる母の抱擁に耐えようと覚悟を決めていたのに、レディ・ジュラルドは足を進めかけたまま、プレイタと同じくぴたりとその場でとまってしまった。そして、ペンリックが目の前に立っているのではなくいまにも角を曲がって姿を消そうとしているかのように、別れの手をふった。

「もっともっと注意深く、行動には気をつけるのですよ、ペン！」母はかすれた声で切々と訴え、ロルシュのもとにもどった。

「はい、母上」ため息が漏れた。

そして馬に歩み寄った。ガンスは手を貸さなかった。べつに助けがなくても、細身のしなやかな身体は楽々鞍にまたがることができるのだが、そこであることに気づいて心が沈んだ。一昨日、寝台まで運んでくれた人を最後として、以後、誰もかれもが彼に触れることを避けている。

年長の神殿護衛騎士が出発の合図をして、一行は水漆喰に木骨造の家が立ちならぶ、丸石を敷きつめた大通りを進みはじめた。肌寒い早春のことで、窓辺の植木鉢にはまだ色鮮やかな花は咲いていない。ペンは最後にもう一度手をふろうとふり返ったが、宿にもどったのだろう、母とロルシュの姿はもうなかった。

ペンは咳払いをして、年長の神殿護衛騎士トリンカーにたずねた。

「ルチア学師のご葬儀は、昨日の午後に無事とりおこなわれたのですか。わたしは参列させてもらえなかったのですが」

「ええ、何事もなく。学師殿にふさわしい神に召されたと、白い鳩《はと》が告げてくれました」

「そうですか」そこでためらい、「ルチア学師の墓所に寄っていただくわけにはいきませんか。ほんの少しでいいのですが」

敬虔な依頼を断ることはできない。トリンカーはうなりながらも了承した。

神殿に誓約を捧げた者たちが葬られる墓地は、市城壁の外、町を出る街道沿いにある。一行は脇にそれ、トリンカーがペンを、まだ墓碑のない新しい盛り土に案内した。ガンスともうひとりの護衛騎士ウィルロムは、馬に乗ったまま彼らのもどりを待った。

湿っぽい夜明けの中で、見るべきものは何もない。いらだちながらすべての感覚をひろげてみたが、感じられるものもなかった。頭を垂れ、声に出さず祈りを捧げた。祈りの言葉は、父や、ペンがまだ幼いときに死んだもうひとりの兄や、年老いた召使いたちのための式から、なんとなく記憶にとどめている。墓は答えを返してくれなかったが、彼の内なる何かが平穏を得たかのように静まった。

ふたたび馬にまたがった。トリンカーが速歩を命じ、一行は木造の屋根つき橋を渡って町から遠ざかっていった。

この二日、季節を間違えた夏の息吹のように明るく輝いていた太陽は消え、いつものじめじめした霧がもどっている。たぶんこれも昼までには冷たいこぬか雨に変わるだろう。灰色の雲が北にそびえ立つ峨々《がが》たる山脈の白い頂を隠し、ペンの故郷である高地を蓋のようにおおっている。街道は川にそって下流にむかい、〝平地〟と呼ばれる場所につづいている——少なくとも、丘陵がしりぞいて谷間がいくらかひろくなっている土地だ。あと少しで、この高地のもう一方の端を縁どる長い石壁、連州南端と広大なウィールドを隔てるレイヴン山脈が見えてくるだろう。

神殿護衛騎士は速歩を維持し、最短時間で多くの距離を稼げる歩調で丘陵をのぼっていく。急使のとんでもないとばし方ではないものの、とうぜん替え馬の用意をあてにしている速度だ。事実、正午に神殿の中継地で馬を替えることになった。小さな村で、農夫の荷車、荷を積んだ騾馬《らば》、牛や羊、そして村人たちとすれちがう。一度などは行進する槍兵の一団を慎重に避けなくてはならなかった。他領に派遣される補充新兵だ。

〈ドゥロヴォ兄上のように〉

あの中の何人が、無事故郷に帰れるのだろう。他領に送りだすならチーズや布のほうがいい。

それでも現実に富をもたらしてくれるのは傭兵隊だ。もっとも、チーズ自体が金を受けとらないように、兵士個人の手にはいる金はほんのわずかにすぎないのだが。

丘陵地帯を進みながら、ペンはぽつぽつ神殿護衛騎士たちと会話をかわしはじめた。驚いたことに、ふたりはルチア学師個人の従者ではなく、ダルサカを出てマーテンズブリッジにむかうにあたって国境の町リーストでこの任務についたのだという。マルダという召使い女も同様だ。ガンスは、マルダが職を解かれ故郷にむかったと知って憤慨した。トリンカーとウィルロムは、防ぎようのない事態であったとはいえ、旅の途中で守るべき相手を死なせたと知られたら上官たちになんと言われるか、不安がっている。悪党と戦うつもりはあっても心臓の病と戦うことはできない。しかも、貴重な魔を偶然通りかかった谷間の小貴族の末弟に憑かせてしまったことは……誰がどう説明すればいいのだろう。

夕刻、四十マイルの泥道を背後に、一行は姫神教団の館を誇らしげにいただく小さな町で足をとめた。教団の館に宿をとり、ペンリックはまたしても個室を与えられた。にこにこと愛想のいい信士が湯と食べ物をもってきてくれたので、彼も感謝をこめて微笑を返したが、信士はすぐさま出ていってしまった。廊下に顔を出すと、町の警備士が見張りに立っている。ペンはもごもごと挨拶をして、すぐさまひっこんだ。まあいい、もう疲れた。

診療所の屋根裏と同じくらい狭いが、あそこより家具は多い。椅子の上には刺繍のクッションがのっているし、明らかにご婦人の客用だろう、鏡台とスツールもある。春の姫神の館の客といえば、とうぜんご婦人のほうが多いはずだ。ありがたく使わせてもらうことにして、束ねていた髪をほどき、櫛《くし》をとって一日分のもつれと戦いはじめた。細い黄金の髪はすぐにからまってしまうのだ。

鏡に視線をむけたとき、口が動いた。

「そうそう。もう一度あなたを見せてくださいな」

ペンは凍りついた。また魔が目覚めたのだろうか。あごが固く閉まり、咽喉がこわばる。それにしても、魔はどのように世界を認識しているのだろう。彼の目、彼の耳を共有しているのだろうか。では、思考は？　外界を見るためには、声を使うときのように、彼と交替しなくてはならないのだろうか。それとも、肩にとまった小鳥のように同時に見ることができるのだろうか。

息を吸い、筋肉をゆるめて口をひらいた。

「話をしませんか」

そして待った。

「どちらかといえば見たいですね」魔が彼の口を使って答える。「わたしたちが手に入れたものをとっくりながめたいのですよ」

ルチア神官と同じく、きわめて明瞭な、マーテンズブリッジ地方に住む教養あるウィールド人の話し方だ。

彼を大きなお人形扱いしたがる姉たちから逃げられる歳になってからは、鏡の前に長時間すわることはほとんどなくなった。とつぜん、鏡に映る自分自身の顔が見慣れぬもののように感じられた。視野が暗くなったわけではない。彼の目を誰かといっしょに使っているような感覚。

身体と同じくほっそりとした顔は、よい形だと言われることが多い。肌は白すぎるが、ほどよく意志の強そうな――と期待している――鼻で、どうにか相殺される。長い睫毛《まつげ》が縁どる目は、母が湖の青と呼んで気に入っている色だ。ペンに言わせれば、湖はたいてい灰色か緑で、雪が積もったときはまばゆいばかりに白く、寒い静かな夜に凍ると黒いガラスになる。それでもめったにない輝かしい夏の日には、湖もこうした色になるのだろう。

誰も話しかけてこない。誰も、何も、話しかけてくれない。機会を逃してしまったのだろうか。息を吐き、咽喉の緊張をやわらげ、疲れてこわばった肩をほぐそうとした。率直にいこう。

「質問をしたら答えてもらえますか」

馬鹿にしたように鼻を鳴らす音。

「あまりくだらない質問でなければね」

「それは約束できませんけれど」

咽喉から漏れた〝ふうん〟という声に、少なくとも敵意は感じられない。

ペンは思いついたもっとも単純なものからはじめた。

「あなたの名前を教えてください」

驚いたような沈黙。

「乗り手たちはみな〝魔〟と呼んでいますよ」

「それは馬を〝馬〟、わたしを〝坊や〟もしくは〝男〟と呼ぶようなものじゃないですか」それからいそいでつけ加えた。「馬にだって名前はあります」

「わたしたちがどうやって名前を得られるというのかしらね、〝坊や〟」

「ええと……名前はたいてい、誰かから与えられるものだと思います。両親から。生き物の場合は飼い主から。親のものを受け継ぐ場合もあります」

つづいて長い沈黙が流れた。なんにせよ、それが期待していたのはこのような質問ではなかったのだ。彼の口がためらいがちに動いた。

「ならば〝ルチア〟という名でよいのではないかと思いますよ」

べつの声が反論した。

「だったら〝ヘルヴィア〟でもいいんじゃないの？　〝アンベレイン〟は？」

またべつの声が、ペンにはどこの国のものかもわからない言葉で何かを言った。だがその口調から〝ウメラン〟というのがまたべつの名前であることは理解できた。彼の口からさらに未知の言葉が、三つの声がとびだす。いや、四つだ。数えきれなくなったところで、最後に言葉にならない咆哮と不気味ないななきがつづいた。

「いったい何人いるんですか」ペンは驚いてたずねた。「何世代……というべきなのでしょうか」

この年古《としふ》りた魔はいったい何人の乗り手に取り憑き、その生命を写して――もしくは盗んで――きたのだろう。

「わたしたちに計算をしろと言っているの？」

ペンの眉が吊りあがった。

「そうです」

「代価が必要ね。でもこの子は代価のことは何も知らないでしょ」

この訛りは……ダルサカ人だろうか。

「代価ならルチアがすでに支払っていますよ」これはルチアの声だ。「少しずつひきだせば、ずいぶん長くもつでしょう」

はっきりとした間。

「十二よ」声が答えた。

「ライオンと馬も数にいれたらだわ」べつの声がつぶやく。「それも加えるの?」

「それで……それで、あなた方は十二人なのですか、それともひとりなのですか」

「そうですね」ルチアの声が答えた。「その両方です。すべてが同時に存在します」

「つまり、ええと、町の評議会みたいなものですか」

「……そういってもいいですけれど」あまり感心しない口調だ。

「あなた方全員がご婦人なのですか――ご婦人だったのですか」

「そういう習慣ですからね」

ひとつの声が答えたが、またべつの声がつけ加えた。

「この女は〝ご婦人〟なんてものじゃないわよ!」

習慣というのはたぶん、魔はつぎの乗り手に移るときに同じ性別を選ぶということなのだろう。だがもちろん、神学的に絶対そうでなくてはならないわけではない。さもなければ彼がいまこんな状況に陥っているはずがない。

〈やれやれ。つまりわたしの中ではいま、十二人の目に見えない姉が評議会をひらいているということなのか〉

いや、十人だ。馬と、それからなんだっけ――ライオン、は加えなくてもいいだろう。その二頭も名前をもっていて、獣の言葉で議論に加わろうとしているのならべつだが。

「あなた方全員をあらわす名をもったほうがいいのではありませんか」ペンは提案した。「あなた方の――あなた方の中のひとりに個別に話しかけたいときは、以前の乗り手の――以前の乗り手から受け継いだ名前を使うことにして」

〈十二人だって？〉なんとかして区別できるようにならなくては。

「ふうん」誰のものだかわからない声が、きわめて疑わしげな音をたてる。

「わたしも名前をふたつもっています」ペンは説明した。「ペンリックというのがわたし個人の名前で、ジュラルドは氏族の名前です。あなた方全員をあらわす名は、氏族名のようなものだと考えればいいのではないでしょうか」

壁ごしに誰かに聞かれていなければいいのだけれど――つまるところ、すべて彼ひとりの声で話しているのだから。マルダが、ルチアはわけのわからないことばかりまくしたてていると言っていたのも無理はない。

「ルチア学師にもこんなふうに話しかけていたのですか」ふと思いついてたずねた。

「そのうち声を出さなくとも話しあえるようになりましたね」ルチアの声が答えた。

〈どれくらいの時間がすぎればそうなるのだろう〉

このまま長い時間がすぎれば、どれが自分の声だかわからなくなってしまうのではないだろうか。身ぶるいしながらも、いまの問題に無理やり心をひきもどす。

「あなた方全員をあらわしたいときに呼べる名前が必要です。〝魔〟ではなく。五柱の神々にかけて、犬を呼ぶよりずっとよい名が。わたしが選んでもいいでしょうか。贈り物として、あなた方にさしあげます」

こんどの沈黙はあまりにも長く、ペンリックは魔が眠ってしまったか、隠れてしまったか、なんであれ彼には感じることも声を聞くこともできない状態になってしまったのではないかと心配になった。

「十二の長い生のあいだ」ようやくそれが静かな声で言った。「わたしたちに贈り物をしようと言ってくれた人はひとりもいませんでしたよ」

「だってそれは……たやすいことではないでしょう。つまり、あなた方には文字どおり身体がないのですから、ものを贈ることは誰にもできません。でも名前は実体のないもの、心と魂のものですから、人から霊に贈ることができます。ちがいますか」

よし、一歩前進だ。そして、近頃ずっと婚約のことが心にあったものだから、そのまま何も考えずに口にしてしまった。

「求愛の贈り物として」

激しく息を吐くような感覚。でも音は聞こえない。混沌の魔を混乱に陥れてしまったのだろうか。こんな目にあわされたことを思えば、それでちょうどおあいことというものだ。

やがて曖昧な声が慎重に答えた。

「それで、どんな名前をつけてくれるの？　ジュラルド氏族のペンリック」

まだそこまでは考えていなかった。パニックで息がつまる。おちつけ。何かよい案はないか。懸命に思考をめぐらし、そして見つけた。

「デズデモーナ」ふいに確信があふれた。「子供のころにサオネの物語で読んで、とても綺麗な名前だと思ったんです。お姫さまの名前でした」

まんざらでもなさそうにかすかな鼻息が漏れる。

「なかなか興味深いこと」ルチアの声だ。

ルチアが主導権を握っているようだ。先日亡くなったいちばん新しい乗り手だからだろうか。それとも、もっとも長くこの魔とともにいたからだろうか。それとも――？

また長い沈黙がつづいた。疲れた。あくびが出てくる。投票でもしているのだろうか。腹の中で内戦をはじめたのだろうか。それはまずい。撤回しようとしたとき、誰のものともわからない声が言った。

「受けましょう」

「では、デズデモーナでいいんですね！」ペンは胸を撫でおろした。

もっとよくたがいを知ったら、短く〝デス〟と呼んでもいいだろうか。彼のこともペンと呼んでもらえるだろうか。そうなれれば嬉しいのだけれど。

「霊的な贈り物をありがとう、可愛いペンリック……」

声はしだいに弱まり、ささやきのように小さくなった。肉体をもたない魔も、夜になって疲れたのだろう。

彼も疲れている。そしてペンリックはよろよろと寝台にむかった。


翌朝出発した一行は早々に、レイヴン山脈のふもとを流れるクロウ川に到着し、その大河にそって東西に走る主街道を下流にむかった。一度は霧が晴れて姿をあらわしたレイヴン山脈も、昼から降りはじめた雨にふたたび閉ざされてしまった。ペンが見あげながら育ってきた鋭くとがった氷の峰々に比べれば、緑にあふれ、あれほど高いわけでもないが、それでもやはり恐ろしく険しい山並みだ。街道は増水した川を二度渡っている。一度は木の橋を、一度は優雅なアーチによって支えられた石橋を。どちらの場合も、橋を管理している村から通行料を徴収された。春の雪解けで増水したクロウ川の流れは激しく、上流にむかって遡《さかのぼ》るのは困難だが、木材を組んだ筏《いかだ》や樽を積んだ船が激流にのってくだっていく。冷たい流れにのりだす敏捷《びんしょう》な筏乗りはさぞや勇敢な男たちなのだろう。ペンは一時間ほど、自分がその仲間になったところを想像して楽しんだ。

街道を忙しく往来しているのは土地の者たちだけではない。あたりまえの荷車や牛や豚や羊に、荷を積んだ隊商、巡礼の集団、幌を張った四輪馬車などもまじっている。全速で馬を駆る急使とすれちがい、もしくは追い抜かれたことも三度あった。町からきたものなのか、神殿からきたものなのか。後者はペンの護衛騎士たちの挨拶に、陽気に手をふって応えた。〝急使〟か。痩せた身軽な若者にとってはよい職業だ……。だが二日めの乗馬の旅が終わるころには、ペンの尻がその野望に疑問をつきつけていた。

日が暮れるころ、リネット川とクロウ川の合流地点に位置する町に到着した。目的地まであと十五マイル足らず、すでにその管区にはいっている。リネットの谷を上流にむかって進めば、マーテンズブリッジの湖まで迷わずたどりつくことができる。だがトリンカーは到着前に市城門が閉められてしまう可能性を恐れ、その町の姫神学舎に予定外の宿を、しかも無料で、とることに決めた。

春の姫神に捧げられたその町の学舎は、ペンが子供のころに通っていた、教師の住む家のふた間を開放しただけのグリーンウェルの学舎と似たようなものだった。昨夜宿泊した姫神教団宗務館のように巡礼を受け入れるための施設ではないが——ペンはそこの食堂でチーズを売り、手持ちの金をかなり増やすことができた——それでもペンのためには個室が用意された。とはいってもそれは、彼がもっとも身分の高い客だからではないだろう。

囚人としては悪くない待遇だが、彼の立場が変わったわけではない。ちっぽけな窓を調べてみた。街路から四階分の高さだ。監視人たちはこれでペンを閉じこめておけると考えたのだろうか。ほっそりとしなやかな身体や、ドゥロヴォから逃れて木にのぼったり、狩りをして山を駆けまわった年月は、伊達ではない。いますぐにも逃げだすことはできる。だが――どこへ行けばいいのだろう。

腕を折って医師を待つようなものだ。不快ではあるけれども事態をいそがせることはできない。となれば、マーテンズブリッジの謎にむかって進むしかないじゃないか。

横になって眠ろうとし、数分後、自分が狭い寝床で蚤《のみ》の一家と同衾《どうきん》していることを知った。たたきつぶし、こすり、もう一度寝返りを打った。

〈蚤が祭りをしているみたいだ〉

ひと晩じゅう騒いでいるつもりなのだろうか。一匹がふくらはぎに嚙みついて晩餐をはじめたので、呪いの言葉をつぶやいた。

「お手伝いが必要かしら」デズデモーナが笑いまじりの声で言った。

ペンは口を押さえた。

「声を抑えてください！」あわててささやいた。「ウィルロムが扉のすぐ外で眠っているのです。聞こえてしまいます」

聞こえたら……なんと思われるだろう。

デズデモーナは素直に声を低くした。

「わかっているでしょう？　わたしたちは蚤を退治できますよ」

そんなことは知らない。

「それは認可されているのですか」

「認可どころか、奨励されていますね。何年にもわたって大量の蚤を退治してきましたよ。神学的に、害虫は保護されるべき対象と見なされていません。害虫はそもそも庶子神のものですが、その庶子神ですら認めていることです。それに駆除は、秩序から無秩序へ移行するごく安全な下向きの魔法ですからね」

「わたしの寝台にあまり無秩序を起こしてほしくはないのですけれど」

「蚤にとっての大いなる無秩序ですよ」デズデモーナがささやき返し、ペンの意志とはかかわりなくくちびるが微笑をつくった。「生から死へ、もっとも急激な下降ですね」

最後の言葉は物騒に思えるが、蚤だって同じくらい迷惑だ。

「やってください」

ささやいて、じっと横たわった。何が起こってもこらえようと、緊張して身がまえる。

一瞬の熱気が、わずかな昂揚《こうよう》が、全身を駆け抜けた。その力がどの方向に移動したのかはっきり認識できたわけではないが、胸から天井にむかって上昇するというよりは、背中からマットレスにおりていったような気がする。

「蚤が二十六、壁蝨《だに》が二、ゴキブリが三、虱《しらみ》が九」甘いカスタードを食べて満足した女のように、ため息まじりにデズデモーナが数えあげる。「それから、詰め物の羊毛の中に蛾の卵が山ほどありましたよ」

はじめてふるった魔法として、これではあまりに浪漫《ロマン》がなさすぎる。

「計算は嫌いだって言ってませんでしたっけ」

「ふふん」怒っているのだろうか、それとも面白がっているのだろうか。「ではちゃんと話は

「聞いているのですね」

「それは、いまのところ……そうしないわけにはいかないですから」

「そうね」彼女がささやいた。

同衾している生き物の数は減ったが、いまもまだペンひとりというわけではない。そこでいまさらのように気づいた。魔は嘘をつくことができるのだろうか。魔は乗り手に対してつねに真実を語るのだろうか。それとも騙すことができるのだろうか。自分の目的にあわせて事実の布を切りとり、大切な情報を隠して結果を逆転させたりするのだろうか。ペンは事態を単純化するため、デズデモーナをひとりの人間として考えるようにしている。だがこの問いは彼女にたずねるわけにはいかない。いや、たずねるのはかまわない。問題は――彼女が答えたとして、それを信じることができるかどうかだ。

しかたなくべつのことを問うてみた。

「ルチア学師の前も、あなた方は神殿魔術師だった……いえ、その、神殿魔術師とともにいたのですか」

「ヘルヴィアは内科と外科の医師だったわ」ヘルヴィアの声が――安心感をもたらしてくれるリースト訛りのこの声の持ち主をヘルヴィアと考えよう――答えた。「母神教団の高位の神官だったのよ」

「ヘルヴィアの前のわたし、アンベレインは」強いダルサカ訛りの声だ。「サオネの神殿学舎に所属していました」

「確か……医師は治し、魔術師は破壊するといいませんでしたっけ？」ペンは新たな当惑にかられてたずねた。「どうしてその両方でいられるのですか」

「秩序にむかう上向きの魔法もありますよ。でも代価がとても高くつくのですよ」とデズデモーナ。

「破壊を用いる治療もあります」これはアンベレインだ。「たとえば膀胱《ぼうこう》の石です。嚢胞《のうほう》とか腫瘍《しゅよう》とか。切断手術とか。その他さまざまなささやかな事例です」

「寄生虫もよ」とヘルヴィア。「どれだけの人が寄生虫に苦しんでいるか、あなたには想像もつかないでしょうね。蚤や虱だけでなく、体内にはいってくるものもあわせれば」そこでひと息ついて、「ヘルヴィアの時が果てたとき、用意されていた若い医師ではなくルチアに移ったのはそのためよ。わたしたち、寄生虫にはもううんざりだったの、ほんとうに！」

なぜルチアが望ましかったのかとたずねるよりさきに、またべつの声が、ペンの知らない言語で意見を述べはじめた。

「いまのはどなたですか」

「ブラジャルのアウリアですよ」とデズデモーナ。「よき信徒ですが、イブラ語だけで、ウィールド語は話せません。でもいずれあなたにも理解できるようになりますよ。アウリアの前は、ロクナルのウメランでしたね」

「ロクナルの方なのですか！」ペンは驚いて声をあげた。「異端の四神教徒は何があっても庶子神を忌避《きひ》するのだと思っていました。群島にあって、どうして魔と出会うことができたのですか」

「それは長い物語になりますからね。いつかあなたが彼女の言葉をおぼえたら、いやになるほどくわしく話してくれるでしょうよ」デズデモーナが言いなだめた。

〈わたしが彼女の言葉をおぼえたらだって?〉

それをいうなら、彼女はすでにペンの言語を習得しているではないか。辛辣《しんらつ》な返答らしい音をたてているのだから。

「短く話せませんか」とたずねた。

「彼女は群島で生まれ、戦争捕虜の奴隷となり、アドリアの潟湖の町に買われていきました。そして、当時わたしたちの乗り手だった有名な高級娼婦ミラの召使いとなったのです。ミラは訓練を受けてはいないものの、聡明で、それまでの中で最高の乗り手でしたね。ミラが亡くなり、わたしたちはウメランに移りました。ウメランはすぐ故国に逃げもどったのですが、魔術師はかの群島では苛酷な運命に見舞われるだけなのですよ」

ペンの意識は〝高級娼婦〟という言葉で一瞬停止し、それからあわてて話に追いついた。

「どういう運命なんですか」

もちろんそんな島々に行くつもりなどまったくないが。

「生きたまま火刑に処せられることもありますが、たいていは海に連れだされ、ゆっくり水を吸いこんで沈んでいくクッションといっしょに、船の外に放りだされるのですよ。魔術師が溺れるころには船は遠く離れ、魔も、魚のほか移る相手を見つけることができないというわけです」

ペンとデズデモーナはそのさまを思い浮かべて同時に身ぶるいしたが、おそらく、理由はそれぞれ異なっていたのだろう。

ペンの口から聞き慣れない言語がほとばしった。意味はわからないながら、痛みと怒りは明らかだ。ウメランがさらに何か訴えようとしているのだろう。

「処刑人が離れていったあと、ブラジャルのガレー船が通りかかり、溺れそうになっていたウメランを救助しました。救助といっても捕虜と大差ありませんけれどね。ともかくわたしたちは生きてブラジャルに上陸し、ほかにどうすればいいかわからなかったので、庶子神教団に慈悲を乞いました。そう……それでよかったのですよ」わずかな間をおいて彼女はつづけた。「わたしたちはそこで、はじめて理解してもらえたのですから」

ペンは指を折って数えた。まだ足りないようだ。

「それで、その――アドリアのミラの前は？」

「ロガスカですよ。オルバス公の宮廷の召使いでした。公が彼女をミラに与えたのです。ロガスカの前は、セドニアのパトスに住んでいたヴァシア。わたしたちがはじめて出会えた読み書きのできる乗り手でした。寡婦《かふ》で、あの町のしきたりに従って高級娼婦のようなこともしていました。彼女がオルバスの宮廷で贅沢な死を迎えることができたのも、まわりまわって考えればそのおかげなのですけれどもね」

ペンは目をぱちくりとさせた。セドニアだって？　おとぎ話に出てくる国だと思っていた。

どんな不思議が起こってもおかしくはない、遠い遠い場所。暖かな国。心動かされると同時に羨《うらや》ましくもあった。この魔はペンが夢にも思い描いたことのない場所を訪れ、さまざまな人に会ってきたのだ。

「ヴァシアの前はリティコーネ。セドニアの北に住む主婦でした。その前は山の村の女スガーネ。スガーネは山羊を襲った年老いたライオンを、錆びた槍一本で倒したのですよ。無学ではありますがとてもよい乗り手でしたね。そのライオンの前は丘陵地帯を走る野生馬。ライオンに殺され、食べられました。馬の前は……何もわかりません。おそらく、白の神のもとにいたのでしょう」

「あなた方は、その、あなた方は……」どう言えばいいのだろう。「そうした死をすべて体験したのですか」

答える声は砂のように乾いていた。

「ある程度は」

だが誕生はひとつも経験していない。それでは均衡がとれないだろう。もちろん、彼自身も自分の誕生を記憶しているわけではないが。

この霊体を身内に宿しているかぎり、就寝前の物語に事欠くことは二度とないだろうけれど、このままでは眠りそのものが足りなくなってしまいそうだ。

でもそれは今夜ではない。ペンはこらえきれずにあくびを漏らし、蚤のいない温かな寝具の中にもぐりこんだ。そして、自分の声がつぶやく山の小川のような聞き慣れない言葉にあやされながら、眠りに落ちていった。

目覚めたときは昂っていた。夢うつつのまま寝返りを打って、自分自身に手をのばした。部屋は暖かく、薄暗く、静かで、なんの心配もない。

手が目的のものに触れようとしたとき、彼の口が言葉を発した。

「まあ、それをこの立場で経験するのははじめてね。興味深いこと」

手が凍りついた。

「わたしたちのことは気にせずおつづけなさいな」とデズデモーナ。「おぼえているでしょう、わたしたちは医師なのですよ」

「そうよ、恥ずかしがらないで。そんなものなら千度も見てきたのだから」

「わたしをいっしょにしないで！」

「わたしは千度もおむつを替えたわよ」

つぎはいったい何がとびだすのだろう。どれほど医学的な言葉であろうと、間違いなく卑猥に聞こえるに決まっている。

ペンは寝台からころがりおり、大急ぎで服を着た。一刻もはやく旅をつづけたかった。

リネット川は春の雪解けで流れがはやく、緑色に染まり、驚くほど幅広くなっていた。流れにのりだしている商船も何隻かある。川沿いに走る街道を行き来する隊商は、下流にむかうものより上流を目指すもののほうが多い。この谷間は、ペンの基準からすると低い丘陵で囲まれている。ささやかな岩山から街道を見おろす砦はみな崩壊している。それを三つ通りすぎたとき、ペンは思わずたずねた。

「あの砦はどうしたのですか」

ウィルロムとガンスは肩をすくめたが、トリンカーが首をのばして答えてくれた。

「マーテンズブリッジがやったのだと聞いています。土地の貴族が公然と商人から強奪するようになったのです。はじめは通行料だと称していましたが。そこで町のギルドが王女大神官さまの部隊と協力して、金で解決できない連中の巣を壊滅させ、湖からクロウ川までの街道に安全をもたらしました。いまではすべての通行料がマーテンズブリッジに届けられます」

残念ながらジュラルド城で参考にできる話ではない。彼の故郷にある街道は、裕福な商人よりも牛の群れのほうが数多く行き来しているのだから。

水車小屋や川堰《かわせき》の周囲に、一度などは木橋の周囲に、家が集まって村をつくっている。湾曲した川にそってまわったところで、マーテンズブリッジが視野にはいった。ペンは魅せられたように目を瞠《みは》った。

マーテンズブリッジの町はグリーンウェルの優に十倍はあった。町を二分して流れる川には、石造りの橋が二本、木の橋が一本、かかっている。市城壁の内側の斜面には、木造の家と同じくらい多く石造りの家が立っている。トリンカーが鐙《あぶみ》の上で立ちあがり、ひとつの丘の頂上にそびえる壮大な建物がかの有名な王女大神官の宮殿で、つまりは自分の所属する教団のこの地における中心であると判断したようだった。町の背後では大湖が北にむかってひろがっている。その周囲のなだらかな斜面には農場や牧草地や葡萄《ぶどう》畑がならび、急勾配《きゅうこうばい》の丘は濃緑色の森におおわれている。波うつ湖面には屋根つきの商船や、おおいのない釣り舟が点々としている。湖のむこうにも丘陵地帯はつづき、そのさらにむこう、夢のようにはるかな地平線では、見慣れた白い山頂の連なりが雲の帳《とばり》からわずかに顔を出して挨拶を送っている。

グリーンウェルでは道に迷うことなどあり得なかった。だが南門を通って町にはいったいま、マーテンズブリッジではそうはいかないようだ。馬にまたがったまま丸石を敷きつめた幾本もの街路を進みながら、ペンはぽかんと口をあけてすべてに見惚れた。階を重ねた高い建物、着飾った男女、色鮮やかな市場、堂々たる商人や忙しげな召使い、洗濯女で混みあった広場の美しい噴水、職人の店やギルド集会所に掲げられた優雅なもしくは精巧な錬鉄の看板、ステンドグラスで絵が描かれた窓。トリンカーがまた方角を確かめようと紙に目を走らせた。怒り、いらだっているようだ。

トリンカーが右にむかおうとしたとき、とつぜんペンは口をひらいた。

「ここを左に曲がります」

声にこもる自信がどこからくるのか自分でもわからない。それでも全員がそれに従った。

「ここを右です」と、つぎの街路で指図し、「こっちです」と、つぎの交差点で教え、「そしてここが目的地です」

ペンは鞍にまたがったまま、急な坂道にそってぎっしりとならんだ石造りの建物の一軒を見つめた。幅は狭いが、五階建てで、あまり有力でないギルドの集会所のようにも見える。自慢げなステンドグラスもない。扉の上に控えめに掲げられた木の看板が唯一のしるしで、白く描かれたふたつの手が、のばした親指を片方は上に、もう一方は下にむけて、ゆるく握られている。ほかの四本の指すべてに触れることのできる親指は庶子神を意味する。その看板をのぞけばまったく神殿らしくない建物だ。トリンカーが心配そうな視線をペンにむけてから、馬をおり、扉をノックした。

顔を出した門番は、ごくあたりまえの服の上に、看板と同じ二本の手が刺繍されたタバードをつけていた。男は姫神教団の正規のバッジとトリンカーの帽子にとめられた青と白の羽根を目にとめ、改めてたずねた。

「どういったご用件でしょう」

トリンカーはぎこちなく咳払いをした。

「われわれはルチア学師の護衛としてリーストの町よりまいった。この館でどなたかがルチア学師をお待ちと聞いている。その方にお目にかかりたい」

門番が一行を見わたした。

「それで、学師さまはどちらにおいでなのですか」

「その件について、担当の方にお目にかかりたいのだ」

門番はひたいに皺《しわ》をよせた。

「しばらくお待ちください」

そしてまた扉が閉まった。

トリンカーはたいしたものだ。護衛騎士はいま、このままみんなで逃げてしまおうとは言いださず、背筋をのばしてしっかり立っている。ペンが昨夜、窓から脱走しなかったのは、与えられた義務を果たしているだけでペンに何ひとつ害をなしていない護衛騎士たちに対して、それはあまりにひどい仕打ちではないかと考えたためだった。それが理由の半分で、あとの半分は、庶子神教団がこの苦境にどう対処してくれるのかという純然たる好奇心だ。わざわざここまで送り届けられたのだ、何もしないということはあり得ないだろう。

クッションを使ったロクナルのおぞましいやり方は、町の背後の湖でも有効だろうか。たぶん。春の凍えるような水では効果もすみやかにあらわれる——いや、もう考えるのはやめておこう。

数分後、また扉があいて、門番がいかにも不安そうな男を案内してきた。中年で、身長も体格も中くらい、きっちりと整えた茶色の髪と髭には白いものがまじりはじめている。黒っぽいズボンの上に、町の人々と同じようなおちついた縁飾りのある膝丈の上着をまとってベルトを締めている。漂白していない羊毛のチュニックは彼が仕える神をそれとなく示してはいるものの、はっきりとしたしるしは肩にとめた白とクリームと銀からなる徽章だけだ。身分を隠して歩きまわりたいときは、すぐさまはずしてポケットにいれることができる。

「ティグニー学師です」

名のりながら、視線がすばやく一行を調べあげる。ガンスが従者であることはひと目でわかるし、神殿護衛騎士ふたりの身分も明らかだ。だがペンリックは謎だろう。視線は一瞬彼にとまり、それから、帽子を手に口をひらくきっかけをさがしているトリンカーにもどった。

「ルチア学師についての知らせだと聞きました。今週じゅうに到着するものと待っていたのですが」

トリンカーが咳払いをした。

「知らせといえばそのとおりですが、よい知らせではありません。ルチア学師は旅の途中、グリーンウェルの町から五マイルほどの場所で心臓の発作を起こし、ウィルロムが」――と連れの護衛騎士を示し――「助けを呼んでくる前にお亡くなりになりました。グリーンウェルの神殿が相応の葬儀をとりおこない、かの地に埋葬いたしました――式においては白い鳩が学師の神を示し、すべてとどこおりなく運びました。旅もなかばを越え、ほかにどうすればいいか判断しかねましたので、受けとるべき方にお届けするべく、学師の衣類と荷物のすべてをもってまいりました」

ティグニーが鋭い視線を投げた。

「荷物をあけてはいないでしょうね」

「もちろんです」トリンカーは断言した。「ルチア学師はつまるところ、魔術師です。わたしどもはそのような勇気をもちあわせてはおりません」

ティグニーは安堵を浮かべたが、それも一瞬のことで、ふたたび緊張を走らせた。

「だが――魔はどうなったのです。ルチア学師とともに白の神のもとに去ったのですか」

「いえ、それなのですが」とトリンカーはペンのほうにあごをしゃくった。

ティグニーがはっとふり返った。ペンは弱々しい笑みを浮かべ、小さく指をふった。

「その、すみません、ここにいます」

「それであなたは……？」ティグニーは驚愕をこめてまじまじと彼を見つめた。「ともあれ、中でお話をうかがいましょう」

そして門番に、ルチアの荷物をもってくるよう命じた。門番はばたばたと鞍から荷物をおろして玄関ホールに運びこむと、ガンスとウィルロムといっしょに、神殿の馬を預かってくれる近くの厩舎《きゅうしゃ》まで馬を連れていった。

「こちらです」

ティグニーがペンリックとトリンカーを二階に案内し、街路を見おろす照明の明るい小部屋に通した。学者の研究室と会計室を兼ねたような部屋で、紙と筆記具が雑然とおかれた書斎机がひとつあるほかは、数脚の椅子が散らばり、さまざまな品のつまった棚がいくつかならんでいるだけだ。ペンはそれらを目にとめ、庶子神の神官がなぜ急使のための鞄を二十もならべているのだろうといぶかった。

ティグニーが髭をこすりながら椅子を勧め、改めてペンにたずねた。

「それで、あなたは……？」

「ペンリック・キン・ジュラルド。グリーンウェルの町に近いジュラルド城からきました」デズデモーナも紹介したほうがいいだろうか。「長兄ロルシュがジュラルド領守を継いでいます」

「それでいったいどうして――。いえ。順番にはじめましょう。そうでなければ筋道を通して理解することはできません」

そして彼はトリンカーにむきなおり、リーストで神官の護衛に任じられたときからグリーンウェルで悲劇に見舞われるまでの行動を手際よく聞きだしていった。その旅程は、ペンが加わってからよりもかなりゆったりとしたものだったようだ。

「ですが、そもそもなぜそんなところにいたのですか」ティグニーがむしろ憂《うれ》いを帯びた声でたずねた。「リーストからマーテンズブリッジにまっすぐむかうつもりなら、通るはずのない街道ではありませんか」

トリンカーは肩をすくめた。

「わかっております。ですが学師がその道を行くとおっしゃったので」

「なぜでしょう」

「リーストからマーテンズブリッジまでの街道は三十回以上も往復しているから、べつの景色を見たいと」

「その街道を選んだことについて、ほかに何か話してはいませんでしたか。ほんとうに単なる気まぐれだったのでしょうか。何か気になる言葉とか、奇妙なふるまいはありませんでしたか」

「いえ、べつに……」

ティグニーはくちびるをゆがめてその返事を受けとめ、それから大きく息を吐いて言葉をつづけた。

「召使いの女がいたと言いましたね。ならばなぜ――その女はどこにいるのですか」

「リーストにもどりました。グリーンウェルの神官が宣誓証書をとっています。あなたにおわたしすればよろしいのでしょうか」

「ええ、お願いします。ほんとうになんの因果やら」

トリンカーが書類をとりだして神官にわたした。ティグニーは封を切って目を通し、それからさらに眉間に深く皺をよせ、不満そうなため息を漏らして書類を脇においた。

ペンは思いきって口をひらいた。

「学師殿はこうしたことにくわしいのでしょうか。魔術師とか、魔とか……こういうことに」

ティグニーが答えようとしたとき、扉がノックされた。ふり返ると、馬を預けてきたウィロムとガンスだ。証人が全員そろったところで、神官は改めてルチアの死についてたずね、各人が、細かい点では少しずつ異なるものの、明らかに一致する証言をおこなった。それにしても、ペンが「青ざめて死んだ鰻《うなぎ》のようにぐったりと倒れた」というガンスの描写は、あんまりではないだろうか。ティグニーは最後にペン自身の証言を求めた。ルチアの最期の言葉、紫の閃光《せんこう》、不思議な声についても漏らさず語った。全員が驚愕の視線をむけてくる中で、尋問者だけはすべてをごくあたりまえのことと受けとめているようだ。

それからティグニーは一連の質問によって、ペンにせよジュラルド城の誰にせよ、街道での偶然の出会い以前、一度もルチアに会ったことがなく、いかなる意味においても彼女について何も知らなかったことを確かめた。神官はくちびるを引き結び、ふたたびペンにむきなおった。

「長い失神から覚めて以後、何か異常なことを感じたり体験したりはしていませんか。どんなことでもかまいません」

「ひどい頭痛がしましたが、グリーンウェルを出発するころにはそれもおさまっていました」

〈誰もわたしに触れようとしなくなりました。婚約はあっさり解消されました。なんの罪も犯していないのに囚人のような扱いを受けています〉

でもそれは言わずにおいたほうがいいだろう。ティグニーがようやく緊張をゆるめはじめたそのとき、ペンは言葉をつづけた。

「それから一昨夜、魔が目覚めて話しかけてきました」

ティグニーが凍りついた。

「どのようにですか」

「わたしの口を使って……でしょうか」

「それは確かなのですか」

いまの問いをどうとらえればいいのだろう。錯乱したか幻覚を見たと思われたのだろうか。新たに魔に取り憑かれた者には、よく起こることなのだろうか。

「言葉を発したのがわたし自身でなかったことは確かです。わたしはイブラ語は話せません。ロクナル語もアドリア語もセドニア語もです。一度話しはじめると、彼女はとてもおしゃべりで議論好きでした」

十人の女が押しこめられているのだから無理はない。十人の女の幽霊——と考えると物騒だ。

〝十人の女の幽霊の残像〟のほうがましだろうか。

ティグニーは彼の言葉を理解すると立ちあがり、階段の上から大声で門番を呼んだ。門番の名前はどうやらコッソというらしい。それとも**コッソ!**というべきだろうか。

「こちらの三人に食事をさしあげなさい」門番に命じ、ガンスと神殿護衛騎士ふたりを外に連れだした。「それから、ペンリック卿の従僕が今夜休む場所を館内に用意しなさい」さらに護衛騎士にむかって、「おふた方は王宮神殿にある姫神教団の宿舎までお送りしますが、もう一度お話しする機会をとるまで、この館を去らないようお願いします」

そして三人のうしろで扉を閉めると、ふり返ってしげしげとペンを観察した。ペンも期待をこめて視線を返した。やがて彼はペンのひたいに手をのせて大きく唱えた。

「魔よ、語りなさい!」

静寂。やがてペンは居心地が悪くなって身じろぎした。

「わたしがとめているのではありません。昼間は眠っているのではないかと思います。これまで彼女が話しかけてくるのはいつも就寝の前でしたから」

それとも、ペンがひとりでいるとき、だろうか。

ティグニーは眉をひそめ、もう一度威圧的な声を放った。

「語りなさい!」

「わたしがやってみましょうか?」不安がつのり、ペンは明るく申しでた。それから声をやわらげ、「デズデモーナ、ティグニー学師に何か話してくれませんか。わたしが正気を失っているとか、もしくは嘘をついていると思われないように。お願いします」

かなりの時間がたってから、彼の口が片意地な声音で語りはじめた。

「なぜ話さなくてはならないのか、理由がありませんね。臆病な魔の退治人。ルチアは勤勉な男だと思っていたようですが、わたしたちから見れば知ったかぶりの自惚《うぬぼ》れ屋にすぎませんよ」

ペンはとんでもない言葉の奔流をとめようとするかのように両手で赤くなった顔を押さえ、やがてゆっくりと手をおろした。

「申し訳ありません。彼女はいささか頑固なもので。その……お知り合いだったのですか」

「ルチアのことなら二十年前からよく知っています——知っていました」——傷ついたように手をふって訂正し——「彼女が乗魔を手に入れたのちのことですが」

ペンはためらいがちに口をひらいた。

「ご友人だったのですか、お気の毒に思います」

「〝同僚〟と言ってください。わたしがはじめてわたしの魔と契約したときに、訓練を引き受けてくれたのがルチアです」

「では学師殿も魔術師なのですか」ペンは驚いてたずねた。

「以前はそうでした。いまはちがいます」

ペンは息をのんだ。

「生命を失うことなく魔を手放したのですか」

「そうです。ほかにも方法はあります」この男はしかめた顔をさらに厳めしくすることができるらしい。「魔の浪費ではありますが、ときにはそれも必要ですから」

ペンはその話題を追求したかったが、ティグニーは逆に、ジュラルド城での子供時代、若者になってからの暮らしなど、彼のすべてについてたずねはじめた。簡単ではあれ退屈な一代記を語らなくてはならないらしい。

「なぜ街道で足をとめたのですか」ようやくこの質問までたどりついた。

「とめないわけにはいかないでしょう。ご婦人がとても苦しんでおられるように見えたのですから」そしてそれは事実だった。「お助けしようと思ったのです」

「町まで馬をとばそうと申しでてもよかったではありませんか」

ペンはまばたきをした。

「それは考えていませんでした。あまりにも展開が急だったので。何がどうなっているのかと馬をおりたときにはもう、ウィルロム殿が駆け去っていました」

ティグニーはひたいをこすってつぶやいた。

「おかげですべてがこんぐらかったということですね」そして顔をあげ、「ルチア学師は王宮神殿に宿泊する予定でしたが、あなたはさしあたってここに泊まったほうがいいでしょう。部屋を用意します」

そしてもう一度大声でコッソを呼び、いかにもあるじらしい口調でいくつかの指示をくだした。ティグニーはかなり地位の高い人間なのだろうか。この館は明らかに、礼拝や祈禱ではなく、神殿の実務をおこなう場所なのだが。

「学師殿は庶子神教団でどのようなお仕事をなさっているのですか」

ティグニーの眉が吊りあがった。

「ご存じなかったのですか。わたしはこの地域ですべての神殿魔術師を監督しています。すべての往来、仕事の割り当てや経理をとりしきっています。魔術師の管理人といってもいいでしょう。管理人という存在がどれほどありがたがられるものか。報われない仕事です。ですが庶子神は、魔術師が自分たちだけではやっていけないことをご存じなのです」

そしてティグニーはペンを廊下に連れだした。

「わたしはその部屋にずっととどまっていなくてはならないのでしょうか」

ペンの問いにティグニーは鼻を鳴らした。

「魔がすでに目覚めているのなら、閉じこめておこうとしても無駄なことです。ですができれば、わたしの許可なくこの館を出ることのないよう、お願いします」

最後の言葉は無理やりひきだされた感があるものの、それだけに真剣だ。ペンはうなずいた。

「わかりました」

しばらくのあいだなら、この館ひとつだけでもマーテンズブリッジを味わうには充分だ。それに、館の中なら道に迷うこともないだろう。

「ありがとうございます」ティグニーが礼を述べ、門番に命じた。「姫神の騎士おふたりをもう一度連れてきなさい。そのあとで従僕のガンスを。それから、あとでわたしのところへくるよう、外出しないよう、クリーに伝えなさい」

そしてペンは門番についてティグニーの執務室を去った。

館の最上階に案内された。召使いや身分の低い信士のための、小さな部屋がいくつもならんでいる場所だ。彼が通された部屋には、それでも窓がひとつあった。窓の下に古いテーブルが押しやられ、揃いではない水盤と水差し、汚れたタオルが数枚、髭剃り用の鏡と誰かの髭剃り用具がおいてある。簡易寝台がふたつ。すでに誰かが暮らしているしるしはほかにもあり——壁の鉤には服がかかっているし、片方の寝台の足もとには櫃がおかれ、ブーツが散らばり、両方の寝台の下にさまざまな品が押しこまれている。もう一方の寝台の上は片づいていて、ペンの鞍袋がのっている。夕方になれば館の住人は階下の食堂で食事をとる、と部屋を去る前にコッソが教えてくれた。食事に招かれたことが嬉しかった。たとえ部屋数が足りないからだとしても、人との接触禁止令は解除されたらしい。同室の相手が、押しかけ客にあまり怯えなければいいのだけれど。ここでは少なくとも、満員の宿ではしばしばあることだが、見知らぬ他人と寝台を共有する必要だけはなさそうだった。

水差しの中身が残っていたので、顔と手を洗って旅の埃を落とし、のちのちのために鞍袋からいくつかの品をとりだして、寝台の端に腰をおろした。この、わけのわからない混乱状態をなんとかしなくては。

「デズデモーナ、そこにいますか」

なんという馬鹿げた問いだろう。彼女がほかのどこに、どうやって行くというのだ。

「目覚めていますか」

答えはない。骨までくたびれきってはいるけれども昼寝をするほど眠くはなく、さらに数分そうやって腰かけているあいだに、彼の気分は不満へと傾いていった。ティグニーはこの館の管理をしていると言った。これからどうすればいいか誰も教えてくれないのなら、自分でそれを見つけにいくまでだ。ペンは立ちあがった。探検してみよう。

最上階には召使い用の部屋があるだけだった。ひとつ下におりてみた。部屋の数は少ないものの、ほとんどの扉が閉まっている。ひとつだけあいたままの部屋は誰かの寝室であるらしく、ちらっとのぞいてみただけで、中にはいるのはやめておいた。その下の階では多くの扉が開け放たれ、ティグニーのものとよく似た事務室で人々が働いていた。どんな仕事をしているのか、まったく見当がつかない。ちょうどティグニーの執務室の真上くらいにあたるだろう、大きな静かな部屋に首をつっこみ、ペンはそこで足をとめた。

館の書庫だ。生まれてこのかた、ひとつの部屋にこれほど多くの書物や巻物がおさまっているのを見たことがない。グリーンウェルの姫神学舎には書棚がひとつしかなく、ペンは二年にあがる前にそのすべてを読んでしまった。先祖たちもまた学問を習慣とはしておらず、ジュラルド城には会計簿や毎年の狩りと収穫を記録した帳簿をのぞけば、さんざんまわし読みをされてばらばらになりかけたお話の本が数冊と、埃をかぶった神学書が二冊あるきりだった。ペンは中にはいって驚嘆した。

街路を見おろす窓がふたつあり、その光をできるだけ平等に受けられるよう、二台の長い書き物机がならんでいる。そのひとつに、ペンとさほど変わらないだろう年頃の若者——心が躍った——が、かがみこむようにして慎重に鵞筆《がひつ》を動かしている。兜《かぶと》をかぶる兵士のように短く黒髪を切り揃えているけれど、どう見ても兜をのせたことは一度もなさそうだ。罫線をひいた四角い白紙の山を左におき、右側には文字で埋められた紙がそれより小さな山をつくっている。そして正面には木製の書架台に本が立てかけてある。書写をしているのだ。

若者が顔をあげてペンに気づき、眉をひそめた。邪魔がはいることを喜んでいない。ペンは懸命な微笑を浮かべて無言で小さく手をふり、邪魔をしたいわけではないこと、友好的でありたいこと、ごくあたりまえに挨拶をかわしたいことを伝えたが、若者はうめきをあげて作業中の紙に視線をもどした。すげない反応をいい意味に解釈し、ペンは関心を書棚にむけた。

床から天井まで届く一架のすべてが神学書であるらしいのも、この場所を思えば驚くことではない。べつの一架は、べつの時代、べつの地方の歴史書で埋まっている。ペンの故郷は歴史よりもチーズづくりで知られているけれども。いかにも古いもろそうな巻物ばかりをおさめた棚もある。絹の飾り紐がかかり、それぞれ書名を記した木札がさがっているが、それに触れる勇気はない。物語と思われる手垢で汚れた本の棚を見つけて喜び、それからダルサカ語の本がつまった高い棚を見つけた。学舎の教師たちからはまずまずという評価をもらった言語だ。それから、まったく読めないイブラ語の棚がふたつ。そして、風変わりな文字で書かれたセドニア古代語の棚が一架。

これまで、謎めいたセドニア古代文字といえば、古い貨幣や、グリーンウェルにいたる街道沿いの神殿遺跡に彫られたものしか見たことがない。千年以上の昔、温暖なセドニア半島から寒冷地であるダルサカ海岸までの二千マイルを支配した帝国が、片田舎にひっそりと残した遺産だ。学者たちはその栄華を流れ星のようにはかない輝きであると語るが、ペンにしてみれば、三百年にわたる支配が〝はかない〟ものとは思えない。いずれにしても、数百年後アウダル大王の帝国が後継者たちの失策によって崩壊したように、かの旧帝国も数世代がすぎるあいだに瓦解《がかい》し、将軍たちの反乱によって分裂をくり返したのである。

蠟引き布で装丁した本に手をのばした。比較的新しい写本だから心配はいらない。背表紙に謎めいた美しい文字で題名が記されている。ひらきながら、この写本をつくったのは誰なのだろうと考えてみる。意味はわからなくとも、渦巻き模様や織り模様のように美しい飾り文字をながめるだけのつもりだった。

だがペンの目はひとつの段落の意味を理解していた。

「技師王と異名をとるレトゥス皇帝は――第二次疫病により後継者に任命される以前、伯父の軍で勤務していた若いころに、敵の砦の下に隧道《ずいどう》を掘ったことからこの名を得たものであるが――その治世の六年、エパリアの泉から都まで九マイルにわたる水路を築き、皇妃の庭園に水をひくと同時に、都じゅうに新しい噴水をつくって住民に健康と喜びをもたらし……」

ペンは息をのんで固く目を閉じた。ややあってごく慎重に、そっとあける。優雅な異国の文字が見える。だがいまやそれは〝言葉〟となって、ウィールド語の文章と同じくらい容易に、その意味を彼の心に伝えてくるではないか。

「読める！」驚愕をこめてささやいた。

「それはよかったこと」とデズデモーナ。「賢い子であってほしいと願っていたのですよ」

「でも、読めるはずなんてないのに！」

「そのうちに、わたしたちのもっている知識のほとんどがあなたのものになりますよ」そこで短い間をおいて、「逆もまた真ですけれどね」

ペンはぴたりと口を閉じ、とつぜんこみあげた不安を抑制しようと努めた。彼としては、その知識の交換がよりよい形でなされることを祈るばかりだ。

背後からうんざりしたような声がかかった。

「何かたずねたいことがあるなら、もうすぐ司書がもどってくるぞ」

「ありがとう」ペンはかろうじて微笑を浮かべ、ふり返った。「ただ、その、独り言を言っていただけです。悪い癖なんです。お邪魔をしてしまったのならすみません」

若者は肩をすくめたが、すぐに作業にもどろうとはしなかった。

「何を写しているのですか」ペンは紙を示しながらたずねた。

「ただの物語集だよ」馬鹿にしたように爪で本をはじき、「くだらない本さ。重要な本はみんな上級信士のところにいくんだ」

「でもきっと、その仕事でずいぶんいろいろなことを学べるのでしょうね。たくさんの写本を印刷するための版木もつくるのですか。マーテンズブリッジではそういうこともやっているのだと聞いたことがあります」

「わたしが木彫り師に見えるか」インクのついた手をひねり、「どっちにしたって、そういう仕事もそれにともなう報酬も、みんな上級者のところにいくんだ」

「あなたは信士なのですか」思いきってたずねてみた。

この写字生はモールも徽章もつけていないし、チュニックとズボンという、町でよく見かけるあたりまえの服装をしている。

「平信士ですか、それとも神殿所属でしょうか」

若者は肩をそびやかして顔をしかめた。

「神殿に誓約を捧げている。持参金を山ほどもってきた連中で定員がいっぱいになっていなかったら、すぐにも祭司になれるはずなんだ」

庶子神教団にはいるにあたってその経路は人によってさまざまだが、その中に、相応の持参金をつけて神殿に献上された庶子がいる。これはもちろん裕福な家にかぎられた話だ。貧しい捨て子は名もわからないまま、てっとりばやく孤児院に預けられる。若者を怒らせることになるかもしれないと、そのどちらであるかをたずねることはやめておいた。

「でも、少なくとも部屋の中でできる仕事ですよね。牛の番とちがって」

若者は意地の悪い微笑を浮かべた。

「おまえは田舎からきた牛飼いなのか」

「必要があれば牛の番もします」ペンは答えた。

写字生の口調は明らかに、牛の番を卑しい仕事と見くだしている。だがペンにとってのそれは、否応なしに課せられた毎日の仕事ではなく、戸外ですごすたまの休日にすぎない。

「干し草づくりもですね。収穫期には身分の上下を問わず、すべての人々が駆りだされます」

山での狩りは何より楽しい仕事だ。ペンは野生の羊に関しては運が強く、しばしば一矢でしとめることができたし、誰よりも身軽なため、うさんくさい熱意をこめた召使いたちの喝采を浴びながら、危険な斜面や崖からその死骸を回収するのも得意だった。神によりその年頃の男子に与えられたものとして、ペンはそうした仕事に満足している。ドゥロヴォとその友人たちの例を見れば、御子神が認めたもう戦友のまじわりはそれほど魅力的とは感じられない。

「牛飼いだって？　どういうことなんだ」

若者はつぶやきながらも、返事を求めているわけではないのだろう、また鵞筆をインクにひたした。

ひと束の書物を抱えて年輩の女がはいってきた。白い神殿ローブの肩に、祭司であることを示す輪になった徽章をとめ、紐をつけた金縁眼鏡を首からぶらさげている。マーテンズブリッジはガラス細工で有名だ。この町ではごくふつうの人でもこんな贅沢ができるのだろうか。もちろんこの女が司書だろう。女は足をとめてペンを見つめた。敵意はなく、むしろ好奇心のほうが勝っている。

「それで、あなたはどなたですか」

ペンは軽く頭をさげた。

「ペンリック・キン・ジュラルドと申します。わたしはこの館の……その、客です」〝客〟のほうが〝囚人〟よりは聞こえがいい。「ティグニー学師が、館内を自由に見学してよいとおっしゃったので」

神官の名を聞いて女の眉が驚きに吊りあがった。

「まあ、そうなのですか」

それがよい反応なのか悪い反応なのか、女の口調から判断することはできない。ペンはさらにつづけた。

「魔法とか魔について書かれた本はないでしょうか。実用的なもので」

あまりにも高尚で眠りを誘う分厚い学術書を勧められないよう、慎重に最後のひと言をつけ加えた。この題材を扱った本なら退屈になどなりようはないと思うのだが、それでも以前ルーレンツ学師の本棚から借りてきた神学の本を幾冊か読んだ――読もうとした――経験から、ペンは神殿学者の救いようのない単調さを見くびってはならないことを学んでいた。

司書は一歩あとずさって頭をあげた。

「残念ですが、そういった本の閲覧が許されるのは神官以上の地位の方のみにかぎられます。あなたはまだその徽章を授けられてはいませんね」

「でも、そうした本はあるのですね?」〈どこかに〉

いまながめた棚には一冊も見当たらなかったが。

女の視線は書庫のむこう端にある背の高い扉つきの棚を示している。

「もちろん鍵がかかっています。さもなければ、あのように貴重な宝はすぐさま盗まれてしまいますからね」

いったい何冊の本が収容されているのだろうと、ペンは新たな興味をもって大きな本棚を見つめた。

「神官から許可が出たら、わたしにも貸してもらえるでしょうか」

ティグニー神官の許可なら大丈夫だろうか。そうだとしても、ペンに許可を与えてくれるだろうか。

「神官の許可が得られたうえ、その必要があれば、です。それで、あなたにどのような必要があるのですか」

女が微笑する。禁断の喜びを手に入れようと画策する若者たちの甘言を長年にわたって撃退してきた者の、皮肉っぽい笑みだ。ジュラルド城の料理人ならいつだって懐柔できたのに……

「その、ご存じと思いますが、わたしはつい最近、グリーンウェルの街道で亡くなられた神殿魔術師から魔を受け継いだところなんです。じつをいえばまったくの偶然ではあるのですが、デズデモーナといっしょになったからには、自分が何をしているのかもっとよく知っておいたほうがいいと考えたものですから。いまのところ、わたしは何ひとつ知らないも同然なので、貸していただけるものからはじめたいと思っています」

そして、最高に好感度の高い笑顔をつくった。最大限の快活さと、自信もこめた。とにかく信頼できる人間だと印象づけなくてはならない。

だがその試みは明らかな失敗に終わった。女は咽喉もとに手をあててすばやくあとずさっのだ。そして眉をひそめたままじっと彼を見つめた。

「もしそれが冗談ならあなたの皮を剝いで本の装丁にしますよ。そこで待っていてください」

そして抱えていた書物をおろし、またとびだしていった。

ペンの視線はふたたび、いまや魅惑満載となった本棚にむけられた。さっきの脅し文句は文字どおりの意味だったのだろうか。つまるところ、魔を統べる神の司書なのだから……

紙に走る鵞筆の音がとまっている。ふり返ると、まるでペンが頭から枝角を生やしたかのように、写字生信士がじっと見つめていた。

「なんだっておまえみたいなやつが魔を手に入れられたんだ」驚愕をこめた問いが投げられる。何度もくり返し説明してきたことだ。ペンはできるだけ短くまとめて、自分の出くわした災難を説明した。われながら、ずいぶんうまくまとめられたと思う。

見ひらかれていた写字生の目が細くなった。

「知っているのか、神官より下の地位の者は誰も、神殿の魔と、その贈り物たる魔法を受けることはできないんだぞ。それだけ高度で貴重な力と考えられている。みんなその地位を得るために競いあって学び、準備する。それでも何年も待たなくてはならないんだ」

ペンは頭を掻いた。

「でも、ときどきこういう事故はあるはずです。つまり、人が亡くなる時と場所を選ぶことはできないのですから」

いや……確実な方法がひとつだけある。だが神殿がそれをしているという噂は聞かない。

写字生はくちびるを引き結んで首をふった。

司書がティグニーを連れてもどってきた。ペンは顔を輝かせた。

「ああ、ティグニー学師！　ここにはいっている本を読む許可をいただけませんか」鍵のかかった本棚を示し、「わたしにその必要がないとは、もちろんおっしゃいませんよね」

ティグニーはため息をついた。

「ペンリック卿。わたしはようやくルチアの荷物をほどきはじめたところなのです。このこんぐらかった状況の中で何が必要になるか、わたしにもまったく見当がつきません」

ティグニーの視線を受けて、ペンは懸命に知識に飢えた若者の目で訴えた。だが神官は表情をやわらげることなく、むしろこわばらせただけだった。

「ですが、書庫があいている時間、鍵がかかっていない棚の本を読むことは許可しましょう。それで時間をつぶすことができますね」

言葉にされてはいないが、〝それで我慢しておとなしくしていなさい〟ということだ。だが〝以後も許可を与えることは絶対にない〟と言われたわけではない。

「もちろんです」いかにも従順に納得した声で答える。

そのうちにもう一度ためしてみようと考えながら、まだセドニアの歴史書を手にしていることに気づいた。本をティグニーに見せ、声を落としてたずねた。

「さっきこの本をひらいたら、読むことができたのです。これは……よくあることなのでしょうか」

ティグニーのくちびるが引き攣った。

「あなたがセドニア人ならば……」

重苦しい冗談に、ペンはかろうじて笑みを浮かべた。怒られたり雷のような声で禁止されるよりはずっとましだ。

「でもわたしはセドニア人ではありませんし、これまで——ほんとうにたったいままで、ひと言だってセドニア語は知りませんでした」

ユーモアをこめた返事は報われ、ティグニーが力強く短いうなずきを返してくれた。

「そう、よくあることです。乗り手との関係がある程度つづけば、魔はその母国語を習得します。そしてつぎの乗り手にそれを伝えるのです。ルチアは六カ国語を操りました。すべて母語のように流暢《りゅうちょう》に話すことができました。ルチアにとって、そして神殿にとって、非常に有益な力でした」

「では、ルチア学師はすばらしい学者だったのですか」

ティグニーはためらった。

「そういうことではありません」一瞬ペンを見つめ、「あなたはほんとうに短期間で吸収しているようですね。そうした知識が——なんというか、にじみでてくるには、ふつう何週間も何カ月もかかるのです。ですがそれをいうならば、ルチアの乗魔はつねになく古く強力な魔でしたから」息を吸って、「ルチアの遺品を整理するにはまだしばらくかかります。ルチアの身に起こった出来事をもっとも近くで目撃した証人として——もっとも信頼できるというわけではないでしょうが——彼女の古き魔と直接話をしたいと思っています。そのためにも、あなたにはこの館で待機していていただけるとたいへん助かるのですが」

「もちろんです」半分の勝利でも、手にはいるときに獲得しておかなくては。「ですが……わたしは彼女に話すよう強いることはできないと思います」

「魔は制御できます。あなたはまだその方法を身につけていないだけです」

本棚についてもうひと押ししようかと考え、やめておくことにした。どうせ一日でここにある本すべてを読むことはできないのだ。ティグニーがさらに言葉をつづけた。

「言い換えるならば、もし魔があなたを制御するようなことになったら、間違いなくあなたにもそれがわかるということです」そして険しい表情で顔をそむけた。

ペンはふたたび、もと魔術師だというこの神官はどうやって魔と決別したのだろうといぶかしんだ。

それから神官は、もはや仕事をしているふりもせず厚かましく耳を傾けている写字生にむきなおった。

「クリー、その頁を写し終えたら下にきなさい。発送前に写してほしい手紙が何通かあります」

「わかりました」写字生は答えて鵞筆をふり、おとなしく緻密さを要する仕事にむきなおった。

ティグニーが司書を廊下に連れだした。それとなく見ていると、ふたりはちらちら彼のほうをうかがいながら、低い声で話しあっている。やがてティグニーは去り、司書も書庫にもどってきた。彼女はペンにおざなりな会釈を送り、隅の机で謎めいた仕事をはじめた。

どれを選べばいいのかその数に圧倒されながら物語の棚にむかおうとしたが、結局はふたつめの机にすわって、セドニアの歴史書をもう一度ひらいた。新しく発見した能力が、あらわれたときと同じくらいとつぜん消えてしまうのではないかと、不合理な不安に襲われたのだ。ならば読めるあいだに読んでおいたほうがいい。歴史書は物語と同じくらい面白かった。皇帝の宮廷は人食い鬼の巣のように幻想的だし、技師王と呼ばれ、民のために噴水をつくった皇帝についても、もっといろいろなことを知りたかった。それはどう考えても皇帝らしからぬ業績だ。皇帝とは国々をめぐって征服するのが仕事ではないのか。少なくとも、皇帝とはそうやってなるものだと思っていたのだが。

写字生クリーはその頁を終え、道具を棚に片づけると、いかにも不本意そうにペンのいるあたりにむけて会釈を送り、書庫を出ていった。親しみはこもっていないが、礼儀正しく彼の存在を認めたというところだろうか。ペンも微笑しながら軽く頭をさげた。そんなものがおこなわれているとは気づいてもいなかったささやかな戦闘の、休戦条約に署名をする外交官になった気分だ。夕闇がせまり、ペンが食事におりていくまで、司書は書庫を離れなかった。そして彼女は、ふたりが退室したあとの扉にしっかりと鍵をおろした。

夕食は手のこんでいない料理ながらも量だけはふんだんにあって、白漆喰の壁に囲まれた地下食堂の長テーブルで供された。この館で働いている神官や祭司の全員がここで食事をするわけではないらしい。近所に部屋を借りている者や結婚している者もいる。ティグニーの姿もない。クリーがいて、それほど冷たくもない態度で隣の席に招いてくれた。ペンはそこで、ただの〝客〟として紹介された。疲れているうえ空腹だったので、あまり口をひらかず、もっぱら聞き役にまわった。周囲にいるのは若い信士たちだ。なぜマーテンズブリッジにきたのかとペンにたずねる者があると、クリーがたくみに話題をそらした。彼らは噂話についで、仕事——主として館の運営であるようだ——に関する情報を交換し、さっさと食事をすませ、あわただしく食堂を去っていった。

テーブルではつづいて使用人たちが食事をする。食堂を出ようとしたペンは、はいってくるガンスとすれちがった。従僕はこれから数日、仕事をしなくても食事がもらえることに満足しているようだった。

「ペンリックさま、いつになったら帰れるんですか」それでも彼はたずねた。

「わからないよ。決めるのはティグニー学師だと思うのだけれど、まだルチア学師の遺品を調べ終わっていないようだから」

どれほどたいへんな仕事だというのだろう。つまるところ、ルチア学師の荷物は鞍袋ひとつで、そのほとんどは女物の衣類だったのに。

〈そう……魔をのぞいて〉

「たぶん、ティグニー学師はルチア学師の遺言執行人みたいなものなのだと思うよ」

ガンスは不満そうなうなり声をあげてそれを受け入れた。ペンはクリーを追って階段をあがり、同室の相手が彼であることを知った。個室でなくなったことにクリーが腹を立てるのではないかという心配は杞憂《きゆう》に終わった。館の規則は、さっさと床につき、夜明けとともに起床するというもので、ペンもすぐさま就寝の用意をした。事実、今日は一年ほどにも長く感じられたし、一年分ほど多くの変化があった。クリーはすぐさま蠟燭《ろうそく》を吹き消そうとはせず、ペンの家族についてあれこれとたずねはじめた。もっともそれは、ペンの家をちっぽけな山国――であることをペンもようやく理解しはじめた――の田舎地主と決めつけたものだったが。

「あなたはこの町の出身なのですか」ペンはたずね返した。

この写字生はいかにも垢抜けている。

「いまはそうだが、生まれたのは十マイルほどさきの湖沿いにあるマーテンデン城だ。兄がその領守だ」

「ロルシュといっしょです」ペンは共通点が見つかったのを喜んで答えた。「では、あなたはクリー信卿なのですね」

クリーは顔をしかめた。

「腹違いの兄と言うべきだったかな」

「ああ、そうなのですか」一瞬のぎこちない間をおいて、「わたしにも庶出の叔父がいます。グリーンウェルに近い農場に住んでいるのですが、わたしはその叔父が大好きです。叔母もとても親切にしてくださいますし」

〈よくあることです、べつに問題ではありません〉と、言ったつもりだった。

クリーは鼻を鳴らした。

「マーテンデンは少しばかり武装しただけの農場じゃない。キン・マーテンデンはもう何世紀も前からこの地方を治めている大貴族なんだぞ」

いまの言葉はジュラルド城に対して不当ではないだろうか。少なくとも、〝武装した非常に広大な農場〟というべきだろう。

「兄上はこの町と仲が悪い。マーテンズブリッジは兄上の土地と収益と権利を奪おうとしているからな」クリーはつづけた。「評議会の長老たちはひたすら町を拡張しようとしている。もうすでに、財政的に困窮《こんきゅう》した小地主十数人から土地を買いあげている。商人ギルドが共謀して愚かなやつらを罠にかけているんだ。わたしはそうにらんでいる」

街道沿いの廃墟となった砦を思いだした。この町は商人の画策ばかりではなく武力をも用いて、周辺地域を併呑していったのだろう。それでもまず財力がなければ武力を買うことはできない。マーテンズブリッジは王家直轄の自由都市で、その勅許により、ウィールドの聖王ただひとりをのぞいていかなる貴族にも恩義を負っていない。あるじを遠くにもち、王に対してさまざまな度合いで忠誠を誓っている近隣都市と協約を結ぶことで、奇妙な均衡を維持している。ペンの見たところ、この町は〝王家直轄〟よりも〝自由〟のほうに重きをおいているようだ。

夕食の席でひとりの祭司が唱えた、「五柱の神々の聖王陛下にご加護をくだされると同時に、われらより遠ざけておかせたまえ！」という冗談まじりの祈禱が思いだされた。

「王女大神官さまはどのようなお方なのですか」ペンはたずねた。「わたしは王女というものに会ったことがありません。もちろん大神官もですけれど。故郷《くに》にもどる前に一度、王女大神官さまをお見かけできればいいなと思っています。お美しい方なのですか」

クリーは吹きだした。

「五十はとうにすぎてるぜ」

物語に出てくる王女はみな若くて美しい。歳を重ねた王女は王妃か女王になるのだと思っていた。もっとも王女大神官の称号は政治的なもので、結婚しているかどうかとは関係がない。

「王家の姫君でも職をもつことはできると思います」

クリーは肩をすくめた。

「マーテンズブリッジの王女大神官という地位は、もう何百年ものあいだ、ウィールド王家の余りもののごみ捨て場なんだ。いまのだってそうに決まっている。それでも当代は恐ろしく狡《こう》猾《かつ》だ。神殿領地を管理するだけじゃなくて絹産業も保護しているから、金が儲かるいっぽうで、それでまた領地を買いひろげていくんだ。すべて食いつくして餌がなくなって、王女と町が食いあいをはじめたら、いったいどうなるんだろうな」

曖昧な言葉を残し、クリーは蠟燭を吹き消して横になった。疲労のため目蓋が重い。ペンはデズデモーナに話しかけようと考えることもしなかった。

つづく二日のあいだ、ペンは書庫に腰を据えて読書に励み、階下の食堂に行って食事をとり、出会う人々に内気な微笑をむけた。みな、ペンに声をかけることもできないほど忙しそうにしていた。クリーだけが例外で、ときおり筆写の手を休めては話しかけてきた。視野の隅で、鍵のかかった本棚がつねに好奇心を刺激していた。

司書だってたまには用足しに行くだろうに、この館の司書は、誰か――ひとりかふたりの写字生、もしくは読書しながらメモをとっている神官や祭司がいなければ、けっして持ち場を離れようとしない。貴重な書物を書庫の外にもちだしてもいいのは高位の神官だけで、この館にはティグニーのほか三、四人しかいない。その彼らですら、書物をもちだすときには厳しい監視と警告を受けるのだ。

魅惑あふれるセドニアの歴史書が終わったので、ダルサカの歴史書を読みはじめた。これまでよりはるかに淀みなくダルサカ語が読めるようになっている。いちいちひっかかって考える必要もないし、グリーンウェルの姫神学舎で学んだより多くの単語の意味がわかる。馴染み深いウィールド語で書かれた同じような歴史書の一冊に、マーテンズブリッジの歴史が簡単に記されていた。細長い湖から流れでる河口に位置する湿地の小村は、その昔、マーテンデン氏族がはじめて石の橋を築いたことからその名で呼ばれるようになった、と書物は語る。なるほど納得のいく話だ。それから街道が整備されたことで、しだいに富がはいってくるようになった。どこか不当なようにも思えるが、氏伯一族が死に絶えたことにより、マーテンデン氏族は拡張する町の支配権を失い、より広大な領土がウィールド君主のものとなった。そして町はその直後に王の勅許状を手に入れ――正当に購《あがな》ったのか、無理やり手に入れたのか、買収したのか、書物は明らかにしていないが、飢えた兵を養わなくてはならない貴族たちに金を貸しつけたのは間違いないだろう――王女大神官の庇護のもと、以後一度として衰退したことがない。北山脈の峠を越えて、アドリアとサオネからはガラス職人と絹織工が、カルパガモからは金属職人がやってきて、新しい自由都市に腰を据えた。衰退したはるかなるセドニア帝国の末裔からも隊商がやってきた。ああ！　こうした旅人たちと市場や会計事務所で出会い、新しく獲得した言語をためすことができれば。

歴史書によると、かつてアウダル大王自身もここに住んだことがあり、人語を話す友好的な貂《マーテン》と協約を結んでこの地に祝福をもたらしたという。これもまた地名の由来にまつわる魅力的な伝説である。ペンはこれまで、少なくともふたつの町に関して同様の逸話を読んだことがある。ひとつは蛇でもうひとつは鷹だが、どちらも相手はアウダル大王だった。となると、この書物の著者に対してもいささかの不信を抱かずにはいられない。獣が人語を解するという話はともかくとして、謎と秘密に満ちた聖王の王認巫師《ふし》は、それぞれの土地における獣と特別な関係を築いているという噂だ。そのいっぽうで、ダルサカのアウダルはその昔、古代ウィールドと森の魔法にとって恨み重なる仇敵だったのだから、これらの記述が古代ウィールドの謎めいた慣習を示唆しているということはあり得ないだろう。

三日めになると、心は豊富な書物にまだ激しくときめいているのに、目はしょぼしょぼと痛み、あまり肉付きのよくない尻は、急使同様、学者という職業もおまえにはむいていないと告げはじめた。おまけに、今週になってはじめて霧雨がやみ、太陽が顔を出したのだ。どうあっても身体を動かしたくなって、ペンはティグニーをさがしにいった。

執務室の扉はあいていた。ペンは戸枠に寄りかかり、咳払いをして声をかけた。

「調べ物はいかがですか。この館で何か、わたしにもできることはないでしょうか。お手伝いというか。何か仕事はありませんか」

「仕事ですか……？」ティグニーは書斎机から身を起こし、ペンを見つめて考えこんだ。「あなたは山国の人でしたね。確かに一日じゅう閉じこめられているのはつらいでしょう」

「書庫は書庫で楽しいですけれど、そうなんです。わたしたちは冬でも毎週低地の森で狩りをしたり、罠を調べにいったりするので」

「なるほど」ティグニーは疵だらけのテーブルをこつこつと鳴らし、それから椅子の上にたたまれた衣類の山を示した。「ルチアには血縁の相続人がありません。そうした場合、神殿魔術師の所有物は魔とともに後継者に譲られます。ルチアは明確な指示を残していませんし、あなたもルチアの服を着るわけにはいかないでしょう。外出する仕事をお望みなら、この衣類をエルム通りにある古着屋にもっていって、教団にかわって売ってきてもらえないでしょうか」

ささやかな仕事だが、町を歩くことができる。それに、きちんとその用事をこなせば、またべつの仕事がもらえるかもしれない。この館で使い走りをするのもジュラルド城で使い走りをするのも、たいしたちがいはない。自分が神々に仕えることになるとは考えたこともなかったけれど、運命なんてわからないものだ。

「もちろんです！　喜んでお引き受けします」

ティグニーがエルム通りまでの道をくわしく説明しているあいだに、ペンは荷物をまとめはじめた。ふと手がとまった。

「これは売らないほうがいいと思うのですが」

手のこんだ刺繍のスカートだ。ペンは当惑しながらふりひろげた。やや重たいが、ただのスカートに見える。なぜ自分はそんなことを言ったのだろう。ティグニーが眉をあげた。

「すべて調べたと思っていたのですがね。ああ——いまそれを言ったのはあなたなのですか」

「自分でもわかりません」

裾に指を走らせ、縫いとめていない隙間を見つけた。中をさぐり、たたまれた細長い薄布をとりだす。ひろげてみると、細かい文字がぎっしり書きこまれていた。だが彼の知るどんな言語の文字でもない。

〈ちがう、これは暗号だ〉どういうことだろう。

ティグニーが手をさしだしたので、スカートと暗号をわたした。

「ああ」ティグニーが声をあげた。「羊皮紙ではなく布だったのか。わからなかったはずです。まさしく賢明なルチアだ!」そして鋭い視線をむけ、「ほかにもこういうものはありませんか」

「わたしには……わかりません」

それ以上のものがある感じはしない。だがティグニーはすべての衣服の縁と折り目をさぐって確かめてから、腰をおろし、暗号書を参照することもなく布の文字を読みはじめた。やがて彼は安堵の吐息をつき、椅子の背にもたれてつぶやいた。

「では、大きな問題にはならなかったのですね。白の神に感謝します」

ペンは息をのんだ。

「その――つまり、ルチア学師は〝間諜〟だったのですか」あのか弱そうな老女が？

ティグニーは手をふってはっきりと否定した。

「もちろんちがいますとも！　そうですね、困難な水路を円滑に航行できるようはからってくれる信頼できる神殿の代理人といえばいいでしょうか」

ペンはその詭弁を受け入れた。たぶんいまの言葉は〝是〟とほとんど同じ意味だ。ではティグニーは……諜報局の長官なのだろうか。ルチアにせよティグニーにせよ、彼が心に思い描くそうした役割とはまったく一致しない。ペンはためらいがちに微笑しただけで口をつぐんだ。

荷物をまとめなおして扉にむかおうとすると、ティグニーが寛大な言葉をかけてくれた。

「いくらで売れるかわかりませんが、半分は手間賃としてあなたにさしあげましょう」

「ありがとうございます！」

ペンは手をふって、ティグニーが老人の気まぐれを起こして仕事の依頼や報酬を取り消さないうちにと、すばやく館をとびだした。

声が届かない急勾配の街路に出たところで、デズデモーナが怒りを吐きだした。

「半分ですって！　ティグニーはしみったれの守銭奴ですよ。全額あなたのものになるべきでしょう」

では、眠っていたわけではないのだ。

「とても気前がいいと思いますよ。ティグニー学師にすれば、わたしに銅貨一枚だってくれる必要はないのですから。それに」――にやりと笑って――「ティグニー学師はいつまでに帰れと指示するのを忘れています」

「ふん」デズデモーナは面白そうに鼻を鳴らした。「では、せいぜい遊んでいきましょうか」

　エルム通りまで遠まわりをした。川沿いにくだって古い石橋をわたり、昼過ぎになってもまだにぎわっている市場にはいる。ペンはしばし足をとめて、二人組の楽士の歌に耳を傾けた。ひとりはフィドルを、もうひとりは革を張った太鼓を演奏して、滑稽《こっけい》な歌や憂いに満ちた歌で群衆を楽しませている。足もとには誘うように、ひっくり返した帽子がおいてある。ふつうの商人とは異なり、たとえ売り上げが悪くとも、このふたりの手もとにはもう一度よそで売るための商品が残るわけではない。ペンは軽い巾着から貴重な銅貨数枚をとりだして帽子に投げ入れ、波止場へとむかった。

　堤防壁が低くなっているところで包みをおろし、身をのりだして川から湖のほうをながめようとした。もう少し高台に行かなければ見えないようだ。

「デズデモーナ……音楽は霊体にとっても心地よい贈り物になりますか」

「ええ、もちろんですよ。わたしたちもよい歌は好きです」

「知識は？　読書は？」

「それもいいですね」

「この何日か、あなたもいっしょに書物を読んでいたのですか。その、わたしの肩ごしに」

「ときどきは読んでいましたね」

「もっと読書をつづけたほうがいいでしょうか」

「それはつまり、わたしたちを喜ばせるためにということかしら」彼女の言葉には当惑がこもっている。

「ええ……たぶん、そういうことだと思います」

長い沈黙のあとで、彼女はつづけた。

「読書も確かに面白いけれど、あなたの身体を共有させてもらっているだけで、わたしたちは日々贈り物をもらっているのですよ。肉体がなければ、わたしたちはこの世界で、ほかのいかなる世界でも、存在を維持することができません。ですから、肉体こそが何よりも嬉しい贈り物ですね」

「つまり……わたしの身体が、ということですか？　わたしの身体のためによいものということでしょうか」

ペンは懸命に理解しようとした。彼自身、肉体がなければこの世界に存在をとどめることはできないではないか。

「あなたはほかにも身体をもっているの？　わたしはもっていませんよ」

「いまのところはわたしももっていませんが」

だがこの魔は、彼以前に十二の身体を共有してきた。彼以後もまたべつの身体を共有するのだろうか。意図せずして姫神学舎で朝の行為を中断させられたことが思いだされ、顔が熱くなった。あのときは狼狽したが、おしゃべりな観客がいようといまいと、いずれ彼の身体はその行為を必要とする。そうした親密さをいずれプレイタと共有することはもちろん承知していたが、これはまたべつの問題だ。それでも……？

デズデモーナが長々と息を吸いこんだ。

「よい騎手がお気に入りの馬をどう扱うか考えてごらんなさい。ブラシをかけた艶々の毛並み。よい飼料。頑丈な蹄鉄《ていてつ》。丁寧《ていねい》な運動と訓練。早駆けのための遠出。たてがみにはリボンを編みこんで、銀や色ガラスのビーズで飾った立派な鞍と馬勒《ばろく》をつければ、いっそう見栄えがするでしょう。それで自慢の駿馬のできあがりですよ」

〈待てよ、乗り手はわたしのほうじゃなかったっけ？〉

馬を譬《たと》えにしたこの比喩すべてが当惑をもたらす。

「要するに」デズデモーナが結論した。「わたしたちはこれまで一度もほんものの貴族を手に入れたことがなかったのですよ。だからせめて、もう少し貴族らしい身形をしてほしいものですね」

ペンは田舎風のゆったりした上着の袖に目をやって鼻を鳴らした。

「残念ですが、ジュラルド一族のように財布が薄いと、ほんものの貴族もこういう身形《みなり》をするんです」

ほんとうにこの魔は姉たちのようだ。さっきの馬の譬えとあいまって、心が乱れはじめる。

「言葉を換えて言うなら――あなたが楽しんでいるときは、たいていわたしたちも楽しんでいますよ」

ペンは驚いた。

「食べることも？　飲むことも？」

そのほか、肉体的な喜びのすべてを……？

「ええ、そうですよ！」

「二日酔いもですか？」

彼女はすまして答えた。

「それはあなたひとりで引き受けなさい」

「わたしの痛みとか苦しさとかを感じずにいることができるのですか」奇妙な話だ。

「ある程度なら避けることができますね」

「どう考えても、魔は馬より扱いが難しいようです」とはいっても、馬が扱いやすいというわけではないが。「神殿の規律とか、そういったものはどうなのでしょう」

非常に大切な神殿の規律について誰もが語るけれど、それがどういうものかは誰も説明してくれない。

「困難はむこうから勝手にやってきます。わざわざ見つけにいく必要はありませんよ」考えこむように一瞬口をつぐんで、「でも神殿の苦行者に取り憑いてしまった魔はかわいそうだと思いますね。粗いシャツを着てみずからを苦しめて、いったいなんの益があるというのでしょう」

芝居がかって小さく身ぶるいする印象が伝わってくる。ペンは思わず微笑した。彼女はさらに痛烈につづけた。

「自分が苦しむことが他者の益になるという勘違いは、精神に深刻な混乱が生じていることを示していますね」

ペンはまばたきをした。昔からの謎がとつぜん鮮やかに解決されて目の前に呈示されたような気がする。

〈そう、ほんとうにそのとおりだ〉

それについてじっくり考えてみよう。ペンは衣類の包みをとりあげた。

「エルム通りをさがしにいきましょう」

ティグニーの説明はほとんど頭から抜け落ちていたが、デズデモーナはもちろんこの町をよく知っている。道を間違えることもなく、まもなく目的地についた。

薄暗く、独特のにおいのする店だった。カウンターに服をのせると、店の女がすばやく数えあげ、値段を告げた。

「ペン」デズデモーナがささやいた。「わたしにまかせなさい」

「困った事態を引き起こさないでくれるなら」ペンもささやき返した。

店の女が不思議そうな視線をむけている。すぐさまペンの口から、礼儀正しくはあっても鋭い言葉がとびだして交渉をはじめ、結局、最初に呈示された倍の金額が支払われることになった。

「いいでしょう」デズデモーナが言った。「では少し見てまわりましょうか」

カウンターを離れ、衣類を積んだ棚にむかった。ペンは丁寧によりわけながらつぶやいた。

「こんなに暗くてちゃんと見えているのですか」

「まあ、もちろんですよ。あなたにも見えますよ。ちょっと待って……さあ、これでいいわ」

目をすがめた。視力がよくなったわけではないが、影が後退したようだ。ペンはあまり期待できそうにない衣類の山の中から、ところどころ変色したり破れたりしてはいても、比較的ましな古着をひっぱりだした。優雅な青いブロケードのダブレットだが、胸もとが三インチ切り裂かれて茶色い染みになっているのがいささか不穏だ。

「これなら見苦しくなく繕《つくろ》えますよ」とデズデモーナ。

「上向きの魔法というやつですか？」

「ほんの少しだけね。裁縫はできますか」

「いえ、ほとんどできません」

一瞬の沈黙。

「きっといまはできるようになっていますよ」

派手すぎる品をいくつか棚にもどすと、デズデモーナがあからさまにがっかりするのがわかった。だが最終的に購入を決めた何枚かの衣装は、デズデモーナは男物だと保証してくれたものの、ジュラルド城でもグリーンウェルでも一度として見たことのないような代物だった。絹産業で有名なこの町では、すいぶんよい品が古着として売られている。もう一度カウンターにもどって交渉した結果、ペンは手持ちの衣装を増やしたばかりか、かなりの貨幣をもって店を離れることができた。ティグニーに半分をわたしても、まだいくらか残るだろう。

〈いつかわたしも、ほんものの仕立屋で新しい服を仕立てよう〉ひそかに決意はしたものの、どうやってその〝いつか〟にたどりつけばいいかはわからなかった。

坂をくだっていく途中で浴場が目にはいった。ペンは足をとめた。

「肉体的な喜び、ですよね？」

〝清潔になって温まる〟はもちろん、〝髭を剃って髪を整える〟もそれにあてはまるだろう。

「すてき！」とデズデモーナ。「でもここではありませんよ。宮殿の近くにもっとよいところがあります」

「ここでもべつに悪くなさそうですけれど……」

「わたしを信用なさい」

誰かが何かを言っている――この声はアドリアのミラだ。ペンは聞くまいとしたが、なぜか頭が勝手にその意味を理解してしまった。

〈この子をわたしにまかせてくれたら、こうした場所でひと財産築きあげる方法を教えてあげるわよ〉というのがその大意だった。

この話題をつきつめるのはやめておこう。

王宮神殿に近い浴場は威圧的なほど大きかった。ある女が自宅の一部を解放していたグリーンウェルの浴場とは比べ物にもならない。昼間の時間で、それほど混んではいない。まず理容室にはいって丁寧に髭を剃り、ばらばらになった髪の端を整えてもらった。それから男湯に行って香りのよい石鹸で頭と身体を徹底的に洗い、湯をかぶって洗い流してから、六人の男がはいれそうなほど大きな木の浴槽につかった。底が銅板になっていて、その下で絶えず小さな火が焚かれている。湯の中で半目を閉じてぼんやりとしているうちに、指がふやけて皺ができはじめた。あまり遅くなるとティグニーが捜索隊をくりだすかもしれない。そのとき、彼自身と同じくらい満足そうに咽喉を鳴らしていたデズデモーナが、いっしょに風呂を使っている美男子ふたりをじっと見つめていることに気づいた。ペンは狼狽した。そろそろひきあげたほうがいいだろう。

服を着て、髪を乾かしてとかし、街路にもどった。丘の上にそびえる堂々たる神殿に視線をむける。この町でもっとも壮麗な建物であり、昨日読んだマーテンズブリッジの歴史書でも大きくとりあげられていた。神殿はつねにこの丘の上に建てられてきたが、初期の神殿はウィールド様式にのっとった木造で、くり返し起こる火事によって焼失してしまった。その後数十年にわたって町と神殿が協力したすえ、ようやくダルサカ様式のこの石の神殿が建設された。これは土地所有権でも信仰でもなく、財力の変化をあらわしている。好奇心にかられ、ペンは坂の下ではなく上にむかった。

その広大さと荘厳さに驚きながらぐるりを一周し、高い柱の立ちならぶ正面玄関から奥をのぞいた。いまはなんの式典もおこなわれていないようで、参詣人がぱらぱらと出入りしているだけだ。思いきって足を踏み入れてみた。目の前にひらけた空間に比べれば、ふんだんな木彫で飾られているとはいえ、グリーンウェルの古い木造神殿などただの広間か納屋にすぎない。中心におかれた御影《みかげ》石の台座で燃える聖火は、繊細《せんさい》な打ち出し模様の銅板でつくった煙突つきの丸いフードでおおわれているため、煙が参詣者の目にはいることも、ドーム天井が黒く煤けることもない。いくつものアーチ形の窓が天井のすぐ下で中央ホールをとりまき、光をとりこんでいる。このホールは六角形だ。一面が広大な柱廊玄関で、あとの五面がそれぞれ五柱の神々を祀るドーム形の後陣《アプス》へとつながっている。上からながめれば巨大な石の花のように見えるだろう。

いまは春の姫神の季節であるため、姫神の後陣《アプス》は切ってきたばかりの花の捧げ物で心地よい香りが満ちあふれている。深刻な顔の町民が数人、さまざまなものを司る中でも正義を重んじる冬の父神の後陣《アプス》で祈っている。司法官だろうか、法務士だろうか。もしかすると訴訟当事者かもしれない。恐ろしく腹の大きな妊婦が夏の母神の祭壇でクッションにひざまずいているのは、きっと安産を祈っているのだろう。もしかすると、もう一度立ちあがる力を願っているだけなのかもしれないが。姫神と母神のあいだに位置する庶子神の後陣《アプス》には、いまのところ誰もいない。

ペンはいつもの習慣で秋の御子神の後陣《アプス》にむかった。祭壇の前にいるのはふたりだけだ。若いほうの男は新兵なのだろう、備えつけのクッションに膝をついて、指をひろげた手のひらを上にむけ、両手をさしのべている。幸運を祈っているのだろうか。やや年輩の男は、大判の祈禱用敷物の上で握りしめた両手を投げだし、ひれ伏している。もっとも深い嘆願の姿勢だ。許しを求める退役軍人なのだろう――それはただの想像にすぎないが、ペンはどうしてもその印象をぬぐい去ることができなかった。

ふたりの背後でクッションをとりあげ、膝をついた。自分は何を祈ろうとしているのだろう。何を祈ればいいのだろう。そもそもどの神に祈ればいいのだろう。そこで、家族とジュラルド領に住むすべての人々の無事と幸福を祈った。それから約束を思いだし、なかば騙されたようなかわいそうなプレイタのために祈った。ルチアのためにも祈ろうか。だがここで祈るわけにはいかない。ペンは聖印を結んで立ちあがり、クッションをもって庶子神の後陣《アプス》に移動した。

ふたたび膝をついたところで、自分のために祈るのを忘れていたことに気づいた。これからどれくらいのあいだ、この新しい神とかかわることになるのだろう。庶子神は災厄の神で、嘆願者はもっぱらその視線を転じてくれるようにと祈る。傭兵隊に金を支払って、自分たちの町を避けて通るよう頼むのと同じだ。

知識を授けたまえと祈っても大丈夫だろうか。もちろんペンは咽喉から手が出るほど知識を欲している。だが予言物語を見るかぎり、白の神の贈り物はいつだって、なかなか意地の悪い皮肉にあふれている。葬儀の奇跡により、すでに庶子神のもとに召されていることが明らかなのだから、いまさらルチアの魂の安寧《あんねい》を祈ることもない。ルチアはいまきっと幸せだと考えるだけで満足しておこう。この世とはまったく異なる死後の世界における幸せが、どのようなものかはわからないが。

衝動的に、デズデモーナのために祈ろうと決めた。魔がそもそも庶子神のものであることはわかっている。だが、脱走した囚人なのだろうか、それとも召使いなのだろうか。たぶん両方なのだろう。善人と悪人があるように。もしくは人がその人生において、そのときどきで悪から善へ、もしくはその逆へと移行するように。そういえばデズデモーナはいつからか静まり返り、彼の内で固く毬《まり》のように縮こまっている。

魔は殺すことができず、苦痛も感じず、何も恐れないが、庶子神と、庶子神の手にもどされたときに彼らを襲う消滅だけは恐れるという。神のもとに召されたときに救いではなく破滅を与えられるなら、ペンだって恐れるだろう。だが人の魂は選ばれた神の――もしくはみずから選んだ神のもとで、安らぎを得る。

デズデモーナの無事と幸福を祈ればその恐れを消すことができるだろうか。そのどちらも、存在しつづけるという前提がなくてはかなわないものなのだから。いつもの祈禱文でいいだろう。小さな声でその文言を唱えた。

祈りに応える者はなく、ペンはほっと胸を撫でおろした。

身体を起こし、柱廊玄関にもどって足をとめ、湖をながめわたした。左岸につきだしている灰色のおぼろな染みが、クリーの生まれた城だろうか。岩山の上ではなく、湖を天然の堀として小さな島に立っている。

館にもどるのにどの通りをくだればいいのかわからなくなって、そっと呼びかけた。

「デズデモーナ……？」

答えはない。まだ彼の内側に閉じこもっているらしい。神官はいつも、神々はいたるところに等しくましますと説くが、神殿ではその存在がいっそう顕著なのだろうか。そして魔はそれを感じとるのだろうか。ペンはくちびるをすぼめ、通りの端にある絹織物の店にすべりこんだ。

展示されているほとんどは彼には手の出せない品だったが、交渉のすえ、乏しい財布にさして痛手を与えることなく、腕の長さほどのリボンを購入することができた。客が布をあてて顔映りを確かめるために使う鏡を見つけ、長い髪に青い絹を編みこんだ。ふり返って背中を映し、反応を待った。

「綺麗だこと!」デズデモーナがつぶやく。

〈ああ、やっと呼びだせた〉この方法をおぼえておかなくては。

「ありがとう」とだけ口に出して、また通りにもどった。

そして改めて自分自身に方角をたずねた。

〈魔術師は変人だと噂になるのも無理はない〉

そのうちに声を出さないで会話する方法をおぼえよう。そうすればずっと楽になるだろう。新しい古着の束をぶらさげて、また歩きだした。

ふたりの女中がくすくす笑いながら頬を赤らめ、すれちがっていった。ペンは無視した。むっつりとした年輩の洗濯女が重い足で通りすぎながらふと視線をあげ、皺だらけの顔に驚くほど気持ちのよい笑みを浮かべた。ペンも思わず微笑を返し、軽く頭をさげた。髭を剃り髪を洗っただけなのに、あらゆる種類の女が魅了されるようだ。デズデモーナも〝あらゆる種類の女〟に分類されるのだから、これは……好都合というものだろう。

教団の館に面した坂道にはいったところで、こちらにむかってくるクリーが目にとまった。黒い髭をたくわえた背の高い軍人風の男と連れだっている。男は馬をひいている。みごとな装備をつけた馬で、ペンははじめて〝豪華な飾り馬具〟がどのようなものであるかを理解した。鞍と馬勒の革には銀が打ちこまれ、染色と彫刻がほどこされているし、いかにも実用的な羊皮に重ねて、刺繡をした絹が鞍敷として使われている。馬についてのデズデモーナの講義を思いだし、ペンはにやりと笑った。

馬に乗ったふたりの護衛とひとりの従者が、手綱をゆるめたままふたりのあとに従っている。町で佩剣《はいけん》している者はごくわずかしかいないが、髭の男は剣をさげ、帽子に宝石を嵌《は》めこんだベルトを巻いている。

髪や皮膚の色がよく似ていることと、髪形が同じことをのぞくと、ふたりの血のつながりを示すものはあまりない。クリーは痩せてひょろ長く、細い手にはインクの染みがつき、町民が着る膝丈の上着に、仕立ても布地も簡素なズボンを穿《は》いている。連れの男は筋肉質の偉丈夫で、手も大きい。どのような打撃を受けても武器を握る力がゆるむことはないだろう。革の乗馬服はずっしりと重く、馬具ほど装飾に凝ってはいない。黒いまっすぐな髪はきっと幾度も兜をかぶっている。頑健で、たくましく、たやすく笑みを浮かべることのない男だ。

クリーが顔をあげてペンリックに気づいた。一瞬驚いたようにあごをひいたが、すぐさま手招きをし、足をとめて彼が近づいてくるのを待った。

「ペンリック！　兄のルシリン・キン・マーテンデン卿を紹介する。ルシ、館の客人、グリーンウェルからきたペンリック・キン・ジュラルド卿です」

ルシリン卿は心臓の上で手のひらをひろげ――同志に対する正式な御子神の挨拶だ――控え

めな会釈をよこした。ペンも微笑しながら会釈を返したが、庶子神の挨拶としてくちびるに触れるのはやめておいた。

「五柱の神々のあなたによき日を授けてくださいますよう」

彫刻のような口もとがかろうじて笑みを浮かべた。

「ペンリック卿。弟の話によると、ひと柱の神があなたに苦難を与えたもうたようだ」

クリーが話したのだろうか。確かにめったにない事件だから、話題としては面白いかもしれない。でもティグニーはきっと不快に思うだろう。だがそれをいうならば、ティグニーほど徹底して秘密主義の人間などそうはいない。ペンはようやく答えた。

「これまでのところ、この件で不便をこうむってはいませんので。むしろ、神殿の費用でマーテンズブリッジまで旅行できたことは運がよかったと思っています」

形ばかりだった笑みにわずかな真実味がこもった。

「真に世界を見たいのなら、軍人になればよい」

これは勧誘なのだろうか。もちろん貴族が領土を維持するためにはそれも必要だ。

「兄のドゥロヴォは軍人でした」

「それはすばらしい！」

愛想とは縁遠いだけに、意図的な努力が見える。となればこの話題はやりすごしたほうがいい。そう考えながら、ペンは懸命に、クリーにドゥロヴォのことをどこまで話したか思いだそうとした。クリーの反応がごくあたりまえだったので、ドゥロヴォがどんな最期を迎えたかまでは話さなかった。そう、そのはずだ。

「ルシはウェストリア王伯のために兵を集めて率いているんだ」クリーがペンの推測を裏づけた。

「傭兵隊において魔術師は非常に有用だ」ルシリン卿が言った。「だが神殿がそうした仕事に魔術師を派遣してくれることはめったにない。魔術師にとっても有益だと思うのだがね」

ペンは咳払いをした。

「わたしはいまのところ、神殿に所属してはいません。魔術師でもありません。せいぜいが魔術師の卵です。魔を得てからまだ二週間もたっていません。このような形で移行した場合、魔はしばらくのあいだひどく弱体化すると教わりました。それにわたしはまだ訓練を受けていません。ですからいまのところ、なんのお役にも立てないと思います」

「なるほど、それは残念だ」ルシリンの視線には思いやりがこもっている。もしかすると憐れみかもしれない。

「ええ」これ以上傭兵隊への誘いを受けないうちに、この場を逃げだしたほうがいい。「もどってティグニー学師に報告をしなくてはなりません。わたしがどこに行ったか心配しておられるでしょう。ルシリン卿、お目にかかれて光栄でした」

「こちらこそ、ペンリック卿」

そしてルシリンは館にはいっていくペンを鋭い視線で見送り、首を傾けて、ペンには聞こえない何かをクリーに告げた。クリーのくちびるがゆがむ。ペンは異母兄弟が立場のちがいを越えて親密な関係を築いているのを嬉しく思った。そのつもりになればクリーには、嫉妬や誘惑の種はいくらでもあるだろうに。

デズデモーナはルシリンのたくましさに魅力をおぼえただろうか。

上の階にあがってティグニーに報告をした。ティグニーは遅くなったことを咎《とが》め、金と同じく時間の使い方についても詳細にわたる報告を求めた。

「デズデモーナは入浴が気に入ったようです。霊的な存在とこうした単純な肉体的喜びをわかちあうことができるとは知りませんでした」

髭の中でティグニーの口もとがひきしまった。

「魔が優位に立つと危険なのですよ。まったく抑制できないまま、過剰な快楽に耽溺していくことになりますから。盗んだ馬に乗って死にむかって駆けだすようなものです」

大声で笑いたくなる意地の悪い衝動を抑え、ペンは彼の部屋を辞去し、新しい宝物を片づけて書庫のいつもの席にもどった。

つづく午後、ペンはアウダル大王について記されたダルサカの歴史書に読みふけっていたため、もう少しで機会を逃すところだった。

司書が書庫を出たとき、ひとりの写字生とふたりの祭司がまだ仕事をしていた。だがペンが聖樹の地における大虐殺に関する記述——以前読んだウィールド人による書物とはまったく異なる観点から語られている——を追っているあいだに、彼らもひとりずついなくなった。

「いまですよ」デズデモーナがいささかの努力をはらって彼の口から言葉を発した。

そのときになってようやく、ペンは顔をあげた。

「何がですか」

「絶好の機会ですよ。奥の本棚に行きましょう」

ペンは本をおいて本棚にいそいだ。

「待ってください。鍵がかかっているのでしょう?」

こじあけるつもりはない。鍵は頑丈なものだし、本棚はしっかりとした木製だ。無理やりあければ証拠が残る。

「手を錠前の上において」

当惑しながら従うと、手のひらからうねるような熱が放出された。金属の錠前の中で何かがかちりと音をたてる。

「いつもこんなことができるのですか」ペンはたずねた。

「移行して数日間は無理ですけれどね」

長いあいだ寝こんでいたあとで回復し、よろよろと部屋を歩きまわるような幸福感――衰えた筋肉をふたたび動かす喜びが、伝わってくる。

「でも……ティグニー学師が気づくでしょう。司書に注意していなかったのでしょうか」

「もちろん注意していたでしょうね。だからあなたはけっしてひとりにされることがなかったのですよ。こんな不注意も長くはつづきません。だからいそいで」

喜んで従った。本棚の扉がきしみながら大きくひらく。

中を見てペンは少しばかりがっかりした。本がはいった棚は二段だけ、ぜんぶあわせても四十冊に足りず、あとの棚は空だ。うなりをあげたり光を放ったり、凶暴な犬のように鎖につないでおかなくてはならないような本は一冊もない。それでもペンは貪欲に手をのばした。

「どれでしょう」

「それではありませんよ、それも、ちがう、ちがう……そう、それ」

「あまり分厚くはないですね」

「ええ、でもそれがいちばん役に立ちます。ここにある本の四分の三はゴミですからね。さあ、扉を閉めて。司書がもどってきますよ」

扉を閉めると、かちりと音がして閂がかかった。ペンは手をあてた。

「また鍵をかけるのですか?」

「それはできません」

「待ってください、どうしてなのです」

「鍵をかけるには秩序の増大が必要です。いまのあなたには無理な上級魔法ですね」

長い時を生きてきた魔ではないのだから、司書が鍵を確認したときどんな騒動が起こるか、考えるのも怖い。もちだした書物をチュニックの中につっこんであわててベンチにもどり、ダルサカの歴史書をもう一度ひらいた。言葉が目の前で踊り、隠した書物が心臓の上で焼けるようだ。廊下から足音が聞こえてきた。

「あわてて席を立ってはいけませんよ」デズデモーナがささやく。「気取られないように。つまらない言い訳などしないで。まったくいつものとおりに出ていくのですよ」

ありがたいことに最初にもどってきたのは写字生で、ペンに丁寧な会釈をしてまた鵞筆をとりあげた。数分後に司書がはいってきたが、あたりを見まわすと満足そうに机にもどり、筆写の仕事を再開した。女が永遠に編み物をつづけるように、この司書はさまざまな用事のあいだにいつも筆写をしているのだ。ペンはひと言も理解できないままさらに二頁をめくり、おもむろに立ちあがった。それから名前の書かれた羊皮紙片を本にはさんで、書物を司書の机におき、いつものように礼を述べた。

「ありがとうございました」

穏やかな司書の会釈を受けながら、ペンは書庫を逃げだした。

どこに隠せばいいかわからないまま、クリーの部屋にもどった。ありがたいことに信士はいない。扉を閉め、誰かきてもすぐにははいってこられないよう扉の前に椅子をおき、寝台に倒れこんだ。そしてちょろまかしてきた書物を——借りてきた書物をひらいた。もちろんこの館からもちだすつもりはない。そしてもちろん、あとで返すつもりだ。できるならば、気づかれないうちに。

題名は『魔法概論および魔の扱い方』とある。『著者　マーテンズブリッジ庶子神教団上級魔術師神官ルチア学師。協力者　リーストのヘルヴィア学師およびサオネのアンベレイン学師——第一巻』

ペンは憤慨して声をあげた。

「これはあなた方が書いた本ではないですか！」

「わたしたちではありません」デズデモーナがため息をついた。「書いたのはルチアです。わたしたちはそんなに辛抱強くありませんからね。ほんとうに、うんざりするほど退屈でつまらない仕事でしたよ。一度などは、いますぐ終わらせてくれないならあんたを橋から投げ落とすぞと脅したのですけれどね」

驚きのあまり、つぎの言葉が口の中でからまる。舌をほぐしてたずねた。

「まさか、そんなことができるのですか」

「できませんよ」またため息。「橋から投げ落とすことも、わたしたちの中から放りだすこともできやしません」それからややあって、「ルチアは最上の乗り手でしたしね」

「この本の内容を話してくれれば、それだけでいいのですけれど」

「声が嗄《か》れて、ティグニーに怪しまれますよ」またしばし口をつぐんで、「神殿は魔についてさまざまなことを警告していますが、そのすべてが間違っているわけではありません。ルチアは信頼できます。それに、ルチアと論争して貴重な時間を無駄にせずにすみますからね」

その言葉の意味を察して、ペンは最初の頁をめくった。木版ではなく手書きの書物で、それだけ読みやすくはあったが、いったい何部の写本が存在しているのだろうと不安にもなる。心をおちつけて集中しよう。興奮してあまりはやく読みとばしては、すべてを理解することができなくなる。

しばらくしてペンはたずねた。

「デズデモーナ、〝拡張知覚〟とはどういうことでしょう」

「そうですねえ。あなたはジャグリングができますか」

「ボール三つなら。四つ以上になると無理ですけれど」

市場で見た曲芸師を真似て火のついた松明で試みようとしたときは、家じゅうから猛烈な反対をくらった。

「では何かを三つ用意なさい。四つでもいいですよ」

部屋にはボールもリンゴも、その代用にできそうなものもない。結局、二足の靴下を丸めてボールをつくった。

「それで?」

「お手玉してごらんなさい」

靴下ボール三つをいつものように投げあげる。四つめも試みたが、すぐに手からこぼれ、寝台の下から埃まみれのボールをとりださなくてはならなくなった。

「ではもう一度」とデズデモーナ。

靴下ボールが宙を飛び――それから速度がのろくなった。ボールは同じ曲線を描いているのに、つぎのボールを受けとめるまでのあいだにエールをひと口飲めそうな気がする。まるで水をかいているかのように、手がだんだん重く動きにくくなっていく。

「面白いですね」ペンは言って、四つのボールすべてを宙で受けとめた。

立ちます」

「長くつづけることはできませんよ」とデズデモーナ。「ですが、危機に瀕したときには役に

「市場でジャグラーをはじめてみたいです」

「拳であろうと剣であろうと、攻撃をかわすときにも有用ですよ」

「なるほど」考えてみる。「矢を避けることもできますか」

「それほどたくさんでなければ」

「宙を飛ぶ矢をつかむことはできますか……」

「分厚い手袋をはめていれば」

「だったら――」

「ペン」

「はい」

「読書をつづけなさい」

「ああ、そうですね」

しばらくして彼はたずねた。

「指先から火球を撃つことはできるでしょうか」

デズデモーナは長々と苦悩に満ちたため息を漏らした。

「無理です。ごくごく小さな火を点すくらいならできますけれどね」

「やってみせてください」

ペンは燃えさしの蠟燭をひきよせ、指先を黒い芯に近づけた。

「うわ！」

あわてて手をひき、火傷した指を口にふくんだ。炎が燃え、煙があがり、安定した。

「少し練習が必要ですね」彼女が穏やかに言った。

よくわからないけれど、笑われているのだろうか。そういえば彼女は痛みを感じずにいることができるのだった。

「火打ち石と火打ち金や付け木よりそれほどいいとは思えません。道具がなければしかたがないですけれど」

「部屋のむこう端から、もしくは通りの反対側から火をつけることもできますよ」少しの間をおいて、「炎はわたしたちの神のお気に入りですからね。ほんとにささやかな小さな火をこれという場所に点せば、あとは火がすべて片づけてくれます。同じ労力ですよ。蠟燭をつけるのも──町ひとつを燃やすのもね」

町を燃やしつくしたい願望はない。ペンは最後の言葉を無視した。

「雨の日に、丘の上で羊の肉を焼くため必死になって火をおこそうとしていたとき、この力があればよかったのに。狩りでものすごい人気者になれただろうな」

デズデモーナは一瞬口をつぐんで、それから言った。

「この力も、ほかの力も、慎重に隠しておいたほうがいいですよ。もし知られてしまったら、一マイル以内で起こった思いがけない火事が、みなあなたのせいにされてしまいます。そしてあなたには無実を証明する方法がありません」

「ああ、そうか」

「事実、ほとんどの力はそういう意味で諸刃の剣なのですよ」

ペンは考えこんだ。ほんものの神殿魔術師が控えめで人づきあいを避けるのは、ひとつには
そのせいなのだろうか。

そしてつぎの頁をめくった。


つぎの日の午後、ペンは新しい古着をなおすという口実で部屋にもどり、本のつづきを読んだ。非常に実際的なはじめの数章が終わったあと、ルチアの文章は難解になり、解説されている微妙な問題もさらに捉えどころがなくなっていった。

「魔術的軋轢《あつれき》というものについて、何を言おうとしているのかよくわからないのですが」ペンはデズデモーナを相手に愚痴《ぐち》った。

もうずっと沈黙したままなので、もしかすると眠ってしまったのかもしれない。

「そうですね。蠟燭を手もとにおき、火をつけて吹き消して、というのを、できるだけはやく何度かくり返してごらんなさい」

くり返しているうちに面白くなってきた。火をつけるには目的とする場所に指をむけたほうがやはり楽だが、それほど手を近づける必要はなくなった。練習を重ねればそのうちに指さしの必要もなくなるだろう。十回ほどくり返してから手をふった。炎に触れてもいないのに、ひ

どく熱くなってきたのだ。ペンは手をこすりあわせた。

「わかったでしょう?」

「何がですか」

「魔術師が魔に、あまりにも強力な魔法を、あまりにも短時間につづけざまに要求すると、肉体が過剰な熱を発して破滅につながるのですよ」

　ペンはひたいに皺をよせた。

「つまり、魔術師が〝炎をあげて燃えてしまう〟ということですか」

「いいえ、肉体は水分が多すぎるからそうはなりません。なんというか、ただ……破裂するのです。あぶったソーセージがはじけるようにね」

　ペンは自分の身体を見おろした。

「うへぇ。それってよく起こることなのですか」

　そんなに華々しい死に方なら、とうぜんもっと噂になっているはずだ。

「実際はめったに起こることではありません。ふつうはその前に魔術師が気を失いますからね。ひどい高熱を出したあとのような状態にはなるでしょうけれど。ただ、〝理論的には〟そういうこともあり得るのですよ」

　そんなに熱心に力説してくれなくてもいいのに。嫌悪をおぼえながらも怖じ気づくことなく、ふたたび本にとりくんだ。

　かなりの時間がたってから、彼は眉をひそめて表紙にもどった。

「第二巻はどこにあるのですか。第二巻には何が書いてあるのですか。それも読んだほうがいいでしょうか。あの本棚にはいっているのですか」

「はいっていますよ。でもいまのあなたには難しすぎるでしょうね。第二巻は主として、魔法の医術的用法について書かれていますから」

　ペンは鼻に皺をよせて表紙を見つめた。

「その部分を書くにあたって、ヘルヴィアとアンベレインがルチアを手伝ったのですか」

「ええ、そうですよ。ルチアはほかにも、母神教団の医師にわからないことをたずねていましたね」

　時系列について考えた。筋が通らない。

「待ってください。その本を書いたとき、ヘルヴィアとアンベレインはまだ存命だったのですか」

「正確にはちがいます。ルチアの声がその頁に残っているように、彼女たちの知識が残っていたのですよ。ルチアは記念としてふたりの名を記しました。母神のもとに失われてしまったわたしたちの知識をとりもどすため、非常な時間をかけて第二巻を著したのです」

　もしかするとどこかに、ペンが道端で偶然の事故に出くわしたため、約束されていた神殿の魔をもらうことができず、失意のどん底に沈んだ若い医師がいるのだろうか。

「わたしはそのすべてを学ぶことができるでしょうか」

「たぶん、そのうちに。いろいろなことをためす前に、母神の人たちのもとでしばらく勉強したほうがいいでしょうけれどね。でもあなたは、人生のどれくらいを寄生虫に捧げたいと考えているの」

「寄生虫はともかく、魔法の使い方として、治療はほかのものより安全だと思えます」

「まあ、とんでもない。治療はもっとも危険な魔法ですよ。もっとも微妙でもありますし。もっとも微妙だから、もっとも危険なのでしょうけれどね」

「その……もし何かまずいことが起こったら……。魔法で人を殺すことはできるのでしょうか」

「いいえ」デズデモーナはきっぱりと答え、それから長い間をおいてつづけた。「いえ、殺すことはできます。でもただ一度だけです」

「なぜ一度だけなのですか」

「死は神々への扉をひらきます。その扉を通して、神々はほんの一瞬だけ、直接世界に手をのばすことができます。魔はあるじの前では裸でなす術がなく、魔術師が息をする間もなく眼球のように引き抜かれてしまいます。そして庶子神の地獄に送りこまれ、完全に消滅してしまうのです」

「でももしそれが、故意による人殺しではなく、治療しようとしている最中の事故だったらどうなるのですか。害意ではなく、善意によるものの場合は」

「治療がとても難しいという理由のひとつはそこにあります。だから初心者は手を出してはならないのですよ」

ペンは毛布の上で膝を抱え、身体を丸めた。

「デズデモーナ――ティグニー学師が魔を失ったのはそのためなのですか。あなたは知っているのでしょう?」

深い苦悩の感覚。

「そうですよ。ルチアが監督をしました」

「どういうことだったのですか」

「その理論なら四章さきに載っています」

最後の章だ。

「わかりました。でもわたしは話として聞きたいのです。短くてもかまいませんから」

長い沈黙。機嫌を損ねたのだろうか。迷っているのだろうか。それともまだペンを信用していないのだろうか……

息を吸い、断固とした声で要求した。

「デズデモーナ、話してください」

強要され――では、ペンから強要することもできるのだ――彼女は不承不承のように答えた。

「そもそものはじめから、あの魔はティグニーには強力すぎ、手に負えるものではなかったのですよ。それでも数年のあいだすべてはうまくいっているように見え、ティグニーは新しい力を楽しんでいました。ですがその後、魔が優位に立ち、彼の身体を奪ってオルバスに逃げたのです。神殿は一年がかりで彼を見つけ、制圧し、連れもどしました」

「それで?」デズデモーナが黙りこんでしまったので、ペンはうながした。

「彼はイダウの聖者の前にひきだされました」

「イダウの町に聖者がいらっしゃるのですか。知りませんでした」

「庶子神のみにすべてを捧げた、ごくごく特殊な聖者なのですよ。庶子神はその聖者を通して魔を食らい、この世界から連れもどすのです」

「魔術師はどうなるのですか」

「どうもなりません。力を失って嘆き悲しむだけです。でもそれも、自分の身体をとりもどした安堵で相殺されるでしょう」そして彼女は苦々しくつけ加えた。「ティグニーは完全に回復しましたね」

　ペンは顔をしかめた。

「デズデモーナ——あなたはそれを目撃したのですか。その……聖者が魔を食らうところを」

「ええ」

「それはどのようなものだったのですか」

「あなたは死刑の執行を見たことがありますか」

「一度、グリーンウェルで。街道で人を殺して金銭を奪った男が縛り首になりました。罪の報いが真実どのようなものであるかを学びなさいと、ルーレンツ学師がわたしたちを連れていきました。まだほんの子供だったころですが」

「それであなたはそれを学んだの？」

「そうですね……それからは追剝が楽しいものだとは思えなくなりました」

「つまりはそういうことですよ。あなたが魔だったら」

「ああ」

こんどはペンが沈黙する番だった。

さらに数頁をめくったところで、デズデモーナが言った。

「もしあなたがわたしたちをイダウに連れていこうとしたら、わたしたちはありったけの力をふるって戦いますからね」

ペンは息をのんだ。

「おぼえておきます」


もうすぐこの章が終わる。ずっとすわっていたので身体がこわばっている。そのとき扉がかたかたと鳴った。ペンはすばやく本を枕の下につっこみ、こんなときのために用意しておいた作業中の繕い物をとりあげた。

「ああ、ここにいたのか」クリーが言った。「さがしていたんだ」

「ティグニー学師が呼んでおられるのですか」〈やっと?〉

「そうじゃない。兄上が今日、マーテンデン城の晩餐にわたしとおまえを招待してくださるそうだ」

難しい段落で邪魔がはいったことにいらだちながらも、好奇心がかきたてられた。マーテンデン城はいまだかつて武力によって征服されたことがないといわれている。もっともそれは、この城が地域的な小競り合いをのぞいて大規模な戦いに巻きこまれたことがないおかげでもある。もちろんどんな小競り合いも、巻きこまれたものにとっては大きな争い同様、致命的となることもあり得るのだが。

「それは嬉しいお話ですが、今夜ですか。ずいぶん歩かなくてはならないのでしょう?」

クリーはにやりと笑った。

「招待するからにはルシもちゃんと考えてくれているさ。市城門の外で馬が待っている」

「では今夜は泊めていただくことになるのでしょうか」

「満月が近いから、天気さえよければ、泊めてもらわなくとも帰れる。それでも朝までいたいといえば、必要なものはすべて用意してくれるだろう」

この狭い館からひと晩脱出できることと、魅力的な城砦を見る機会ができたことを喜びながら、ペンは繕いの終わった新しい古着にいそいで着替えた。残念ながらルチアの本をもっとよい場所に隠すことはできなかった。クリーは礼儀正しく待っていてくれたが、ペンの身支度が終わるとすぐさま、さきに彼を部屋から押しだしたのだ。

「ティグニー学師に外出の許可をもらわないと」階段をおりながら、ペンは言った。

「大丈夫だ。許可ならわたしがもらっておいた。おまえはここに監禁されているわけじゃないんだぞ」

クリーが監視役として付き添ってくるのだから、完全な自由というわけでもない。この写字生はティグニーの私設秘書として、書簡をまかされるほど信頼されているのだから、囚人をゆだねられても不思議はない。クリーは暗号文書も解読できるのだろうか。それをたずねてはまずいだろうか。

「ならばいいです」

慎重居士の学師に許可を取り消されないうちにと、クリーについてそのまま街路に出た。

急ぎ足で石の橋までやってきた。上流でも下流でも、安定した流れの中でいくつもの水車がきしみながらまわっている。橋を渡り、マーテンズブリッジでも貧しい地区を横切っていった。ここは北の峠からやってくる隊商のための場所で、倉庫や革なめし工房や鞍の修理屋や鍛冶屋、それに、売り物の近くにとどまることを望む旅商人のための宿がならんでいる。湖沿いの街道につづく城門を出たところに小さな貸し馬屋があって、二頭の馬が待っていた。あらかじめ話が通っているのだろう、すでに鞍がおいてある。ふつうの貸し馬よりもずっと訓練が行き届いているようだ。

クリーが身軽く馬にまたがるのを見ながら、ペンはたずねた。

「これは兄上の馬なのですか」

クリーはうなずき、自信たっぷりに手綱をとると、さきに立って街道を北にむかった。この時間の街道は、市場から家に帰る農夫の荷車や、町に売られていく牛などで混みあっている。ふたりはしばらくのあいだ馬をならべ、そうしたものたちのあいだを縫って進んでいった。

「馬術は子供のころに学んだのですか」ペンはたずねた。

「そうさ。貴族のたしなみとして必要な技はみんな身につけているぞ。マーテンデン城は子供が育つにはほんとうによいところだった。教団にはいったのは十四の歳だ。父上が遺言でそう望まれたからな」

確かにそうした処遇にふさわしい年齢だ。

「お父上にはお子がたくさんおられたのですか」

「ありがたいことに、それほど多くはない。男子はルシとわたしだけだ。ルシの姉上はずいぶん以前に嫁いでいかれた。わたしの姉は姫神教団にはいって、リネットの学舎で教師をしている」

「とても幸せなご家族なのですね」

クリーがそれとない質問を汲みとってくれればいいのだけれど。駄目ならば駄目で、そのほうがいいのかもしれないが。

だが間違いなくペンの意図を読みとったのだろう、クリーは皮肉っぽくくちびるを吊りあげた。

「ルシの母上は貴族だが、すべての子供を公平に扱ってくださった。それにルシはわたしより十も年上だ。だからもし母上たちの亡くなる順が逆で、父上がわたしの母と結婚していたとしても——身分が低く持参金がないことを考えるとまずあり得ないことだが——わたしが跡継ぎとなる可能性はまったくなかった。そんな役目にはむいてもいない」

「ルシリン卿の身分地位を羨ましくは思っていないのですか」

クリーが横目でペンを見つめた。

「考えたことくらいはあるさ、馬鹿じゃないんだからな。だけどそんな思考にとらわれるのはそれ以上の馬鹿だ。おまえは兄上のロルシュ卿を妬んでいるのか」

「いいえ」考えてみれば、これまで一度もそんな感情を抱いたことがない。「子供のころから、ロルシュ兄上はほんとうに口うるさくて面倒でしたけれど。でもドゥロヴォ兄上みたいに意地悪ではなく——ロルシュ兄上はずいぶん年上だったし、わたしをいじめようなどという性格でもなかったし。とにかくわたしは、一度もロルシュ兄上にかわってその立場になりたいと願ったことはないし、いまもそんなことは考えていません」

「それはよかったな」

町から遠ざかるにつれて人通りは少なくなっていく。クリーはまず速歩で、つづいてゆるやかな駈歩で馬を進め、ペンもそれにならった。刺々しい信士とまたひとつ共通点を見つけられたことが嬉しかった。遅い春の午後に一時間ほど馬を走らせる。右手には湖面がきらめき、左手には丘陵がうねっている。湖にそって湾曲した道を進むと、前方に灰色のマーテンデン城がぬっとそびえたった。

マーテンデン城は岸から十二ペースほど離れた小島に立っていた。岩からそのままつながっているようなゆるぎない城壁が高くそびえて人を拒み、小島をとりまいている。そのため正確な四角形ではないのだが、それでも四隅では円錐のスレート屋根をいただく四本の円塔がつきだし、五本めが跳ね橋の上にそびえている。

マーテンデンの村は街道沿いに点々と散らばるごくささやかな集落だ。それでも背後の斜面にはかなりの畑と葡萄園がひろがっている。鍛冶屋、居酒屋、革細工師や大工の店。それに、湖の端に位置する町にたどりつく前に行き暮れてしまった旅人のための小さな宿。クリーが彼の視線をたどっている。

「代々の城主はこの村がもっと発展するだろうと期待していた」クリーが語った。「だけどすべては、神殿と町の商人たちに吸いとられてしまったんだ」

「そうなのですか」とペン。「町は水車を使っているのですから、ふつうに考えて、湖上交通の終着地点はここになるのではないのですか」

「そうさ」

クリーは小さなアーチ橋を越え、蹄《ひづめ》の音も高々と跳ね橋を渡って、門番兵に気安く挨拶を返した。穏やかで安らぎに満ちた今日、落とし格子も城門もすべて開け放たれている。不規則な形の中庭はそれほど殺風景ではない。地面には板石が敷きつめられているし、両側には柱廊玄関の石柱がならんでいる。玄関の上は二階建ての木造回廊になっていて、ここに住む者はいかなる時間であろうと闇の中を手さぐりする必要などないのだというかのように、光の井戸を見おろしている。ふたりが馬をおりると、すぐさま馬丁がやってきて手綱を預かった。ルシリン卿自身もバルコニーに出てきて手をふった。そして、つねに警戒を怠らない男の足取りでかつかつとブーツの音を響かせながら、階段をおりてきた。

「無事客人をお連れしたようだな」ルシリンが弟に穏やかな声をかけた。「途中何も問題はなかったか」

「何もありませんでした」クリーが答える。

心臓に手をあてる挨拶をしながら、城主はペンにむきなおった。

「ようこそマーテンデン城へ、ペンリック卿」

「お招きありがとうございます、ルシリン卿。お城を拝見するのを楽しみにしていました」回廊のむこうの狭間胸壁へと視線を投げ、「あそこからのながめはさぞやすばらしいことでしょうね」

ルシリンは微笑して答えた。

「まもなく晩餐の用意ができる。だがもちろん、胸壁をぐるりとまわってくるだけの時間はある」

城主はたったいまおりてきたばかりの階段をもどり、三階からさらに短い石の階段をあがっていった。ペンはいそいそとあとを追った。そのうしろからクリーがついてくる。三人は背の高い狭間胸壁の内側で城をとりまく通路に出た。ペンは身をのりだして湖をながめ、敵の来襲を見張る歩哨になった自分を想像した。それとも、北から南からやってくるたっぷりと荷を積んだ商船を見張っているのだろうか。マーテンデン城が海賊行為を働いているという噂は聞かないが。

十マイル南に城壁をめぐらした町がかろうじて見える。湖はこの島からわずかに曲がって狭まり、北へと長くのびて、そこにべつの川の河口と小さな町がある。王女大神官の威光も市城壁もないながら、荷積みの拠点としてそれなりにやっている町だ。湾曲部のむこうに、小さな緑の島がふたつ、青い湖面に浮かんでいる。主として山羊や羊や、神秘主義の隠者が住まう場所なのだろう。傾きつつある太陽がそれらすべてに黄金の光を投げかけている。

「なんて美しい！」ペンは畏怖に打たれて声をあげた。「ルシリン卿、あなたが城主となってからこの城が攻撃されたことはあるのですか」

「わたしの時代にはない」ルシリンは気安く答えた。「父の時代にウェストリア王伯の侵入をしりぞけたことはあるが、街道と丘陵で撃退したため、この城まで、さらにはマーテンズブリッジまで敵軍が押し寄せることはなかった。町の者たちはたいした手柄と考えてはいないようだがな」

「なのにいま、ウェストリアのために働いているのですか」

ルシリンのくちびるがゆがんだ。

「敵対するより味方につけたほうがはるかによい相手だと、王伯が学習したのだ」

これに比べれば、確かにジュラルド城など農場のようなものかもしれない。

「城の下はどうなっているのですか」ペンはたずねながら、陰を帯びてきた板石の中庭を見おろした。

「食事のあとで案内しよう」とルシリン。「貯蔵庫の奥に面白い水門がある。物資の出し入れに役立っている」

「この城なら攻城戦になっても、少なくとも水に困ることはありませんね」ペンは考えながらつぶやいた。「険しい城壁に加えての利点です」

ないだろうが。

　ルシリンは答え、さらにいくつかの軍事的利点を指摘しながら、階段にもどった。立派な家を自慢する主婦のような口ぶりだ。もっとも、一家の主婦は恐ろしい暴力沙汰を好んだりはしないだろうが。

「もちろんだ」

　三人は足音をたてながら三階の板敷き回廊を渡り、広大な正餐の間ではなく、こぢんまりとした部屋にはいった。石壁の暖炉に火はなく、その両側の湖に面した二枚の細長い窓からかろうじてわずかな光がはいってくる。ペンはまばたきをしてデズデモーナの暗視能力を呼びだしたい誘惑にかられた。だがじきに目が慣れた。年月を経て黒ずんだサイドボードに、蓋つき容器がぎっしりはいっている。サイドボードの上には上質の蜜蠟蠟燭の燭台が立っているのに、倹約なのか、炎をあげているのは一本だけだ。クリーが残りの蠟燭と、三人分の食器が用意された丸テーブルの燭台に火を点した。城主は今夜、興味深い客を迎え、他をまじえず三人だけの贅沢な時間をもつつもりでいるらしい。兄の丁重な依頼を受けて、クリーが不満もこぼさず快く給仕の役を引き受け、微笑しながら手をすすぐよう白鑞《しろめ》の水盤をさしだした。

　ありがたいことにチーズはなく、さまざまな肉が供された。鹿肉、牛の薄切り、小羊の首肉、そして丸ごとの鶏。鶏はルシリンが、切断手術をおこなう外科医のような手並みで、すばやく器用に切りわけてくれた。香料のきいた根菜のシチューは、バターをたっぷり使ったソースが、冬のあいだ貯蔵されていた材料であることを忘れさせてくれる。新鮮な若キャベツのサラダがさらに食卓を豊かに飾る。葡萄酒は甘口の薄黄色で、マーテンデンの土地でつくられたものだという。兄弟があまり飲まないのでペンもそれにならおうとしたが、ふたりは交互に彼の杯を満たしてきた。

クリーから予備知識を得ているのだろう、ルシリンはジュラルド城での子供時代についてさまざまなことをたずねてきた。ペンは雰囲気を壊さないようドゥロヴォの死については口をつぐみ、逆に傭兵生活について質問した。短いあいだではあったけれども、ドゥロヴォはその暮らしに満足していたのだろうか。だが傭兵隊に関するルシリンの話は、ドゥロヴォではなくむしろロルシュに近く、心躍る英雄譚というよりも、計算と兵站と補給担当者への愚痴が中心となっていた。駐屯地の暮らしそのものはまったく単調で退屈だが、ルシリンの部隊は王伯領地のむこう端にある谷の所有権争いで二度、はびこる野犬の群れを根絶しようとする領伯に対する農民の反乱鎮圧において一度、凄絶な戦いをくりひろげたという。

ルシリンがまたペンの杯を満たし、とにかく乾杯の理由をつけて飲み干すようながした。ドゥロヴォがグリーンウェルで、友人たちと大酒を飲んで酔っぱらったあげく、傭兵隊に志願したことが思いだされた。ドゥロヴォは酔いが醒めたのちも断固としてみずからの選択に従ったけれども。酔いつぶれて意識を失っているあいだに傭兵隊にいれられてしまうことなどあるだろうか。噂では、かつてダルサカ王がそうやって無理やり船乗りを徴兵したという。もちろん、海に出てしまった船よりは、傭兵隊から逃げだすほうが簡単ではあるだろう。ペンはくちびるを湿し、用心深く微笑を浮かべて杯を重ねた。

ルシリンはそれから、偶然デズデモーナを手に入れたいきさつについてさりげなくたずねはじめた。しかたなくもう一度語った。くり返しているうちに、出来事そのものではなく記憶を反芻しているような気分になってくる。クリーがペンの失神についてあれこれたずねようとしたが、もちろんペンに説明できることではない。おそらく葡萄酒のせいだろう、ペンはいくぶんむっつりとした気分で破棄された婚約について語りはじめた。

「可愛いプレイタはまだきみを待っているのかな」ルシリンがたずねた。

「たぶん待ってはいませんね」ため息をつく。「わたしが町を出るまでに、彼女の両親は間違いなくもっとよい縁談をさがしはじめていたでしょう」

「それは残念だ」

クリーが慰めの酒をつごうとし、ちっとも杯が減っていないことに気づいて眉をひそめた。

「それで、魔は目覚めたのだね」

「少しだけですけれど」

このふたりを前にして、正気の沙汰とも思えない経験を語るのはどうにも気がひける。さらには、ティグニーの信頼厚いクリーにルチアの本のことを打ち明けるわけにはいかない。

「ではその魔は、とつぜんの転移を無事に生き延びたのだね」とルシリン。

「ええ、そのようです」

クリーがさらに肉を勧めてくる。すでに満腹だと、ペンは懸命に断った。

「温かいおもてなしに感謝いたしますが、ほんとうにもうこれ以上はいただけません」

「こんなものは単なる前座だ。もうひとつ、とっておきのものがあるのだよ」

ルシリンがサイドボードから、この土地特産の薄緑のガラスでつくられたゴブレットを三つとりだし、優秀な執事のようにみずからの手で配った。ゴブレットには花の香りのする黄金の液体がはいっている。こうした酒はもっと小さな杯で出されるものだと思うのだが、マーテンデンの城主はずいぶんと太っ腹だ。

「これをためしてみたまえ。村の女がつくったものだよ」

ルシリンが杯を掲げて口もとにあて、クリーもそれにならう。

ペンもゴブレットをもちあげ、感謝をこめて挨拶を返した。くちびるをつけたとき、頭の中で声がわめきはじめた。

〈ペンリック、ペンリック、ペン、ペン、ペンペンペン、ペン！ ペン！〉

大槌で煉瓦の壁を壊そうとするかのように、息を切らした懸命な響きがこもっている。彼は目を見ひらき、それから混乱を隠そうと微笑を浮かべた。

〈デズデモーナ……？ どうしたのです〉

〈ほんのひと口だけになさい。それも口の中にためておいて。飲みこんではいけませんよ。いつでもナプキンに吐きだせるようにしておきなさい〉

ほかにどうすればいいか、なぜそうしなくてはならないかもわからないまま、ペンは彼女の指示に従った。甘く芳醇でとても美味い酒だが、わずかな苦みが後味として残る。

〈ああ、罌粟《ケシ》のシロップだけね。これなら処理できます。では飲んでもいいですよ。ただし、ごくごくゆっくりとね。気づいていることを悟られてはなりませんよ〉

〈どうしてですか〉

〈これから何が起こるか、見てみたいじゃありませんか〉

そう、ルチアは間諜だったのだ。ティグニーは腹立たしいほど言葉を濁《にご》していたけれど、どのようなものであれ、数々の困難を切り抜けてきた凄腕の諜報員。ペンは気がつかないうちに、なんとも奇妙な嵐の中にのりだしてしまったらしい。

口の中の液体がさらに妙な味に変わったが、デズデモーナは自信たっぷりにささやいた。

〈さあ。これで大丈夫。飲みこんでもかまいませんよ〉

言われたとおりに飲みこみ、息がつまりそうになりながら口をひらいた。

「じつに興味深い酒ですね。カモミールの花の香りがします」

「そう、カモミールも原料のひとつだろうが、その女はわたしにも製法を打ち明けてはくれないのだよ。カモミールは心を静める効果があるというね」

ルシリンはいかにも満足そうに自分の酒をひと口飲んで、ペンに穏やかな視線をむけた。罌粟のシロップなどはいっていなければ、もっとずっと美味だろうに。

ペンがゆっくり飲み進めるにつれて、会話はしだいに散漫になっていった。兄弟は全神経を集中してじっとペンを凝視している。機会があればおこぼれにありつこうと、食卓の下で主人の一挙一動をじっと見つめる犬か猫のようだ。けっしてふりなどではなく、薬のはいっていない葡萄酒と食事のせいであくびをすると、ふたりがあからさまに身をのりだしてきた。部屋は涼しいのに身体が熱い。細長い窓からはいってくる湖の光は灰色に薄れ、夜の影が濃くなってきた。ペンはチュニックの襟をゆるめた。

杯が空になり、ペンは口をひらいた。

「ほんとうに、とても心が休まります」

「きみがこの酒をとても気に入っていたと、村の女に伝えてやろう」

ルシリンが杯をサイドボードに運び、背をむけたまま、また酒を満たした。

〈不器用だこと〉とデズデモーナ。〈客に毒を盛ることに慣れていないのでしょう。まあどれほど工夫をこらそうと、あなたに対しては無駄な努力ですけれどね〉

彼女はなぜそうした工作にくわしいのだろう。二杯めをわたされたとき、ペンはふりをする必要もなくぎょろりと目をむいた。一杯めよりさらに隠し味がきつくなっている。

〈念には念をいれようということなのでしょう〉口の中の液体が不味くなると同時に、デズデモーナがつぶやいた。

〈それでわたしはどうすればいいのですか〉ペンは不安にかられはじめた。〈いまにももどしてしまいそうです〉

〈そのままお芝居をつづけなさい。酔いつぶれたふりをしてもいいですよ。酔っぱらいを見たことくらいはあるでしょう?〉

見たことがあるだけではない、一度だけだが経験もしている。絞首刑と同じく、子供時代に記憶にとどめておくべきものとして、葡萄酒による二日酔いも授業にとりあげられたのだ。

「この酒は寝しなの一杯にむいていますね」故意に語尾をひきのばしながら言った。

「そうだね」クリーが答え、ほとんど減っていない自分の杯に口をつける。

もう一度、さっきよりも大きくあくびをした。

「すみません……」つぶやいて、腕に頭をうずめた。

テーブルの周囲に沈黙が垂れこめた。

〈庶子神の涙にかけて、いったい何が起こるのですか〉デズデモーナにたずねた。

〈ぐったりしているのですよ。企みがうまく運んでいると考えたら、わざわざあなたを縛りあげたりしないでしょうからね〉考えるような間。〈縛られてもたいして困りはしませんが、余計な手間を増やすこともないでしょう〉

ようやくルシリンの声が聞こえた。

「つぶれたかな。目を調べてみろ」

クリーがペンの頭をもちあげ――髪をつかまれたのが痛かった――目蓋を押しあけた。ペンは声をあげそうになるのをこらえ、白目をむいた。

「完全につぶれているわけじゃなさそうですけど」なかなか正確な判断だ。「でも大丈夫だと思います」そしてクリーは緊張のこもった息を吐いた。「ルシ、準備はいいですか」

「ああ。さっさと片づけてしまおう」

ふたりはペンの腕を片方ずつ肩にまわして、椅子から立ちあがらせた。

「くそ」クリーが腹立たしげにつぶやいた。「この牛飼い殿は見かけによらずずいぶん重いな」

「こういう痩せ型には騙されることが多い」とルシリン。「もうつぶれないのではないかと心配になりはじめていたところだよ」

　このような陰謀を企む人間にしてはあまり熱意が感じられない。さほど興奮もしていないようだ。少しばかり腹が立ってきた。びくついているのは自分だけではないか。ほんの少しだけ目をあけてみた。

　ふたりは乱暴に彼を回廊にひきずりだした。夜の陰が濃くなったとはいえ、空はまだ薄明るく、一番星が輝きはじめたばかりだ。裏階段をくだり、より暗くより狭い階段をおりて、中庭より低い地下におりていく。ここまでくると切石の壁は一部だけで、天然の岩をけずったままのところもある。クリーがぐったりとしたペンを支えているあいだに、ルシリンがベルトから鍵束をはずして、頑丈な木の扉の鍵をあけた。ふたりしてペンをひきずりこむと、ルシリンがふり返ってまた鍵をかけた。

〈逃げださなくてもいいのでしょうか〉ペンはあせってたずねた。

〈そのうちにね。相手はたったふたりです。いつでも逃げだせますよ。無理をすればかえって機会をつぶします〉

　こちらもふたりだ。ライオンと馬をいれて十三人と考えてもいい。それでもまだ数で負けているような気がする。ルシリンひとりでも充分それだけの数に対抗できるのではないか。

　それにしてもどこに連れてこられたのだろう。地下室か、食料貯蔵庫か、武器庫か、それとも地下牢だろうか。この長細い部屋はそのどれにもあてはまりそうだ。小規模なダルサカ神殿のように優雅な石柱のアーチが天井を支えているし、湖側の壁の高所には鉄格子のはまった半月形の狭い窓がずらりとならんで黄昏《たそがれ》の最後の銀光をとりこんでいる。二台の武器架に槍の束がかかっている。いたるところに樽や木箱が積んであるが、一方では床に古い藁《わら》が敷かれ、壁からおぞましい枷《かせ》が幾組かさがっている。鉄が錆びていること、いまは誰もつながれてはいないことも、それほど慰めにはならない。

兄弟はペンを部屋の奥までひきずっていって、どちらかといえばそっと、冷たい岩床の上に寝かせた。痙攣《けいれん》するように身体をころがすと、すぐそばに水門が見えた。石の傾斜路のさきに幅のひろい低いアーチがあって、湖水が穏やかに打ち寄せている。分厚い壁に刻まれたその出入口は、落とし格子とどっしりした扉で守られているのだが、いまはどちらも開け放たれている。オールのついた小舟が一艘、なかばまで傾斜路にひきあげられている。湾曲した天井に波がかすかな反射光を投げかけている。

「もう少し明かりがほしいな」ルシリンが言った。

クリーがベルトの巾着から火口箱をとりだして、傾斜路の端にならんだ獣脂《じゅうし》蠟燭の燃えさしのそばに膝をついた。風を防ぐため粗末なガラスがかぶさっている。まもなく六つの煙っぽい黄色い明かりが点った。ペンにしてみればどうという変化ではないが、脱出を遅らせているうちに、これでまたひとつ不利になったのではないだろうか。

ルシリンが背をむけて備品をかきまわしているあいだに、頭のむきを変えてみた。興味を惹かれそうなものといえば、近くの床に投げだされた古い羊毛のマットレスと、その足もとに重ねられた毛布と枕だけだ。

〈なぜあそこに寝かさなかったのだろう〉

心優しい人攫《ひとさら》いが、湖からやってくる邪悪な人買いに売りつけるまでのあいだ犠牲者を捕らえておく場所ならば、あのマットレスは鎖のそばにあるべきではないか。

兄弟がもどってきたので、薄目をあけたまま、ぐったりとした姿勢を保った。ふたりは一瞬、考えこむように彼を見おろした。

「簡単でしたね」とクリー。「兄上がおっしゃったとおり、自分でここまでやってきたんですから。子牛が市場まで歩いていくようなものです」

「無邪気にも、だな」とルシリン。

「愚かにも、ですよ。さて、牛飼い殿」と爪先でペンをつつき、「すまないな、だがどうしても必要なんだ」

「苦痛はない。おまえがやるか、それともわたしか」

そしてルシリンは、武器架のどこかからとりだしてきた長い邪悪な戦闘用ナイフを掲げた。研ぎあげたばかりの刃がきらめきを放つ。

「兄上がどうぞ。報酬として飛び移る魔を受けとるのは兄上なんですから」

「魔は必ず手の届く範囲にいる最強の者に飛び移るというのは確かなのだな」

「ティグニー学師はそう言っていました」

「ではなぜ、魔術師が連れていた神殿護衛騎士に飛び移らなかったのだ」

「わたしにはわかりません」クリーは肩をすくめた。「ともかく、ティグニー学師がこれまで監督してきた中でも最強の魔だという話です。それを言いだすなら、そもそもそれ以前になぜあの女神官に飛び移ったのかから考えるべきではありませんか」

「魔も新しい住処が気に入るだろうよ」ルシリンが穏やかに言った。

〈わたしを攫おうとしているのではない。デズデモーナを攫おうとしているんだ！〉

この強盗貴族にとって、ペンは商品ではなく、商品を積んだ荷車にすぎなかったのだ。

〈魔は人を殺せば生存しつづけることができないんでしたっけ?〉

〈逆ですよ〉とデズデモーナ。〈魔術師は魔法で人を殺せば魔を失うのです。もちろん、殺されても魔を失うことになりますけれどね。魔が移動する時間があればですが〉

つまり、ペンはふたたびあっさり婚約解消されてしまうということなのか。おまけに生命まで失うと？　お先真っ暗だ。もちろん魔だって乗り手として、戦場という混沌の宴に連れていってくれる屈強な戦士のほうを、はるかにはるかにはるかに好むだろう。不器用な〝牛飼い〟なんかよりも。侮蔑的な呼び名が心に突き刺さる。

〈うまくやればそんなことにはなりませんよ〉デズデモーナの声は張りつめている。〈ペン、いまです〉

ルシリンの太い指が首筋にせまり、短剣がおりてくる。蠟燭の光が長すぎるほどの刃をぎらつかせる。ペンはふいに身体をころがした。

「庶子神の歯にかけて！」ルシリンが怒鳴った。「酔いつぶれていたのではないのか。クリー、つかまえろ！」

ペンは膝をつき、それから立ちあがった。奇妙なほどのろい動きでとびかかってくるクリーをかわして出口にむかう。だがその進路にはすでにルシリンが立ちふさがっている。腹にむかってくりだされた剣をかろうじて避け、柱の陰に逃げこんだ。ルシリンが反対側からまわりこむ。クリーが追いついてきて肩を捕らえた。

「ちくしょう、蛇みたいなやつだな」

ルシリンの突きが腹を狙う。

襲いかかる刃の先端から渦を巻いて錆が走る。蜂蜜の中を落ちていくビーズのようにゆっくりと柄が腹にせまりぶつかったとき、短剣の刃はすでに千ものオレンジ色の輝く粉となって砕け、タンポポの綿毛のように、また綿毛ほども無害に、宙に散っていた。

「どうなっているんだ!」ペンとルシリンはほとんど同時に声をあげた。

〈火よ〉デズデモーナが陽気に宣言した。〈さまざまな形で燃えなさい〉

背後から押さえこむクリーの手をふりほどいた。ルシリンが剣の柄を投げ捨てて槍をつかみ、突きつけてくる。

「魔よ、抵抗するな!」クリーがさけんだ。「おまえによりよいあるじを提供しようというんだ! ティグニーはおまえをイダウの聖者に食らわせるつもりでいる! わたしはその手紙を筆写した! その愚か者を助ければ、みずからを危険にさらすことになるぞ!」

獲物を追うべく解き放たれた猟犬のようにいきりたっていたデズデモーナが、ためらったのか、ペンの内で凍りついた。

ペンはあとずさりながら、懸命に反論を試みた。

「あるじといっても、ふたりのうちどちらなんですか。しっかり考えたのですか。デスがどちらに飛び移ろうと、その者はしばらく気を失って無力となります。そのあいだにもうひとりが咽喉を掻き切ることだってできるでしょう」

これで敵の結束を揺るがせられればいいのだけれど。

ルシリンが恐ろしい笑みを浮かべて槍をふりまわした。

「そんなことはあり得ない。魔がわたしに飛び移った場合、クリーにはそもそもわたしの領地も部隊も受け継ぐ権利がないのだから、そんなことをしてもなんの意味もない。魔がクリーに飛び移った場合は。そう、わたしはありがたく危険を逃れ、しかもひそかに忠実な魔術師を手に入れられるというわけだ。報酬は存分に支払ってやるよ」

「わたしたちがすべての可能性を考慮していないと考えるほど、おまえは愚かなのか」

クリーもまた槍をつかみ、ペンと扉のあいだに立ちはだかった。ふたりはペンの脱出をはばむべく、槍をふりまわして後退させようとしている。いらだってはいるが、怒ってはいない。こんなふうに理性的に殺されるなんて、ほんとうに奇妙だ。ルシリンは戦闘においても冷静でおちついているのだろうか。きっとこれまでずっとそうだったのだろう。

庶子神の魔だってとうぜん、こうした有能な軍人を好むに決まっている。

「冗談じゃありませんよ」デズデモーナが嘲りの声をあげた。「そうして、その男を放りだす方法を見つけるまで、鏡をのぞくたびにその男の不細工な顔を見なくてはならないというの？

わがあるじたる庶子神よ、われらをそのような定めより逃れさせたまえ、だわ」

「デス、挑発しないでください！」ペンは恐怖にかられてあえいだ。

混乱にまばたきをしながらも、クリーは警戒の姿勢を崩さない。ルシリンのたくましい腕が致命的な一撃を送りこむべく重たげな槍をぐいとひきよせる。

ペンはふたりの髪に火を放った。

クリーが槍を落として悲鳴をあげた。だが弟ほど脆弱《ぜいじゃく》ではないルシリンはそのまま攻撃をしかけてくる。槍の曲がった穂先が、一瞬前までペンが立っていた石壁にぶつかってけずる。

ふたりのズボンのあらゆる結び目、留め金、ボタンが一瞬のうちにはずれた。ルシリンのつづく一撃は、とつぜんずり落ちて太股にからまったズボンのせいで大きくそれた。デズデモーナは間違いなく面白がっている。ふたりが服につまずきながら髪についた火を消そうと躍起になっているあいだに、彼女がさけんだ。

〈さあ、水門にむかうのよ！〉

ペンは傾斜路を駆けおり、小舟を押しだそうとした。動かない。視野の隅で怒り狂ったルシリンがぴょんぴょんとびはねるようにこちらにむかい、低いアーチを抜けてくる。冷たい水がくるぶしに、ふくらはぎに、太股に達した。

〈尻まできてしまった！〉

「でもデス、わたしは泳げないんです！」

さらに一歩踏みだした足は何にも触れることなく、彼の身体は頭上にそびえる城壁のようにまっすぐずぶずぶと深淵にむかって落下していった。

〈大丈夫ですよ〉デズデモーナがとりすまして答えた。〈ウメランが泳げますからね。ウメランにまかせなさい〉

こんな冷たい水にも、こんなに痩せっぽちで浮力のない身体にも慣れてはいないと、ウメランが猛烈に抗議している。それでもどうにか水面まで浮上し、犬搔きで濃くなりつつある闇の中へはいっていった。まばたきをして目から水をはらい、周囲を見まわして岸をさがす。

〈遠いほうの岸を目指すのですよ〉デズデモーナが忠告する。〈あの男、すぐに近いほうの岸に人をやってあなたをさがさせるに決まっていますからね〉

「そんな遠くまで泳げません！」ペンはあえいだ。

〈緊張しないで、ゆっくりといそがなければ大丈夫〉

ペンは水を搔きつづけた。しだいにその動きはゆるやかになり、ぎくしゃくしていた足も蛙《かえる》のように規則正しく水を蹴りはじめる。さほど速度は出なくとも、少なくとも溺れる心配だけはなくなった。あえぐようにせわしない息づかいもおちついてきた。

だがそれも、すぐ背後にクリーの声が聞こえるまでのことだった。

「あそこだ！　水の中に頭が見えます」

ふり返ると、影のような小舟が水門から出てくるところだった。ひとりではどうにもならなかったあの舟も、ふたりがかりなら動かせたらしい。ルシリンが力まかせに漕ぐにつれて、オールがロックの中できしみ、悲鳴をあげる。ルシリンはあのオールでペンを殴りつけ、溺死させるつもりなのだろうか。それとも槍を突き刺して、細長い扱いにくい魚のように城までひいて帰るのだろうか。

〈おやおや、愚かだこと〉デズデモーナが楽しそうにつぶやく。

冷たい水の中で、ペンの身体が脈打ちながら熱くなった。

小舟の中ですっくと立ち、銛《もり》のように槍を握ってペンをにらんでいたクリーが、驚いて罵声《ばせい》をあげた。足がボートの底を突き抜けたのだ。武器が手から離れ、大きな鋼《はがね》の穂先の重みで沈んでいく。ロックがゆるんでオールが漕ぎ座をかすめ、ルシリンが何かをわめく。小舟はゆっくりと停止した。

高い城壁の上で恐怖の声があがった。

「**火事だ！　火事だ！**」

さらなる声が重なって響く。

ルシリンは闇の中に遠ざかりつつある獲物を見つめ、それからふり返って危機に瀕しているもうひとつの財産をながめ、片方のオールを使って水がはいりはじめた小舟のむきを変えた。

「ルシ」クリーがせっぱつまった声をあげた。「わたしも泳げません！」

「だったらそっちのオールを握ってせいぜい働くのだな」ルシリンが怒鳴り返す。「この寒さだ、あの愚か者もすぐに溺れるだろう」

ここまでくると、水の中につっこまれたルシリンのオールをさらに折るのは、過剰行為というものだろう。

ごくごく静かに、ペンは彼らに背をむけ、反対方向にむかって泳ぎはじめた。

東の丘陵に月がのぼるころ、ペンは岩の上に身体をひきあげ、数歩よろよろと進んでから、心地よく軟らかな土の上にばたりと倒れた。骨の髄《ずい》まで凍え、呼吸も乱れている。もう二度と動きたくない。

ようやく好奇心が無気力に打ち勝ち、どうにか身体をころがして湖をふり返った。煙突のように城から空高く噴きあげていたオレンジ色の炎と火花も、なんとかおさまったようだ。

〈すてきな城だったのに。ほんとうに残念だ〉悲しかった。

〈とうぜんの報いというものです〉つぶやくデズデモーナは、ペンと同じくらい疲れ果てているようだ。〈こんな事態を招きたくなければ、白の神の関心をひかないよう気をつけるべきなのですよ〉

「ルチア学師はこういう仕事をしていたのですか」

〈そうしょっちゅうではありませんよ。ルチアはほんとうに狡猾で、土壇場に追いこまれたりしませんでしたからね〉少し考えて、〈はじめの幾度かをのぞいては、ですね。そのときに学習したのでしょう〉

ややあって、さらに彼女はつけ加えた。

〈これ以上ここに寝ころんでいては凍死してしまいます。ひと晩かけたわたしの努力を無駄にするつもりですか。わたしは牛の中にはいるのなんてまっぴらですよ〉

ペンは身体を起こしてすわりこんだ。

「クリーに飛び移ればよかったのに」

〈牛のほうがましですね〉

「ルシリン卿でもよかったのに」なぜ彼女はルシリンを選ばなかったのだろう。

〈立ちなさい、ペン。歩いてわたしたちを移動させるのはあなたの仕事でしょ〉

ペンは膝をつき、それから立ちあがった。そしてまるで無関心な数頭の牛を避けながら、この険しい東岸の街道ともいうべき轍《わだち》の刻まれた農道に出た。湖沿いに北をながめ、南に目をむける。そう、道に迷う心配だけはなさそうだ。

〈北にむかいますか〉デズデモーナが言った。〈どこに行ってもいいのですよ〉短い間。〈でもイダウだけはやめてくださいね〉

「わたしは一度もイダウに行きたいと思ったことはないです」

地図を見ながらその名を意識したこともない。マーテンズブリッジから西へ五十マイル、王伯領との境界に位置する、グリーンウェルとさほど変わらない小さな町だ。

「でも、わたしの荷物はみなマーテンズブリッジにありますし、まだ本を読み終わっていません。それにいまごろはティグニー学師が、わたしはどこに行ったのかと心配しているでしょう。クリーはほんとうにわたしを城に連れていく許可をもらったのでしょうか」

ティグニーも共犯ということはあり得るだろうか。あまり嬉しい考えではない。

〈ティグニーはあなたひとりなら市城壁の外に行くことも許すでしょうが――わたしたちには

けっして許可を出さないでしょうね〉

「デズデモーナ、最初から怪しいと思っていたのですか」

〈ふん〉ひどく曖昧な……音のない鼻息。〈何か面白いことが起こりそうだとは気づいていましたよ。それが何かはわかっていませんでしたけれどね。だけどクリーの前で声に出して話すわけにはいかないし、あのときはまだ、声を使わない会話ができませんでしたからね〉

「魔はみんなそんなふうに好奇心が強いのですか。それとも、あなたの好奇心はルチアから学んだものなのでしょうか」

〈ルチアとわたしたちは……ほんとうによい組み合わせでしたよ。わたしたちが彼女を選んだのだから、それもとうぜんですけれどね〉あくびのふりをして、〈歩きなさい。わたしたちはひと休みします。町についたら起こしてくださいね〉

ペンはため息をこぼし、南にむかって歩きだした。轍の上をよろめき進むと、ブーツががぼがぼ音をたてる。果てしのない夜になりそうだった。


空が鋼の色に白み、だがまだ月を追う太陽が東の丘陵に顔を出してはいないころ、ペンはようやくマーテンズブリッジの市城門にたどりついた。朝市の人出であたりはすでににぎわっている。門兵はペンを見て顔をしかめ、浮浪者の立ち入りを禁じる町の規則を暗唱しはじめた。「庶子神教団ティグニー神官への知らせをもってきました」完全な嘘ではないし、いまの身形を説明し、かつ緊急の用件であることも伝えられる。「船が事故にあったため、ひと晩かけて歩いてきたんです」

ティグニーと教団の名をあげたことが通行証となった。青銅色に、ついで穏やかな黄金色に溶けていく空の下、気がつくとペンはふたたび急な坂道をとぼとぼとのぼっていた。

ノックに応えた門番は驚くほどしっかりと目を覚ましていたが、ペンを見るとぽかんと口をあけた。

「ペンリック卿！」

「おはよう、コッソ。ティグニー学師にお会いしたいのだけれど。いますぐ」

闇の中をよろめき進んでいるあいだに考える時間はたっぷりあった。今夜の出来事と、この土地の有力な貴族が彼を殺そうとした理由をどう説明すればいいか。憤怒はいつのまにか不安に変わった。ここにたどりついたいま、せっかく考えた怒りに満ちたすばらしい演説も、感覚を失った指の隙間から水のように流れ落ちていくようだ。

「学師さまのほうでも間違いなくペンリック卿にお会いになりたいでしょう。いまごろお帰りになるとは考えていらっしゃらなかったと思いますけれど。とにかくおはいりください」

まっすぐティグニーの執務室に通された。燭台の蠟燭はすでに短く、いまにも消えそうだ。

「学師さま、ペンリック卿がもどられました」

コッソはそう告げるとペンを部屋に押しこみ、そのまま表情を消して衛兵のように扉の脇に立った。

何か書き物をしていたのだろう、机にむかったティグニーの手から鵞筆がつきだしている。

ルチアの本が机にのっているのも驚きだったが、それ以上にびっくりしたのは、ティグニーの前にクリーが立っていたことだった。ふたりは愕然とした顔でペンを見つめた。

ティグニーはすでに着替えている——ちがう、昨日から着替えていないのだ。クリーは焼け残った髪の上にしっかりと帽子をかぶっている。人殺しを試み、それから消火活動にいそしんだ夜のあとで身形を整えたのだろうが、夜明けに十マイルを早駆けしてきたため、ふたたびよれよれになっている。それでもペンよりはずっとましだ。

〈少なくともわたしだって、もうぽたぽた水をしたたらせてはいないぞ〉

クリーを目の前にして、怒りを燃えたたせるべきなのだろうか。だがいまは、そうした感情も起こらないほど、ただただ疲れていた。

「これはこれは」ティグニーが鵞筆をおいて指先をあわせた。「弁明のための委員会、到着というわけですね」

いまのペンには論争をする気力もない。そこで単純に事実だけをならべた。

「おはようございます、ティグニー学師。昨日の午後、クリーがわたしに、兄上がマーテンデン城での晩餐にわたしを招待してくれた、学師も許可をくださったと話しました。ふたりはわたしに薬のはいった酒を飲ませ、地下倉庫に連れていって殺そうとしました。デズデモーナを奪おうとしたのです。わたしは逃げだし、湖を泳いで、もどってきました」

そこで目を細くして考えた。これで言い漏らしたことはないと思うのだが。

「ああそうだ、城に火事を起こしてしまいました。申し訳なかったと思いますが、わたしも槍で刺されたくはなかったので」目を固く閉じ、またあけて、「それから、小舟を壊したこともすまないと思います。ほんの少しですけれど」

　慎重で抜け目のないティグニーがあごをあげ、ペンを見つめた。

「さきほどのクリーの報告によると、あなたを支配した魔が彼を騙して城に連れていかせた、あなたは城で暴れまわって火をつけ、小舟を盗んだ。その結果、逃亡したか溺死してしまった。生きていたとしても、いまごろはアドリアの国境まで半分ほども行っているだろうということでしたが」

　ペンは少し考えて答えた。

「徒歩でむかうには遠すぎると思います」

「こいつひとりの証言に対して、こっちには証人がふたりいるんです」最初の恐怖による機能停止から回復したのだろう、クリーが主張した。「それに、こいつはここではまったくのよそ《ストレンジ》者《ャー》じゃないですか」

〈あんたが考えている以上に〝ふつうじゃない〟《ストレンジ》けれどね〉ペンは指をあげた。

「わたしとデズデモーナをいれれば二対二です。彼女を十二人と考えていいなら、ここでいますぐ陪審員団が結成できます」

　頭痛がするのだろう、ティグニーがひたいをこすり、ふたりをにらみつけた。

「どちらかひとりが嘘をついているのは明らかですね。幸運なことに、ここにはもうひとり、ある意味で証人となり得る方がいます」そして門番にむかい、「コッソ、もうひとりの客人をお連れしなさい。申し訳ないが緊急だとお知らせして。ああ——ペンリック卿がもどったこともお伝えしなさい」

門番はうなずいて退出した。

興奮したクリーがさらに言葉をつづけた。

「学師さま、魔の証言をまともに受けとるんですか！　信用できるわけがないでしょう！」

ティグニーは淡々と視線を返した。

「わたしは魔というものをよく知っているのですよ、クリー」

分別を働かせたのか、反論できなかったのか、クリーは口をつぐんだ。駆けもどってティグニーに偽りの報告をしたとき、もちろんクリーはこんな場面を想像もしていなかっただろう。確かにペンは溺死していてもおかしくはない。だがもしそう信じたのなら、なぜ兄とふたりで城にこもらず、わざわざこんな訴えをしにもどってきたのだろう。もしかするとルシリンに放りだされたのだろうか。ペンがこの町にやってきた事情をルシリンに教えたのは、間違いなくクリーだ。魔を奪う計画を最初に考えだしたのは、兄弟のうちのどちらだったのだろう。

数分がすぎ、ペンはへなへなと床にすわりこんだ。ティグニーは何か言おうとし、それから気にするなというように手をふって、そのまま口をつぐんだ。

廊下が騒がしくなった。文句をならべたてる新しい声の主を、門番がしきりになだめている。汚れた白い部屋着姿の背の低い太った老人が、こつこつと杖を鳴らしてはいってきた。クリーとペンは立たせたままにしていたティグニーが、いそいで老人のためにクッションのきいた椅子を用意した。老人は生え際の後退した少ない白髪をうしろに撫でつけ、うなじで結わえている。その顔は冬のあいだ貯蔵されていたリンゴのように丸く皺が寄っているが、リンゴほど甘くはなさそうだ。消化不良を起こして引退したパン屋のようにも見える。老人はうめきをあげながら勧められた椅子にどっかと腰をおろし、杖の上で両手を重ねた。

ペンの内でデズデモーナが〝悲鳴〟をあげ、うちひしがれた声で泣きさけんだ。

〈ああ！　ああ！　もうおしまいだわ！　イダウの聖者がきた！〉

全身を絶望の熱が走り抜け、それから彼女は失意のあまり固く固く丸まった。いまにも内破してしまいそうだ。

「ブロイリン聖者さま」ティグニーが老人の前で頭をさげた。

それからクリーの後頭部を押さえこみ、同じように頭をさげさせた。クリーはたじろぎながら顔をあげると、あとずさってうずくまり、聖印を結びながら「聖者さま……」とつぶやいた。デズデモーナと同じくらい驚いているのだろう、凍りついたように動きをとめている。だがデズデモーナほど深い混乱に陥ってはいない。

ティグニーはつづいて、呆然としている泥まみれのペンを見おろし、首をふった。

たった一日のあいだに二度も生命がけの試練にたちむかわなくてはならないとは。しかも、どちらも不意打ちときている。狡猾なティグニーはもちろんそのつもりだったのだ。はじめからペンを教育する気などなく、一週間をかけて、このいまにも倒れそうな老人をひそかにイダウから呼び寄せる計画を立てていた。これほど強力な魔を追いつめ捕らえるには、ふいをつく以外に方法はない。そしてペンはまっすぐ彼女をその罠の中に連れてきてしまった。立ちあがって逃げようか。走ることはもちろん、立ちあがることができるだろうか。

〈北にむかっていればよかった。ああ、デズデモーナ、すみませんでした〉

「聖者さま」ティグニーがペンを示してたずねた。「彼の魔は優位に立っているでしょうか」

老人は冷然と、不安げに視線を返すペンをじっとにらみおろした。

「いいや、ひと欠片も。おまえさんの心配は空まわりだったね、ティグ。あの忌ま忌ましい馬車で背中を痛めながらこんなところまでいそいで運ばれてくる必要などまったくなかったよ」

細くなった灰色の目が見おろしてくる。ペンはふいにその視線に捕らえられ、ふたつの針穴ごしにまばゆい太陽を見つめているような、知覚を越えたところに何かとてつもなく古く巨大なものが存在しているような感覚をおぼえた。目をそらすことができない。逃げることもできない。むしろ、そちらにむかって這い進みたいような気すらする。年老いた醜《みにく》い身体は、擦り切れた舞台衣装のような、本質をごまかすための実体のない紗幕《しゃまく》のようなものにすぎず、その下には——。そう、人でありながら……人ならざる何かに通じる回路がある。帳ごしであれ、この生において顔をあわせることができるとは考えてもいなかった存在。

かつて口にしたすべての祈り——つぶやいたものも、あくびまじりに唱えたものも、すべてが単なる機械的な言葉にすぎないと理解された。自分はもう二度と、あのような祈りを唱えることはないだろう。

「この魔に話をさせることはできますか」ティグニーが聖者にたずねた。

「恐怖の悲鳴をとめることができればね」

愚かにもクリーが口をはさんだ。

「ですが、〝真実〟を語らせることはできるんですか」

老人が彼に視線をむけた。

「それはわからんね。それをいうなら、わたしはおまえさんに真実を語らせることができるかな」

クリーはひるんだ。だが自棄になったかのようになおも言葉をつづけた。

「魔が優位に立っていないなら、放火と破壊をもって歓待に報いたペンリック卿の行動は、犯罪にせよ狂気にせよ、彼自身のものということになります。その罪により裁かれるべきです」

老人が鼻を鳴らした。

「マーテンズブリッジの行政官が、どうやって魔術師の意に反する裁きをくだせるというんだね」

ティグニーが咳払いをした。

「たとえまだ優位に立っていないにしても、時間の問題ではないかと思うのです。ルチア学師の魔はわたしの知るかぎりにおいてもっとも強力なものでした。どれほど善良であろうと、この未熟な若者の手に負えるものではありません。聖者さま。神殿に誓いを捧げたわたしの義務および責任にかけて、慎重にも慎重を期し、この若者と世界から危険を取り除くようお願い申しあげます」

熱心に耳を傾けていたペンは、胃の腑がひっくり返るような気持ちで懸命に指摘した。

「ですがわたしは神殿に誓いを捧げたわけではありません。この館の、単なる客です」

「おまえの場合、それで許されるわけじゃないぞ」クリーが意地の悪い声をあげる。

ティグニーはただ首をふっている。

行政官の前に罪状をならべるような話がくりひろげられてはいるものの、いまここで必要なのは法律論ではない。もしいまほんとうにこの部屋に神がましますならば、望みたもうのはまったくべつの言葉だろう。

ペンは膝立ちになって聖者の前に進みでた。彼の内ではデズデモーナが、処刑台を前にした女のように絶望をこめてすすり泣いている。ティグニーがペンをはばもうとし、そのまま動きをとめた。老人は不安の欠片もなく興味深げに彼を見おろしている。

神殿の祭壇の前でするように、ひらいた両手を掲げた。あまり意味はないかもしれないが、嘆願の姿勢は戦場における降伏と同じ意味をもつのではないだろうか。

「聖者さま。いまここで話せば、わたしの声は神のお耳に届くでしょうか」

羊のように白くもじゃもじゃの眉がぴくりと引き攣った。

「口に出そうと出すまいと、神々はつねに人の声に耳を傾けておられる。人が神の声を聞くことは……めったにないがね」

庶子神特有の曖昧さにごまかされてはいるが、いまの言葉は〝是〟と受けとめてもいいだろう。唾をのみこみ、頭を垂れようかと考え、それから顔をあげることにした。恐ろしい灰色の目を、目のむこうを、見つめよう。

「第五神たる母神の御子、白き庶子神よ。どうぞデズデモーナを見逃してやってください。彼女は善良な魔です」いや、その言葉は曖昧にすぎるのではないか——何をもって善良というのだ——まあいい、このままいこう。「彼女は庶子神の許しのもと、わたしを通してしか、生きることができません。どうか……どうか、彼女のために働く役目をわたしにお申しつけください。そして」そしてペンリックは、酒の勢いで傭兵隊に捧げたドゥロヴォの誓いなどとは比べ物にならないほど、おのが人生におけるもっとも向こう見ずな衝動にかられ、つけ加えた。

「わたしはこの身を庶子神に捧げます」

ティグニーがゆっくりと一度だけうなずいた。

イダウの聖者が手をもちあげ、ペンのひたいにのせた。呪いの言葉を唱えようと口をひらき、そこで動きがとまった。一瞬、その視線が内側をむく。長短よりも深さで計れる瞬間。何尋もの深さのある瞬間。そして眉が驚きに吊りあがった。

「まあなんと！　こんなことははじめてだ」老人の手が落ちた。

「どうしたのですか」ティグニーは不安に身悶えせんばかりだ。「白の神は魔を連れ去りたもうたのでしょうね」

「いやいや。吐きだしたもうたよ。この魔はいらぬとの仰せだ。少なくとも、いまはまだな」

ティグニーは驚きに目をぱちくりさせている。ペンの息がとまった。

〈何？　何？　どうなっている……？〉

「そんな馬鹿な！」クリーが抗議する。

聖者が気難しげな顔をむけた。

「神に反論したいなら神殿に行くんだね。膝が痛くなるだけだろうが、そうしてくれれば、くだらぬ言葉がわたしの耳にはいらないですむ」そして杖をついて立ちあがった。

ペンは声をあげた。

「待って！　待ってください。聖者さま……つまり、それって、どういうことなのですか」

老人が不機嫌な顔を、こんどは彼にむけた。

「つまりこういうことだ。おめでとう、おまえさんは魔術師だ」それからくちびるをすぼめ、思慮深い声でつけ加えた。「神々は人のためではなく、つねに神々自身の目的にのっとって行動なさる。たぶん庶子神は、おまえさんのことで――おまえさんたちふたりのことで、何か興味深い未来を思い描いておられるんだろう。めでたいことばかりとはかぎらんがね。幸運を祈るよ。おまえさんにはそれが必要になる」

ティグニーがぎょっとしたように声をあげた。

「ですが、わたしたちはこの若者をどうすればいいのですか」

「わからんね」と聖者。それからしばしの間をおいて、「だが、目の前でこの若者を殺させたりしては寝覚めが悪いんじゃないかね」

目を見ひらいたまま、ティグニーは言葉をつづけた。

「ならばまず、教団に所属するべく誓約を捧げさせなくては」

聖者のくちびるがまくれあがる。

「聞いていなかったのかね。この若者はついさっき誓約したじゃないか」鼻に皺をよせ、「もっとも教団にではなかったようだがね……」

そして足をひきずって廊下にむかいながら、ぶつぶつとつぶやいた。

「ああ、庶子神よ。わたしの背中が……」

それから戸口でついとふり返り、

「そうそう」とペンリックを指さして、「この若者は真実を語っている」つづいてクリーを示し、「この者は嘘をついている。ゆっくりこんぐらかった糸をほぐしていくんだね」

去っていく老人の肩ごしに、いかにも愚痴っぽい声が流れてきた。

「ではわたしはイダウにもどるよ」


クリーはたくましい信士ふたりによって連れ去られた。どこにかはよくわからない。ティグニーがこれまでとはうってかわった痛々しいほどの誠意をこめて、しばらく部屋で休んできたらどうかと勧めてくれた。ペンはよろよろと立ちあがった。もちろん異議などあろうはずもない。デズデモーナも異議を唱えることなく、彼の内でひどく静かにじっと沈黙していた。

ペンのささやかな所持品はすべて荒らされ寝台の上にひろげられていたが、ルチアの本のほかに持ち去られたものはなかった。クリーの荷物も似たようなありさまだ。ティグニーは明らかに何も知らなかったのだ。昨夜ふたりの姿が消えたとわかったとき、神官はそれをどう解釈したのだろう。改めてそれに思い至りながらも、あまり同情する気にはなれなかった。

無造作に寝台を整え、じっとりと冷たい服を脱ぎ捨て、クリーの毛布を失敬して自分の毛布に重ね、もぐりこんだ。一匹の獲物もなく霙《みぞれ》でぐっしょり濡れたもっともみじめな狩りのあとでも、これほどの疲労に襲われたことはない。眠りにつきながらも、底知れぬ目が夢にあらわれ、彼を不安に陥れた。


昼過ぎ、飢餓感に襲われて目を覚まし、厨房《ちゅうぼう》に食べ物をもらいにいった。食事を逃した信士や祭司が、料理人たちの気分によって食べ物を恵んでもらえる場所だ。ペンはバターのついていないパンと、かなり上等のビールと、中身はばらばらだが量だけはたっぷりの、昼食の残りものをせしめることができた。〝空腹は最上のソースよ〟と、鬱陶《うっとう》しいほどしじゅう唱えていた母の言葉が思いだされる。だが食べ終えたときの彼の皿には、わずかな汚れよりほか何ひとつ残ってはいなかった。

皿の上でうなだれている彼を、ひとりの信士が見つけた。

「ペンリック卿、ティグニー学師より、お越しいただきたいとのことです」

連れていかれたのはティグニーの執務室ではなく、館の奥にある大きな部屋だった。長テーブルの周囲に威圧するように集まった人々を見て、ペンは戸口でためらった。ティグニーのほかに、庶子神教団のローブをまとった年輩の神官がふたり。すっきりした黒い父神のガウンの肩に黒と灰色の徽章をつけた男が、手帳と鵞筆をならべている。その隣にすわっている大柄な男は、首に巻いた鎖章から判断するにマーテンズブリッジの行政官だろう。立派な絹のドレスに同じくらい優雅なリネンのオーバードレスを重ねた女が、紙束を整え、鵞筆とインクを用意している。その全員がペンを見つめ返した。

イダウではなく寝台にもどったのだろう、いまは町民の衣服をめかしこんだ聖者が、クッションのきいた隅の椅子に腰をおろし、居眠りをするかのように半目を閉じている。ありがたいことに、いま彼の内に神はましまさぬようだ。だが膨大な不在は空白とは感じられず、人生のいかなる雑音にもとらわれず、聖なる客をふたたび迎えるときのために場所を用意して待つといった風情だ。

ティグニーが立ちあがり、テーブルの末座にペンを案内した。窓を背にしてテーブルを囲む興味深げな顔すべてをながめられる席だが、彼らのほうからもそれ以上によくペンを見ることができる。

「学師のみなさま、行政官閣下、レディ」最後のひと言とともに、ティグニーは絹をまとった女にうやうやしく会釈を送った。「さきほどより話題の、グリーンウェルのペンリック・キン・ジュラルド卿を紹介いたします」

デズデモーナは紹介されなかった。ペンの内で目覚めてはいるようだが、いまのところひどく静かにしている。疲れ、慎重にもなっている――これが魔の特性として珍しい状態であることが、いまではペンにも理解できる。まだ聖者を恐れているのだろうか。

ティグニーはペンの左の席にすわった。

行政官が背筋をのばし、テーブルをにらみおろしながら話しはじめた。

「本日開催されるこの委員会の目的は、昨夜の不幸な出来事を検証することにあります」

正式な宣言だ。法律の訓練を受けていたら、いまの言葉からより多くの意味をひきだすことができたのかもしれない。たとえば、審理ではなく検証という言葉が使われている。

「われわれはすでに、ティグニー学師とブロイリン聖者の証言、およびクリー信士の自白と証言を得ています」行政官がさらに言葉をつづける。

「ではクリーも嘘をつくのをやめたのですか」ペンはティグニーにたずねた。

「だいだいは、ですね」ティグニーがうなるように答える。「少なくともわたしたちはそう考えています」

聖者が部屋の隅で軽く鼻を鳴らしたが、視線をあげようとはしなかった。

「しかしながら、まだいくつか不確かで曖昧な点が残っています」と行政官。

もちろんそうだろう。

「それを解決するために、ペンリック卿、神々の前に真実のみを話す旨を宣誓し、あなた自身の経験を物語っていただきたい。われわれはそれを記録します」

ペンは大きく息を吸い、父神の神官の指示に従いながら喜んで宣誓した。なんにせよ、嘘でごまかしたいようなことなど何もなかったし、嘘をつく気力も体力ももどってはいなかった。

行政官にうながされながら、ペンは昨日の出来事についてくり返し語った。最初にティグニーに伝えたおおざっぱな報告より、ずいぶん詳細にわたる証言になった。鵞筆がものすごい勢いで走っている。ときどき同席の誰かが微妙な、もしくは面倒な質問を投げかけてくる。自分がどれほど騙されやすい愚か者であったかが理解されはじめた。恐怖と怒りの記憶が当惑に変わっていった。

少なくとも、愚かだったのは彼ひとりではなかったようだ。行政官がティグニーにたずねた。

「なぜペンリック卿をクリー信士の部屋に寄宿させたのでしょう。ほかに選択肢はなかったのですか」

ティグニーが咳払いをした。

「ないわけでもなかったのですが、わたしはクリーを助手として信頼していましたし、ふたりはほぼ同年輩でした。クリーなら、ペンリック卿の行動に目を配り、話をひきだして、そこから嘘を見つけ報告してくれるだろうと考えたのです」

ペンの眉間に皺がよった。

「クリーにわたしをさぐらせていたのですか」

「そうすべきだと思ったのですよ。あなたの話は……あまりにも突拍子がなさすぎたので。それに、不正な手段で魔術師の力を手に入れようとする輩が存在することは、今回のことであなたにもわかったでしょう」

咽喉を掻き切るのは〝不正な手段〟を少しばかり越えているのではないだろうか。そのとき、父神の神官が手帳から顔をあげてたずねた。

「誘惑の間近におかれなければ、クリー信士もこのような計画を立てることはなかったのではないか――ティグニー神官はそれについてどう考えますか」

ティグニーは椅子にすわったままたじろぎ、長い間をおいてから、つぶやくように答えた。

「わたしにはわかりません。ですが、おそらくそのとおりでしょう」

絹とリネンをまとった女が忙しく走らせていた鵞筆をとめて、くちびるをすぼめた。

「ペンリック卿、あなたが昨夜観察したところでは、兄弟のどちらがこの計画を思いついたように見えましたか」

「わたしは……はっきりとはわかりません。城に火の手があがるまでは、ふたりとも、その、誠心誠意協力しあっているように見えました。最初に狩りをやめようと言いだしたのはルシリン卿でしたが、それもわたしがいずれ湖で溺れると考えたからです。でもその」――けっして彼を〝弁護〟しようとしているわけではないぞ――「それはわたしもそう考えていましたし」

ペンはそこでまばたきをして言葉をつづけた。

「今日、マーテンデン城から何か言ってきたでしょうか。つまり、クリーのほかに、ということですが。クリーがもどってきたのが、ルシリン卿に放りだされたからなのか、それとも兄のために何か画策しようとしていたからなのか、わたしにはわからなかったのですけれど」

後者の場合、その試みは明らかに失敗している。修復不可能なほど壊滅したといってもいい――そうあってほしいものだ。

「それもまた明らかにしなくてはならない点です」女はまた鵞筆を走らせながらつぶやいたが、それから奇妙な微笑がかすかにそのくちびるをよぎった。「いえ、そうでもないかもしれませんね。クリー信士は、すべては兄が晩餐で葡萄酒を飲みすぎたために思いついたことだと主張しているのですよ」

「それはとうぜんそう主張するだろうさ」これは上級神官のひとりだ。

わずかに眉をひそめたところから判断するに、その意見はあまり女の気に入るものではなかったようだ。

「ルシリン卿も弟といっしょに逮捕されるのですか」

「それが実行できるかどうか調査しているところです」女が答える。

ルシリンはクリーとは異なり、武装した部下を抱えて自分の城……の残骸にたてこもっているのだから、町役人にとっては骨の折れる仕事になるだろう。だが女は彼ほど困惑しているようにも見えない。

委員会の質問がそろそろ底をついてきた。知っていることすべてを絞りつくされ、ようやくペンは解放された。

ティグニーが部屋の外に連れだしてくれた。

「今回の事件の」――と、しかたのないことながらも漠然と手をふって――「後始末にあたり、わたしは大量の仕事を大急ぎで片づけなくてはなりません。ペンリック卿、しばらくのあいだ部屋にいてくだされば、少なくとも、この館にとどまっていてくだされば、たいへんありがたいのですが」

「わたしはどうなるのでしょう」

「それも処理しなくてはならない問題のひとつです」ティグニーはため息をついた。

ティグニーは少しくらい眠ったのだろうか。たぶんそんな時間はなかっただろう。

「あなたは魔を手放さないおつもりのようですね。となると、最初のときから魔を手に入れようとしていたのだと考えられなくはありませんか」

そしてティグニーは自分の思考に不安をおぼえたようだった。無理からぬことだ。

「ブロイリン聖者はけっして口になさらないだろうし、あの方に判断できることでもないでしょうが」

ペンは思いきってたずねた。

「館にとどまらなくてはならないなら、ルチア学師の本を返していただけませんか。書庫への自由な出入りも」

ティグニーがいつものように否定的な言葉を発そうとしたので、ペンはすかさずつづけた。

「何も読むものがなくて、しかもこの館を離れてはならないとなれば、この新しい力を実験するよりほかに時間をつぶす方法がないのですけれど」

ティグニーは熟していないマルメロの実を噛んだように顔をしかめた。その後まもなく、ペンはしっかりと本を抱え、にこやかに階段をあがっていった。

翌朝、書庫にもどって本を読んでいると、ティグニー本人が彼をさがしにきた。

「ペンリック卿、どうか」――と彼をつくづくながめて――「いちばんよい服に着替えてください。わたしといっしょに丘をあがります。呼び出しがありました」

「丘の上ですか？」困惑してたずねた。

この館特有の言いまわしだろうか。

「宮殿です」ティグニーが説明する。

推測どおりではあったが、ペンは少なからず驚いた。

いそいで水盤で顔を洗い、髪をとかして青いリボンで結わえ、いちばんましに見える衣装を身につけた。そしてほどなく、ティグニーのあとから険しい坂道をのぼっていった。神官はいつものようにあまり多くを語らない。いずれ直接すべての事情が確かめられると、ペンは歯ぎしりをしながら辛抱した。

宮殿とすべての執務室は、神殿の背後に点在する薔薇《ばら》色の石造りの建物三棟におさまっている。マーテンデン城のような近づきがたい要塞ではない。市城壁が破られたら、この宮殿だけでは断固たる攻撃に長く耐えることはできないだろう。建物の上階には多くの窓がならんでいる。ふたりは脇の入口からはいり、王女大神官付きの制服を着た召使いの案内で階段をふたつのぼって、謁見の間ではなく、ティグニーの執務室とよく似た、だがそれより数倍ひろい部屋に通された。湖に面した側にたっぷりと光をとりこむ背の高いガラス戸が四枚あり、ささやかなバルコニーに通じている。いくつかの書き物机と椅子がもっとも採光のよい場所に配置され、数人の書記が仕事にいそしんでいる。ふたりがはいっていくと興味深そうに顔をあげたが、すぐにまたうつむいて鵞筆を走らせはじめた。

昨日の委員会に出ていた絹とリネンをまとった女が立ちあがってふたりを迎えても、ペンはさほど驚かなかった。

「五柱の神々のよき日をたまわりますよう、ペンリック卿、ティグニー学師。どうぞおはいりください」

まずは腰をおろし、昨日の長い宣誓供述の書類に目を通して署名するよう求められた。ティグニーと女もつづけて署名する。ペンはそこでようやく、その女が王女大神官の個人秘書であることを知った。さらに二通の写しにも同じ作業が求められる。昨夜、宮殿書記の誰かがたいへんな思いをしたにちがいないが、ある観点から見るかぎり、それは充分に正確で過不足のない記述だった。

それから部屋の奥に連れていかれた。ひとつだけ離れた机にかなり年輩の貴婦人がすわって、書類の束に目を通している。灰色の髪を書記より手のこんだ形に結いあげ、秘書よりいっそう優雅な絹をまとっている。ペンもようやく理解しはじめたことだが、この宮殿では絹が、グリーンウェルにおけるチーズと同じくらい豊富でありあまっているらしい。貴婦人の肌は時を経てやわらかく、その身体はほっそりと華奢《きやしや》だが、内には確たるものを秘めている――拝謁を得て、ペンはティグニーに後頭部を押さえつけられる必要もなく、みずから頭をさげた。

「殿下」ティグニーにならって、その称号を唱える。

王女大神官が簡略ながら正式なしぐさで手をさしのべ、ふたりは順に進みでて、大神官の指輪に口づけをした。今日の王女大神官は神殿のローブをまとっていない。そのときどきにどちらの人格で話をするか、どうやって切り換えているのだろう。それは魔の所有と同じようなものだろうか。

マーテンズブリッジの王女大神官は三百年にわたる伝統をもつ要職で、代々ウィールドの王女が父たる聖王によって任命される。もっとも当代は長くこの地位にあるため、現聖王の叔母にあたる。ふさわしい王女がいない場合、もしくは王女がこの地位を望まない場合は、従姉妹や姪が任命されることもあるし、姫神教団内からふさわしい者が選ばれることもある。人のつねとして、代々の王女の能力はさまざまに異なる。だがこの地の整然たる秩序は、当代の統治者としての優秀さを示しているのだろう。

王冠と礼服をつけた王女大神官に拝謁できなかったことは残念だが、それでも彼女はみごとな宝石をつけている。装束などなくとも力があふれている。それでも、王女大神官が秘書に命じて二脚の椅子をもってこさせたときは、ペンもこの場が略式であることを感謝した。

ふたりが――ペンはどちらかといえばおそるおそる――おちつくと、王女大神官が口をひらいた。

「では、これがそなたの抱える問題児なのかえ、ティグニー」

ティグニーが悲しげにうなずく。王女の鋭い灰色の目がこんどはペンにむけられた。

「ルチアの魔が、いまはそなたの中におるのだな」

「はい、殿下、そうです」王女大神官はルチアを知っていたのだろうか。

そうなのだろう、彼女はため息をついて言葉をつづけた。

「以前ルチアに、わたしの宮廷魔術師にならぬかと誘ったことがある。だがあれの力はさまざまなところで求められていたからの。それに、わたしの質素な宮廷はあれには刺激がなさすぎてつまらなかったであろう」

もしかして彼女はペンを、ルチアの貧弱な代用品と見なしているのだろうか。だが彼にむけられた視線がやわらかくなった。

たったいま、自分はほんとうに〝王女〟と話しているのだと自覚しつつ、ペンは慎重に口をひらいた。

「殿下の城を燃やしてしまったことを、深くお詫びいたします」

彼女のくちびるが面白そうに吊りあがった。

「マーテンデンはわたしの城ではない。マーテンデン氏族は以前シュライク氏族に忠誠を誓っておったのだがの。シュライクが一世代前に跡継ぎのないまま絶えてしまったため、マーテンデンは親をなくしてぐれたのよ。現城主の父と、ルシリン自身も、その自由を履きちがえて使いおった。あの城はこれまでに四度、町といさかいを起こして街道と湖の交通を封鎖している。町の評議会は十五年にわたって領地を買いとろうとしてきたのだが、話がまとまりそうになるたびにあやつは意をひるがえし、つい最近では傭兵隊まで組織しおった。この地の若者を不当に奪い、自分がはらっている――多くの場合ははらってもいない税以上にむごく扱っておる。マーテンデン城はもう何年にもわたって、王家直轄自由都市のそばに刺さった血塗れの棘《とげ》だったのよ」

「そうなのですか」ようやくいろいろなことが理解されはじめた。

「ルシリンはいま、これまでになく弱体化し動揺しておる。それもおのれの失態ゆえにの。わたしにせよマーテンズブリッジにせよ、この機会を逃しはせぬよ。だがそれでも、この作戦をおこなうには慎重に時間をかけ、充分な協力体制を整えなくてはならぬ」最後の言葉を述べながら顔をしかめ、「というわけで、そなたにはそのあいだ、あやつの手の届かぬところに避難していてもらいたい。ルシリンは恨みを簡単に忘れるような輩ではないからの」

「え？　あの？」

ティグニーがため息をつき、王女がうなずく。

「そなたは昨日、非公式に聖なる誓いを捧げたそうだの。今日改めて正式な宣誓をおこなうがよい。さすればマーテンズブリッジの神殿がそなたの身柄を引き受け、ローズホールにある白の神の神学校に送りこむ。そなたはそこで、本来なら神殿魔術師が魔を授かる前に習得するはずの、神官としての訓練を受けることになる。遅くはなったが、受けないよりはましであろう」

ペンは息をのんだ。

「ローズホールですって？　ウィールドの大学がある？　三百年の歴史を誇るという、あの有名な？」

ティグニーが咳払いをした。

「庶子神の神学校は大学の一部ではありますが、独立した特別な学部で、神殿魔術師の訓練をおこなうことのできる数少ない機関のひとつです。ですがあなたには他学部の講義も受けてほしいと思っています。そもそも最初から異例ずくめなのですから。いろいろと難しいこともあるでしょう。かかわりになるすべての人にとってね」

王女――もしかすると大神官だろうか――が微笑した。

「ささやかな無秩序も扱えぬようなら、ローズホールの庶子神教団は誓約を捧げる神を間違えたというものよ。だがそのあいだに上の者たちも、ゆっくり考える時間をとってこの若者に対する公正な判断をくだせるであろう」そこでしばし考え、「導きを願う祈りを捧げるのも悪くはなかろうがの」

この胸を締めつける緊張はペン自身の興奮だろうか、それともデズデモーナのものだろうか。ごくりと息をのんで口をひらいた。

「殿下、ティグニー学師。わたしは――話し合いを――これはわたしひとりの問題ではありませんので、しばし席をはずして、デズデモーナと相談してもよろしいでしょうか」

いま声に出さない会話ができるかどうかわからなかったし、この高貴な貴婦人の前で頭がおかしくなったと思われそうなふるまいはしたくない。

王女が手入れのゆきとどいた眉をあげた。

「デズデモーナとは誰ぞ?」

「この若者が魔に与えた名前です」ティグニーが低い声で答えた。

「魔に名前をつけたというのかえ」眉は吊りあがったままだ。「なんと面白い。だがペンリック卿、それが必要だというならかまわぬよ」バルコニーを示し、「ゆっくり相談するがよい」

ペンがバルコニーに出てガラス戸を閉めると、王女とティグニーはひたいをよせて話し合いをはじめた。

彫刻のある木製の欄干《らんかん》を握って、町を、川を、橋を、丘陵を、細長い湖をながめた。はるかな地平にうっすらと浮かぶ白い山頂を見つめた。

「デズデモーナ！」さけばんばかりの声をあげた。「ローズホール！　大学！　わたしが神官になるだなんて！　想像できますか」

彼女は淡々と答えた。

「上々というところでしょう。あなた以前にも四人の乗り手がその道をたどっています。ありがたいことに、そのうちの三人はわたしを得る前のことでしたけれどね」

「わたしのほうが恵まれています！　頭の中に教師がいるようなものなのですから！　きっとそれほど難しくはないですよね？」

「そうですね、ブラジャルやサオネでの学問が――学問だったものが、ローズホールでの学問とどれくらい同じかはわかりませんけれど」

「ローズホールの学生は町の中でほんとうに自由に暮らしているのだと聞きました」

「酔っぱらったりお祭り騒ぎをしたりするのが好きなら楽しいでしょうね」

「あなたは嫌いなのですか？」

彼女が微笑をしたように思えた。くちびるをもっていたらきっと微笑していたのだろう。

「そうですね」

「わたしの知るかぎり、わが家ではじめての〝神官〟です。母上は喜んでくれるでしょうか」

いやいや、想像力が少しばかり先走ってしまった。ガンスに手紙をもたせて報告しよう。神殿はいますぐにも彼を送りだそうとしているようだから。

「そうですね」とデズデモーナ。「世の母親というものは子供が神殿で出世をすると喜んで自慢したがるものですが、白の神に誓いを捧げる場合は少しばかり問題が生じます。噂好きの人たちが結婚生活に疑惑の目をむけるのではないかと心配になるのですよ」

「ああ」ペンは面食らった。「それはひどく不公平だと思います。だって父上が――いえ、気にしないでください」

「あなたの母上はきっと、心の中であなたのために喜んでくれるでしょう」

デズデモーナが保証する。この前レディ・ジュラルドに会ったとき、魔はまだ確かな意識をもってはいなかったのだから、いささか軽率な気もするが、もちろん好意から言ってくれているのだ。

「あなたは――」ペンはそこで口をつぐんだ。

〝行ってもいいですか〟と問うのは馬鹿げているし、〝いっしょに行ってくれますか〟と問うのはそれ以上に意味がない。昔のようにロルシュや母と議論をしているわけではないのだから。

〈癖になっているのかな〉

「あなたも喜んでくれますか」

「ペン」

デズデモーナが、これまでにない静かな声で語りかけてきた。ペンは心をおちつけて耳を澄ました。

「あなたはその目で神を見、わたしのために証言してくれました。わたしがいま存在していられるのはひとえにそのおかげです」彼の口を使って深いため息を漏らし、「あなたはその目で〝神〟を見、わたしのために語ってくれました。あのときから、わたしの力はすべて、何ひとつ拒むことなくあなたのものです」

ペンリックは耳で、心で、しっかりとその言葉を受けとめた。刻みこんだ。短くうなずいて、見えもしないはるかかなたの山頂を見つめた。

そして数分後、ようやく心がおちついたので室内にもどり、王女の前に膝をついて、おのが未来を捧げる誓いを捧げた。

ペンリックと巫師《ふし》

Penric and the Shaman

登場人物

ペンリック（ペン）……………………マーテンズブリッジの宮廷魔術師
デズデモーナ（デス）…………………ペンリックの魔
イングリス・キン・ウルフクリフ……ウィールドの王認巫師
オズウィル……………………………東都の父神教団の上級捜査官
ルレウェン・キン・スタグソーン……マーテンズブリッジの王女大神官
トリン・キン・ボアフォード…………ボアフォード氏族の若者。故人
アロウ…………………………………猟犬。大いなる獣
ブラッド………………………………猟犬
スクオラ………………………………アロウとブラッドの飼い主。故人
ガリン…………………………………リンクベックの村神殿の祭司
ゴッサ…………………………………ガリンの妻

1

五柱の神々にかけて、この距離から見る禿鷹《はげたか》はじつに巨大だ。

禿鷹はしなやかな首の上で白い頭をかしげ、目の悪い老人のようにイングリスを見つめ、考えている。これは敵だろうか、それとも……朝食だろうか。そう、白みはじめた雨まじりの空を見れば、なるほどいまは朝なのだろう。禿鷹は脚を包むふさふさの羽毛をふるわせながら、鉤爪《かぎづめ》の足をもちあげては思案するように行ったり来たりしている。曲がった黄色いくちばしが狙いを定めようとしている。イングリスはからからに乾いた口をひらき、ふいごを受けて燃えあがる鍛冶屋の炎のような音をたてて、荒々しく息を吐いた。鳥は一歩あとずさり、巨大な茶色の翼をひろげた。まるで芝居の悪役が、運命への挑戦を宣言してぱっとマントをひるがえしたかのようだ。

いま、イングリスは運命によって窮地《きゅうち》に立たされている。身を隠さなくては。手袋をはめた手で固い岩をひっかいた。冷たい革はこわばり、雪をつかむばかりだ。まだ暗いため、どれほどの血がこぼれているかもわからない。夜のあいだによじのぼってきた険しい崖が、影のように大きな口をあけている。氷と岩は白と黒のモザイク模様で、ひねこびた低木の爪がぼんやりと見える。頭が割れそうに痛い。凍死するときは無感覚になるのではなかったのか。はさまれた足もずきずき脈打っている。これが最後ともう一度試みたが、何ひとつ動かすことはできなかった。斜面で逆さにぶらさがりながら、彼にはもう、上半身を起こす力もましな姿勢をとる力も残ってはいなかった。

禿鷲がまたぴょんと近づいてきた。いったい何を待っているのだろう。援軍がくるのだろうか。無限ともいえそうな時間、人と鳥はたがいにじっと相手を観察した。

犬の声が近づいてきた。甲高い鳴き声ではなく、樽ほどもある胸から響く深いうなりだ。より鋭い鳴き声が聞こえ、さらにもう一頭の声が加わる。禿鷲は翼をはためかせて舞いあがったが、近くの裸木の枝に移動しただけだった。犬が駆けよってくる。もちろんこれは幻覚にちがいない――こんなところに大いなる獣がいるはずはない。だが深い声の犬は大きさも姿もまるで狼のようだ。イングリスの血の中の狼がそれに応えて歌う。犬は歓喜にふるえながら彼の顔を舐《な》め、足を宙にふって雪の中をころがり、またとび起きて舐めはじめる。あとの二頭も、鼻を鳴らし甲高い声をあげて、彼のまわりをぐるぐるまわっている。

〈おれをおまえたちの神だとでも思っているのか。ここに神はましまさぬ……〉

声が聞こえた。

「どうしたんだ」

「死骸でもあるんじゃないか。アロウ、この馬鹿犬が！　雪の中をころがるんじゃない！　小屋がくさくなるだろうが」

「やあ、人間だ」

「知ってるやつか」

　ぼんやりとした人影が周囲を動きまわる。誰かが犬を引き離そうとしたが、犬は激しいうなりをあげて身をふりほどき、また鼻をこすりつけてきた。

「……いや。旅人だろう」

「峠道からこんなに離れた場所で何をしてるんだ」

「愚かさのつけで生命を落としたってところか」

「この天気に、真っ暗な中を、ひとりでこの道をやってきたってのか。まさしく自殺行為だ。庶子神の餌食になってもとうぜんだな」

「死体をホイッパーウィルまで運んだほうがいいかな。報奨金か何か出るかもしれん」

　考えこむような沈黙。

「何ももらえなかったらつまらないじゃないか。そんな手間をかけず、いまここで報酬を集めちまおう。身ぐるみ剝いで放りだしておけば、腐肉食らいどもが鳥葬にしてくれる。こいつにとっちゃたいしたちがいじゃないだろう」

「そうだな。そろそろ誰かが神の日の贈り物をくれてもいいころだ……」

〈おいおい、こいつらが禿鷲の援軍というわけか〉

手が衣服をさぐる。

「いい布だ。いいブーツだ。手を貸してくれ、その岩を動かす。そうすりゃ一足揃いで手にはいる」

「押しつぶされてるほうは切らなきゃならんかもしれんぞ」

脚を？　それともブーツを？　いや、こいつらはブーツをほしがっている。切るというなら脚をだろう……

「乗馬靴だな。馬はどこだ。こいつ、落馬したのかな」

「馬を見つけようぜ。たぶん荷物を積んでるだろう。そうしたらもっといろんなものが手にはいる」

「この坂だ、とうぜん手綱をひいてただろう。それで足をすべらせた……こんなブーツでここをのぼろうなんて、愚かにもほどがある」しばしの間。「崖下に馬は見えないな」

「見えたとしたって屍肉《しにく》だろう……邪魔するんじゃない、アロウ、この馬鹿犬が！」

ベルトに手がかかる。

「財布があったぞ！　……ちくしょう。たいしてはいってないな」

「この短剣の柄、上物だ。ほんものの宝石かなあ」

鼻を鳴らす音。

「どうせマーテンズブリッジのガラス細工だろ」

ふたりは鞘《さや》をひっぱってはずそうとしている。イングリスはかっと目を見ひらいた。おのれの奥深くに意識をのばして最後の力をさがしあて、槍のように声を投げつけた。

「**短剣に触れるな**」

ふたりがぎょっとしてあとずさる。

「庶子神の歯にかけて、まだ生きてるじゃないか！」

二頭の犬が興奮して激しく吠えはじめ、彼から引き剝がすには殴りつけなくてはならなかった。いちばん大きな犬は地面に伏せ、耳も尾もたれて鼻を鳴らしながら、服従の意をこめて彼の顔と首を舐めている。短剣にかかっていた手も死体漁りを再開しようとはしない。

〈聖物泥棒め〉

どうやら彼の力は、意気地のない希望や信仰や勇気といっしょに、完全に失われたわけではないようだ。

「父神と母神にかけて、これからどうすればいいんだ」

それこそ、この五百マイルのあいだ彼を悩ませつづけていた問いだ。イングリスは内に残っていた最後の真実をこそげとり、言葉を発した。

「**おれを家に連れていけ**」

涙がこぼれる。だがもはや誰に見られようとかまわない。おそらく、灰色の夜明けだと思ったのは間違いだったのだろう。周囲の世界がふたたび暗くなった。

2

「退屈ですよ」デズデモーナが哀れっぽい声をあげた。「退屈、退屈、退屈です」

ペンリックはすぐさま彼女からくちびるの支配をとりもどし、慎重に鵞筆《がひつ》を走らせていた頁にむかって微笑《びしょう》を投げた。

「蚤《のみ》を退治してください」

「宮殿地区の蚤はもう何週間も前に根絶しましたよ。虱《しらみ》も同じです」

「宮殿の住人はみなあなたに感謝するでしょう」ペンはつぶやいた。「事実を知ればですけれど」

ペンリックは、力を与えてくれる魔とつきあいはじめてまもないころ、神殿魔術師としての訓練をまだはじめてもいないうちに、魔法を行使するにあたって慎重でなくてはならないことを学んだ。鵞筆を動かしてさらに三つのダルサカ語を記し、いま写しているウィールド語の本に視線を走らせた。つぎの一行を頭の中で翻訳してから、それがほんとうにつぎの行であることと、一段上でも一段下でもないことを確認する。これまで、そうした不注意から何頁も無駄にしてきたのだ。

邪魔がはいらないようくちびるを固く結んで複雑な医学用語を書き綴り、それから肩をまわしてのびをし、穏やかに声をかけた。

「まもなくあなたの出番ですよ。あと三行でこの頁が終わります。きっとあなたも気に入るでしょう」

「楽しめたのは最初の百回だけですよ。そのあとは寄生虫と同じくらい、面白くもなんともありませんね」

デズデモーナは以前、医療と治癒に身を捧げる母神教団の医師魔術師の乗魔だった。医師魔術師の女がふたり。そのほかにも多くの乗り手を経てきている。そうした経歴の中で身につけたダルサカ語が、いまはペンリックのものになっている。だが魔法と関連した医療に関する知識は……彼が修得するにはまだまだ時間がかかりそうだ。

「あなたに寄生虫の治療はお願いしないようにします」

「でも〝本の虫〟の治療は必要みたいですね」

ペンリックは頭の中でつぎの文章を考え、写し終えるまで注意深く彼女を無視した。デズデモーナも邪魔はしなかった。彼の書く文字が混沌の魔にとってどれほどくだらない染みの山に見えようと、彼女も経験から学んだことがある。邪魔をしたらペンリックはもう一度はじめからやりなおす。そうしたら彼女は、退屈な時間を二倍我慢しなくてはならなくなるのだ。

つぎの機会をとらえて彼女が言った。

「王女大神官に頼んで、今週またどこかへ急使に行かせてもらいましょうよ」

「デス、いまは雪が降っています」

宮殿の四階に与えられた、ささやかだが彼ひとりのための執務室で、上等のガラスの嵌まった窓を見あげる。光をとりいれ、不快な天気を締めだしてくれる。それほど遠くもない昔、一族の居城、連州の北の国境となる大山脈のふもとに位置するジュラルド城では、雪の中でも狩りや罠の確認に送りだされたものだった。室内で腰をおろし、毛布を膝にかけて、鵞筆より重いものをもたなくてすむほうがずっといい。目や手の小さな筋肉も、大きな筋肉と同じように疲れるということを、改めて気づかされはしたけれども。

〈最後の一行〉

背筋をのばしてその頁を読みなおし、もう一度下から上へと視線を走らせ、一行一行を原文と対比させる。ダルサカ語はウィールド語に比べ、構造的には論理的だがどこかふわふわしている。それから、つぎの版木をとってくるべく立ちあがった。

ウィールド最大の大学を擁《よう》するローズホールの町で、大学付属庶子神神学校で学んでいるときに、ペンリックはこの方法を考えついた。貧しい学者たちは恐ろしく高価な本を借りるか、もしくは共同で使わなくてはならない。その順番に関してはつねに多くの口論が起こり、記録に残るほどの殴り合いが二度、一度などは刃傷《にんじょう》沙汰にまでいたった。ペン自身は公平でないと考え、そのどれにもかかわってはいない。もちろん、たとえ訓練を受けてはいなくともペンが魔術師であることを知れば、挑戦してくる学生はほとんどいなかったのであるが……

「……知れば、ですよね」デスがすましてつぶやいた。

デスは近頃、心配になるほど彼の思考を読むのがうまくなっている。

〈慣れかな〉

その過程が双方向に働いていないことに少しばかり腹が立つ。とはいえペンのほうでも、彼女の機嫌を察する能力には磨きがかかっている——ほんとうにころころ変わる気分ではあるけれども。ほとんど意識しないまま、声に出さない会話を流暢《りゅうちょう》にかわすこともできるようになった。もっともふたりきりでいるときは、好きなだけ彼の口を使ってしゃべらせている。そのほうがデスも機嫌よくしていられる。だがふたりきりでないときはまずい。ふたりの会話はすべて彼の声でおこなわれるのだから、そばで聞いている者たちは混乱するし、ときには激しい怒りを呼び起こすこともある。

作業テーブルの端に積んだ山からつぎの版木をとりあげ、書いたばかりの頁を伏せて、丁寧《ていねい》に位置を定める。それから、夕食をはじめるときと同じくらい慣れたしぐさで聖印を結び、この作業を祝福する。春の姫神のひたい、庶子神のくちびる、夏の母神の臍《へそ》、冬の父神の下腹部に触れ、秋の御子神のためにひらいた手を心臓にあてる。最後に幸運を祈って、親指で二度くちびるを軽くたたく。そしてすわったまま背筋をのばし、声をかけた。

「デス、用意はいいですか」

「もうこの作業なんか、いちいちわたしの手を借りなくてもできるでしょうに」こぼしながらも彼女が協力態勢にはいる。

板の上に手をかざし、なぞるように動かした。木材が腐って燃えるにおいとともに、煙まじりの湯気があがる。手が熱をもち、心地よくその衝撃を制御する。ペンが丁寧に筆写した頁は鼠色《ねずみいろ》の灰になって崩れた。

刷毛をとりあげて灰と木屑をはらい落とす。あらわれた板の表面には、彼の記した文字が完全な鏡写しになって浮きだしている。これを宮殿内の印刷所にもっていけば、数十部から数百部まで、好きなだけの写本を刷ることができる。ふつうの木彫り師なら一週間の大半を必要とする作業で、しかもここまで綺麗《きれい》な仕上がりにはならない。いまのところ、つくれる版木は一日に十枚ほどだ。だがそれはまだ彼が、他人の書いた文字でどうやってこの技を使えばいいか、習得できていないからにすぎない。

単純に考えれば手書きの頁を破壊するだけなので、秩序を必要とはしない。上向きの創造の魔法は大きな代価を必要とするが、下向きの破壊の魔法は安価ですむ。このあとではごくあたりまえの印刷に使われるわけだが、魔による作業と不整合を生じることもない。そして彼は、この作業なら一日じゅうでもつづけることができるのだ。

はじめてこの新しい能力を見せられたとき、王女大神官は大喜びした。そしていまでは、定期的に発行する自分の公式小冊子に彼を使っている。そうした雑用に中断されながらも、ペンは心から望む仕事に着手した。ルチア学師が著した魔法と医学に関する二巻本の複写をつくり、連州とウィールドじゅうの、そしていずれはダルサカとイブラじゅうの庶子神教団に配るのだ（それからアドリアと、はるかなるセドニアにまで？　と考えたところで、デスが抗議のうなり声をあげた）。彼はその写本に短い補遺をつけ加えて自分の新しい技術について説明し――誇りをもって『マーテンズブリッジの魔術師ペンリック学師による追加条項』と題をつけた。

それにより、この書物はさらに世に流布していくだろう。偶然の事故ではあれ死に際に魔を譲ってもらった礼として、ルチアの生きた証を世にひろめたかった。

そう、より正確さを期するならば、ルチアと、彼女の魔の、だ。だが彼女が仕えていた、そしていまでは彼が仕えている白の神の意図に関しては、いささかの疑問と不安が残る。これまでのところは、聖なるいじめにあうこともなく日々を送っているけれども。

執務室の扉が静かにノックされた。

「どうぞ」

姫神教団信士の青いタバードをつけた少女が、用心深く数インチだけ首をつきだした。ペンの作業による煙のにおいが廊下にまで流れでたのだろう、少女は鼻の前で手をふりながら顔をしかめてあとずさった。

「ペンリック学師さま。私室までお越しくださるよう、王女大神官さまがお呼びです」

「いますぐにですか」

「はい、学師さま」

ペンリックは愛想よく手をふった。

「わかりました。いますぐうかがいます」

少女は大急ぎで去っていった。ペンは立ちあがって道具を片づけた。

〈万歳！〉とデス。〈新しい展開ですね。外出かしら。遠出かしら……？〉

「たぶん、雑用が増えるだけだと思いますよ」

そして彼は廊下に出て扉を閉めた。

王家直轄自由都市マーテンズブリッジおよびその周辺地域を治める王女大神官は、法と長年の慣習により、はるかなるウィールドの聖王によって任命される。聖王より勅許を受け忠誠を捧げているため王家直轄ということになってはいるが、二者のあいだに横たわる距離がこの都市に自由をもたらしている。聖王の座はここ百年以上にわたり、一、二度の中断はあったものの——どれも政略結婚か買収か、ときには戦闘により回復させて——スタグソーン大氏族が保持している。マーテンズブリッジを支配する当代の大神官は、着任当初は聖王の娘であったものが、時の流れに従って聖王妹となり、いまは叔母にあたる王女である。

王女大神官ルレウェン・キン・スタグソーンは六十代、小柄ながら辣腕家《らつわん》で、このささやかな王領地において、つましい主婦の堅実な手でもって三十余年のあいだ神殿への義務を果たしている。ペンは自分の執務室より一階下のフロアで、王女大神官の執務室に隣接している私室の扉をノックした。招じられて中にはいると、ルレウェンは五色からなる大神官の大礼装をまとっていた。おそらく、何かの儀式にむかう前か、儀式からもどったところなのだろう。隣にはいつものように、彼女と同じ年頃の——そして同じくらい辣腕な——秘書が、宮殿にふさわしい上等の毛織物と絹とリネンを身につけている。

室内にはもうひとり、見知らぬ男がいた。とうてい立派とはいいがたい身形《みなり》で、背はやや高め、肩幅はひろく、ひきしまった身体をしている。三十歳くらいだろうか。茶色の髪。灰色の目。顔と手は寒さで赤くひび割れている。髭はごく最近剃ったようだが、旅の悪臭を放っているところを見ると、しばらく風呂は使っていない。乗馬靴の泥は大急ぎで落としたようだ。緊急な用件を抱えた使者というところだが、背後に流した黒いマントの下から、特徴のある灰色のダブレットと真鍮《しんちゅう》のボタンがのぞいている。

〈ウィールドの灰色懸巣《グレイジェイ》がこんなところで何をしているのだろう〉

男もペンに目をむけ、そのままあからさまに無視した。ペンリックは進みでて、インクだらけの指にむけて機械的にさしだされた大神官の指輪に口づけをした。

「ご用でしょうか、殿下」

「さてさて、その用とやらを見つけださねばの。椅子をひいておいで、ペンリック」

そして彼女は、気に入った訪問者や嘆願者のためのスツールがおいてある隅をあごで示した。王女の気に召さない客は立ったままでいなくてはならない。グレイジェイはすでに腰をおろしているし、秘書もまた同様だ。王女大神官は彫刻のある椅子に陣どっている。その椅子が玉座を想起させるのは偶然ではない。そして、クッションがおいてあるのは彼女の椅子だけなのだ。嘆願者は長くこの部屋にとどまることを許されない。だがそれはべつに王女が高慢だというわけではなく、つねに大勢の嘆願者が押しかけているからにすぎない。

ルレウェンが穏やかにたずねた。

「翻訳は進んでおるかの」

「はい、殿下。あと二週間邪魔がはいらなければ」——あえて強調すると、デズデモーナが声に出さずに小さく笑った――「既巻を追って送りだすことができるでしょう。いまはイブラ語の版について考えています。ですがそのためには、もし手にはいるようならですが、最新のイブラ語の医学書が必要です。ウィールド語とダルサカ語の専門用語はヘルヴィアとアンベレインに助けてもらえましたが、ブラジャルのアウリアは医師ではありませんでしたし、時代的にもずいぶん昔の人間ですから」

未知の男がいらだたしげに膝の上で手を握りしめ、絞りだすような声をあげた。

「殿下……」

非礼にならないよう抗議の声をこらえているのか、それともまだ嘆願を聞き届けられていないため慎重になっているのだろうか。

「おお、そうであったの」と王女。「ペンリック、東都の父神教団から派遣されたオズウィル上級捜査官を紹介しようぞ。何やら特別な事情で非常にこみいった事件を追ってこの町までこられた。その捜査のために、どうしても魔術師の助けが必要なのだそうな」

〝上級捜査官〟は、神殿査問官としてはちょうど真ん中あたりの職務だ。ただの捜査官のような身分の低い兵士でもないし、査問官ほど――ましてや通常は神官が務める目がくらむような上級査問官ほど高位でもなく、そのどちらとも異なる中間にあたる。ただし、王都の教団所属となると、暗黙のうちにその影響力はかなりのものとなるだろう。ペンリックは興味を惹かれて姿勢を正し、親しみをこめた微笑をむけながら小さく指をふった。だが男からの微笑は返ってこなかった。

「そしてこれが、わたしの魔術師ペンリックだ」王女があごでペンを示して言葉をつづけた。

オズウィルの目が見ひらかれる。彼は正真正銘の驚きをこめて声をあげた。

「これが宮廷魔術師なのですか。わたしはもっと……年輩の方を想像していたのですが」

そして、もう少し身形のよい者を？　ペンリックは苦労して手に入れた庶子神教団の白いローブをおおいに気に入っているし、魔術師神官であることを示す組み紐の徽章《きしょう》にも多大な誇りを抱いているが、どちらも作業中は身につけないほうがいいことをごくはやい段階で学んだ。少なくとも、怪しげなユーモアをもった混沌の魔とひとつのくびきでつながれているときは、やめておいたほうが賢明だ。その結果、彼はほとんど毎日、ぼろを着た事務官——もちろんオズウィルもそう考えたにちがいない——のような格好で宮殿内を歩きまわっている。宮殿の住人たちはもうすでにペンが何者であるか知っているので、ふだんは問題にならない。彼だとて、ぱりっと糊のきいた華やかな宮廷の飾り物として登場することはできる。誰かが忠告してくれたとき限定ではあるが……

未完成の翻訳を思い、ペンははずむ好奇心を抑え、提案した。

「ステイン通りの庶子神教団におられるティグニー学師をお訪ねになってはいかがでしょう。この大神官教区の神殿魔術師すべてを監督管理なさっている方です」

とはいえそれほど大勢の魔術師がいるわけではないし、ペンリック自身はその中にふくまれない。神学校での教育を受けさせてもらうとき、王女大神官に直接の忠誠を捧げたからだ。

「わたしはまず最初にティグニー学師を訪ねました。そしてティグニー学師に、ここへくるよう勧められたのです」グレイジェイがいらだたしげにうなった。「力の強い魔術師が必要だとお話ししたのですが」

「捜査官」王女がつぶやいた。「そなた、捜査においても見かけだけではやばやと結論をくだすのかえ」

オズウィルはわずかに身体をこわばらせ、そのまま答えをのみこんだ。〝是〟と答えようと〝否〟と言おうと、どちらも賢明な選択ではない。

少しばかり気の毒になり――ペン自身も、みずから招いた事態とはいえ、王女の毒舌にさらされたことが一度や二度はある――穏やかにたずねた。

「力の強い魔術師が必要というのは、どういう事情によるものなのでしょう」

王女が指輪をはめた手をふった。

「捜査官、もう一度話しておくれ。できればもう少しくわしくな。そのように危険なものがわが領土にはいりこんだとなれば、よくよく理解しておかねばならぬ」

オズウィルは長々と息を吸った。同じ話を、おそらく今日三度めに、語ろうとしているのだろう。少なくとも、くり返し練習はされているわけだ。ようやくオズウィルがまっすぐペンリックに目をむけた。

「ウィールドの王認巫師《ふし》については何をご存じですか」

ペンは姿勢を正した。面食らってもいた。

「あまり……たいしたことは知りません。個人的に会ったこともありませんし。古代ウィールドの森の魔法はアウダル大王の征服によって撲滅されたと考えられていましたが、巫師協会はそれを復活させようとしているのではありませんでしたっけ。ただし今回は、神殿の戒律のもとに」

五百年前、ウィールドはダルサカに征服され、三世代にわたる苛酷な戦いをくりひろげた。百五十年ののち、アウダルの帝国は内紛によって崩壊した。だがダルサカの波がひいていったあとも神殿は残った。そして古き森の民は、ダルサカ軍のみならず時の流れと世界の進歩によってても押しつぶされ、四散し、ふたたびみずからを再建することができなかった。かなり変質したとはいえ復活したウィールド聖王が、非の打ち所ない神殿魔術師を自由に使えるいま、なぜこのいにしえの遺物をよみがえらせようとしているのか、ペンリックにはわからない。だが好奇心旺盛な彼の内なる学者はひそかにそれに賛意を送っている。

「巫師の魔法は人がつくったものです。というか、少なくとも、魔のように神から逃げだしたりこぼれたりするものではなく、この世界から生じたものです」ペンリックはつづけた。「いにしえの森では、氏族の巫師が戦士に獰猛《どうもう》な獣の精霊を憑依《ひょうい》させたと——戦いにおいてふるうべくその強靭《きょうじん》さと荒々しさを付与したといわれています。巫師をつくるにもこの方法が、より複雑な形で用いられました。まずは獣を生贄《いけにえ》にして、その精霊を同種のべつの獣に憑依させる。それを何世代も何世代もくり返して、より強大な何か——〝大いなる獣〟をつくりあげるのです。最終的に人間にとりこまれたその獣の精霊は」——咳払いをして——「白の神の魔が魔術師に力を与えるのと同じような形で巫師に力を与えますが、力の根源はまったく異なったものとなります」

〈ふん〉鼻を鳴らしながらも、デズデモーナは反論しない。

ペンリックが息を吸ったところで、王女が片手をあげて押しとどめた。

「ペンリックはなかなかの読書家での、何かあると学んだことすべてを得々と話して聞かせようとする。だが一度にすべて話すこともあるまい。オズウィル捜査官、そなたの話をつづけるがよい」

グレイジェイは痛むかのようにひたいを押さえ、顔をゆがめた。

「よろしいでしょう。東都の父神教団にその知らせが届いたのは葬儀における騒ぎがあったあとのことで、捜査としてはすでに出遅れていました。最初に死体が発見されたときに連絡すべきだったのです。いずれにしても、ボアフォード氏族の弱小分家が所有する都から十マイルほど離れた領地における不審死について調査報告するため、わたしが派遣されました。ありがたいことに氏伯選定卿の本拠ではありませんでした。もっともその場合は、わたしなどより地位の高い者が送りこまれることになったでしょうが。

わたしが——最終的に——さぐりあてたところによると、一連の出来事はつぎのようなものでした。その家の子息で、軍人として名をあげる野望に燃えたトリン・キン・ボアフォードという若者が、どこかの猟師が生け捕りにした猪《いのしし》を購入し、邸の豚小屋で数週間のあいだ飼育していました。若者の兄は、いずれ見物人の前で華々しく殺すつもりなのだろうと考えていました。飼い馴らそうとする努力をいっさいせず、いっそう凶暴になるよういじめていたそうですから。どちらにしてもわたしには等しく愚かに思えますがね。ところがある朝その豚小屋で、上半身裸のまま牙で腹を裂かれたトリンの死体が発見されたのです。猪は短剣で咽喉《のど》を切られ、失血死していました。召使いも家族もみな、不幸な事故だったのだと考えました。猪は解体され、犬の餌になりました。トリンの遺体は清められ、屍衣《しい》に包まれて、葬儀をとりおこなうべく領地に立つ一族の古い神殿に運ばれました。

すべてがおかしくなりはじめたのはそこからです。葬儀において、どの聖獣も、トリンの魂が神に受け入れられたことを示さなかったのです。とうぜんのように期待された秋の御子神も、庶子神も、いかなる神もです。家族の方々にわかったのは、彼は神々に見捨てられ亡霊となった、その理由は誰も知らないということだけでした。最終的に、神官は援助を求めることにしました」

〈それで手にはいったのがこのグレイジェイというわけね〉デズデモーナが皮肉る。

ペンリックは固くくちびるを閉ざした。

「豚小屋にはほとんど見るべきものがなく、猪はすでに食われたあとでした。ですがわたしは、少しばかり口論にはなりましたが、家族の方々の許可を得て屍衣を剝がしご遺体を調べることができました。明らかにそれまで誰も気がつかなかったのでしょう、牙で裂かれた恐ろしい腹のほかに、左胸の下部にも短剣で刺された傷がありました。それにより、不運な事故は殺人事件になったのです」

「それはそれは」ペンは驚いて声をあげた。

「わたしは残された短剣を調べました。その結果、傷口より幅がひろいばかりでなく、ベルトの鞘にも大きすぎるものだと判明しました。つまり、それはトリンの短剣ではなかったのです。豚小屋も、その周囲も、領地の大半まで捜索しましたが、合致する短剣は発見されませんでした。誰であれ、トリンの心臓を貫いた者が持ち去ったのだと考えられます」

〈ふうん〉デズデモーナはさほど感銘を受けたようすもない。

そして彼女はペンの口を借り、ルチアの口調で質問をはじめた。

「短剣の傷と牙による傷、どちらがさきだったかわかりますか」

〈ああ、それはとても興味深い問題です〉

ペンは許して、彼女が許可なく口をはさんだことを大目に見ることにした。彼にむけられたオズウィルの視線に敬意がまじりはじめたとなればなおさらだ。

「それはわかりません。ご遺体が発見されたときに検分できていたとしても、判断がついたかどうか。わたしは残された短剣をもってトリンの友人にあたってみました。その短剣を見たことのある者はひとりもいませんでしたが、ごく最近授賦《じゅふ》を受けた王認巫師がトリンと親しくしていたことがわかりました。北部のウルフクリフ氏族の下の子息です」

王女がうなずいた。

「あの氏族は、わたしが生まれる百年前にビアスト善良王がこの慣習を復活させて以後、多くの王認巫師を出してきたことで有名だからの。少なくとも、わたしが東都の王宮で暮らしていたときはそう言われておった」

グレイジェイもうなずき返した。

「いまもそのとおりです。この巫師イングリス・キン・ウルフクリフは、友人たちの話によると、トリンの妹に求愛していたそうです。あまり見こみはないようでしたけれどね。この若者をさがしたところ、トリンの死の翌日、上位者の許可もなく東都から姿を消していることがわかりました。その理由も、どこに行ったかも、誰も知りません。猪を殺した短剣は儀式に用いる類のものだと判明しましたが、つねならぬ気配はありませんでした。

わたしはその時点でわたしの上司を説得してイングリスの逮捕状を発行させ、こちらはよりたいへんでしたが、それに必要な装備を整えてもらいました。イングリスはとりたてて特徴のない——中肉中背、黒い髪と黒い目、二十代前半の若者です。この季節、街道には同じような若者が無数に出ていて、誰の記憶にもはっきりとどまることがありません。幸運なことにイングリスは、授賦の儀式にさいして家族から贈られた亜麻色の駿馬に乗っていました。そちらはすべての渡し守や宿の馬屋番の目にとまり、おかげでストーク川下流からルアー川上流を経てクロウ川まで、彼の足取りをたどることができました。ですがそこで、馬が脚を痛め、宿の亭主に売りはらわれていることがわかりました。亭主は繁殖業者に転売しようと考えていたようですがね。そして、わたしたちの獲物は煙のように消えてしまったのです」

ペンリックは咳払いをした。

「どのような相手を追跡するかわかっているのに、上司の方は東都出発の前に魔術師をつけてくださらなかったのですか」

オズウィルのあごがこわばった。

「いえ。魔術師をひとり、王宮護衛騎士を六人、それに三人の従者をつけてもらいました。ですがクロウ川の街道で、イングリスがどの方角に逃亡したかについて……わたしたちの意見は真っ向から対立したのです。リステーレ学師はイングリスが、ダルサカかサオネを目指して東にむかい、ウィールドの支配圏から抜けだそうとしていると主張しました。わたしは、同じく国を出るにしても、北の峠《とうげ》を越えてアドリアかカルパガモにはいろうとしているのではないかと考えました」

王女があごをもちあげた。

「もしそうだとすれば、それは計算違いというものであろう。峠は一週間前に雪で閉ざされた。ふつうは春までひらかれぬ。その巫師は晩秋の猛吹雪よりはやく走れるのかえ」

オズウィルは悲しげに口もとをゆるめた。

「クロウ川からですか？　それには徒歩ではなく空を飛ばなくてはならないでしょう。わたしはイングリスが、出発し遅れた商人のようにこの湖の北あたりで立ち往生しているのではないかと期待しているのです」

「あなたに同行した東都の魔術師はいまどこにいるのですか」ペンリックはたずねた。

「ダルサカまでの距離を半分ほど進んだのではないでしょうかね」オズウィルがうなる。「ふた手にわかれることを拒み、護衛騎士も従者もみな魔術師についていきました」

〈同行者全員が彼なしで出発したというのに自分の意見を押し通すとは、このグレイジェイはほんとうに強い意志をもっているようだ〉ペンリックはつぶやいた。

〈尻を打たれても自分の信条をけっして曲げない典型的な父神信者かもしれませんよ〉

〈見かけで判断しているのは誰ですか〉

事実、この男は東都からマーテンズブリッジまでの四百マイル、冬の風が吹き抜ける泥道を、十人の部隊を率いて一人旅の速度で駆け抜けてきたのだ。そしてぎりぎりのところで、競争にも追跡にも負けてしまった。いらだっていても無理はない。

ペンリックは慎重にたずねた。

「捜査官殿、巫師の力とは正確にどのようなものなのでしょう。あなたと東都の教団はどのように理解しておられるのですか。この件でわたしはあなたのお手伝いをすることになるようですから」

〈むしろ、わたしが逮捕しなくてはならないように聞こえるのだけれど〉

オズウィルがひび割れた手のひらを返した。

「巫師は説得や強制に大きな力をもつと言われています。もっとも強力な形としては、何週間もつづく呪を人にかけることができると。〝奇《あや》しの声〟と呼ばれるものです」

ペンリックのくちびるがゆがんだ。

「そんな力をもっているなら、王認の戦士ではなく王認の法務士になるべきですね」

険しい目でにらみつけられてしまった。

〈冗談ではないんだけれどな。まあいいか〉

「また、この声は魔術師には――というか、魔には効かないと聞きました」

〈それは正しいですよ〉デズデモーナがつぶやく。〈それで思いだしましたが、その昔ルチアが東都の任務で出会った巫師は、彼女をたらしこもうとしたのですよ〉

〈それで成功したのですか〉

〈ええ。でもその理由は……〉

ペンリックはいくぶん苦心しながら、グレイジェイに意識をむけなおした。

〈あとで聞きます〉

もちろん、みだりがわしい話だからという理由だけではない。

「ですが奇しの声が魔に対して効かず、でも魔術師に対して効果をもった場合」オズウィルは疑惑の視線をペンリックにむけながら言葉をつづけた。「何が起こるのか、わたしにもはっきりとはわかりません」

〈もちろんわたしが守ってあげますとも!〉デスデモーナが芝居がかった口調で約束する。〈……ルチアのように、あなたが守ってほしくないというならべつですけれど〉

ペンはそれも無視してたずねた。

「ほかには何があるのでしょう」

「父祖たちと同じく、彼らもまた戦闘において獰猛で無慈悲な戦士になると言われています」

だから六人の王宮護衛騎士なのだろう。だがその六人はいまダルサカにむかっている。戦闘の訓練を受け、狂戦士ともなり得る自暴自棄の殺人者に、どうやってたちむかえばいいというのか。もちろんペンは身が軽く、攻撃をかわすのもうまいし、相手の気をそらすこともできる。それでも……狩猟用の弓をもっていったほうがいいかもしれない。かなりの膂力《りょりょく》が必要とされる、ほんとうに遠くまで狙える強弓を。

〈賢明ですね〉とデス。〈あなたの不注意のせいで、たまたま近くにいただけの通行人に飛び移らなくてはならないなんて事態は、まっぴらごめんです〉

乗り手の人間が死ぬと、魔はその束縛から解放され、必然的に近くにいる人間に飛び移る。魔術師の臨終にさいし、神殿では選び抜いた候補者をすぐそばに待機させて儀式をおこなう。だが残念なことに、すべての魔術師が計画どおりに死を迎えるわけではない……

〈その巫師に飛び移ることはできますか〉

〈できませんよ。巫師の内はもういっぱいにつまっていますからね〉

〈だったらこのグレイジェイということになりますね〉

デズデモーナは上品に身ぶるいをした。

彼の魔は間違いなく、その桁外れの力をふるって乗り手を守ってくれるだろう。この身の毛もよだつ恐ろしい話に強く好奇心をかきたてられていることは、自分でも（〝自分たち〟ですよ、とデスが口をはさむ）認めないわけにはいかない。ペンリックはこの場にいる全員が彼に押しつけようとしている任務を引き受けるべく、スツールの上で背筋をのばした。だがグレイジェイはさらに言葉をつづけた。

「森の呪師にはもうひとつ任務があったといわれています。戦場で倒れた精霊戦士の魂を連れ帰り、神々のもとに召されるべく浄化の儀式をおこなうというものです。神々から切り離され消滅の運命をたどることのないよう」

「そういう話も読んだことがあります」とペンリック。「旗手というのではありませんでしたっけ。亡霊はしばしば場所に縛られますが、旗手は魂を旗に宿し、無事に連れ帰るのだとか。これは事実だったのですか」

「それは……。おそらく……」オズウィルはためらった。「葬儀の奇跡によって示されたように――正確にいうならば示されなかったように、トリンの魂はいかなる神のもとにも召されていません。絶望のあまりみずから神々を拒んだのか、神々に拒まれて見捨てられたのか、それはわかりませんが、このままでは亡霊として薄れ消滅することになります。それより悪い事態として考えられることなのですが、彼の魂は不本意なまま、何か不完全な儀式のようなものに穢《けが》され、さしのべられた神々の手が届かないところにとどめおかれているのではないでしょうか」オズウィルは瀆神《とくしん》ともいえるみずからの言葉に顔をしかめた。

　確かにそれはあり得ることだ。殺人は罪だ。だが故意に魂を神々から切り離し、生命ばかりでなく謎を秘めた永遠の死後の生を盗むことは、罪の中でももっとも無慈悲かつもっともおぞましい、計り知れない悪行と見なされる。

「神殿能力者に依頼して、彼の亡霊がさまよっている気配はないか地所内を調べてもらったのですが、何も見つかりませんでした。いえ、何もというわけではありません。何十年何百年も昔の、もはや見わけもつかないほど薄れてしまった哀れな亡霊が何体かいました。ですが、つい最近殺され神々に見捨てられて狼狽《ろうばい》している亡霊なら、自分の〈眼〉にもっと鮮やかに見えるはずだと能力者は言いました。つまり、トリンの魂はそこにはいなかったのです」

そしてオズウィルはゆっくりと息を吸った。

「逃亡するにあたり、自身の所有物でないものは何ひとつ携帯していないため、イングリスを窃盗で訴えることはできません。ですがわたしは……その考えは間違っているのではないかと思うのです」

ペンリックはぽっかりと口をひらいた。

「つまり、捜査官殿は彼が亡霊を盗んだと考えているのですか」

それとも、〝攫《さら》った〟とか〝かどわかした〟とか〝人質にとった〟というべきだろうか。この犯罪に対処するには、まったく新しい法律を考えださなくてはならない。父神教団お気に入りの、重箱の隅をつつくような細かい議論が必要となるだろう。

〈父神教団なんてくたばりやがれだわ〉デスが新たな警告をこめてつぶやいた。〈この盗難事件には、灰色組なんかよりはるかに恐ろしく強大な〝力〟が関心をよせていますよ……〉

王女大神官もまた驚愕をこめて、くちびるを引き結んだ捜査官を見つめている。最初の会見ではここまでくわしく話さなかったのだろうか。オズウィルはぎこちなく身じろぎして自身の推論を切り捨てようとするかのように手をふりかけ、それからしっかりと握りしめた。

「わたしの上司は誰も同意していません。ですがわたしはそう考えているのです」

3

オズウィルは胸を撫でおろした。王女大神官は彼の話を真剣に受けとめ、宮廷魔術師と、宮殿護衛騎士の一隊を貸してくれることになったのだ。神殿地所と巡礼を守ることを主たる役目とする、この町の姫神教団の男たちだ。だが残念ながら、人数が増えた分、出発は明日の朝まで延期されることになった。

あまった時間を有効に使い、リネット川を渡ったむこうの下町で調査をおこなった。商人や隊商が足をとめ、宿屋、居酒屋、鍛冶屋、鞍屋、貸し馬屋、そのほか旅人のための店が集まっている地区だ。湖自体はまだ凍りついていないものの、冬が深まりつつあるいま、湖上交通の要となる波止場や埠頭《ふとう》は閑散としている。だがそのいずれでも、彼の獲物の特徴に合致する一人旅の若者の確かな情報を得ることはできなかった。

灰色と黄金色ののろまな冬の太陽がのぼるころ、一行はようやく市城門を抜け、湖の西岸にそって北にむかう主街道にはいった。雪はやみ、なかば凍りかけた轍《わだち》の上で踏み荒らされた汚い白が指の幅ほど残っているだけだ。町が背後に遠ざかり、山間の細長い湖が目の前にひろがる。オズウィルは夜明けを背景にして暗く浮かびあがる対岸に疑わしげな視線をむけた。むこう岸の丘陵にはからみあう低木と踏み分け道しかない、いそいで逃亡しようとする者があんなところを通るわけがないと、地元の者たちは言った。だが身を隠そうとする逃亡者だったらどうだろう。この土地は地図の上ではごくささやかだが、いざ目の前にするとじつに広々としている。

いや、論理的に考えよう。まずもっとも可能性の高いところを捜索し、それから徐々に低いところに移行すればいい。ひょこひょこと揺れる馬の耳のあいだをじっと見つめ、疲労感を追い払おうとする。

それから鞍の上でむきを変え、自分のささやかな一隊を観察した。護衛騎士隊長と四人の部下――みなたくましい男たちで、寒さに対する装備も万全だ。それから、新たな連れとなった魔術師を横目でながめた。少なくとも彼は、この一行における最後のひとりよりも乗馬がうまい――なんといってもオズウィルは町育ちだし、それなりの地位にあるからには年齢と体重もそれなりになっている。このペンリックという若者はひょろりと背が高く、綺麗な金髪をいまはうなじで結わえている。陽気な深い青色の目をしているが、いまこの瞬間のオズウィルにとっては魅力よりもいらだちのもとにしかならない。この若造が〝神官学師〟の地位にあるなんて冗談だろう。神殿魔術師の力をもっていることもだ。

おまけに、王女大神官は今回の捜査のための資金を隊長と魔術師に分割して預けたのだ。資金そのものには感謝するが、これはあまり嬉しくない。もちろん王女が彼らを信頼していることはわかる。だが東都からの旅が腹立たしいほど遅れたのも、もとはといえば指揮権がひとつにまとまっていなかったせいだ。それでも神殿の新しい馬はただただありがたく、オズウィルは心の中で春の姫神と――王女という棘《とげ》だらけの使い女を通して与えられたものではあったけれども――その慈悲に感謝の祈りを捧げた。オズウィルの人生に大神官がかかわってくることはめったにないし、王女にいたっては今回がはじめてだ。その両者を体現したあの貴婦人は、彼自身のもっとも威圧的な叔母を思いださせ、じつに恐ろしかった。彼女の魔術師は、自分のほんとうの叔母と接しているかのように、御前にありながらまったく緊張してはいなかったけれども。

十マイルほど進んだところで、岸からわずかに離れた小島に立つ美しい城が、オズウィルの目と興味を惹きつけた。城の近くまでくると、ペンリックが手綱をひいて街道をはずれ、湖岸で馬をとめた。城の跳ね橋は落ち、木材は黒く煤けている。城の中は暗く、誰も住んでいないのか荒涼としている。

ペンリックは考え深げにそれを見つめ、「ふん」とつぶやくとまた街道に馬をもどした。

「ここはどういう場所なのだ。何があったのだ」オズウィルは肩ごしにふり返りながらたずねた。

「マーテンデン城です。マーテンデンはこのあたりで、いいにせよ悪いにせよそれなりの力をもつ一族でした。でも四年前の春に城が火事になったんです。当時の城主はその、ええと、殺人未遂の罪で告発されたのですが、町の警備兵の手をふりきり、残った部下をひきつれて山を越え、北に逃亡しました。報告では、カルパガモで傭兵隊を組織したという話です。ありがたいことに、その後も城にもどって面倒を起こしたりはせず、隊を率いてイブラ半島の戦いに加わったそうです。あそこでならあの男も、もうひと旗あげることができるでしょう」

あのはるかな半島でのみくりひろげられている異端なるロクナル四神教徒との戦いは、ごろつきであれ人格者であれ、領地のない男たちの有名な吹き溜まりだ。オズウィルはなるほどとうなずいた。

「なぜ城を修繕しないのだ。街道守護の役に立つだろうに」

「訴訟問題がからんで動きがとれないんです。マーテンデン卿は町の評議会から訴えられているのですが、神殿からもその、一種の不敬で告発されていて、その両方がこの城を請求しているんです。あれ以来マーテンズブリッジの法廷は闘鶏場のようです。町の人々はつぎの上訴がどうなるか賭けをしていますよ」

オズウィルは考えながらくちびるをすぼめた。

「マーテンデン卿はほんとうにその件に関して有罪なのか。学師殿はどう考えておられる。つまり……〝利益〟は往々にしてそうした議論に奇妙な影響をおよぼすからな」

「ああ、それは間違いないです」ペンリックは快活に答えた。「確かな証人もいますし、自白もありましたから」

魔術師はそして、街道の反対側にひろがる集落に関心をむけた。くたびれた宿兼居酒屋があり、熱い林檎《りんご》酒と情報を入手することができる。一行が前者を楽しんでいるあいだに、オズウィルは後者を求めた。そうだね——と居酒屋の給仕は答えた——一週間前にそんな感じの若い男が通ってったよ、ここでは大勢の旅人が休んでくけど、ぐずぐずしてるやつは少ない、みんな湖のあっち端かこっち端の町を目指していそいで行っちまうからね。これがはじめてのことではないが、オズウィルはイングリス・キン・ウルフクリフが、顔に大きな黒子《ほくろ》が目立つとか、とんでもない大男だとかものすごく背が低いとか、歩き方が独特だとか言葉に強い外国訛りがあるとか、なんでもいい、何か記憶に残る特徴をもって生まれていてくれればどれほど楽だったろうと考えたのだった。

ふたたび馬にまたがって北にむかいながら、オズウィルはいらだちをこめてペンリックにたずねた。

「もしその呪われた男に会ったら、学師殿はそうと見わけることができるのか」

若者は一瞬、みずからの内にこもるかのように思案した。

「ええ、大丈夫です。ほんとうに巫師の力をもっているなら、デズデモーナが間違えることはあり得ません」

「それで」オズウィルはいっそういらだちをつのらせながら言葉をつづけた。「学師殿のおっしゃるとてつもなく優秀なデズデモーナというご婦人は何者なのだ」

奥方か？　姉か？　愛人か？　いずれにしてもこの一行に加わってはいない。

ペンリックは——ペンリック学師だ、神よ助けたまえ——ぱちくりとまばたきをした。

「ああ！　すみませんでした。まだ捜査官殿には紹介していませんでしたね。デズデモーナはわたしの魔です」そして陽気な微笑を投げてよこした。

「魔に、名前を、つけているだと？」

「ええ、どうしてもその必要があったんです。さもないと分裂してしまうので。彼女、ほんとうに複雑なんです」

　オズウィルの理解する神学において、魔とは人などではなく……非＝自然に属する霊的な力だ。神々から――少なくともひとりの神からこぼれたものではあるが、だからといって神聖なわけでもない。

「魔とはいかなる形もとることのできない根源的な混沌だと思っていたのだが」

「確かにはじめはそうです。この世にあらわれてすぐは、いかなる形もとってはいません。生まれたての赤ん坊みたいなものですね。ですが赤ん坊と同じく、魔も学習します。もしくは模倣します。周囲の世界や人から学んで、学んだものの多くを、時を越えてあるじからあるじへと伝えていきます。魔に関するすべては、よいものも悪いものも、基本的に人たる乗り手から得たものなんです」

　オズウィルはその新しい見解に眉をひそめた。

「魔とはそもそも破壊的なもので、それゆえに危険だと考えていたのだが」

「ええ、確かにそうですが、破壊が必ずしも悪というわけではないんです。いかに賢く運用されるかによります。医師であるヘルヴィア学師のものだったとき、デズデモーナは膀胱《ぼうこう》の結石を破壊しました。ものすごい痛みをもたらしていたそうです。ほかにも疣《いぼ》とか、ときには腫瘍《しゅよう》も破壊しています」ふと意識をそらしてから、「それから、取り憑いた人間を衰弱させる寄生虫です。もっともこの仕事は薬屋の虫下しでもできますけれど」

そもそも魔術師は珍しいが、医師魔術師となればさらに希少価値が高いだろう。

「わたしはこれまでそのような医師に会ったことがない」

「そういう医師は、特別な仕事をこなすために母神教団が囲いこんでいるのだと思います」一瞬考えてから、「魔は性別も学習します。デズデモーナは長い年月をかけて十人のご婦人——と牝馬と雌ライオン——を宿主としてきたので、いまでは女性としての自我を確立しています。彼女はめったにないほどとても年齢を重ねた魔なんです。女の歳をあれこれいうのは失礼ですよ、ペンリック！」彼の手がすばやく口を押さえた。「失礼しました。いまのがデズデモーナです」

「話を……するのか。学師殿の口を使って？　なのに優位に立っているわけではないと？」

「わたしの口を使って話します。でも優位に立っているわけではありません。十人そろってものすごいおしゃべりなんです。ですからわたしが何か妙なことを言っても……いつもわたしだというわけではないですから。それだけは理解しておいてください」

魔が優位に立ち乗り手の身体を支配したとき、神殿能力者ではないふつうの人間にも判断できるしるしは、態度や話しぶりのとつぜんの変化だと一般には考えられている。だが魔がつねに漏れだしているなら、そのような緊急事態が起こったとき、どうやって見きわめればいいのだろう。オズウィルは魔術師からほんの少し馬を遠ざけた。

ペンリックはなおもくだらない話をつづけている。

「神学校にいたとき、鵞筆と紙を用意して腰をおろし、彼女の乗り手をひとりずつたどって正確な年齢を計算しようとしたことがあります。それぞれわかるかぎりの王の治世や出来事と関連づけていったんです」

　不本意ながら興味を惹かれ、オズウィルはたずねた。

「どうやってその全員を整理しているのだ。そもそも整理できているのか」

　ペンリックはのろのろと進む馬の首に手綱をおろして両手を掲げ、それぞれの指がそこにあることを楽しむかのように動かした。

「十人のご婦人、十本の指。ほんとうに便利なものですよ」

「なるほど」オズウィルはようやく声を出した。

「ヘルヴィアが死んだとき、神殿は花形ともいえるこの魔をべつの医師に与えようと計画していたのですが、彼女はここマーテンズブリッジのルチアという上級祭司に飛び移ってしまいました。ああ、なんですか」――ぼんやりとまばたきをし――「ヘルヴィアはそのときちょうど、マーテンズブリッジを訪問していたんですね。わたしもその点が不思議だったんですけれど。ともかくマーテンズブリッジの庶子神教団の対応はすばやく、すぐさまルチアの身柄を要求し、神官になるための教育をほどこしました。その返礼として、ルチア学師はつづく四十年間、神殿と教団のために、ええと、その、ほんとうにさまざまな仕事をこなしてきました。任務でいろいろな場所を訪れもしました。そういうわけで、四年前、ルチア学師はグリーンウェル近くの街道を旅していて、そこで心臓発作に襲われ、偶然わたしが通りかかり……それでわたしたちはいまここにこうしているというわけなんです」

「学師殿はそのとき何歳だったのだ」

「十九です」

ではいまは二十三というわけか。まだ十九に見えるが。いや、せいぜい、最大限に見積もって、二十だろうか。

「子供のときから学問に秀でていたとか?」

「いえ、ちっとも。本を読むのは好きでしたけれど、グリーンウェルにはあまり本がありませんでしたから」

「だがわずか四年で、神官になるための課程をすませたのだろう?」通常は六年かかる。

「三年です。昨年の春に王女大神官に仕えるためここにもどりました。理解していただきたいのですけれど、わたしは――わたしたちは、ある意味、神官になるための訓練をすでに四度すませているんです。医師の訓練は二回です。だから復習のようなものなんです。それを根拠に五倍の階位をつけてほしいと訴えたのですが、神学校の師範たちはどうしても納得してくれませんでした。残念なことです」

「それは……つまり、学師殿は頭の中に教師をもっているということなのか」それはいかさまのようなものではないか。

ペンリックは顔をしかめた。

「そういえばそうですけれど。でもデズデモーナは面白がって、口頭試験のときはけっして手伝ってはくれませんでした。そんなことをしたらよけいたいへんなことになっていましたよ、ペンリック」彼の眉が吊りあがってあごがさがった。「あはは」

　ではいまの最後のひと言は魔のものだったのか。奇妙に陽気なこの若者のいつもの話しぶりとは、確かに口調も抑揚《よくよう》もわずかに異なっていたようだが。

「いまのはルチアです」ペンリックがオズウィルの推測を裏づけた。「デズデモーナはルチアの声を使うことが多いんです。彼女がいちばん新しい……その、残像だからなのか、もっとも長く魔を所有していたからなのか、ただ単に個性がいちばん強かったからなのかは、わたしにもわかりません。でもきっと時間と関係があるのでしょう。最初の三人はほとんど区別がつかなくなっているんですけれど、三人ともセドニア語を話すからだけではないと思うんです。時の流れによって、まじりあってしまったみたいなんです」

　そして彼は灰色がかった青い湖を見わたした。雲におおわれたはるかな山頂より吹きおりてくる寒風に、冷え冷えとしたさざ波をたてている。

「計算の結果、わたしの魔は二百歳を越えているようだとわかりました。気がついたのですけれど、彼女たちは、延々とつづく物語の中で世代を重ねるにつれてどんどん長命になっていくんです。それはわたしにとっても心強いことです。でもときどき考えるんです。つぎにデズデモーナを引き継ぐ人にとって、わたしの……残像はどんなふうに見えるんだろうって」

　どちらかといえば陰気な静寂が垂れこめる。オズウィルはようやく言葉を押しだした。

「学師殿の頭はいささか、なんというか、ごたついているようだ」

「そうです」ペンリックは快活さをとりもどして答えた。「でも少なくとも話題に困ることだけはありません」

「わたしは……待てよ。それで、誰がデズデモーナなのだ」

うっかり忘れていたが、そもそもこの問答をはじめるきっかけとなった疑問はこれだった。

オズウィルはしっかりと手綱に指をからめた。

「彼女たち全員にわたしがつけた名前です。町の評議会のように、十人の姉が集まって、ひとつの布告を出すんです。おかげでわたしのほうでも彼女に話しかけたいと考えるたび、わたしの父が子供たちを怒鳴ったときのように、いくつもの名前をならべたてないですみます」

「なる……ほど」オズウィルの眉がさがった。「東都からともに旅をしてきた魔術師は、一度もそんな話をしてくれなかったが」

気難しい陰気な男で、そもそも口数がひどく少なかった。

「その方の魔が若く、あまり成熟していないからかもしれませんね。もしくは、それまでの乗り手に満足できなかったので、いまの乗り手ともあまり良好な関係が結べていないとか」ペンリックのくちびるが吊りあがり、声が髪ひと筋分だけ変化した。「どうせ一度もたずねたことなどなかったのでしょう――査問官殿」

オズウィルは背を丸めて馬の足をはやめた。つぎの町はまだ遠い。

〈そしてわたしは任務の成功だけではなく、おそらくは生命まで、この頭のいかれた魔術師にゆだねてしまった。冬の父神よ、いまあなたの季節に、どうかわれを助けたまえ!〉

4

イングリスが目覚めたとき、あたりは薄暗くはあったが真の闇ではなかった。小屋の中にいる。そしてあの明るい四角は、羊皮紙を張った小さな窓だ。反対側には粗末な石の暖炉があり、小さな洞窟からのぞく獣の目のように、赤い閃光と黄色いゆらめきを送りだしている。石と丸太を組み合わせ、苔と土で隙間を埋めた壁。砕いた羊歯《しだ》をまき散らした土の床で、かすかな異臭を放つ何枚もの毛皮にくるまって横たわっている。足もとでは大型犬が、ゆったりとくつろいで眠っている。

ブーツと上着はなくなっていて、上半身は裸だ。反射的に腰に手をのばし、短剣の柄が触れたので緊張をゆるめた。ベルトとズボンはそのままだ。ここについたときの記憶はないが、誰かが湯を飲ませてくれたことはぼんやりおぼえている。闇の中でふと目を覚まし、また眠りに落ちていったことも。いったいどれくらいの時間がすぎたのだろう……

〈手と足の指もすべてそろっているか、愚か者め〉

その問いにならすぐに答えられる。もがくように起きあがって毛皮から抜けだした。熊と羊、あとはなんの毛皮だろう。手は腫れてこわばっているが、先端が白くなってもいないし、黒いかさぶたもできていない。傷ついた右足は、膝からふくれあがった足首まで、濃い紫に染まっている。折れているかどうかはわからないが、とにかくあまりよくは動かない。とうぜん捻挫はしているだろう。右足の指が三本、火傷のようにじくじくしている。左足は両手と似たような状態だ。

どれだけの時間が流れたのだろう。昨日丸一日を無駄にしてしまったのだろうか。不安にかられながら身体を起こし、目を細くして、いつものように両腕に刻まれた赤い傷痕を数えはじめた。二十五。それが、悪夢のような逃亡がはじまってからの日数だ。最後に数えたときも二十五だったろうか。

〈そうだ〉

自分は丸一日、小屋に閉じこめたまま餌をやることを忘れて豚を飢えさせた怠惰な農夫のように、短剣に血を与えずにいたのだろうか。自分はすべてを……失ってしまったのだろうか。鞘から短剣を引き抜き、子供のように両手で抱いて、不安な声でそっとあやす。痛む身体を動かすのと同じくらい苦労しながら、ゆっくりと知覚をのばす。ありがたい、まだかすかなぬくもりがうなりをあげている……。神に感謝するべきだろうか。神は彼に感謝してくれるだろうか。わからない。この二十五日のあいだ、あえて祈りは捧げていない。

〈だがこれだけはべつだ〉

傷痕を数えながら、前回傷を刻んだのはどちらの腕だったか思いだそうとした。少しでも治癒の時間がとれるよう、二回つづけて同じ腕を使うことはしない。感染症の危険はつねに存在する。作業が少しでも楽になるよう、刃を鋭く維持しておくために、もうすぐまた研がなくてはならない。右手のほうが力をこめやすい。では左腕だ。できるだけ心をおちつかせ、目を閉じ、切りつける。角度をつけて、浅く。荒い息をつきながら、目眩《めまい》がおさまるのを、吐き気がひいていくのを待つ。また目をあけた。出血は少ないが、傷口を押せば充分な血があふれる。もう一度切りつける必要はないだろう――

音をたてて小屋の戸がひらいた。腕に傷をつけるとき以上の恐怖をおぼえてたじろいだ。明るい山の空気を背景に、ぼんやりとした人影が渦を巻く。傷よりもまぶしさに鋭い痛みをおぼえ、にじんでくる涙ごしにまばたきをした。影が、羊皮のマントにくるまり銅の水差しと小さな布袋をもった若い娘と、革服の上に毛を内側にした羊皮のヴェストを着た男の姿をとる。犬がすばやく頭をあげてうなったが、相手が誰であるかに気づくと静まり、ぱたんぱたんと尾をふった。

起きあがった彼を見て、娘が言った。

「ああ、目が覚めたのね」それから近づいてきて鋭い声をあげた。「あんた、いったい何をしてるのさ」

短剣と腕を毛皮の下に隠したかったが、はじめてしまった儀式を中断するわけにはいかない。

「近づくな!」娘がさらに駆けよろうとしたので、「**近づくな**」

背中の毛を逆立てて犬がばっと起きあがった。娘はふいに足をとめ、狼狽をこめて目を瞠《みは》っている。男の手がベルトの作業用ナイフの上で凍りついた。

精神集中をもたらす言葉を小さくささやきながら――いまはそれもあまり役に立たないが

――腕にそって短剣の刃をすべらせ、ねっとりとした赤を塗りつける。これでもう一日を購《あがな》うことができただろうか。かすかなうなりが強まったようだ。

〈大丈夫だ、おそらく〉

もしかすると一滴の血だけでも同じ効果をあげられるのかもしれないが、危険を冒す気にはなれない。驚きに満ちた侵入者たちの目から隠すように、短剣を膝にのせた。生命力がすべて吸収され、刃をおおう血が茶色く乾いて崩れたら、きれいにぬぐってふたたび鞘にもどすことができる。

娘がおずおずと声をかけた。

「食べ物をもってきたよ。飲み物と」その言葉を証明するかのように荷物を掲げて見せる。

男がイングリスをにらみながら、娘と彼のあいだに割りこんだ。

「さきにその短剣をしまってくれないか」

イングリスが自分たちを脅すとでも考えているのだろうか。いまは人を襲うどころか、立ちあがれるかどうかすらわからないというのに。視線が水差しにひきよせられる。短剣を右の太股の脇におろし、膝に毛皮をかぶせて視界から消した。そして乾いたくちびるを舐めながら、ひらいた両手を毛皮にのせてじっと待つ。同情しているらしい娘を怯えさせるつもりはまったくない。この男は、夢うつつの岩場で聞こえた声のひとりだろうか。禿鷲か、それとも救助者か。犬がまた床に腰を落とした。

「それ、何してたの」疑惑をこめてたずねながら、娘はそれ以上近づいてこない。

「おれは……こいつは……この短剣は血を吸うんだ」どう考えても常軌を逸した説明だ。自分でもそう思う。

「短剣はみんなそうだろう」男の手はまだナイフの柄から離れようとしない。

〈これは特別だ〉「それを飲ませてくれ」期待をこめて言ってみた。

「旅の人はみんな、山にはいると水分が足りなくなるんだよ」娘が慎重になだめるような口調で答えた。「暑くないから、咽喉が渇いてるってわからないんだね」

「おれは……そうだな」

娘は大きく彼を迂回して暖炉に歩み寄り、うっすらと昨夜の記憶に残る素焼きのカップをとりあげて水差しの中身をそそいだ。それから思いきり手をのばして彼にわたす。イングリスはふるえる手で受けとり、それから両手をそえて、ひと息に飲み干した。ミントで香りをつけた大麦湯だ。上等とはいえない病人用の飲み物だが、温かいし、水分だけではなく滋養もとれる。

「もう一杯たのむ……」

彼は手をのばしてカップをさしだした。

三杯飲み干してようやくおちついた。息をつき、うなずいて感謝を示した。

「旅の人――あんた、何者だね」男がたずねる。

「おれは……イングリス・キ――」あまりにも有名な氏族名の前で言葉を切る。「イングリスだ」〈ああ、名前もごまかしておくべきだったか〉

「どこに行くつもりだったの」娘がたずねた。「マーテンズブリッジ？　カルパガモ？　どっちにしてもあんた、道を間違えてるよ」

「カルパガモの峠は閉ざされた」男が言った。「あんたが峠を越えてきた最後の人間だってんならべつだが」

イングリスは首をふった。犬が興味深げに娘のさげた布袋を見つめている。おそるおそるさしだされた袋を受けとり、こわばる指でひらいた。羊か山羊の軟らかな白チーズの大きな塊を、薄っぺらな大麦とオート麦の半生パンではさんだものと、なんだかわからない干した燻製《くんせい》肉が何切れか——たぶん鹿肉だろう。イングリスは一瞬ためらってから、ほんものの狼のようにかぶりついた。

夢中になってひと口ふた口をのみこんだところで、男がたずねた。

「あんたの馬はどこだ」

イングリスは口いっぱいに頬張ったまま答えた。

「足を痛めたのでクロウ街道に残してきた。それからは歩きだ」

「そうか」男が失望をこめて口をすぼめた。

イングリスはそのときになって、この食事は娘が彼のためにわざわざ用意してくれたものだと気づいた。口を動かしながらしげしげと娘を観察する。山の民によくある幅広の顔で、くちびると頬が赤いのは寒さのため。細い身体はひきしまっている。若さゆえのつかのまの美しさもある。男もそれほど年上ではない。猟師か、羊飼いか。その両方だろうか。こうした高地に住む男たちは、めぐる季節が命じるままにあらゆる仕事をこなさなくてはならない。ふたりとも、この山地でよく見られる明るい髪と青い目をもっている。血がつながっているのだろう。

「あんたたちは?」つぎのひと口をのみこんで、こんどはイングリスがたずねた。「それに、ここはどこなんだ」

娘がためらいがちな微笑を浮かべた。

「あたしはベリス。こっちは兄のベルン」

ベルンがさらに不本意そうにつづける。

「ここは谷の村リンクベックの、夏の放牧小屋だ。冬のあいだは狩りに使っている」

では、粗末な外見から想像したように、時を遡《さかのぼ》ってしまったわけではないのだ。アウダル大王の世界ではない。あの時代、彼ら山の民はウィールドの森の民とは異なり、侵略者に対して高地を守りきった。もしかするとダルサカ人も、湿気の多い崖だらけの土地をひと目見て食指を動かさなかっただけなのかもしれないが。これらの土地への神殿の侵入は——古いやり方を新しいものに変えていく過程は、すべてを焼きつくす凶暴な炎としてではなく、雑草のようにゆっくりとひろがっていくものだった。もしかしたら、何もかもが根絶やしにされてはいないと、祈りとまではいかずとも希望をもってもいいのだろうか……

〈いや、そうではない〉

大きな犬に目をむけた。肉片が彼の口に移動するにつれて、柔毛《じゅうもう》におおわれた三角の耳がぴくぴくと動く。

〈確信してもいいのだ〉

「この犬だが。誰の犬なんだ」

「アロウはサヴォの犬だよ」ベリスが答えた。「この秋に、伯父さんのスクオラから譲られたの」

犬は腹這いになってのそのそとイングリスに近づき、左手の下に頭をつっこんだ。仔犬ではない。充分に大きくなった――壮年の、ある意味では堂々たる成犬だ。イングリスはぼんやりと耳のうしろを掻いてやった。犬はぱたりを尻尾を動かし、甘えた声をあげて血のにじむ腕を舐めた。

「どうもあんたを飼い主だと思ってるみたいだな」細くした目でそれらすべてをながめながら、ベルンが言った。「あんたを連れてきてからずっとそばを離れようとしない。どういうことなんだ――旅の人」

「おれを見つけたとき、サヴォという人もいっしょだったのか」

「ああ、赤鹿狩りに出てたんだ。あんたじゃ皮も剝げないし食えもしないし、ひろってきてもたいした得にならねえな」

あのときは大喜びで皮を剝ぎそうな勢いだった。それでも、食べる前には思いとどまってくれただろうが。あの中に巫師はいなかった。もしいたらたがいにそうと気づいたはずで、この会話ももっとちがうものになっていただろう。そう、サヴォではない。

「その短剣だが」ベルンが横目で彼を見ながらたずねた。「そいつはほんものの、ほんものの宝石なのか。おれはチュールに絶対にちがうと言ったんだが」

ほんものでないかもしれないなどと、これまで一度も考えたことがなかった。短剣を手にじっと見つめる。八インチの細身の刃に海象《セイウチ》の牙の柄がついている。掲げると、古い生命のこだまが感じられる。柄には美しい彫刻がほどこされ、卵形にひろがった尾部は黄金にくるまれている。平らな面に小さなガーネットがいくつか嵌めこまれているが、ひと粒だけは過去のどの時点かで失われ、そのままになっている。それらが円を描いてカボション・カットの赤い石をとりまいている。たぶんこれはルビーだ。

〈牙と血、なんとふさわしい〉

鋼《はがね》を染めた血はすでに黒く乾いている。ついさっき彼が固いパンとチーズをむさぼり食ったように、飢えた刃はすでにその生命を吸いつくしてしまった。ズボンにこすりつけて残りかすを落とした。

「たぶんほんものだと思う。先祖伝来の品だ」

小屋を包む沈黙がわずかに緊張を帯びた。視線をあげると、ふたりの顔には好奇心と強欲さと恐怖をまぜあわせたシチューが不穏に煮えたぎっている。だが……彼らはイングリスを山からここに連れてきて、食べ物と飲み物を与えてくれたのだ。警告は与えておくべきだろう。

「なんであんたは、その、それに血を吸わせてるの」ベリスが不安そうにたずねた。「それってつまり、魔法の剣なの？」

イングリスはどうしようもなく複雑な真実について考えた。いずれにしても厄介事が――これ以上の厄介事が生じる前に、ふたりの欲を静めておかなくてはならない。いいだろう。

「これは呪われた短剣だ」

ベルンが歯の隙間から息を吸った。疑惑と恐怖が半々といったところだ。

ベリスの視線が上から下まで彼の腕の傷をたどる。

「ねえ、それって獣の血じゃ駄目なの?」

「駄目だ。おれの血でなくてはならない」

「どうして」

くちびるが吊りあがって、微笑ともいえない形をつくる。

「おれもまた呪われているからだ」

兄妹はその後すぐに小屋を去った。食事と大麦湯はおいていってくれた。ふたりは戸をあけたまま穏やかな声でアロウを呼び、声を高め、口笛を吹き、最後には強い声で命じたが、犬は頑として従おうとしなかった。ベルンがもどってきて首筋をつかみ、ひっぱりだそうとすると、頭をさげてうなりをあげた。結局諦めたのだろう、犬とイングリスを残して戸が閉まった。

人はみなイングリスの聴力を甘く見るが、このふたりもまた例外ではなかった。

「あの人、どうするの?」小屋から数歩離れたところでベリスがたずねた。

「わからんな。話しぶりはウィールド人のようだが、たぶん頭がおかしいんだろう」

「べつに熱はなさそうだけど。気味が悪い。危険かな」

「そうだな、いまのあのようすじゃ、おれたちに危険はないだろう。むしろ自分を傷つけている。あのまま自分の腕を切り刻むついでに咽喉を裂いてくれたら、結局はチュールが、目をつけてたあの短剣を手に入れられるぞ」

「なんで自分の咽喉を裂いたりするのよ」

「そりゃ、頭がおかしいからだろ」（肩をすくめる音までが聞こえる）

「すごくステキな声だと思わない？　身体にびんびん響くの」

「母神と姫神にかけて、ベリス、尻軽女みたいな口をきくんじゃない」からかうような声音に不安がまじる。

「あたしは女よ」考えるような沈黙。「あの人、笑ったらきっと美男子ね」

「サヴォに聞かれないように気をつけろよ。あいつはもういい加減、犬のことで腹を立ててるんだからな」

「あたしはサヴォの犬じゃないもの」

　まさしく兄妹なのだろう、兄が怒鳴り、妹が殴る。争う声はしだいに遠ざかり、やがてイングリスの耳にも届かなくなった。

　燻製肉で釣って、アロウを腕の下からひきだした。抱き締めて茶色の澄みきった目をのぞきこみ、それから目を閉じて感知しようとした。この犬の霊的密度は手に触れられそうなほど濃く、損なわれた彼の知覚のすぐ外側を漂っている。この〈犬〉には、いったい幾世代の犬がそそぎこまれているのだろう。五代？　十代？　それ以上だろうか。いったい幾世代の人間が育成してきたのだろう。これは巫師をつくるための犬、途方もなく貴重な犬だ。

　これほどの宝物を甥に譲ったスクオラとは、いったいどのような人間なのだろう。無認可の里居の巫師だろうか。その男がアロウをつ、く、っ、た、のだろうか。甥のサヴォを秘密の弟子として？　それとも、自分が何を所有していたかも知らないのだろうか。知らずにこの犬を飼っていたのだとしたら、なんと恐ろしいことだろう。

せめて、彼が賢明な人間であることを願いたい。

「おれが起きられるようになったらすぐ」小さくふるえながら犬に語りかけた。「そのとんでもないもとの主人をさがしにいこうじゃないか」

アロウは大きくあくびをして魔法の欠片《かけら》もない生暖かい息をイングリスに吹きかけると、彼のかたわらで長枕のように寝ころがった。

5

初冬の夕暮れ、ペンリックの一行は湖の先端にあるホイッパーウィルの町に到着した。華やかなマーテンズブリッジの半分ほどの大きさの町で、腹立たしいことに、それでもなおペンリックが子供時代をすごしたグリーンウェルの五倍はある。さきをいそぎたがるグレイジェイも、今夜のうちにもっと進もうとは言いださなかった。王女大神官の支配下にある姫神教団の館が、混みあってはいるものの無料の宿を提供してくれた。

それからオズウィルが、これまでただ同行していただけの護衛騎士部隊をはじめて有効活用し、それぞれ町の宿や居酒屋に行って獲物についての聞きこみをおこなうよう命じた。〝娼館に〟というひと言はなかったが、暗黙の了解としてそれも加わっていたのかもしれない。それともオズウィルは、逃亡中の殺人犯にはそんな場所は無縁だと考えたのだろうか。もしかすると、護衛騎士が姫神教団に捧げた誓約に敬意をはらったのかもしれない。この季節、海沿いの北の国々に通じる山の道が閉ざされてしまうため、ホイッパーウィルの商取引は近隣相手のものだけにかぎられてしまう。

ペンリックとオズウィルも適当に選んだ居酒屋で食事をしたが、残念ながらそこには、この一週間ひとりで北にむかおうとしていた黒髪に黒い目のウィールド人を記憶している者はいなかった。だがこの季節に峠を越えたければ、常識のある人間ならどこかの一行に加えてもらう。そうなれば誰にもわかるはずはない。オズウィルがそれに気づいて痛む目をこすっているとき、護衛騎士のひとり、バアルがはいってきた。

「手がかりらしいものが見つかったのですが……」

安堵もあらわに、だが希望をもちすぎないよう自戒するオズウィルを、バアルが案内した。ペンリックもついていった。それは北の主街道をわずかに離れた小さな居酒屋で、古ぼけてはいるが居心地がよく、もっぱら金のない土地の男たちを相手にしている店だった。

「ええ、そうっすよ」

オズウィルの奢った一パイントのエールで口が軽く、さらには彼らが注文した三杯のおかげで財布が重くなったため、給仕はなめらかにしゃべった。

「お客さんたちがさがしてる男かどうかはわかりませんけどね、間違いなく、髪も目も黒いすらりとした若いやつでしたよ。まあ、街道にいるダルサカ人は半分がそうですけどね――」

オズウィルは陰気にうなずいた。

「――でもそいつはウィールド訛りで話してましたし、生まれもよさそうでしたよ。学者だろうと思ったんすよ。物語を聞きたい、本を書くために物語を集めてるって言ってたからね」

オズウィルの眉が吊りあがった。

「どういう本だと言っていた？」

「山の昔話、不思議な物語っすよ。子供に聞かせるお化け話とか幽霊話だね。聖者さまの伝説とかじゃなくて。とりわけ、魔法の獣の話に興味があったみたいだね」

「それで、この店でお話は聞けたのですか」ペンリックはたずねた。

「もちろんすよ！　あの夜は大繁盛だったね」いまはほとんど客のいない店内を悲しげに見まわし、「店じゅうの客に一杯か二杯ずつふるまってたから、きっと本の半分くらいの話が集まったんじゃないすかね」

「とくに興味を示した物語はありましたか。とくにいろいろと質問を重ねていた話は」

「山奥の谷間で育てられてるっていう不思議な獣の噂を聞いたときは、とりわけ面白がってたね」

ペンリックの心で警鐘が鳴った。

「つまり、その、それは昔話ではなくて、いまの話なのですか」

「チルベックにものすごく利口な犬を育ててるやつがいる、羊飼いや猟師が大金出してもほしがるって話があるんすよ。おれも賢い山の犬を見たことはあるんすけどね、そいつが単なる噂とか自慢話なんかどうかまではわかりませんや」

「その噂のもとを確かめにいくようなことは言っていなかったですか」とペン。

「言ってなかったけど、だからって行かなかったともかぎらないやね。考えてみりゃ、自分のことはあまり話さなかったな。もっぱら聞くばっかでさ」

オズウィルが割りこんできた。

「カルパガモとかアドリアとか峠についてはたずねなかっただろうか。北の沿岸国に行く方法

について は」

「この季節、峠について質問なんかする必要はないよ——誰もかもその話ばっかしてるんだ。もしかしていまからでも雪が溶けて、通り抜ける最後の機会があるんじゃないかってね。だけど、そいつがそんな話をしてた記憶はないな。ずいぶん疲れてたみたいで。すぐ部屋にもどって寝ちまったよ」

「朝になって、どの方角に行ったかはわかるか」とオズウィル。

「いや、すんませんね。朝はみんなが出立するから忙しくってね。だけど確か徒歩だったよ。馬はいなかった。だから貧乏学者なんだろうって思ったんだ。見栄はって金持ちぶっちゃいるけれどね」

ペンリックはまばたきをした。

「あなたは言葉の訛りを聞きわけるよい耳をおもちなのですね」

「そうっすね。ここには旅人が、少なくとも夏には大勢やってきて、いろんな話をしてくからね。耳が鍛えられるんすよ」

オズウィルが椅子の背にもたれ、誰にむかってともなく顔をしかめた。

「もう一度たずねるが、それは何日前のことだろう。確かなことはわからないか」

給仕は眉をよせて考えこみ、太い指を折って数えた。

「六日ですかね。馬市がたった夜で、そこいらじゅうから人が集まってきてたね」

オズウィルは満足げなうなりをあげ、ジョッキを飲み干して立ちあがった。

「ありがとう。父神の季節が間近にせまるいま、冬の父神の祝福のこの店にもたらされんことを祈る」

「お客さんたちにも神々のお恵みがありますように」

神官ではあったが、ペンリックはそれに庶子神の祝福を加えなかった。たいていの人は庶子神の曖昧《あいまい》さを好まないし、今夜の調査では神官の身分を隠している。そして何よりも、彼は内にましますと神と一度まみえて以来——手をのばせば届く距離にありながら、もちろん触れる勇気などありはしなかったが——庶子神に気安く何かを願うことをためらうようになった。うっかりかなえられてしまっては困る願いだってあるではないか。

姫神の護衛騎士がランタンを掲げてさきに立つ。教団の館にもどる暗い街路をたどりながら、ペンリックは思いきって口をひらいた。

「時間をとってもチルベックの谷というところに行ったほうがよさそうですね」

オズウィルが鼻を鳴らした。

「地図を見たか。その谷から北に抜ける道はない。そんな谷がほかにも十はある。巨大な石の迷路にはいりこむようなものだぞ」

「わたしの故郷とあまり変わらないです。ここから東へ百マイルほどですけれど」

オズウィルが疑わしげな視線をむけてきた。

「主街道にはもっと人がいるだろう」

「山間の土地ではよそ者は目立ちます。すぐに気がつかれますよ。それに、さっきの給仕の話がほんとうなら、クロウからこっち、数日分距離を縮めているではありませんか」

「袋小路にとびこんで時間を無駄にしたくはないのだが」

「袋小路が狩人の獲物袋だとわかるかもしれませんよ」

「なるほど」

オズウィルは足をとめて北の方角をながめた。高い山の頂が夜の中にきらめいている。世界を隔てる白い壁だ。

「わたしは、クロウ街道で自分の推論を押し通した判断は正しかったと信じている。あの高慢な東都の魔術師は、いまごろサオネで鞍ずれに苦しみながらなんの成果もあげられずにいるだろう」無理からぬことだが、彼はそのさまを想像しながらある種の満足にひたっている。「そのわたしが、なぜ学師殿の意見のほうが正しいと考えなくてはならんのだ」

奇妙な話だが、ペンリックはその問いを修辞的なものとは受けとめなかった。

「ここが彼ではなくわたしの本拠地だからでしょうか。もし給仕の話していた男がイングリスなら、それだけの質問をしておきながら、せっかく手に入れた手がかりを追わないということがあるでしょうか。イングリスはこの土地には不慣れなのですから、まずはもっとも楽に到達できる経路をたどるのではないでしょうか」

「だが時間が」オズウィルがきしるような声をあげる。

「それほどせっぱつまっているわけではないでしょう。出口のないチルベックにはいっていようと、峠で雪に足どめされていようと、似たようなものです。つぎつぎと死体を残していってくれれば助かるのでしょうけれど」

その言葉に驚いたのだろう、オズヴィルがこれまで発したことのない、かろうじて笑いに近い陰気な音をたてた。

「いけないとわかってはいるが、それを願ってしまいそうだ」

教団の入口にさがったオイル・ランタンが、街路の丸石のあいだに積もった雪に黄色い光を反射させている。オズヴィルはバアルの肩をたたいて低い声をかけた。

「よくやった」

そしてさきに暖かな屋内にはいらせたが、彼自身はすぐにはあとにつづかず、ペンリックとふたり、外に残った。

「学師殿は神殿能力者として、もぐりの魔術師の告発を調べにいったことは、もしくはそうした調査に駆りだされたことはおありか」とつぜんオズヴィルがたずねた。

ペンリックはとつぜんの話題の転換に興味をおぼえ、腕を組んで夜の寒さをこらえながら答えた。

「三度あります。ローズホールの神学校にいたとき、仕事としてではなく学習の一環として連れていかれました。魔術師は魔術師に会えばすぐにそうとわかります。ひと目見れば捜査官殿が長身だとわかるようなものです。ですが法的解釈はとても複雑になります。訴えられた人が魔術師でなかった場合——ほとんどはそうなのですが——犯罪がかかわってくることが多いからです。たいていは魔術以外の手段で、被告以外の人間が犯したものです。偽の告発は、告発した本人が偽であると自覚している場合、とりわけ悪質といえるでしょう」

オズウィルはむっつりとうなずいた。

「宮廷魔術師になってからは一度もありません。ティグニー学師はそうした日常的な仕事にはほかの魔術師を派遣しますから。でもデズデモーナは、神殿の魔になってから、乗り手とともに何百回とそうした捜査にかかわってきました。その中でほんとうに魔術師がかかわっていたのは——」

〈二回ですね〉

「たったの二回でした」

「わたしは捜査官として、べつの立場から同じ経験をしている」とオズウィル。「十年のあいだに事実と認められたのは一件だけだった。かわいそうにその男は、自分の頭がおかしくなったのだと信じ、慈悲にすがろうと神殿にとびこんで——そこではじめて事実を知らされた。だが一度は……」

オズウィルは長いあいだためらっている。ペンリックは〝一度はどうしたのですか〟とうながそうとし、〈お待ちなさい〉とデズデモーナの静かな声にひきとめられた。

オズウィルは何を見るでもなく街路をにらみつけ、ようやく口をひらいた。

「その一度のとき、街道で手間取り、わたしたちの到着は遅くなった。天候が悪く、橋が流され——どうしようもないことではあった。だがたとえそうだったとしてもだ。わたしたちがようやく片田舎のその陰鬱な村にたどりついたとき、告発された女はその前の夜、怒り狂った隣人たちに焼き殺されていた。火刑場から魔が飛び移ったしるしはなかった。女は間違いなく無実だったのだ。わたしたちがもっとはやく到着していたら、ただちに誤った告発を正して、中傷者に厳しい警告を与えることもできただろう。だが結局は村全体を殺人の罪で告発するという、とんでもない事態に直面することになってしまった。それからすべてはどうしようもない混乱のまま行き詰まり、最後には……そう、父神の見地によっては、ほかのいかなる見地によっても、その村で正義がおこなわれることはついになかった」

ペンリックが困惑しきったまま間の抜けていない返答をさがしているあいだに、オズウィルは扉を大きくあけて足を踏み入れた。そして、肩ごしにふり返ってうなるように言った。

「だからわたしはけっして遅れたくないのだ」

議論を打ち切るように扉が音をたてて閉まった。

しばらくして、ペンリックはため息をついて把手に手をのばした。

〈この問題はそう簡単には解決しないですよね?〉

〈父神の事件はたいていそうですよ〉デズデモーナが答えた。〈でなければ父神など必要ないではありませんか〉

翌朝、一行はとてもはやい時間にホイッパーウィルを出発した。

6

〈二十七〉

イングリスは苦痛のあえぎをこらえ、右の太股を横切る浅い傷に、短剣の刃を丁寧にこすりつけた。刃がたっぷりの血でおおわれると、短剣を脇におき、毛皮の巣の中でもぞもぞとズボンをひきあげ紐を結んだ。残りの服は暖炉のそばに積んである。とうぜん財布はない。左足のブーツは無事だが、右足はシャフトが切り裂かれている。脱ぐことができたのだから、履くことも……いや、無理そうだ。ため息をついて両方とも諦める。

三度めの試みで、ようやくよろよろと立ちあがることができた。アロウがすわりこんで、興味深そうにながめている。素足をひきずりながら狭い小屋を横切っていくと、犬も立ちあがってならんで歩いた。首筋に手をかけた。たくましくはあるが、支えとしてよりかかれるほどの高さはない。ロープをかけて閉じているだけの木の扉が、きしみながら大きくひらく。脇柱によりかかってあたりを見まわした。

朝の太陽が、いまごろになって溶けはじめた雪の上で、まばゆい光を照り返している。涙がにじむ。まばたきをしながら、この小屋が高木限界のすぐそばに立っていることを見てとった。眼下の斜面には色の濃い樅《もみ》や松がひろがり、そのむこうに谷あいの盆地が見える。平らな地面はこちらに近づくにつれて狭くなり、最後の農家がいくつか、細く曲がりくねった斜面にぱらぱらと立っている。川ともいえない川にかかった木橋の周囲に、小さな村が固まっている。

　イングリスの小屋から近い斜面にも、二、三の粗末な小屋がしがみついていた。ひとつは明らかに燻製小屋で、草葺《くさぶき》の屋根の隙間から香り高い煙がたちのぼっている。首に革紐を巻いてベルをさげた山羊が一頭、彼に目もくれず通りすぎていった。どこか近いところから女たちの声が聞こえる。

　アロウを見おろすと、犬も視線を返した。何か？　と言いたげな魂のこもった目だ。やってみるか……。犬の頭を撫でて命じた。

「**棒をもってきてくれ**」

　犬は〝吠える〟というにはあまりにも胸に響く深い陽気な声をあげてとびだしていった。イングリスはもう一度小屋の中にもどり、短剣から乾いた血をふきとって鞘におさめ、ほかに自分の持ち物はないかと改めた。ようやくアロウがもどってきた。柵の支柱になりそうなほど長くて太い丸太をひきずっている。それをどすんとイングリスの足もとに落とし、誇らしげに顔をあげ、歯をむいて笑いながらこん棒のような尾をふる。

　驚きのあまり錆びついた笑い声があがった。咽喉が変な具合だ。

「家を建てる丸太がほしいんじゃない、おれは棒と言ったんだぞ！」

　だがこれはよい薪になりそうだ。いずれにしても彼は犬の頭を撫でてやった。

「**もっと細い棒**をもってきてくれ」

アロウはさっきと変わらぬ熱意をもってまたとびだしていき、数分後にもどってきた。こんどは若木のようなものをひきずっている。枝をはらってためしてみた。どうにか使えそうだ。腫れあがってずきずき痛む右足に、雪はむしろ心地よい。だが左足には迷惑なことだ。頼めば何か足を包むものをもらえるだろうか。ゆっくり足をひきずりながら、声の聞こえるほうへとむかった。

三方を囲い一面を太陽にむけて開け放した風除けの中で、三人の女が皮をひろげ、削ぎ落としの作業をしていた。ひとりはベリスで、あとのふたりはもっと年嵩の女だ。全員が手をとめて顔をあげ、イングリスを見つめた。犬がつかのま彼から離れ、白い皮の切れ端をくすねて嚙みはじめた。灰色の髪を編んだ女が冷静に声をかけた。

「アロウ、この馬鹿。腹がおかしくなるよ」

アロウは強情にぱたぱたと尾をふっている。

「起きたのね。気分、よくなった?」ベリスがわずかな懸念をこめた明るい声でたずねた。

〈何よりよくなったというのだ〉

「少しは」イングリスはかろうじて答え、遅まきながら礼を述べた。「助けてくれてありがとう、感謝する」

真ん中の女が言った。

「見つけてもらえて運がよかったよ。あと二、三日もしたら、あたしたちは村にもどるとこだったからね。男たちもさ」好奇心あふれる目で彼を見つめ、「それで、あんたはどこに行くつもりだったんだい」

心の中の混乱は、この女にはもちろん、彼自身にも説明できるかどうかわからないほどだ。それに、カルパガモからリンクベックへ、またカルパガモへと、何度目的地を変えたことだろう。ようやく心を定め、曖昧に答えた。

「谷をのぼるつもりだったんだが、暗くて道を間違えてしまった」紫色の足を示し、「足をくるむぼろ切れか何かもらえないだろうか。ブーツは履けそうにないので」

女がうなって何かの身ぶりを示し——残るふたりはなんなくその意味を理解したようだった——立ちあがって歩み去った。人の手を借りなくてもまた立ちあがれることを願いながら、イングリスは慎重に、椅子に使われているらしい短く切った丸太に腰をおろした。

もう一度〝物語を集めている貧しい学者〟のふりをしようか。そのおかげでここまでやってこられたのだが。アロウがまたべつの革紐をかすめとることで、彼の悩みを解決してくれた。灰色の髪を編んだ女が漫然と〝出てお行き、この馬鹿犬〟と身ぶりで命じる。だがアロウは意に介したふうもない。

「じつに驚くべき犬だ」イングリスは口をひらいた。

ほんとうにどれくらい驚くべき犬か、このふたりは理解しているのだろうか。二種類のうつろな顔が彼を見つめ返した。ベリスの表情はまったくの無知を示している。年輩の女は何かを隠しているようだ。では礼儀正しくふるまってみるか。微笑を浮かべて言葉をつづけた。

「ところで、おれはイングリスという」

「ベリスがそう言っていたね」

「それであなたは？　ベリスの母上だろうか……？」

「ラアザだよ」

イングリスはいかにも関心ありげにうなずいてみせた。同じように、女のくちびるがぴくりと動く。

「山でおれを助けてここまで運んでくれたうちのひとりが、スクオラという伯父御からこの犬を譲られたと聞いた。ぜひ話をしたいのだが、どこに行けば見つかるだろう」

ラアザが鼻を鳴らした。

「見つけることはできるかもしれないけどね。話せるかねえ」斜面の上を指さし、「スクオラじいさんは気の毒に、二カ月ほど前の崖崩れで死んじまったよ」

イングリスのはかない最後の希望は、雪崩《なだれ》に襲われたように完全につぶされ凍りついてしまった。

「そうか」

衝撃のあまり考えることもできず、そのままじっと腰をおろす。それからようやくつぎの試みに移った。

「犬を育てたのはその男なのか。この谷でよい犬を育てていると聞いた。それとも、スクオラという老人は誰かからアロウを譲り受けたのだろうか」

それならまだ可能性がある……

「ああ、スクオラはそういうことを仕事にしてたね。ほんとなら相棒が引き継ぐはずだったんだろうけど、ふたりして犬の餌にする肉を狩りに出てたもんでね。相棒のほうの死体はやっとこさ掘りだすことができたよ。結局犬たちはばらばらに、ほしがる人がもらってった。犬を買いたくてきたんなら、まだ間にあうよ」

「あなたは、その、スクオラという人をよく知っていたのか」

「挨拶くらいはする仲さ。あたしの親族じゃなかったからね。東の支流の川上にこもって、人づきあいはしなかったね」

イングリスはベリスにもたずねた。

「サヴォが伯父御と親しかったかどうか、あなたは知らないか」

彼女は首をふった。

「スクオラはサヴォの母さんよりずっと年上だったから。結婚していまの農場にくる前だって、そんなに仲がよかったとは思えない」

どうすれば、相手を怖がらせず、沈黙させることもなく、〈あなたの隣人は無認可の里居の巫師だったのか〉とたずねることができるだろう。

「誰か、スクオラがよく話をしていた人はいないか」

ラアザが肩をすくめた。

「ときどきガリン祭司さまといっしょにお酒を飲んでたみたいだね」

イングリスはさらにたずねた。

「ガリン祭司とは？」

「リンクベックの村神殿の祭司さまだよ」

彼女は手をふって漠然と谷のほうを示した。確かに、あのように小さな集落のために最高級徽章をつけた神官学師が任命されることはない。だいたいが祭司でまかなわれるところだ。

「祭司さまはチルベックの谷の上流地区を預かってらっしゃるんだよ」

「では、スクオラの葬儀もその祭司がおこなわれたのか」

「このあたりじゃ、ほとんどの葬式がガリン祭司さまのお仕事だね」

イングリスは慎重につぎの問いを発した。

「スクオラの葬儀で、何か奇妙なことがあったという噂は聞いていないか」

当たりだったようだ。ふたりの女がむっとした顔で、鋭い視線をむけてきたのだ。

「あたしはその場にいなかったからね」とラアザ。「なんとも言えないよ。ガリン祭司さまにおたずねするんだね」

巫師は鎖のように連綿とつながっている——手枷《てかせ》足枷のように、もしくは生命線のように。巫師は大いなる獣を育てるだけではなく、候補者を新たな巫師となす儀式において生贄たる獣をその中に導きいれる役割をになう。そして巫師はまた、人生の最後においても仲間の手を必要とする。地上の絆——穢《けが》れと呼ぶ者もいるが——を断ち切って、神々のもとに旅立てるよう、友の魂を浄化するのだ。ウィールドの王認巫師復活の理由のひとつに、いかなる魂も神々から見捨てられることのないよう、そうしたつながりを維持するためというものがある。そして、危険を最小限に抑えるため、巫師はいかなる術をおこなうにあたっても慎重に自制しなくてはならないと定められている。授賦式のとき、イングリスはそれらの話を気楽に受けとめていた。だがいまは気楽などとはほど遠い気分だ。

イングリスはいまやスクオラが里居の巫師であったことを確信している。だが彼に授賦の儀式をおこなった者は、とうの昔に死んでいるだろう。運がよければスクオラ自身の手によって、最後の旅立ちを迎えたかもしれない。では、スクオラの浄化は誰がおこなったのか。もしかすると、その未知の人物がイングリスの苦境を救ってくれるのではないか。

〈鎖をたどれ〉

噂では、こうした高地では神殿の優位性を認め四半期の支払いをおこたらずにいるかぎり、神殿聖職者たちも古代の技を黙認するという。もちろん、かたくなに正義に固執する者は例外だ。このガリンという祭司は古代の技の敵だろうか、それとも暗黙のうちに承認しているのだろうか。後者なら、この祭司がまたべつの里居の巫師を呼びよせて最後の儀式をおこない、飲み友達の魂をひそかに救済してやったことも考えられる。もしくは、どこでどのように誰によって儀式がおこなわれたか、せめてそれくらいは心得ているのではないか。

ならば鎖をたどるつぎの一歩として、ガリン祭司を見つけなくてはならない。だが、この新しい希望もまた幻にすぎず、これまでと同じように手をのばしたとたん溶けて消えてしまうのではないか……。絶望的な思いに、これがはじめてのことではないが、呪われた短剣を自分の胸に突き立ててこの戦いを終わらせてしまいたい思いにかられる。

〈もう一度だけやってみよう〉
だが〝一歩ずつ足を前に出して〟という言葉は、自己発奮の方法としてもはやあまり役に立たない。眼下の景色をながめた。玩具のような家々は直線距離にしてほんの二マイルほどだ。それでも、いまのようなぼろぼろの状態で山をおりるのは、かなり危険かもしれない。

中年の女が、羊皮と棒らしきものを腕いっぱいに抱えてもどってきた。その一枚は、羊皮の単純な帽子だった。毛皮の面を内側にしてたたみ、一方を縫って三角形になっている。女がそれを無造作にイングリスの頭にかぶせた。彼は身体を引き攣《つ》らせながらも立ちあがることはしなかった。

「そのままじゃ耳が凍っちまうからね」

見かけはいかにも馬鹿げているが、その帽子は驚くほどすみやかに心地よさをもたらしてくれた。

つづいて、同じく末端部分をおおうために、同じように単純な羊皮のブーツが登場した。女が幼児に対するように膝をついて履かせてくれる。柳の枝と生皮を編んだアウターブーツは、不細工ながら、じつによく考えられた品だった。確かに雪の上でもしっかり歩けるだろうが、はたして長距離の行軍に耐えられるだろうか。それをいえば、いまの彼だって長距離の行軍に耐えられるかどうかわからない。女が右足の紐を結ぼうとしたので、思わず声があがった。

「ああ、ずいぶんひどい怪我だね」

削ぎ落とし作業が終わり、女たちは皮をはずしてたたみはじめた。ベリスが立ちあがり、隅におかれた木《き》橇《ぞり》に皮を積みあげる。こうやって山の産物を村まで運んでいるのだろう。橇いっぱいの生皮となれば、必死で処理をしてもひと冬はかかる。この橇は足を痛めた怪我人も運んでくれるだろうか。

　イングリスがいつまでもここにとどまって蓄えの食料を減らすのは、女たちにとって嬉しいことではないだろう。いまさら岩の裂け目に放りこむわけにもいかない。村の神殿の慈悲にまかせるのがいちばんだと判断するはずだ。

　イングリスは羊皮の靴の中でもぞもぞと足を動かした。

「支払いをしたいのだが、どうも誰かが財布をもっていってしまったようなのだ」

　ベリスの顔に驚きが、中年の女の顔に失望が浮かんだ。灰色三つ編みのラアザは「ふん」と不満そうな声をあげただけだった。

「たぶんまだもっているだろう。どこかにしまっているかもしれないが」

　記憶が混乱しているため、声だけで財布を盗んだ相手を識別できる自信はない。だが、彼を助けた三人のうちの誰が犯人であるにせよ、あとのふたりもそれを目撃している。そして、友人と骰子《さいころ》賭博《とばく》をして負ける以外、ここでは金の使い道がない。

「大金がはいっているわけではないが。それでもリンクベックまで運んでもらえるなら」と橇を示し、「無条件で支払いをするつもりだ」〈おたがいよけいなことは何もたずねず〉

　わずかな沈黙が流れて三人が事態を理解した。

　ラアザが悲しげなため息を漏らした。

「あの悪ガキどもだね。調べてみるよ」

「礼を言う、マザー・ラアザ」

こっそりと腹いっぱいの屑皮をくすねていたアロウが、大きく規則的な音をたてながら嘔吐《おうと》しはじめた。女たちがいっせいに関心をむける。

「まあ」とベリス。

「ほんとに犬どもときたら」中年の女がため息をつく。

「あんた、この犬を連れていきたいのかい？」ラアザが灰色の眉を吊りあげながらたずねた。

「それは……アロウしだいだ」イングリスは慎重に答えた。

全員でアロウを見つめた。あからさまにうっとりとした顔で、自分の吐きもどした皮のにおいを嗅いでいる。ベリスがいそいで追い払い、犬がもう一度口にいれる前に、ねっとりした皮の山に土と雪をかぶせた。

ラアザがくちびるを噛んでつぶやいた。

「まあ、そうだろうね」

7

収穫のありそうな場所でしばしば足をとめては獲物についてたずねまわるため、一日の行程はあまりはかどらず、しかも腹立たしいほど成果はなかった。それでもどうにか、主街道からチルベックへの別れ道がはじまる辻の周囲に集まった村にたどりついた。オズウィルはそこでようやく、宿でひと晩すごして丘陵地帯にむかったという、黒髪の寡黙な若者についての情報を得たのだった。四日前のことだ。だが同時に、北にむかう主街道をもう一度ためそうという隊商がふたつ、高地の国境に近い最後の町を目指す隊商がひとつ、出発したこともわかった。

護衛騎士隊長と魔術師の三人で簡単に相談した結果、明日、主街道にふたりの騎士をむかわせることにした。もし凶暴な逃亡者を見つけたら接触はせず、ひとりがあとを追い、もうひとりがすぐさま引き返して仲間を集めるよう、厳格な指示が与えられた。あまり嬉しい妥協ではないが、いずれにしても闇がせまりつつあり、馬を休ませなくてはならないこの夕方、これ以上進むのは分別のある行動ではない。オズウィルは歯を食いしばっていらだちをこらえ、この夜を利用して、宿にいるあらゆる人間をつかまえて周囲の土地についてたずねようと計画を立てた。

ややあって魔術師が宿を出たので、オズウィルもついていった。魔術師は裏の空き地に行き、何を考えたのか、薄れ行く光の中で弓の稽古をはじめた。都会育ちであまり弓を射たことのないオズウィルは、ペンリックが遠くの藁束《わらたば》に十数本の矢を打ちこむさまをながめ、不本意ながら感心した。ひととおり射終えると、ペンリックは皿洗いの小僧に矢を回収しにいかせた。

「腕が落ちてしまいました」

ペンリックは、この距離からだと針山のように見える藁束を見つめながら眉をひそめ、弓を持ち替えて手をふった。

「すべて命中ではないか」オズウィルは言った。

ペンリックはくるりと目をまわした。

「もちろんです。でもあの的は動きませんからね。もし丘陵地帯での狩りになるなら腕を磨きなおさなくてはなりません」

「狩りはよくやったのか」

「若いときに」まるで半世紀も昔のような口ぶりだ。

小僧が矢を集めてもどってくると、ペンリックはためらいがちに弓をもちあげ、オズウィルを誘った。

「捜査官殿もいかがですか」

この男の前で醜態をさらすのはまずいだろう。

「わたしはあまり弓にさわったことがないからな」

「お父上は狩りに連れていってくださらなかったのですか」

「父は東都の法務士だ。よほどのことがないかぎり都の門の外には出ない」それから無意味と思いつつ弁明するように、「だが短剣なら少しは心得がある」

「そうですか」ペンリックは当惑を浮かべている。森の中を走りまわって獣を殺さない父親が珍しくてしかたがないとでもいうのだろうか。

「ですがわたしたちも遊びで狩りをするわけではありません。食卓にのせる肉を手に入れるためです」

オズウィルはわずかに面白がってたずねた。

「密猟か？」

「いえ、そうではなく。あのあたりはすべてうちの領地ですから。父は領守キン・ジュラルド卿。いまは長兄があとを継いでいます」

「それはそれは」

驚きだった。もちろん庶子神教団に属するすべての人間が、庶子か孤児か、あるいはなんらかの半端者だと決めてかかるのは間違いだ。だが多くの場合はそれがあてはまる。もしかするとこのペンリックも、貴族がしじゅう世に生みだしている、父親に認められて城に迎えられた私生児なのかもしれない。ぶしつけな好奇心を追うことにためらいをおぼえ、オズウィルは話題を変えた。

「なぜ〝キン〟という名誉ある氏族の称号がダルサカ風の名についているのだ」

魔術師の色素の薄さは、まさしくこの岩だらけの国の人間のものだが。

ペンリックは肩をすくめた。

「何世代か前、最後のひとりとなった土地継承者の貴婦人が、長子でないため故郷では出世できないサオネ出身の若者と出会ったのだそうです。若者の持参金はすぐになくなってしまいましたが、名前と土地は残りました」

そして彼は言葉をとめ、回収した十数本の矢をまた遠くの的にむかって飛ばしはじめた。

そんな先祖をもっているから、この魔術師は土地を追われた者の心理に通じているのだろうか。町を離れるにつれて宮廷事務官は姿を消し……何に変わっていこうとしているのだろう。ペンリックは自身を氏族の戦士と——少なくとも半分はそうであると、考えているのだろうか。同じような考えをめぐらしていたのだろう、小僧がまた矢を回収しにいくと、ペンリックがたずねた。

「わたしたちの求める殺人者はどれくらい山の暮らしに馴染んでいるのでしょう。それとも彼もまた、都の城門から外に出たことがない町の人間なのでしょうか」

そして目を細くして、沈みゆく夕日を受けて輝いている、マーテンズブリッジで見たよりははるかに近くはるかに大きな、そびえる山々をながめた。

もっともな質問だ。大氏族の貴族は小王国のような遠くの領地に城をかまえると同時に、都にも邸をもつ。そしてやがては、都の近郊にも便宜のよい地所と荘園邸をもつようになる。今回の悲劇がはじまったボアフォード一族の邸もそのひとつだ。

「レイヴン山脈南面の丘陵地帯で育ったと聞いている。だがここ数年は東都の氏族のもとで暮らしていた」

「そうですか、丘陵地帯で計算を間違えた町の鼠を期待していたのですが、うまくはいかないものですね。町の狼というのはなんだか矛盾していますけれども」とオズウィルに視線をむけ、「でも、もしかするとそうではないかもしれません」

いったいどう答えればいいのだろう。

「魔術師殿は狼を狩ったことがあるのか」

「幾度か。獲物のない季節、山からおりてきたときに」

「この冬みたいな季節にか」

「妙な話ですが、そうではないんです。冬は草や新芽を食べる獣にはつらく身体が弱る季節ですが、だからこそ牙をもって狩りをする獣には楽な季節になります」

「それで、しとめることはできたのか。つまり、狼を」

「ええ、もちろん。毛皮で敷物をつくりましたよ」

ペンリックは姿勢を変え、膝をつき、回転し、動きながら矢を放ちはじめた。一本がはずれ、罵《のの》りの言葉をつぶやく。

「いまの一本で耳を殴られているところです」

「父上の愛の鞭か」オズウィルは淡々とたずねた。

「そうですね。それから、父の狩人フェーン老人の。父を訓練した人で、ふたりは面白がるように交替でわたしを殴りました。ふたりとも、可能なかぎり第一矢で獲物をしとめることにとてもこだわっていました。わたしははじめ、それは秋の御子神が司る獣に対する敬虔な慈悲だと思っていたのですが、結局は、誰も傷ついた獣を追って山の中を駆けまわりたくはないからだと知りました。二、三度やってみて、わたし自身もこりごりでした」

足が痛くなってきたのだろう、小僧がのろのろともどってきて矢をわたし、隠しきれないため息を漏らした。ペンリックはまた姿勢を正して弓をかまえた。

的の藁束が炎をあげて燃えあがった。

小僧がひっと驚きの声をあげ、オズウィルも思わずあとずさった。

ペンリックはただただ憤慨している。

「また、何を――！　デス、わたしたちは獲物に火をつけたりしません！」

そして弓をおろし、黄昏《たそがれ》の中で陽気に燃えあがるオレンジ色の炎をにらみつけた。

「いまのはなんだったのだ」オズウィルはかろうじて悲鳴をこらえ、できるだけ冷静な声でたずねた。

「デズデモーナがわたしの狩猟能力に不満をもったようです。おまけに退屈して、宿にはいりたがっているんです」

彼はため息をついてつがえた矢をはずし、矢筒にもどした。彼の口がひらいて声のない笑いを放った。ペンリックはむすっとつぶやいた。

「ルチアがどうやってあなた方を我慢できたのか不思議です。わたしは怒っているのですよ」

そしてベルトの巾着《きんちゃく》をとりあげて手をつっこみ、いまやおちつきのない小馬のようにふるえている小僧に小銭を与えた。

「稽古は終わりです。もう行ってもいいですよ」

小僧は小銭を握ったとたんに逃げだし、いそいで宿の中庭にもどりながら、二度ほど心配そうに背後をふり返った。

それにしても、今回の追跡において、自分はどの神に幸運を祈ればいいのだろう。子供のころ寝台の横に膝をついて祈ったときも、大人になってから神殿にひれ伏して祈ったときも、どの神もこれまで彼の嘆願に応えてくれたためしはなかったが。オズウィルは不機嫌に、濃くなりつつある影の中に浮かびあがる、背中で結わえられた魔術師の金の髪を見つめた。そして、弓の弦をはずし道具を整えなおした彼のあとについて、宿にもどったのだった。

リンクベックの村は、ウィールド人たるオズウィルの目にはいかにも貧しそうな何軒かの農家を通りすぎた高所にあり、岩だらけの斜面には穀物畑ではなく主として牧草地がひろがっていた。それでも牛は丸々と肥え、自然石と黒く染めた木材でつくった納屋は大きく頑丈だ。家屋もまた同じ方法で建てられ、板葺きの屋根の上に白い石がいくつものっている。それらすべてを睥睨《へいげい》して、冬のあいだは白を頂く途方もなく高い山々がそびえている。そのいっぽうで、谷間の道は、ぱりぱりと音をたてる氷の外皮の下、まだ秋の泥でぬかるんでいる。この村の名前の由来となった木橋の下を、緑の小川が勢いよく泡立ちながら流れている。
村はずれ――川のこちら側にたつ五、六軒の家をそう呼んでいいものならばであるが――に近づいたところで、魔術師がオズウィルのそばに馬をよせてたずねた。

「それで、捜査官殿はどのような計画でいるのですか」

単なる外交辞令だ。そもそもここにやってきたこと自体がペン、リ、ッ、ク、の発案なのだから。オズウィルは肩をすくめた。

「まずは神殿に行って神官にあたってみよう。こういう集落の聖職者は村人のことをよく把握しているし、変わった事件があればすぐに伝わる」

このように辺鄙《へんぴ》な土地ではたいした事件も起こらないだろうが。それでも見知らぬ旅人は目立つというペンリックの言葉は事実だった。野良仕事をしている数人の村人が、馬に乗って通りすぎる一隊をふり返ってながめている。護衛騎士隊長が心配するなというように丁寧に会釈を送った。

ペンリックが咳払いをした。

「とりあえず、わたしの職業や身分については説明しないほうがいいと思います。このような土地では魔術師は芸をする熊のような物珍しさで見られるばかりですし、身分を告げると田舎の聖職者は威圧されて口をつぐんでしまうか、もしくは自分たちをないがしろにしている上位聖職者に対する不満をぶちまけようとするだけですから。わたしが使者になって自分たちの言葉を伝えてくれるとでも思っているのでしょうか」

確かにそれでは捜査のさまたげになる。

「ではどう紹介すればいいだろう」

ペンリックは首をかしげた。

「捜査官殿の助手でしょうか。土地の案内人とか。あながちでたらめでもありませんし」

王女大神官の宮廷でみずからの地位に大きな誇りを抱いているように見えた若者にしては、不思議なほど謙虚だ。実力を越えた地位に昇進したばかりの者がしばしば見せる的外れな虚勢よりはずっとましだが。蹄《ひづめ》の音も高く橋を渡り、本通りにはいると、まもなく村の神殿が見えてきた。自然石と黒い木材を使った様式は納屋や家屋と変わらないが、六角形で、ずっと背が高い。その正面にあたる幅広い柱廊の下に、何人かの人々が集まっている。オズウィルは馬をとめ、手をあげて残りの者たちにも停止を命じた。ややあって馬をおり、敬意をはらいつつじっと待った。ペンリックもそれにならい、かたわらに立ってその場をながめている。

葬儀は粛々と進み、神々の――もしくは選ばれた神のしるしを賜《たまわ》るという、もっとも緊張を要する段階に達していた。常磐木《ときわぎ》を飾った柩台《かんだい》の上に、屍衣に包まれた遺体が横たわっている。その頭側に、五色のローブをまとった中年の神官が――いや、左肩にとめた簡単な徽章を見るに、祭司だ――立っている。彼の合図で、故人の家族らしい人々が注意深く壁際にさがって場所をあけ、かたわらに待機していた聖獣とその世話係が改めてみなの注目を集めた。

若者の肩にとまった鴉《からす》は明らかに父神の代理だ。おそらく若者と血がつながっているのだろう少年が、絹のように艶やかにブラシをかけた赤銅色の長毛犬を紐でつないで連れている。それは御子神の象徴だ。足の長い娘が手綱を握っている太った白い小馬は、ぼさぼさの毛並みにいまの季節で可能なかぎりの櫛《くし》を通し、庶子神の聖獣にふさわしく整えられている。年輩の女が抱いているおとなしい母猫は、首に巻いた緑のリボンからかろうじて母神のしるしであるとわかる。そして少女の手の中で暴れている仔猫の首にも、同じように姫神の青いリボンが結ばれている。

祭司はひとりずつ世話係を柩《ひつぎ》のそばに呼びよせた。期待をこめてのばした腕にとまっていた鴉は、儀式の進行になんの興味も示さず、とびはねるように若者の肩にもどった。仔猫はなおもリボンと戦いつづけている。小馬が短く鼻を鳴らしたため、壁際にならんだ人々は一瞬狼狽して身をこわばらせた。だが小馬はすぐに柩のそばを離れ、ひっぱるように頭をさげて柱廊の隅に生えた草を食べはじめた。赤犬も鼻を鳴らして愛想よく尾をふったが、とりたてて興奮しているふうでもない。母猫が女の腕からとびおり、死者——どうやら老女であるらしい——の胸の上で丸くなって、やわらかな金色の目をまたたかせた。会葬者のあいだに安堵のさざ波がひろがったそのとき、犬が柩のそばにもどってきた。ふたたび緊張が走る。だが死者ではなく猫に関心をもったためであることは明らかで、シャーという所有権を主張する声と爪のひとふりを浴びてすぐさまひきさがった。

東都のような大都市の神殿では、死者の魂がどの神に召されるかのしるしは神学的な意味と同じくらい経済的な意味をもつ。死者のために祈禱を捧げる教団が親族からの喜捨を受けることになるからだ。この神殿には祭壇がひとつしかなく、季節によって布の色を変えているようだ。結果は明らかなのに余分の過程を省略せず母神の聖獣を最後にまわしたのは、祭司の賢明な演出なのだろう。この村の人々は、貧しくはあっても卑しくはないというわけだ。

「あの赤い犬……」ペンリックがほとんど口をひらかず小声で話しかけてきた。

「赤犬がどうしたのだ」

「どうやらわたしたちは正しい場所にきたようです」

「どうしてそうとわかる」

だが魔術師はいらだたしげに〝待て〟と手をふっただけで、鋭い関心をもってあたりをながめつづけた。

祭司が短い祈禱を捧げ、五聖印を結んだ。親族の中でもっともたくましい六人の男が柩をかつぎあげ、通りを進みはじめた。世話係たちはそれぞれの聖獣を連れて反対の方角にむかう。儀式的な堅苦しさはすでにない。柩のあとに従おうとした祭司が、オズウィル一行に気づいて不安そうに足をとめた。母猫をとりもどしてきた女が祭司の脇に立った。

「何かご用でしょうか」祭司がたずねた。

「わたしはオズウィル捜査官。東都からきた」語りはじめたが、祭司が驚いてのけぞりそうになったため、あわててつけ加えた。「近頃このあたりに見知らぬ人間がこなかったか、たずねたいだけなのだ。もちろん、祭司殿の務めが終わるまで待つ。その、祭司殿のお名は……？」

「ガリンと申します」驚きは薄れたが、好奇心はいっそうつのっている。「どうぞおはいりください。わたしがもどるまでは、妻のゴッサがお相手すると思うのですが？」

いったい誰にむかって話しているのだ。だが横に立っていた女が猫のリボンをはずし、地面におろして足で追いやると、同じくらい好奇心をあらわにしながら思いがけない客にむかって腰をかがめた。

「どうぞ、こちらでございます」

聖獣を連れた若者たちもまた足をとめて目を瞠っている。ペンリックが白い小馬を連れた娘に特別な微笑を投げかけ、親指をくちびるにあてる白の神の祝福を送っている。娘はとつぜんの挨拶に驚いているようだ。いまや若者たちの血のつながりは明らかだ。ゴッサが子供たちにそれぞれ命令すると、猫を抱いていた少女が遊ぶのをやめて薬罐《やかん》を火にかけに走っていった。

小馬の娘が護衛騎士たちを神殿裏の馬屋に案内することになった。オズウィルは彼らを呼びとめ、馬がおちついたら村じゅうをまわって、これまで足をとめたすべての場所でしてきたように、村人相手の聞きこみをおこなうよう指示を与えた。それからいそいで、寡黙な魔術師と祭司の妻のあとを追った。神殿聖職者の妻は、連れ合いを通してであれ、同じく神々のしもべであることが多い。きっとガリンと同じくらいこの村の事情に通じているだろう。

祭司の家は神殿の隣で、村の通りに面したほかの家とほとんど変わるところはなかったが、正面の窓には羊皮紙ではなくガラスが嵌まっていた。金はないが子供たちであふれ、狭苦しくはあっても陽気な家だ。台所は奥にあり、表側は居間のような書斎になっている。祭司が客を迎えて霊的な相談を受ける場所なのだろう。オズウィルはその居間で、待望の情報提供者が台所からもどって調査をはじめられるときを待たなくてはならなかった。少女が穏やかな笑顔のペンリックに近づいて仔猫を見せている。魔術師は律儀に猫を膝にのせ、称賛の言葉を述べながら長い指で撫でている。仔猫は歯車のように咽喉を鳴らしている。仔猫が少女の手にもどされるとき、蚤の死骸がぱらぱらとこぼれたことに気づいた者は、ほかには誰もいなかっただろう。オズウィルも笑顔をつくろうとしたが、金髪の若者のような魔力をこめることはできなかった。彼の手に仔猫がわたされることはついになかったのだ。

よき主婦ゴッサがあわただしくもどってきて、猫をおろした娘に手伝わせながら、エールと茶とバターつきパンをふるまった。ペンリックは造作にあずかる前に祝福がわりの五聖印を結び、こんどはゴッサの微笑を勝ちとった。だが、ゴッサから情報を得られるかもしれないというオズウィルの希望はすぐさま打ち砕かれた。幾度となくくり返してきた質問に対して、彼女は残念そうに首をふった。いいえ、この一週間、それをいうならこの一カ月、見知らぬ人が谷にきたという話は聞いていません。オズウィルはペンリックに非難の視線をむけた。

ペンリックはくじけず、ゴッサにたずねた。

「ご子息のあの赤い犬ですが。あれはどこからきたのですか」

「ああ、綺麗《きれい》な犬でしょう？　とても悲しいお話なんですよ。二カ月ほど前のことですけれど、あの子を育てた老人が落石事故で亡くなってしまったんです。犬たちはしばらくのあいだとっても恋しがって悲しんで。落石現場からひきずるように連れもどらなきゃならなかった子もいたんですよ。ご遺体を掘り起こして葬りなおすことはできなくて、結局夫が現場で葬儀をおこなったんですけれどね、でも……」

彼女がためらったそのとき、ガリンがもどってきて話をさえぎった。祭司は五色のローブを脱いで——近くで見ると少し擦り切れている——壁にかけ、くたびれきった声で感謝の言葉をつぶやきながら、腰をおろして熱い茶を飲んだ。

「この谷にやってきた旅の人をさがしているんですって」ゴッサが伝えた。「ですけどわたし、そんな話は聞いてないんですよ。あなたは？」

祭司は首をふった――もはや腹が立つくらい見慣れてしまったしぐさだ。

「わざわざこの村までくる人はあまり多くありません。わたしたちはもっぱら、自分たちでホイッパーウィルの市場まで商品をもっていきます。夏にはここまでやってきて獣や毛皮やチーズを買っていく人もいますが、彼らは旅人というわけではありませんからね」

「いまちょうど、スクオラ老人のことを話そうとしていたところなんですよ」妻が口をはさんだ。

ガリンはマグをおろして背筋をのばし、熱のこもった声でたずねた。

「ではやっと、どなたかがわたしの手紙を受けとってくださったのですか。読んでくださったのですか。ホイッパーウィルの上位聖職者に二度手紙を送ったのですが、いずれも返事はいただけませんでした。近くの谷の神官にも手紙を書きました。ひとりからは助けることはできないと返事をいただきましたが、もうひとりは……それ以上に助けになりませんでした」顔をゆがめて、「わたしの祈りはなんの役にも立たなかったのです」

「助けとは、何に対する助けなのだ」オズウィルはたずねた。

「亡霊の問題です」ガリンが簡潔に答える。

オズウィルは背もたれによりかかり、ペンリックは背筋をのばした。

「亡霊の問題というと？」ペンリックがさきをうながした。

オズウィルも関心がないわけではないが、亡霊の問題など脇道にすぎない。すでに遅れている捜査とはなんの関係もないではないか。いまはただ一行をこの歓待から引き剝がし、日が暮れる前に主街道にもどりたいと願うばかりだ。だがガリン祭司は溺れる者が藁にすがりつくように、このきっかけにしがみついた。

「気の毒な老人なのです。はじめは犬たちを見てもよくわかりませんでした。すべての犬ではありません。とりわけお気に入りの二頭――立派な大型犬アロウと、さっきあなた方もごらんになったブラッドです。落石事故のあと、アロウはいちばん近くの農家まで走っていってすさまじい勢いで吠えたてたのですが、その家の者たちは石を投げて追い払ってしまいました。ブラッドは現場を守るようにその場に残り、遠吠えをあげていたようです。それからアロウは村までできてわたしを見つけました。いつまでも哀れっぽい声で鳴きつづけ、どうやっても黙らせることができませんでした。アロウがめったにスクオラのそばを離れないことを考えると、セドニアの賢者でなくとも何か悪いことが起こったのだと気づきます。わたしは馬に鞍をつけ、アロウについて道を、それから踏み分けを進みました。そして――。ほんとうに大規模な落石でした。多くの木がなぎ倒されていました。その朝はやく谷じゅうにこだまする轟音《ごうおん》を耳にしたのですが、なんの知らせもなかったのでそのまま忘れていたのです。スクオラの弟子の亡骸《なきがら》はすぐに見つかりました。一頭の犬はかわいそうに背骨が折れていました。どちらも即死に近かったと思います。午後遅くになって、村から男たちの一団がやってきました。でもスクオラを見つけることはできませんでした。犬がもう一頭見つかり、わたしたちは皮を剝ぐことなく、さきの一頭とあわせて丁寧に葬ってやりました。敬意をもってそうすべきだと、わたしが主張したのです」そして彼はひとりうなずいた。

片田舎の神殿で上位聖職者から見放され、ガリンはおそらく彼らからくだされるはずだった指導や礼賛を、自分で自分に与えてきたのだろう。だが同情はすまい。

ペンリックが無言のまま、考えこむようにゆっくりと鼻から息を吸い、そしてたずねた。

「祭司殿はいつから、そのスクオラ老人が里居の巫師であることをご存じだったのですか」

ふさわしい悔やみを述べて会話の主導権を握り、早々に暇を告げようとしていたオズウィルは、あわてて言葉をのみこみ、むせ返った。

〈なんだって？〉

ガリンが改めてまじまじと若者を見つめる。

「わたしがこの地に赴任してから、もう二十年以上になります。スクオラが何者であるか、ごくはじめのころに気づきはしたのですが、そのときはもうすでに、彼の親族や周囲の者たちと親しくまじわっていました。それに、彼にはまったく悪意がありませんでした。わたしはまず第一に魂に対して義務を負っているのであり、法はそのつぎにすぎません。教え導くことと同じく学ぶことをしないなら、神々がわたしたちをこの世界にくだしたもうた意味などないではありませんか」

「まったくそのとおりです」ペンリックはそう言って聖印を結んだ。

いかにも最高級徽章をつけた神殿神官の物腰だ（徽章が鞍袋の中にはいったままであることはともかくとして）。オズウィルにはなぜか、それが同意をこめて肩をすくめる以上のしぐさに見えた。その反応に勇気を得たのだろう、ガリンはさらにつづけた。

「この年月のあいだに、わたしの信頼は五倍になって報われました。スクオラはほとんどの人間よりはるかに敬虔で信仰深く、彼と彼の犬はさまざまな場面において——迷子や怪我、洪水や火事や飢饉《ききん》、そのほか百もの小さな事件に際して、とても役立ってくれたのです。わたしはそのうちに彼のことを、この谷におけるわたしの良き左手と考えるようになりました。左手なくしては、右手はいまの半分もよくものを握ることができなくなってしまうのです」

ゴッサが大きくうなずきながらすべての言葉に同意を示した。

「ですから、スクオラの葬儀のことがどうしても納得できないんですよ」そして話をつづけるよう身ぶりで夫をうながした。

ペンリックの目がすっと細くなった。

「奥さまのお話では、葬儀は落石現場でとりおこなわれたということでしたが」

「はい。遺体を掘り起こすことができなかったので。はじめは犬が見つけてくれるだろうと、どっちにしてもそのうち異臭がしてくるだろうと考えたのですが。ほんとうに深いところに埋もれているのでしょう、においでもわからず、犬たちは、そう、犬たちはまるでばらばらになってしまって——いえ、最後の最後まで混乱しているという点では一致していましたが。そして葬儀では、彼の魂はどの神にも召されることがありませんでした。少なくとも、わたしたちにわかるようなしるしはありませんでした。五度も試み、最後には聖獣たちが嚙みついたりひっかいたり蹴飛ばしたりしはじめ、あたりも暗くなってしまいました」

「落石を逃れたという可能性はないのか」不本意ながら話にひきこまれ、オズウィルはたずねた。「なんらかの理由で失踪したということは？」

　何事も疑ってかかる頭脳には、弟子の死という事実が暗示的に映る。ガリンが息を吐いた。

「わたしも途中でその可能性を考えました。ですがそれでは犬たちの態度が説明できません」

　オズウィルは過去の捜査において、無言のまま大声で真実を告げる証拠を数多く見てきた。そのリストに犬も加えるべきだろうか。少なくとも、犬に宣誓をさせなかったからといって上司に非難されることはないだろう。

「では、神々に見捨てられたのか」

　ゴッサが身体の前で凶運をはらうしぐさをし、オズウィルが法律的な言を弄するたびに文句をつけてくる叔母のように、すさまじい目でにらみつけてきた。ガリンが首をふって話をつづけた。

「どこから見てもスクオラは神々から見捨てられたようなのですが、わたしには彼がそのような仕打ちにふさわしいとは思えないのです。彼のほうから神々を拒むことはあり得ません。たとえ秋の御子神が――スクオラが生涯かけて信奉していた御子神が嘉《よみ》したまわずとも、庶子神がおわすではありませんか。庶子神はどこにおわしたのでしょう。神々はみな、いずこにおわしたのでしょう」

この職についてから幾度となく直面しながら、答えることのできない問いだ。オズウィルはくちびるを嚙んだ。

「それ以来」ゴッサが言葉をそえた。「このあたりの人はみんな、幽霊が取り憑いているといって崖崩れの場所を避けるようになってしまったんですよ」

ペンリックは指をからませ、またほどき、幾度かそれをくり返してからなんらかの結論に到達したようだった。

「では、犬を媒体として技をふるったその里居の巫師は、力を与えてくれた大いなる獣を浄化されないまま亡くなったということなのですね。そしてその魂は、神々の意志にも彼自身の意志にもかかわらず、見捨てられ、世界の狭間でさまよっていると」

「あなたはこうした物事にくわしいのですね」ガリンが驚きの声をあげた。

「わたしは、その……たまたまですが、私自身、神殿能力者のようなものなので」ペンリックの微笑はいまではいくぶんこわばっている。「あの赤い犬を見たとき、この話のどこかに巫師がかかわっていると気づきました。ご存じでしょうか、あの犬はあと少しで大いなる獣になります」

ガリンが咳払いをした。

「ブラッドはとても賢い犬です。行儀もよく、村じゅうの子供と仲良くしています。聖獣として連れてきても、まったく問題なく役目を果たしてくれます」

「もちろんそうでしょう」

「では……あなた方はわたしの手紙を読んで、ここにこられたわけではないのですね……？」

どうあってもその希望にしがみついていたいらしい。

「祭司殿の手紙を読んだからなのかといえば、ちがうと申しあげます」ペンリックは一瞬歯をむいて皮肉っぽく顔をゆがめた。

これまで見せたことのない辛辣《しんらつ》な表情だ。

「わたしはスクオラの最後の秘儀をおこなうために、この丘陵地帯のどこかに里居の巫師がいないか、さがそうとしました。どう考えてもわたしの祈りでは届かないようでしたから。スクオラは遠い昔、まだ若かったころに、以前ここに住んでいた巫師から大いなる獣を授賦され、師が亡くなったときは彼のために浄化の儀式をおこないました。スクオラ自身も弟子を育てていましたが、わたしの知るかぎり、まだその力を授けてはいなかったはずです。ええ、そうです。悲劇の翌日の葬儀で、ウェンの魂は御子神に召されたしるしがありましたから」

ゴッサがうなずく。

「ひと目でわかりましたよ。ご家族は悲しみの中でも心から安堵しておいででした」

オズウィルは口をひらいた。

「わたしたちが追っている逃亡者について説明しておいたほうがよさそうだ――」

だがペンリックが手をあげてそれをさえぎった。

「すみませんが、捜査官殿、もう少し待っていただけませんか」

いささか出すぎたふるまいではないか。だがペンリックはそのままガリンをふり返った。

「亡霊が取り憑いているというその落石現場は、ここからどれくらい離れているのでしょう」

「東の枝道を五マイルほどあがったところです。馬で一時間といったところでしょうか」ガリンは細くした目で懸命にペンリックを見つめた。「あなたは神殿能力者だとおっしゃった。亡霊を感知することができるのですか」

「そうですね……特別な補助があれば、感知できます」

「その補助をここで受けることはできるのですか」

「それはいつもわたしとともにあります」

　ガリンの熱意はいっそう高まっていく。

「では――では――では、落石現場までわたしとともに馬でむかえば、感知できるでしょうか。感知していただけますか。どうか感知してください。そうすればわたしの心も安らぐことができます」そこで言葉をとめ、「たとえ駄目でも、少なくとも何かがわかるでしょう」

　そんな遠征をしていては夜になってしまう。つまり、明日までこの村にとどまらなくてはならないということだ。

「時間が」歯を食いしばってささやいた。

　ペンリックが視線をあげてささやき返した。

「わたし抜きで出発してくださってもかまわないのですが」

「できるわけがないだろう」

「ならばしかたありませんね」祭司にむきなおり、「喜んで現場にうかがいましょう。ですが、いまはまだ何も約束することはできません」

ガリンは安堵のあまり手をたたかんばかりだ。

「では、馬に鞍をつけしだいすぐに出発しましょう」

「あの赤犬も連れていきましょう」

ペンリックの提案に、ガリンの興奮がいくぶん静まった。

「ええ、はい、そうですね」

そして祭司は立ちあがり、妻の手を握るために一瞬足をとめただけで、そのまま居間を出ていった。祭司の妻は、夫のあとからとびだしていくふたりをこれまでになく満足そうな顔で見送った。

8

ペンリックは、祭司の馬のあとから軽やかに駆けていくブラッドをしげしげと観察した。犬を越えたものでも、犬ならぬものでもなく、じつのところ、恐ろしく異常なわけですらない。ただ単に……堆積した犬、驚くほどの密度をもった犬だ。

〈もっと見せてもらえますか〉デズデモーナに頼んだ。

〈あなたもわたしとほぼ同じものを見ていますよ〉彼女が答えた。〈おたがいさまというものです〉

〈そうですか〉

荷車の轍が刻まれた細道で――これを〝道〟と呼ぶのは追従がすぎると思うのだが――オズウィルがペンリックのそばに馬を近づけてきた。ややあって彼はつぶやいた。

「ほんとうに亡霊を感知することができるのか」

「デズデモーナが感知します。ふだんはこちらから頼まないかぎり、わたしは彼女の視覚を共有していません。ほんとうに面倒なものなんですよ。とりわけ、長年にわたって大勢の方が亡くなっている古い場所ではね」

デスが飛び移って数カ月後、はじめてこの能力に目覚めたとき、ペンリックはほかの誰にも見えていないものを避けようとわけのわからない行動をして、ずいぶん彼女を面白がらせたものだった。だがやがて、彼女にどう頼めば視覚を消すことができるか、そのこつをつかんだ。発作を起こしていると思われたこともある。事情を説明しても事態はほとんど改善されなかったのであるが。

「魔術師とはみなそういうものなのか」

「人によって異なるのではないでしょうか。若い魔や経験の浅い魔をもつ魔術師には、それほどの力はないと思います」

「なぜ父神教団ではもっと魔術師の協力を要請しないのだろう。死者の尋問ができるなら……殺人事件において、これほど便利な力はないではないか」

「そんなに役には立たないと思いますよ。ほとんどの魂は肉体を離れるとすぐ神々のもとに旅立ってしまいますから。葬儀の場にましますは神であって、人ではありません。祈りによって呼ばれた使者です」

かくも偉大な存在がこのように小さな仕事にわざわざかかわりたもうとは、考えてみれば奇妙な話だ。

オズウィルが顔をしかめた。これまで彼の渋面を十通り以上も見てきたため、いまのペンにはそれが職業的ないらだちを示す表情であることがわかる。

「いずれにしても」ペンは慰めるように言葉を足した。「能力者にとっても、見たものを正確に説明し報告するのは難しいのです。肉体の形をまだとどめている新しい亡霊でも、話すことはできませんから。神々に見捨てられた魂は、歯とともに思考力を失う老人のように、すぐに朦朧《もうろう》としていきます。神々を拒む力が消えるころには、神々を受け入れる力もまた失われてしまう——神々から切り離されるというのはそういうことなのだと、わたしは考えています」

何ものにも縛られず、執着も苦痛もないまま薄れて青白い染みになり、そして最後には消えてしまう。その過程を目撃することがどれほど心かき乱すものか——うまく伝えられる自信はない。そう、正確にいって恐ろしいわけではない。少なくとも二度めからはそうだった。

〈恐怖のあまり悲鳴をあげましたよね〉とデス。

〈そんなことはありません〉ペンは言い返した。〈びっくりして小さな声をあげただけです〉

自分が幻覚を見ているのでも正気を失いつつあるのでもないと理解してしまうと、亡霊は最初に考えていたほど恐ろしいものではないと思う。それでもやはり、心地よいものではない。

ガリンがより細い踏み分け道に馬をいれ、木々を縫って進みはじめた。ペンとオズウィルも一列になってそのあとにつづく。じめじめした道をのぼりつづけてしばらくすると、ブラッドが悲しげな声をあげてとびだしていった。急勾配《きゅうこうばい》の森がとつぜんひらけ、落石現場があらわれた。

〝落石〟というのはあまりにも控えめな表現だった。幅約百ペース、高さにしてその三倍の斜面が地崩れを起こし、荷車ほどもある巨岩や泥、根こそぎにされた木や折れた木のからまりあったものが、扇形にひろがっているのだ。裾のあたりでは小川が塞《せ》きとめられて新たな流れをつくっているし、扇の要にあたる頂点では、傷痕も新たな生々しい崖があらわれ、弱くなった山腹がここから崩れ落ちたのだと教えている。ペンリックは、木々に視界をさえぎられた揺れ動く道で、進めばいいのかさがればいいのかもわからず、時すでに遅くそのどちらも等しく無益であることも知らぬまま、轟音に包まれるさまを思い描いた。

三人は地崩れの端で馬をとめた。ブラッドが足場のあやしい土砂の上に駆けあがり、においを嗅ぎながら小さく声をあげる。いったい何をさがしているのだろう。そのときデズデモーナが視覚を切り換えたため、ペンリックにもそれが見えた。

〈ああ〉

途切れた道の少し下、瓦礫《がれき》のほぼ真ん中あたりで、ひとりの老人が岩の上にすわっていた。この地方ではありふれたふつうの作業着姿で——ブーツ、ズボン、荒織りのシャツに、毛を内側にして仕立てた羊皮のヴェストを、前をあけたままゆったりと羽織っている。ベルトに何本かの羽根をさしたつばの狭い帽子を、浅くかぶっている。はっきりとした色はわからない。羽根も、衣服も、それを身につけた老人も、すべてが色を失って薄れ、半透明になっているのだ。

見守っていると、ブラッドはいくらか迷いながらもどうにか老人のもとにたどりつき、狭すぎてはいることのできない穴熊の巣を嗅ぐように、哀れな声をあげながら老人の周囲をまわりはじめた。老人がかすかな微笑を浮かべ、片手をあげて犬の頭を撫でてやった。犬は静まって腰を落とし、艶やかな尾を信号旗のようにふった。

ペンは馬をおり、手綱をオズウィルにわたした。

「すみませんが馬を預かっていてください」

「何か見えるのですか」ガリンが不安そうにたずねる。

「はい、見えます」そして瓦礫の山によじのぼりはじめた。

「気をつけてください！」ガリンが声をかけた。「ひどく不安定ですから！」

ペンはわかっていると手をふった。

町の広場でぼんやりとベンチに腰かける老人のように、男は近づいてくるペンを無関心にながめている。ペンは危うげな支えを得るというよりなんとか体勢を維持しようと、ひとつひとつ手がかりを確かめながら前に進んだ。手袋をはめているおかげで手が傷つくことはない。ようやく岩のそばまでたどりついた。ここはいくらか足場が安定している。荒い息をつきながら亡霊を見おろした。老人も視線を返したが、すぐさまその関心を不安そうな犬にもどした。

「スクオラ殿」呼びかけてみた。「巫師殿」

聞こえていないようだ。だがペンの存在には気づいているし、明らかに犬とは心を通わせている。二カ月も前に神から見捨てられた魂なら、消滅が進んでもっとずっと薄れているものなのだが。もっと現実とのつながりを失っているはずなのだが。

〈まるで二、三日前に亡くなったばかりのようですね〉デスが同意した。

〈これまで、こんな亡霊を見たことはありますか〉

デスがペンの首をふった。

〈わたしが会ったことのある巫師はひとりだけで、まだとても活きがよかったですからね〉

〈もっと深い接触はできませんか〉

〈これがせいぜいですね〉

無礼とは思いながら、老人の頭に手を素通りさせてみた。冷気が感じられたとしても山の空気と変わりはない。老人はそよ風が吹きすぎたかのように顔をあげ、また甘えかかる犬に注意をむけた。

デスはさっきから静まり返っている。ペンは一歩さがって考えた。どうしようもなくおちつかない気分だ。何よりおちつかないのは、いまここで自分に求められているのが、魔術師としての能力同様、神官としての力であることだった。五聖印を結んで心をおちつかせ、祈りを捧げようとした。庶子神に——どの神でも同じだが——しるしを求めるのは正気の沙汰ではなく危険だが、いずれにせよどんなしるしも与えられることはなかった。静寂の中で瓦礫ごしにガリン祭司を見つめ、不安にかられる。自分はいまここで、嘆願者ではなく、答えと見なされているのではないか。

〈でも、スクオラ老人に必要なのは魔術師ではなく巫師だ〉

そしてオズウィル捜査官は何週間もかけて逃亡中の巫師を捕らえようとしていて、いまのところまだ成果を得られずにいる。

まあいい。この老人が二カ月のあいだここにとどまっているというなら、いますぐどこかに行ってしまうこともないだろう。だが明らかに時は彼の味方ではない。ブラッドに声をかけたが無視されてしまった。しかたなくひとりで、足をすべらせながら瓦礫を横切り、馬のところにもどった。

「何か感じられましたか」ガリン祭司がたずねた。

「ああ、そうですね。老人は間違いなくあそこにいます。犬とは意志を通じあっているようですが、わたしは無視されてしまいました」

オズウィルは驚いたようにまばたきをし、それから、瓦礫のむこうで彼にはただの岩にしか見えないだろうものを舐めているブラッドを見つめた。スクオラの亡霊の手を舐める彼の舌は、冷え冷えとした混沌の中で動いているばかりだ。

ガリンが狼狽したように聖印を結んだ。

「では、スクオラは神々に見捨てられてしまったのですね」

「ええと、それは……まだだと思います」とペン。

「ですがもう遅いのではないのですか……?」

「ここで何が起こっているのか、わたしにもはっきりわかっているわけではありません。はじめに考えたのは、老人は巫師の力によって肉体を離れたのちもこの世界からなんらかの滋養を得ているのではないかということでした。それにしても長い期間です。あの老人は……説明するのは難しいのですが……疲れているようです。確かに消滅にむかって薄れつつありますが、ふつうの亡霊よりずっとその速度が遅いのです」

「では、まだ彼を救う望みはあるのですね。巫師さえ見つかれば」

「巫師が見つかれば、少なくともためしてみる価値はあると思います」

同志にして古き友のかたわらにとどまるブラッドをながめ、ガリンはほうと息を吐いた。

「もしこの山のどこかにそうした力が隠れているなら、いまごろはもうわたしの手紙によってなんらかの答えがもたらされているでしょうに」

〈あなたの手紙ではない。あなたの祈りの力によってです〉

だがペンリックはそれを声に出して告げることはしなかった。

オズウィルはまた、まったく新しい表情で顔をしかめていた。ついさっきのペンと同じように、いくつもの事実をつなぎあわせているのだろう。少なくとも、あまりにも多くの偶然が重なっていることには気づいているはずだ。捜査官はとうぜん、偶然などというものは信じず疑ってかかる。神官であるペンリックもそれは同じだが、その方向性はまったく異なる。イダウの聖者の鋭い灰色の目と、それを通して彼を見つめた白の神の記憶はいまもなお心に刻まれている。いや、彼ひとりではなく、彼らを見つめたのだ。同じ記憶をよみがえらせたのだろう、デズデモーナが身ぶるいをした。

「いずれにしても、いまここでできることは何もありません」

ペンリックはオズウィルから手綱を受けとって鞍にまたがった。ガリンがブラッドを呼んだが、スクオラの亡霊が〝行け〟というようなしぐさをするまで、犬はその場を離れようとしなかった。今夜はみなさまリンクベック神殿にお泊まりくださいと、祭司が申しでてくれた。村にはそうした宿はありませんが、村人たちに頼んで全員のための寝床を用意します。馬屋の屋根裏などに泊まる必要はありません。踏み分け道にはいろうというとき、ガリンは肩ごしにふり返り、それからためらいがちな小声でささやいた。

「まったく望みがないというわけではないのですね？」

誰にむけた言葉なのかわからないまま、ペンリックは答えた。

「わたしにもわかりません。オズウィル捜査官、どうやらわたしたちがさがし求める若者についての物語を、すべて説明するときがきたようです」

オズウィルも同意した。だが彼が話をはじめたのは、轍のある小道までもどり、馬をならべて進めるようになってからだった。ペンリックは背後にさがって耳を傾けた。物語が進むにつれて、ガリンは予想どおりさまざまな時点で声をあげている。話が終わりに近づいたころ、オズウィルが何気なく〝ペンリック学師〟という言葉を漏らしてしまった。

ガリンが鞍の上でむきを変え、驚愕をこめて彼を見つめた。ペンリックはためらいがちな微笑を返し、小さく指をふった。オズウィルの話が終わり、ガリンが新たな問いに眉根をよせながら馬をもどしてきても、いまさら驚きはしなかった。それでも自分の二倍も齢を重ねた人に答えを求められるのは――とりわけその答えをもっていないときは、どうにも困ってしまう。

「あなたはほんとうに魔術師で、最高級徽章を得た神官なのですか」

ペンは咳払いをした。

「話せば長い物語になります。ですが神殿魔術師は全員、訓練を受けて誓約を捧げた神官です。神官の通常業務にいそしむことはあまりありませんが」

ガリンは斜め方向からいまの話をとらえたようだった。

「そもそも庶子神教団に通常業務があるのですか」

ペンは思わず吹きだした。

「よい質問です。わたしたちは必要とされるところにおもむきます」

「なのに、ここにきたのは派遣されたからではないとおっしゃるのですね」

オズウィルが手綱をひいてさがってきたため、ペンリックはふたりにはさまれて注視を浴びることになってしまった。祭司がオズウィルにも視線を流してたずねた。

「おふたりとも、なのですか」

オズウィルが首をふる。ペンリックはゆっくりと告げた。

「おそらくわたしたちは、いまはもう狩りをしているのではなく、どちらかといえば罠にかかっているのではないかと思います。あの居酒屋の給仕の話が事実なら、イングリス・キン・ウルフクリフは巫師をさがしています。もっとも近くにいる巫師。ですからきっとわたしたちのところにくるでしょう」

くる――それとも、おびきよせられる、駆り立てられてくる、だろうか。ペンリックはいま偉大なる〈勢子《せこ》〉の存在を疑いはじめている。この獲物にそれを避けることなどできようはずもない。

ガリンがもの悲しげな声をあげた。

「ですが、なぜ巫師がべつの巫師をさがさなくてはならないのですか。たとえ罪を犯したとはいえ、王認巫師が、田舎住まいのもぐりの巫師に何を求めてくるというのでしょう」

〈それもまたよい質問だ〉

獲物がそうした能力者を求めていたおかげで、彼らの追跡はずいぶんはかどった。だがもう一歩踏みこんで考えるべきなのだろうか……？　デスがふんと鼻を鳴らした。

オズウィルの論理的な頭脳がその問題について思考しはじめたようだ。やがて彼はためらいがちに口をひらいた。

「かくまってくれる者を、逃げ場所を求めているのではないのか」

ペンリックは言葉をつづけた。

「もしかすると自死したくて、でも気の毒なスクオラ老人のように神々から見捨てられたくはないと考えているのかもしれません」

そう、巫師の力をもつ者にとって、自死は厄介な問題を生じる。神々から見捨てられることを望んでみずから生命を絶つ者もいるが、自死志願者の多くはいちはやく神々のもとに逃げこもうとしているだけだ。神殿は多大な努力をはらって、そうした目的で神々のもとに旅立とうとする試みを阻止しようとしているが。

オズウィルはいまの言葉をじっくりと嚙みしめ、いかにもその味が気に入らないといった顔でようやくつぶやいた。

「どうもわたしの職能を越えているようだ」

〈それでもわたしの職能を越えてはいない……原則的には〉これまた心騒がせる思考だ。今日は何かと心乱れることが多い。

蹄の音が聞こえ、顔をあげるとひとりの騎手がこちらにむかって早駆けしてくるのが目にはいった。ややあって、護衛騎士のひとりヘイヴェだとわかった。

「捜査官殿、学師殿！」彼は声をかけて三人の前で手綱をひいた。「姫神に感謝を。やっと見つかった。ゴッサ殿と隊長より、いますぐもどるようことづかってきました。よそ者が村にきたんです。わたしたちの求めている男です。少なくとも、黒髪でウィールド訛りです。妙な格好をしているし、年齢もよくはわかりませんが」

「見たのか」オズウィルは興奮のあまり鐙《あぶみ》の上に立ちあがっている。「まさか接触はしていないだろうな」

「もちろんです」ヘイヴェが熱く答える。「祭司殿のお宅を訪ねてきたんです。祭司殿にお会いしたいと。ゴッサ殿は、祭司殿は用事で外出しているから神殿で待っていてくれと話し、それからあなた方をさがしてくるようわたしに命じました。隊長とバアルが離れた場所から神殿を見張っています。わたしが出発するとき、そいつはまだ神殿にいました」

「ではいそいだほうがいいですね」

ガリンが不安にこわばった声をあげて馬に踵《かかと》をあて、先頭に立って駆けだした。オズウィルがそのすぐあとに従い、ペンリックとヘイヴェも彼につづいた。一行のあとからブラッドが走ってくる。ペンはふいに、いま弓が手もとにあること、鞍袋といっしょに神殿の馬屋に残してこなかったことをありがたく思った。

いそがせたため、馬は息をはずませ汗まみれになってしまった。それでも一行は、ほどなく村にたどりついた。ひとけのない通りを進み、神殿から数軒手前で馬をとめる。庭門の背後に身を隠していた護衛騎士隊長が、神殿の入口を指さし、声を出さずに口の動きだけで伝えた。

「まだ中にいます」

オズウィルも無言で挨拶を返した。全員が馬をおりた。泥だらけのブラッドがあえぎながら神殿の入口に突進しようとしたが、ガリンに首筋をつかまれ、哀れっぽい声をあげながら家にひきずっていかれた。家ではゴッサが、正面の窓から外をうかがい、懸命に夫を手招きしている。ペンは鞍から弓をはずして弦を張り、矢筒を背負った。ふたりの護衛騎士も加わってきた。武装した一団は静かに神殿の柱廊へと近づいていった。

オズウィルがさらに進むようペンリックをうながした。

「よし。では行きたまえ、魔術師殿」

〈ちょっと待って。何？　わたしひとりで行くのか？〉

「全員でいっせいに踏みこんだほうがよくはないですか」

四つの顔に浮かんだ表情は反対を示している。

「もし人違いだった場合」とオズウィル。「ひと目でそうと見抜けるのは魔術師殿だけだ」

ガリンとゴッサも自宅の戸口まで出てきて、手を握りしめ心配そうにペンを見つめている。

ペンは息を吸い、弓に矢をつがえ、薄暗い神殿内部へと足を踏み入れた。

〈明かりをください〉デズデモーナに思考で伝える。

目の前から影が消え、視界が鮮明になった。

男は神殿の板張りの床、冷えきった聖火台のこちら側で、腕を投げだしひれ伏していた。もっとも深い嘆願の姿勢だが、その祈りは五方向の壁にもうけられたどの壁龕《へきがん》にもむけられていない。これは祈りだろうか、それとも疲労困憊《こんぱい》しているだけなのだろうか。顔には髭がのびているし、身につけているのは、都人の服、柳を編んだ農民のブーツ、山の民の羊皮の帽子という、雑多な寄せ集めだ。片手に長い杖を握っている。かたわらに黒褐色の巨大な犬が寝そべっている。前足に頭をのせ、いかにも犬らしく退屈しているようだ。近づいていくと犬が顔をあげ、三角の耳をぴくりと動かした。尾でぱたぱたと床を打ちながら、同時にうなりをあげてもいる。ペンと同じくらい混乱しているのだろう。

ブラッドが犬を越えたものだとすれば、この犬はそれ以上で、内側に存在がびっしりとつまっている。

〈これは大いなる獣ですね。ちがいますか、デス〉

〈感動的ですね〉彼女も同意した。

「起きなさい」捕縛官らしい説得力のある声を意識しながら命じた。「ですが立ちあがってはいけません」

男ははっと膝立ちになり、身体を支えようと杖を握りしめた。袖がまくれあがって腕があらわれた。長く醜い傷痕が縦横に走っている。ベルトの短剣がオーロラのように渦巻く奇妙な力で燃えあがっている。だがそれを見ているのは、ペンの目ではなくデスの目だ。男はもの狂おしい視線をペンにむけ、ふいにぽっかりと口をあけて息を吸った。犬が立ちあがり、ようやく威厳をかき集めたペンよりもずっと堂々としたうなりをあげた。

「イングリス・キン・ウルフクリフですね」

自分が何と直面しているのか、ペンはいまはっきりと理解した。それから、つぎに何を言えばいいのかわからなくなった。この場面はどう考えても、この若者に関するすべての予想からはずれている。いずれにしても、何をどれだけ練習していてもまったく役には立たなかっただろう。男も犬もペンの咽喉を狙ってとびかかってくる気配はない。ペンリックは弦をゆるめて弓をおろした。だがいつでも撃てるかまえは崩さない。

「あなたをさがしていました」

9

イングリスは杖にすがってまっすぐ背筋をのばした。今朝山をおりるときに酷使した右足が、苦痛のためいまにも力を失ってしまいそうだ。目の前に立つ男は不可思議な黄金色の幻視のようだった。

「**去れ**」ためしに言ってみた。

侵入者はわずかに首をかしげた。

「よい試みですね。人狼《じんろう》殿。方向性が少しばかり間違ってはいますが。『馬をよこせ』のほうがより的確だとは思いませんか」

なぜ知っているのだ……？　彼の力はいまひどく破損している。そのイングリスにも、目の前の男が何者であるかが正しく理解できた。五柱の神々にかけて。もしくは、庶子神の歯にかけて！　というべきだろうか。間違いない。途方もない密度の魂が見える。

「魔術師か」

希望と恐怖が同時に押し寄せる。苦悶と、悲嘆と、疲労と、長く無益だった逃走の旅と。

「神殿の？　それとも里居のか」

五柱の神々よ、助けたまえ。魔を乗りこなした魔術師か、魔に乗っとられた魔術師か。これほど強力な魔となれば、とうぜん優位に立っているだろう。おれに説得することができるだろうか……

「残念ながら完全に神殿に所属しています。それにしても、あなたはわたしほど驚いていないようですね」イングリスの右手に移動したアロウに視線をむけ、「どうやってスクオラ殿の犬を手に入れたのですか」

「むこうがおれを見つけた。山で。カルパガモまで近道をしようとして、道に迷ったときに。どうあってもおれのそばを離れない」

待て。こいつはなぜスクオラを知っているのだ。

「ああ、なるほど」

金髪の男のくちびるが微笑の形にゆがんだ……狼狽、だろうか。

「その犬があなたをここに連れてきたのだとは思いませんか」

「おれは……わからない」

そうなのか？　この数日ともに行動している大きな犬を見おろした。この犬がイングリスにひきよせられるのは、彼が巫師の力をもっているからだと考えていた。以前の主人と——自分をつくった者と——混同しているのだろうと。

「おれがここにきたのは……」

もはや自分がなぜここにきたのかもわからない。

「ガリン祭司に会いにきたのではないのですか。なぜなのでしょう」

「夏の放牧地にいた老女が、祭司がスクオラと親しかったと言ったから。祭司なら……何か知っているのではないかと思って」

「スクオラ殿が二カ月前に落石で亡くなっていることはご存じですか」

「それも聞いた」

「その老女は、スクオラ殿が里居の巫師だということも話したのでしょうか」

「いや。そうだろうと……推測した。この犬を見たから」

「そうですか」魔術師はそこで、なんらかの結論に達したようだった。「外に、東都からずっとあなたを追ってきた上級捜査官がいます。降伏しますか。巫師の技も使わず、逃亡もしないと約束して」

もし拒絶したらどうするつもりなのだろう。

「おれはどこにも逃げない」イングリスは顔をしかめた。「山で足を痛めた」

魔術師は上から下まで彼をながめてうなずいた。

「ああ、ほんとうですね。山ではままあることです」

気分が悪くなって杖にすがった。

「東都の連中は、人殺しとしておれを追っているのか」

「オズウィル捜査官はとても厳格な方ですから、殺人の〝容疑者〟としてあなたを追っているのだと言うでしょう。父神教団が大好きなさまざまな司法手続きなしに、その場であなたを縛り首にすることはありません。まず全員が形を整えなくてはなりません。もちろん、神学的な問題も山ほどあるようですしね」そして彼はつけ加えた。「いましばらく、その短剣をわたしに預けてもらえませんか」

「**駄目だ**」

魔術師はなおも、奇妙に陽気な声でつづけた。

「トリン・キン・ボアフォードの亡霊が縛りつけられているからですか？　ではオズウィル捜査官の推測は正しかったのですね。どのようにそれをやってのけたのか、あとで話してください。職業的な好奇心からお願いします。ええと、どちらの職業も、ということですが」

「これを使って人を傷つけることはけっしてしない」声がかすれた。「自分以外の誰も」

「ええ、でもわたしの連れたちにはそのことはわかりません。事態がもう少しおちついたらお返しできると思います。これまで忠実に役目を果たしてきたのでしょう？　ずっとここまで携えてきたのですから」魔術師の声が説得力をこめてやわらかくなる。触知できそうなほどだ。

「なぜなのですか」

「巫師をさがしていた」

「巫師はあなたでしょう」

イングリスは苦々しい笑い声をあげた。

「おれはもう巫師ではない」

金髪の男が彼の全身をながめる。それとも、彼の内側をながめたのだろうか。

「いえ、あなたはいまも巫師です」

「やってみようとした。でもできなかったんだ。どうしても没我にはいれない」声が高まり、また小さくなった。「たぶんこれは罰なんだ。神々からの」

　魔術師が眉をあげた。

「では、なぜ東都で上位の巫師に助けを求めなかったのですか。こんな遠くまでくる必要もなかったでしょうに」

「おれはトリンを殺した」食いしばった歯の隙間から絞りだした。「東都にもどって……みんなと顔をあわすことはできなかった」

　魔術師が肩ごしに背後をふり返った。そう、扉の外に何人かの男がうろうろしている。ほかに出口はない。

〈罠にかかったのか。なぜ?〉

「そうなのですか? 彼は猪に腹をえぐられたと聞いています。あなたが刺したのはその前ですか、あとですか」

「あとだ。あれは……慈悲の刃だった」

　イングリスは思いだして身ぶるいした。短剣の刃がすべりこみ、手に抵抗と弾力を伝えてきた。はじめて授賦の儀式をおこない獰猛《どうもう》な精霊戦士をつくったという昂揚《こうよう》から——象徴的次元からすべり落ちながら、すべてが幻視と入り混じっていった。トリンの苦悶にゆがんだ顔……

「トリンは悲鳴をあげていた」

〈耐えられなかった。黙らせずにはいられなかった〉

「とても生き延びられる傷ではないと判断したのですね」

「無理だ。どう考えても助からない」

「なぜそのときに助けを求めにいかなかったのですか」

「それは……あのときはひどく混乱していたから。トリンは引き裂かれながらも、猪の首に短剣を突き立てようとしていた。おれは猪の魂を捕らえてトリンの中に送りこみ、それから、それから、気がつくと豚小屋にもどっていた。血塗れだった」

彼の内なる狼は血を見て抑えることのできない激しい興奮にかられた。自分はあの瞬間に力を失ったのだと、そう主張できるのではないか。北にむかって長い旅をしているあいだも、イングリスは自分にそう弁解しつづけてきた。

〈だがそれはちがう〉

〈力が失われたのはもっとあとだ〉

「もどったとは……巫師がはいる没我の境地から、ということでしょうか」

「そうだ」

「あなたはトリン殿の魂をその短剣に縛りつけるつもりだったのですか」

「ちがう！　いや、そうかも……わからない。自分がどうやったのかもわからない」

そう、自分が何をしたかはわかっている。古代ウィールドの聖なる旗手は、戦場で倒れた仲間の精霊戦士の魂を運んだという。その役割について、死を迎えようとしながらまだ死んではいない魂について、学習はした。致命傷を負った者の中には、氏族の者も、友も、導師もふくまれただろう。魂を肉体から切り離し、その不可思議な救済のため旗に宿らせるという慈悲の刃は、イングリス自身にとってと同じくらい、いにしえの旗手たちにとっても恐ろしいものだったのだろうか。

〈きっとそうだろう〉

「授賦の儀式はトリン殿が言いだしたことなのですか、それともあなたでしょうか」

「トリンだ。何週間もしつこくせがまれた。それでも、おれが儀式をおこなうと同意しなければ今回のことは何ひとつ起こらなかったはずだ。おれは自分の力をためしてみたかった。それに……トーラのこともあったし」

「トリン殿の妹君ですね。オズウィル捜査官から聞きました。あなたは求愛していたけれど、あまり見こみはなさそうだという話でしたが。そのご婦人に直接、奇しの声を使えばよかったのに」

イングリスは腹を立ててにらみつけた。アロウがうなる。

「ああ、なるほど」魔術師は取り繕《つくろ》うように指をふった。「あなたは恋というものに理想を抱いているのですね」

イングリスがさらににらみつけると、彼は言葉をつづけた。

「ところで、わたしはマーテンズブリッジのペンリック学師です。庶子神教団の神殿魔術師で、現在は王女大神官の宮廷に仕えています。グレイジェイに」と入口のほうに首をふって「協力するよう命じられて……」

この青二才が神殿神官だって？　そう、その身に魔を宿しているならもちろんそうなのだろう。ペンリック学師の背後から、もうひとりの男が神殿にはいってきた。そのうしろにはさらに三人の男が集まっている。ふたりが短剣を、もうひとりが騎兵の石弓をかまえている。そしてさらにもうひとり――かなりくたびれた中年の男が心配そうにのぞきこんでいる。

「遅いじゃないですか」

ペンリック学師がふりむかないまま、背後の男に声をかけた。視線はまだイングリスに据えたままだが、強力な狩猟用弓は忘れられたようにだらりとさがっている。彼は矢をはずして矢筒にもどした。

「邪魔をしたくなかったのでね」先頭の男が答えた。「学師殿の尋問がうまくいっているようだったし」

男の話しぶりは純粋な東都人のものだ。マントの下に灰色の布地ときらめく真鍮のボタンが見える。

〈捜査官だ〉

武装した三人はどこかの神殿の護衛騎士なのだろう、青い制服の上に、この土地で見られる冬の毛織物を重ねている。

ペンリック学師がようやく戸口をふり返った。それから、なんとも言いがたい驚愕をこめてイングリスを見つめている年輩の男を示して、

「それから、こちらがこの谷の教導者ガリン祭司です。あなたがさがしていた方です。さて、

その相手が見つかったいま、あなたはどうするのですか」

「おれはスクオラを浄化した巫師を見つけたかった」唾をのみこんで、「その巫師がトリンも浄化してくれるのではないかと。神々に見捨てられる運命からトリンを救ってくれるのではないかと。おれたちは確かに愚かだった。でも、そんな運命にさらされなければならないほどではないだろう」

ガリン祭司が心底仰天した顔で進みでてきた。

「わたしは巫師を授けてくださいと祈りました。そしていまここに、あなたがいます――！」

当惑をこめて視線を返すイングリスを前に、ペンリック学師が助け船を出すように言葉をはさんだ。

「スクオラ老人は浄化されていません。巫師が見つからなかったからです。ですがまだ神々から切り離されたわけでもありません。どうやって維持されているかはわかりませんが、おそらく彼は犬たちから霊的な滋養を得ているのでしょう」

イングリスはかろうじて笑いとわかる陰気な声をあげた。

「では、あなたの祈りを聞き届けたもうたのはきっと庶子神だったのだ、ガリン祭司。その技をふるうことのできない巫師を与えたもうたのだから……！」

彼の皮肉について真剣に考えをめぐらすかのように、魔術師神官がくちびるをすぼめた。

「確かにそのとおりかもしれませんね。庶子神にはさまざまな側面がありますが、事実、殺人者と追放者の神でもあるわけですから」それから声をひそめ、「悪質な冗談やみだらな歌の神でもあります」

「おれは誰であろうと浄化することはできない」

罪によって穢されたから、だろうか……

「いまのその状態では確かにそうでしょう」魔術師が言った。

口調が穏やかに、好意的になっている。少しは事情を理解してくれたのだろうか。

「思うのですが……」

神殿内にいる全員が息をのんでつづきを待った。

「わたしたちみんな、夕飯を食べて、ゆっくり眠ったほうがいいのではないでしょうか」

オズウィル捜査官と護衛騎士たちが、いますぐ翼を生やしてカルパガモまで飛んでいこうとか、それくらいとんでもないことを提案されたかのように、信じられないといいたげな驚きをこめてペンリック学師を見つめた。

「ああ、それはとても分別のある判断ですね」同意するガリン祭司の声は、だがわずかにふるえている。「お日さまはもうとっくに山のむこうに沈んでしまいましたよ」

「あの男に魔法はかけないのですか」

護衛騎士隊長が、不安そうにあごでイングリスを示しながらたずねた。この男はそれを見たがっているのだろうか、それともその場から逃げたいと思っているのだろうか。

「その必要はないと思います。そうでしょう？」

ペンリック学師は微笑しながら手をさしだし、イングリスが短剣をわたすのを待った。それは完全な降伏を意味する。

「それはそうとして、あなたはどうやってトリン殿の消滅を防いでいたのですか」

イングリスは答えるかわりに黙って両腕をさしのべ、袖をまくりあげた。

「ああ」ペンリック学師が静かな声をあげた。

「肉体を離れたあとも、生命は血によって維持される」イングリスは意図せずして師範たちの口調そのままで語り、さらに彼自身の絶望をつけ加えた。「ほんのしばらくのあいだだけではあっても」

「そうですね。昔のダルサカ人がなぜ森の魔法を恐れたのか、そのわけがわかります」魔術師がつぶやいた。「いにしえの巫師は、血を使って驚くほど不思議な技をおこなったと記されています。自分自身のではなく他者の血を使うことは、神学的に言って、またべつの問題を生じますけれど」そして確固たる微笑を浮かべた。

イングリスの疲れきった意志はそこまで確固たるものをもたない。ふるえる指でベルトにくくりつけた革紐をほどき、鞘ごとの短剣をさしだした。ペンリック学師はひたいと、くちびると、臍《へそ》と、下腹部に触れ、それから指をひらいて心臓にあて――〈姫神と庶子神と母神と父神と御子神だ〉――完全な祝福のしぐさを終えてからそれを受けとった。恐ろしい力をもつ魔術師ではあるが、この瞬間の彼は明らかに、最高級徽章を得た神官だった。彼はそれを武器のようにではなく、聖物のように捧げもった。

〈この男には見えるのだ〉

耐えがたい重荷から解放されたためか、意識が朦朧としてきた。イングリスは涙にむせびながら膝をつき、アロウの首の分厚い被毛に顔をうずめた。犬が鼻を鳴らして彼を舐めようとする。神殿の外で女の声がさけんだ。

「ブラッド、この馬鹿！　いますぐもどってらっしゃい！」

泥だらけの足をした銅色の犬がとびこんできた。アロウがとつぜん離れたので、イングリスは危うく倒れそうになった。一瞬、犬の喧嘩をとめなくてはならないのかと身がまえたが、二頭は嬉しそうに鼻を鳴らして挨拶をかわし、ぐるぐるまわりながらたがいに尻のにおいを嗅ぎあっている。昔ながらの友であるようだ。

この犬も落石の生き残りなのだろうか。アロウほどではないものの、霊的密度がかなり濃い。大いなる獣になる過程の、なかばというところだろう。その力を重ねるため、いずれ生命の終わりには新しい小犬のための生贄にされる運命にある。スクオラは、彼らが犬の視点から見て長く幸せな一生を送れるよう、心を配ってやっていたのだろうか。この気立てのよい二頭を見ていると、きっとそうなのだろうと思える。

二頭はそれからイングリスに関心をむけ、押し倒さんばかりの勢いでとびついてきて、鼻をこすりつけたり舐めたりしはじめた。イングリスは驚きのあまり笑いに近い声をあげながら、顔を舐めようとのびあがるブラッドを押しとどめた。

配偶者なのだろう、さっきの中年の女が小走りに駆けこんできて、祭司の横にならんだ。

「戸をあけたら無理やりとびだしていったんですよ」息を切らして訴えている。

イングリスに甘えるブラッドを面白そうにながめていたペンリック学師が、くちびるをこすってつぶやいた。

「捜査官殿、犬からも証言をとりますか」

オズウィル捜査官はただただ腹を立てているようだ。

「こんなわけのわからない意味不明の事件ははじめてだ。東都にもどったら、わたしはこのすべてを報告しなくてはならないのだぞ」

ペンリック学師は青い目のふちに皺《しわ》をよせてにっこりと笑った。

「ならば達弁が得られるよう祈らなくてはなりませんね」

10

オズウィルのこれまでの捜査において、地元の神殿に要請する援助といえばたいていい、教団の宗務館か、本部付属の巡礼宿か、少なくとも宿屋を紹介してもらって、寝台と食事を確保することを意味した。リンクベックにはそのどれも存在しない。拘置所も、しっかりと鍵のかかる離れも、壊れた要塞の地下室の壁に囚人をつなぐ手枷もない。となればこの若者は、四六時中魔術師の直接の監視のもとにおいておかなくてはならない。それはつまり、ガリンとゴッサに――はっきりいえば、主としてゴッサに、厄介になるということだ。

もしかすると殺人犯かもしれない呪師を彼らの家に連れていくのははなはだしく気が進まなかったが、夫婦はまったく平然としている。さらに六人の客が席につけるよう、ガリンと息子たちの手によって予備の架台テーブルがすぐさま組み立てられた。これまで幾度もこんなふうに、谷で災害に見舞われた急な避難者を受け入れてきたのだろう、ゴッサはてきぱきと、子供たちと召使い――葬儀で庶子神の白い小馬を連れていた娘だ――に指図をしている。ほどなく護衛騎士も使われはじめ、オズウィルの良心はわずかに楽になった。村人たちが半端な食料や食器を自然ともちよってくるため、物語に出てくる魔法の城であるかのようにテーブルがにぎわっていく。

驚くほど短時間ですべての混乱がおさまり、十二人が食卓についた。イングリスについてきたのか残飯にありつこうというのか、テーブルの下には二頭の犬までもぐりこんでいる。食卓を祝福してほしいと祭司に頼まれ、ペンリック学師はとまどいながらも神学校じこみの優雅な祈禱を唱え、宿主たちを喜ばせた。供されたスープはほとんど薄められていなかった。

にぎやかな一同の中で、オズウィルの隣にすわったイングリスだけがみじめに沈黙を守っていた。おそらく違和感を自覚しているのだろう、山賊のような外見にも似あわず、懸命に礼儀正しくふるまっている。もちろん食卓の作法は申し分ない。気がつくと、ガリンもまたしげしげと巫師を観察していた。陰鬱《いんうつ》さに恐れをなしてか誰も彼を会話にひきこもうとしないが、オズウィルとしてはそのほうが安心だ。それを埋めあわせようというのか、イングリスのむこう隣にすわったペンリックが申し分なく興味深い話をいくつか披露した。この若者がエキゾチックでロマンチックなはるかなる町マーテンズブリッジで王女大神官の宮廷に仕える神官であることを知り、女たちが関心を示したのだ。この魔術師は殺人犯と同じくらい、声にされない驚異の視線を浴びている。オズウィルは調査対象の危険がこのように軽視されることには慣れていなかった。

夕食後に短い相談をかわした結果、ガリンとゴッサは賢明にも子供たちを近所に預け、オズウィルの一行全員が自分の家に泊まれるようはからってくれた。ゴッサはしきりと葛藤していた。もちろんペンリック学師にはいちばんよい寝室を提供しなくてはならない。となればとうぜんイングリスも同室ということになり、もちろんオズウィルもふたりをしっかり見張っていたいだろう。そして二頭の犬はどうやっても囚人から離れようとしない――。ゴッサは犬だけはなんとか追いだそうとしたが、結局はペンリックが、けっして寝台に蚤をつけさせたりはしないと約束して、魔法のように彼女を懐柔した。

オズウィルはペンリックを脇にひっぱっていった。

「イングリスは犬を操れるのだろうか。短剣と同じくらい危険な武器になるのではないか」

ペンリックも同じくらい静かな声で答えた。

「あの二頭は自分の意図をもっているようです。べつの誰かの意図かもしれませんが」

魔術師はさっき、鞘に結びつけた紐を自分の首にかけ、短剣が見えないようシャツの中にしまった。いまその胸に手を触れながら、彼は言葉をつづけた。

「ゴッサ殿は台所にもっと大きな包丁をもっていますよ。これは人質です。武器ではありません」

「あの男は逃亡をはかるだろうか。巫師の力をなくしたと言っているが、嘘かもしれない」

「勘違いかもしれませんね」ペンリックがつぶやく。「ちょっと見失ってしまっただけなのかも。わたしはその可能性が高いと思っているのですが、まあ見ていましょう。いずれにしてもあの足です。のんびり散歩でもするようにつかまえられますよ」

「馬を盗まれなければだな」

ペンリックのくちびるが小さく不気味な笑みをつくった。

「そんな遠乗りをしようとしたら、きっとわけのわからない不運に見舞われるでしょうね。心配はいりません。イングリスには、あなたがこれまで扱ってきた囚人の中でも最高の見張りがついていますよ」

この魔術師は少しばかり自信過剰なのではないだろうか。だが三人の神殿護衛騎士が寝袋を支給されて、彼らの部屋と出入口を見張れる場所にそれぞれ陣どっているし、巫師は明らかに疲労困憊している。真の危険は、彼が体力とおちつきをとりもどしたあとにやってくるのだろう。オズウィルは首をふって、ペンリックについて階段をあがった。

ゴッサが用意してくれた部屋はこざっぱりと片づいてはいるものの、この家の部屋はどれもそれほど大きいわけではない。洗面台と、衣装戸棚と、寝台と、簡易寝台と、寝袋。それに、三人の男と二頭の大型犬を収容すると、さらに狭苦しく感じられる。ゴッサがオズウィルに火のついた灯心をわたして洗面台の上の束ねた蠟燭《ろうそく》を示し、おやすみの挨拶をして扉を閉めた。火を点すといくらか明るくはなったものの、そのぶんにおいがきつい。獣脂蠟燭だったのだ。

ペンリックは礼儀正しく、最初に洗面台を使う権利をオズウィルに譲った。囚人は三番めだ。魔術師はまた影の中を猫のように移動して簡易寝台にどさっと身を投げだし、寝場所をどう配分すればいいかというオズウィルの悩みを早々に解決した。仕上げとして犬たちがイングリスを寝袋のほうに押しやり、その両側に陣どる。イングリスは苦痛のうめきをあげながらそろそろと身体を沈めた。オズウィルとしては、魔術師を扉の前に、囚人を自分と魔術師のあいだにおきたかったのだが。

「ところでイングリス」ペンリックが口をひらいた。「まだ診療の誓いを立ててはいませんが、わたしは医師でもあります。見せてくれるなら、その脚を少しはよくしてあげられると思うのですが」

「そんなことをして大丈夫なのか」オズウィルは驚いて口をはさんだ。

彼にしてみれば、イングリスが負傷しているのは足枷ほどにも都合のよいことなのだ。

「ああ、もちろんです」ペンリックは陽気に答えた。「この家じゅうの蚤を退治しましたから、一週間は治療をつづけられますよ」イングリスに視線を投げて軽く手をふり、「それに、虱もですね」

イングリスが傷ついたような声をあげた。

「ひどい宿に泊まったから。それに、一カ月ほど、まともに風呂を使っていない」

〈わかった。では彼には床で寝てもらおう〉オズウィルは計画を修正した。

それにしても、ペンリックは故意に彼の言葉を曲解したのだろうか。

イングリスが乱れた髪に片手をいれてとかし、驚きの声をのみこんだ。薄暗いため雨のように降る虫の死骸を見ることはできなかったが、ぱたぱたと床に落ちる軽い音が聞こえた。

ペンリックが流れるようにイングリスの右側にすべりこみ、ブラッドを押しのけてあぐらをかいた。イングリスは疑惑の目をむけながらも反論はせず、それでもズボンをまくりあげられたときは思わず身をすくませた。脚はみごとな紫に染まり、腫れあがっている。魔術師は調子はずれの鼻唄を歌いながら、両手を脚にすべらせた。こわばっていたイングリスの身体が、しだいに緊張をほぐしていく。

「ああ」イングリスの口から驚いたようなつぶやきがあがった。

かがみこむように作業していたペンリックのくちびるが、わずかに吊りあがる。

「一本の骨に小さなひびがはいっていますが、無理をしたわりには悪化していませんね。あとは筋肉の損傷と、腱がかなりひどい状態になっています。ふつうなら、脚をあげて何も考えず三週間ほどゆっくり休んでいなさいというところです」

イングリスが鼻を鳴らし、オズウィルも眉をひそめた。

「ほんとうですよ。ですが行動をともにするあいだ、それにかわる治療を少しはほどこせると思います」

ペンリックが背筋をのばした。脚にそうとわかる変化はなかったが、オズウィルは寝袋の中で身体を起こすイングリスを見ながら、英雄が狼の脚から棘を抜いてやり、その信頼を勝ち得るおとぎ話を思いだした。ふたりもこの物語を知っているだろうか。魔術師を見つめる顔に皮肉の影がよぎったところを見ると、たぶんイングリスは知っているのだろう。

ペンリックが無造作に話をつづけた。

「いにしえのウィールドの巫師は、治癒の技や治療の方法をいろいろと心得ていたのでしょうか」

「そう信じられてはいる」イングリスは肩をすくめた。「だがそれも大部分が歴史とともに失われてしまった。巫師の技のほとんどは師から弟子へ口移しに伝えられていくから、持ち主とともに消失する。書き記されたものもわずかにあったが、ダルサカが見つけしだい燃やしてしまった。隠されて残ったものも、虫に食われ、朽ちて、読み解くことができない。王認巫師協会はそうした技の復活をなすべき仕事のひとつとして掲げている」

「いまの世代になって進展はありましたか」

「ある氏族では代々女の巫師がじつにさまざまな治癒の技をふるっていたという。そこでも書かれたものは少ないし、写本はさらに少ない。残っているのは、精霊戦士と戦闘魔法と、聖王にまつわる儀式の物語ばかりだ」

ペンリックが——それともデズデモーナだろうか——皮肉をこめて鼻を鳴らした。

「驚くにはあたりませんね」

「ほんとうに頭にくる。偉大な物事に関する記述の中に、とつぜんなんの関係もない手がかりがころがっているんだ。ごく数人だが、古い物語ではなく新たな実践を通してそうした技を復活させようとしている王認巫師もいる。つまるところ、そもそもはそうした技だって試行錯誤のすえに獲得されたはずのものなのだからな。もっとも……昔の森の氏族とはちがって、東都の巫師は大きな間違いを犯すわけにはいかない」滔々《とうとう》と語りながら姿勢を正したイングリスは、いまだけは悲嘆も忘れたかのように活気にあふれている。「ある上級巫師ふたりは、そうした問題を回避するために、獣を使って治癒の技をためしている。最近、とても興味深い結果がいくつか得られた」

オズウィルにもわかってきた。イングリスがこれまであちこちの宿で貧乏学者として通用してきた幸運にはそれなりのわけがあった。彼は真実〝貧乏学者〟だったのだ。そう、もしかすると貧乏ではないかもしれないが。そしてペンリック学師もとうぜん、職務柄、その同類だ。

〈学者がふたり。なんということだ、神よ助けたまえ〉

「そうした研究は母神教団の関心を惹くのではありませんか」ペンリックがたずねる。

「まあね」

「味方としてですか、敵としてでしょうか」

問いの意味を理解して、イングリスのくちびるがねじれた。

「どちらも少しずつかな。でも協会が獣の治療という考えを前面に押しだしたので、母神教団の監視もずいぶんゆるくなった」

「あなたはそうした研究に関心をもっているのですか」

イングリスはまた身体から力を抜いた。

「そんなこと、どうだっていいだろう。もうおれは力を失ってしまったんだから」

とつぜんの絶望の爆発を軽々と無視して、ペンリックはさらにたずねた。

「以前はどのようにしていたのですか。あなたはどうやって巫師の没我にはいるのですか。瞑想ですか、薬を使うのですか、煙とか、鐘の音とか、匂いとか……。歌うとか、祈るとか、踊るとか……?」

笑いとはいいがたいものがイングリスのくちびるからこぼれた。

「そのすべてともいえるし、どれでもないともいえる。師範たちによると、そうしたものはみな、習慣を形成して訓練の助けとはなるけれども、あくまで補助的なものなのだそうだ。強制的に没我にはいらせることのできるものはない。機械のように失敗なく、必ず効果をもたらすものもだ。上級巫師になればなるほど、そうした補助の必要は減り、まったく必要としない者もいる。泳ぐ魚のように音もなく、ほとんどなんの抵抗もなく、象徴的次元に出入りできるようになる」

彼のため息には嫉妬のような疑惑がこもっている。それとも、喪失の悲しみだろうか。

「あなたはどのように学んだのですか。正確なことを話してください。わたしは職業的に、そうしたことにとても関心があります」

それにしてもペンリックは、この一連の尋問によって何を得ようとしているのだろう。最初に思ったよりつかみどころのない男だ。だがイングリスはその問いを額面どおりに受けとめたようだった。それでイングリスという人間がわかる。巫師はさらに説明をつづけた。

「訓練をはじめるにあたって、おれと師範はまず短い祈禱を捧げた」

「神々を招喚するためですか、それとも神殿におもねるためですか」

イングリスは驚いて彼を見つめた。

「神々を招喚する？　そんなこと、できるわけがない」

「そうですね。みなが神々に話しかけますが、答えを期待する者は誰もいません……。ほとんど誰も、ですね。それからどうするのですか」

「幾度かためしたのち、おれはある詠唱で入口にたどりつけるようになった。おれにとってはその詠唱がもっともやりやすい方法だったんだ。物のようになくなったり、必要なときにどこかにいってしまったりすることがない。ファースウィズ師範ははじめ、ふたりの吟遊詩人が長い詩を交互に詠唱しあうような問答を教えようとした。ただ、おれのはとても短くてたったの四行だった。むかいあってすわり、あいだに蠟燭をおいて、それを見つめたまま何度も何度もその詩をくり返した。何度も何度も何度も。心がおちつくまで。もしくは、少なくとも飽きてしまって我慢できなくなるまで。上等の蠟燭をひと箱近く使ったと思う。すごい費用だったんじゃないかな。ファースウィズ師範もよく辛抱してくださったものだと思う。

　それを何日かつづけて、ふたりとも声ががらがらにかすれたある午後、おれは……突破していた。その次元にはいっていた。ほんの一瞬だったけれど。それでもそれは啓示だった。それが、それこそが、おれが——内なる狼とおれが、いつもいつも恋い焦がれていたものだった。それまで受けてきた言葉による説明はすべて……嘘ではなかったけれど。でもそうした言葉からおれが想像していたものとはまるで異なっていた。おれが到達できなかったのもとうぜんだと思えた。

　それからは急速にすべてが簡単になっていった。蠟燭もいらなくなった。突破に要する時間もどんどん短くなり、それからおれはひとりで詠唱するようになった。声に出さずできるようになったとき……」イングリスは言葉をとめ、自信なげにつけ加えた。「師範はよくやったと褒めてくださった」

「それはどのようなものなのですか。その、霊的空間にはいるというのは」

　イングリスのくちびるがひらき、閉じ、ひきしまった。そして彼は両手のひらを上にむけた。

「話すことはできる。でも言葉は、おれに何も伝えることができなかったように、あんたにも何も伝えないだろう。あんたに理解できるとは思えない」

「イングリス」とても穏やかなのに、妙に非情な口調だった。「四年前、ある街道のはたで、わたしは人生においてもっとも奇妙な時間を経験しました。そのときからわたしは、十二の人格をもち、六つの言語を操り、道に立ちはだかるものすべてを滅ぼそうとする二百歳の魔と共生しています。そしてそれはわたしの死の瞬間までつづくのです。話してみてください」

　イングリスはわずかにたじろいだ。この旅をはじめてからいったいいつのまに、オズウィルはペンリックをふつうの人間と見なすようになっていたのだろう。

　ペンリックはため息をついて、質問を変えた。

「その没我というのは本質的に心地よいものなのですか」

「驚異の場所だ」そこでためらい、「恐ろしいと感じる者もいる」

「あなたはどうなのですか」

「心がわきたった。興奮しすぎたくらいだ」顔をしかめ、「物質世界が消えてしまうわけではない。でも……それが上からかぶさってくるから、物質世界などどうでもよくなってしまう。非物質的なものが物質のように見えてくる。それ自体は象徴で、でも幻ではない。狼になったおれは――おれはそこでは狼として、もしくは狼と人のまじりあったものとしてあらわれるんだ――それを把握し、操作することができる。意志のままに動かすことができる。そうしたら、物質世界におけるそれも、おれの意志に従って動いているんだ。

でも混沌の魔がやるような形でこの世界の物質を動かすわけじゃない。思考と精神だけだ。それでも、思考と精神はそれを宿す肉体に大きな影響をおよぼす。影響を受けた精神は物質を動かすことができる。巫師は人を説得して行動を起こさせたり、ふたつの精神をつなぎあわせて相手の存在をつねに感知できるようにしたりする。ときには、肉体を説得してよりはやい治癒をもたらすこともある。ほかの巫師に幻視を与え、思考を共有することもできる。最大の力をふるえば、生贄とされた獣の精霊をほかの肉体に移し、その肉体に縛りつけることができる。獣から獣に移せば大いなる獣が生まれる。獣を……人に移せば、その獰猛《どうもう》さを共有すれば……」

そこでためらい、「精霊戦士をつくることは、聖王そのものの転生をのぞいて、あらゆる儀式の中でももっとも困難な技だと考えられ、現在では禁じられている」

では、東都にもどったとき、この若者の身柄を求めるのは父神教団だけではないというわけか。いくつもの勢力が行列をつくることになる。

「あの豚小屋で、おれはまず声に出さずに没我の詠唱をおこなった。ひどく興奮していた。また道を失ってしまいそうになった。おれは狼の形態をとっているとき、すべてを一種の――象徴的な、狼の言語で理解する。生贄にされた猪の精霊とボアフォード氏族の精霊はすでに共鳴を起こしていた。トリンが猪に短剣を突き立てようと苦戦しているあいだも、おれは狩りのようにその両者を追っていた。ふたつが重なりひとつとなった。それからおれはおりてきて、そして……ああ……」

イングリスは両手に顔をうずめた。アロウが鼻を鳴らして彼を舐め、ブラッドが身を伏せ悲しみをこめて彼の膝に頭をのせる。イングリスは無意識のうちに手をのばし、絹のような毛並みを撫でていた。

「そこまでにしましょう」ペンリックがきっぱりと宣言した。

イングリスが息をのんで顔をあげた。ペンリックは膝を抱え、目を細くして巫師を見つめている。

「たぶんあなたに必要なのは……」

イングリスとオズウィルは等しく当惑して、彼を凝視した。

「ゆっくり眠ることですね」ペンリックが締めくくった。「そう、ほんとうにそうですよ、もうおやすみなさい、ペンリック」

彼は身体をのばし、悪臭を放つ蠟燭を吹き消してから、簡易寝台にもどった。

〈いまのはルチアだった〉

彼女の簡潔にして要を得た話しぶりが聞きわけられるようになった。と同時に、そうなっている自分に小さな驚きをおぼえる。いずれにしても、いまの忠告はいかにも的確だ。

「話がある」オズウィルは闇の中で、彼のすぐ下で横になろうとしているペンリックにむかってつぶやいた。

「ええ、でもいまでなくてもいいでしょう。明日の朝にしてください。考えなくてはなりませんから」上掛けをひっぱり、「それを言葉にまとめるには白の神が手を貸してくださるでしょう。わたしたちの中で詩を綴るのはアドリアのミラだけなんです。ですが彼女は、客から教わった下品な言葉をのぞいてウィールド語が話せません。言いましたっけ、ミラは有名な高級娼婦《クルテイザン》だったんです。ああ、おやすみ前のお話にちょうどいいですね。子供に聞かせられるものではありませんけれど。まあ、なんとかなるでしょう」

そして彼は寝返りを打った。目を閉じたかどうか、オズウィルにはわからなかった。

もしイングリスが逃げだそうとすれば、必ず犬にぶつかる。闇が毛布のようにのしかかってきた。そしてオズウィルもまた眠りについた。

11

灰色の夜明けの中で、イングリスがぼんやりと寝袋の中で身体を起こし、声をかけてきた。

「短剣に血を吸わせなくてはならない」

ペンリックは疑わしげな視線をむけた。

「毎日それをしているのですか。逃亡の旅のあいだじゅう?」

「そうだ」

そんなことが必要だろうか。トリンの亡霊は確かにまだこの世にとどまり、女が紡ぐ糸巻棒の細い毛糸のように、短剣に巻きついている。悲しげに岩に腰かけていたスクオラの幽霊と同じくらい、薄れてはいない。

〈でも濃くなっているわけでもない〉

となれば、巫師の儀式による内的作用をぜひ見てみたい。

〈どう思いますか、デス〉

〈ここではわたしの意見はあてになりませんよ。ルチアの巫師はわたしたちの前で奇しの声しか使ったことがありませんでした。それもたいして役には立ちませんでしたけれどね。相手を魅了しようとする技は完全に人間のものでしたね。高度な知覚が備わっていたとしても……〉

ペンはいささか下品で長くなりそうな思い出話を断ち切った。では、この判断は彼ひとりでくださなくてはならないというわけか。

「いいでしょう」

洗面台で髭を剃っていたオズウィルがふり返り、手にしていた剃刀《かみそり》をたたんでズボンのポケットにしまうと、寝台の枕もとに立てかけてあった短剣をとってペンの腕をつかみ、犬をよけながら狭い廊下までひきずりだして、しっかりと扉を閉めた。彼は階段の上までペンを連れていき、小声ではあるが激しい口調で問いただした。

「気でも狂ったのか。あいつに武器を、あの武器を返してやるだと？　あれは重要な証拠でもあるんだぞ、わかっているのか」

「それ以上に重要なものですよ。彼はあの短剣については嘘をついていません。あれはトリンの魂をつなぎとめているのです」

まだ完全に見捨てられてはいないトリンの魂が心臓のすぐ近くにあることで、ペンの知覚が不快にざわめく。

「一度その儀式を見たら、もっと多くのことがはっきりすると思います」

オズウィルの凝視が熱を帯びた。

「学者というやつらは」嫌悪のこもる声だ。「ほんとうに嚙みつくかどうか調べようと、毒蛇のはいった桶にだって腕をつっこむんだろう」

ペンはにやりと笑い、いそいで真顔をつくった。

「一度見たら、トリンを維持するためにその儀式が毎日必要だという彼の主張が正しいかどうかわかります。その場合は、東都にもどる旅のあいだ、顔を洗ったり髭を剃ったりするのと同じように、毎朝その仕事をさせなくてはなりませんよ」

「やつには剃刀ももたせはせん」

ペンは真面目に答えた。

「ああ、それには同意しますね。とにかく、急な行動に充分に注意しておいてください」

「そうだな。魔術師も鋼に対しては不死身でないというからな」

「じつをいえばデスが巧妙な技を心得ているのですが、わたしにはまだ、彼女がどうやって鋼を木のように扱えるのか理解できていないんです」

そしてこの短剣ばかりは、心臓がひとつ鼓動を打つあいだに錆の塊に変えさせるわけにはいかない。

「どちらかといえば、わたしが心配しているのはイングリスが自分にむけてあの短剣をふるうことですけれど」

オズウィルの不機嫌そうな顔は変わらない。

「囚人の自死について説明するのは、逃亡について弁解するのと同じくらい嬉しくないことだと思うのですが」

「あたりまえだ」オズウィルが吐きだした。

「それだけではありません。逃亡にしろ、死に逃げこむにせよ、彼を失うことになれば、トリンも維持できなくなるでしょうし、スクオラ老人を救う望みも消えてしまいます。そしてイングリス自身の魂も同じ状態に陥るでしょう。この三人は氷河の上でロープにつながれているようなものなのです。最後のひとりがあとのふたりを支えきれなくなれば、全員が氷の裂け目に落ちて失われてしまいます」

オズウィルはいまの言葉について考えている。顔の半分に残った石鹸の泡が乾きはじめている。

「そもそも力をなくしたイングリスが、どうやってほかのふたりを助けられるというんだ」

「彼自身にもわかっていないでしょうね。でもわたしにいくつか考えがあります」

「五柱の神々にかけて、まさか力をとりもどしてやろうというのではないだろうな」オズウィルは怒り狂っている。「それは、短剣と剃刀と、ついでに犬までくれてやるよりもっとひどいぞ。どうせなら、鞍をつけた馬と、金貨のはいった巾着も進呈してやったらどうだ」

「金貨のはいった巾着はもっていません」

すまして答えると、髭剃り途中のグレイジェイが歯をむきだした。

「それに、このように崖だらけの土地では、不幸を終わらせるのに特別な道具など必要とはしませんよ」

表情を見るに、これまたオズウィルが避けたいと願う情景であるようだ。

「そしてあの犬ですが……あれについてはわたしもまだ考えているところです」

いかにも不本意そうに、オズウィルはペンについて寝室にもどった。

「いいでしょう」

ペンは言いながら、イングリスの前で寝袋の上にあぐらをかいた。うしろに手をのばし、寝起きで髪にからまった紐をほどくと、細い髪が何本か抜けた。シャツの内側から鞘をとりだし、膝において剣を抜いた。鍛冶師が腕をふるった美しい品だ。死に直結するみごとな曲線。血のように赤い宝石と古い黄金を埋めこんだ柄。ペンは柄をむけてイングリスにさしだした。

「必要な仕事をしてください」

子供の残酷なボール取りゲームと同じく、いまにもペンが剣をひったくってとりもどすのではないかと恐れるように、イングリスは用心深くそれを受けとった。犬が腹這いのまま進みて彼の両側によりそい、毛皮をまとった肘掛けとなる。海象の牙の柄を握る手が一瞬痙攣《けいれん》する。抜剣したままふたりを見おろしていたオズウィルがぴくりと身じろぎした。だがイングリスは袖をまくりあげ、腕を調べはじめた。

ペンは目を瞠った。無傷な皮膚はほとんどない。緋色の傷、茶色いかさぶた、まだじくじくしている赤い筋などがいたるところに走り、そのあいだはピンクのミミズ腫れになってふくれあがっている。東都にもどる旅のあいだもこれをつづけていたら、この男はぼろぼろになってしまう。イングリスが傷のない場所を見つけて刃先を近づけた。

〈デス、視覚を貸してください〉

ふるえる刃が動いて、皮膚が赤く裂けた。共鳴を起こしてペンの歯がうずく。見える光景はデスの力を借りない場合とたいして変わりはない。ただ、もりあがったイングリスの血が、狼の毛皮からこぼれる月光のように奇妙な銀色を帯びているだけだ。イングリスは短剣を上下に動かして一分の隙もなく刃に血を塗りつけた。魂の毛糸もそれとともに動き、煙がたちのぼったと思うと輪を描いてもどり、血の上におちつく。ペンは屍肉に群がる蠅《はえ》を思い浮かべ、すぐさまその思考を締めだした。だが事実、その魂は奇妙な食べ物から滋養を得ているようだ。血が乾き、銀の光が薄れるにつれて、魂は密度を増していった。

〈駄目ですね、わたしたちの血では同じ効果を与えることはできないでしょう〉デスがつぶやいた。

イングリスの指がもう一度柄を握ろうとしたので、ペンは身をのりだして巫師の手をつかんだ。

「もう返してください。念のためにわたしが預かります」

一瞬の緊張ののちにイングリスの指から力が抜け、ペンは短剣をとりあげた。オズウィルは剣を手にしたまま、まだ警戒を解こうとしない。

イングリスが咽喉のつまったような声で言った。

「血が完全に乾くまで鞘にいれてはいけない。長くはかからない。布でこすれば茶色くなった血はきれいに落ちる」

「わかりました」ペンは答えて待った。

たちのぼる煙は短剣に巻きつく魂に吸いこまれてしまったようだ。粘ついていた血がぼろぼろと崩れはじめ、ズボンの太股に落ちてくる。それをはらいのけて、きらめく鋼を鞘におさめた。デスの視覚によるトリンの亡霊も消えた。それで安堵していいものかどうかはわからなかったが。

朝食は静かだった。召使いの娘はべつとして、子供たちがまだもどっていなかったのだ。六人の客――もしくは、五人の客とひとりの囚人は、バターをのせたオートミールと、チーズと、大麦パンと、秋リンゴを食べた。二頭の犬は肉のない食卓に魅力を見出せず、戸口のあたりをうろうろしている。会話は途切れがちで、事務的なことばかりが語られた。ガリンとゴッサはひどくイングリスを意識している。だからといって彼を犯罪者と見なしているわけではない。

ペンリックも同意せざるを得ない。確かにイングリスは恐ろしい罪を犯したが、彼の心はまったくそれに染まっていない。旅のあいだ、邪悪な犯罪者を逮捕するという英雄的行為への期待があったことは否定しない。だが事実はまったく予想外のものだった。

〈愚かしい恐慌というものを見たければ、ほら、その男が体現していますよ〉デスがつぶやいた。

〈わたしだって、もし新しい力を使って誤って親友を殺してしまったら、彼よりましな行動がとれたかどうかわかりません〉ペンは言い返した。

〈わたしがさせませんよ。わたしの乗り手には、そんなようなことは一度だって起こったためしはありませんからね。もうずっと……〉そこでためらい、〈ずっと長いあいだ〉

〈話が堂々巡りしてはいませんか〉

〈おや、そうかしらね〉だが彼女はそれでおちつきをとりもどしたようだった。

隊長がオズウィルにたずねた。

「出発の支度をしたほうがいいでしょうか。馬をもう一頭、確保しなくてはならないのですが」

オズウィルはスプーンをおいて椅子の背にもたれた。

「ここでできることがもう何もないなら、出発するべきだな」

「よろしければゆっくりなさっていってください」ガリン祭司がわざとらしく強調した。「一日や二日はよろしいではありませんか」

「お申し出には感謝する、祭司殿。だがそうもいかない。のんびりしていてはつぎの雪で閉じこめられてしまう恐れがある」

ペンはどちらの意見にも賛成できなかった。一日か二日ここに滞在すれば、状況が一変する可能性はある。だが、どのように？

ガリンがくちびるを嚙んだ。

「ペンリック学師にご相談したいことがあるのですが。神殿の問題で、気にかかることがありまして」

グレイジェイであるオズウィルも、ペンリックやガリン同様、神殿に仕えている。それでも彼はテーブルから引き抜かれていくペンリックを冷やかに見送った。護衛騎士たちがぎょっとしているのは、ペンが魔法によって自分たちを守ってくれると考えていたのに、それがこんな形で奪われてしまったからだろう。とはいえ、たとえイングリスが——どうやってかは知らず

――彼らを眠らせて足をひきずりながら逃げだしたとしても、ペンは彼が馬屋にたどりつく前に簡単に追いつくことができる。

ガリンはペンを居間兼書斎に連れこみ、扉を閉めて腰をおろすよううながした。膝をつきあわせてすわると、彼は声を落として単刀直入にたずねた。

「わたしは助けを求めて祈りを捧げました。学師さまがその答えなのでしょうか」

ペンは当惑のため息をついた。

「もしそうだとしても、わたしはいずれの神からもそのことを聞かされてはいません。予言の夢も見てはいません」

〈その点は神々に感謝しています〉とつけ加えたかったが、それを言ってしまえば、母がいつも〝厄寄せ〟と呼んでいたものになってしまう。

「神々は力を惜しみたもうと言われています」

「おっしゃりたいことはわかります。何よりも遅刻を嫌うグレイジェイが最後の瞬間にわたしを連れてやってきて、逃亡中の巫師とみごとにかちあったのですから。祭司殿がわたしたちに、何かを期待したとしても無理からぬことと思います」

もし力を失っていなければ、巫師たるイングリスに期待される役割は明らかだ。だが力を失っていなければ、彼は東都でトリンの魂を浄化していただろうし、もしそうなっていたらいまごろはどこで何をしていただろう。ペン自身の役割はといえばいまのところ、山賊と戦って追い払うためではなく、そもそものはじめから山賊の意をくじいて襲撃を思いとどまらせるために集められた隊商護衛隊のように思える。確かにそれは考え得るかぎり最良の武力の使い方ではあるが。

「イングリス殿の力は、ほんとうに主張どおり、失われてしまったのでしょうか」

ペンはためらった。

「彼の力は、わたしには損なわれていないように見えます。罪の意識と錯乱《さくらん》した精神が、力への完全な接触をさまたげているのではないかと」

「それをなんとかすることはできませんか。学師さまのお力で」

「わたしの力は基本的に、修復ではなく破壊にむけて働きます。そしてその対象はもっぱら、精神ではなく物体です」

そしてイングリスの力は物体ではなく精神に働きかける。改めて考えてみると、じつに興味深い対照性だ。

ガリンはしきりと指をひっぱっている。

「では、求められているのは学師さまの、魔術師ではなく神官としてのお力ではないでしょうか。彼に霊的助言を与える役割をになっておいでなのでは」

ペンはぎょっとした。

「それは……神学校でもわたしはそういった方面についてはあまり学習していません。もしそうだとしたら、きわめて恐ろしい冗談です」

ガリンがかすかな笑いを漏らした。

「いかにも学師さまの神らしいことではありませんか」

五倍の階位を求めたなどと自慢半分にオズウィルにむかって言った冗談が、いまめぐりめぐって彼自身の首を絞めている。魔術師や弓の名手ならともかく、グレイジェイの狼狩りを手伝うにあたって想像していたさまざまな役割の中に、〝知恵と思慮にあふれる助言者〟というものはなかった。

〈なるほど〉デスがつぶやいた。〈あなたがなぜ大急ぎで徽章を鞍袋につっこんだのか、これでよくわかりましたよ〉

〈そういうことではありません！〉

ペンは反論しようとして沈黙した。そしてふたたびガリンにむきなおった。

「あなたは長年この地で祭司を務めておられます。友として、巫師として、スクオラ老人をよくご存じでしょう。そうした仕事には、あなたのほうがずっとふさわしいのではありませんか」

ガリンは首をふった。

「よき友であったと、わたしは考えています。ですがわたしは、彼が犬たちに何をしているのか、まったく理解していませんでした。ただ、その行為にも彼自身の中にも、邪悪さが欠片《かけら》もないことを知っていただけです。ですが学師さまとイングリス・キン・ウルフクリフ殿は——おふたりは超自然における兄弟です。わたしの目には隠されたものが、あなた方の目には映ります。このもつれきった事態を解きほぐす術も見つけることができるのではないでしょうか」

ペンリックは当惑の咳払いをした。

「確かにひとつふたつ、考えていることはあります。ですがそれもやってみなくてはわかりませんし、けっして叡智などではありません。事実オズウィル捜査官にはまったくの愚行だと言われてしまいました」

「オズウィル捜査官は出発したがっておられます。学師さまの命令でそれを撤回させることはできないのですか」

「王女大神官はわたしを捜査官につけたのであって、逆ではありません。この件はそもそものはじめから――このように」とためらい、「こみいった事態に陥るずっと前から、捜査官にゆだねられた仕事だったのですから」

「ですが、学師さまのお力なくしてイングリス殿を捕らえておくことはできるのですか」

「そうですね……」

あの、じつに不可思議な声に秘められた可能性について考えてみる。もしあの声がなんの抑制もなく使われたら。それ以外の巫師の力はいうまでもない。

「できないでしょうね」

「では、この車輪のかなめは学師さまではありませんか。学師さまがとどまるとおっしゃれば、オズウィル捜査官もイングリス殿を連れて出発することはできません」

「どうやら……そういうことになりそうですね」

「ならば、ぜひともおとどまりください。そして学師さまの案をためしてみてください。心の治療でも、賢慮でも、無分別な蛮行でも、なんでもいいです、できることをしてください」そこで息をつき、「少なくとも、何かをしてみてください」

ペンは心の中で祈りを、もしくは神――白の神か、どの神でもいいが――にむけての愚痴を唱えた。

〈もしこれがお気に召さなければ、もっとよい代案をお示しください〉

頭の中の沈黙はかぎりなく深い。デスですらもおしゃべりや冗談を控えている。

ペンリックはしかたなくうなずいた。そして心の中の不安を表に出さないよう気をつけながら朝食のテーブルにもどり、イングリス――と二頭の犬――を連れて寝室にもどった。

ふたたび寝袋の上にあぐらをかいてむかいあった。ブラッドが入口に陣どってため息をついている。アロウはイングリスの隣に腰をおとし、犬らしからぬ好奇心をこめてふたりを見守っている。

「いいでしょう」ペンリックは息をついた。「ではいまから、霊的空間にはいるための清浄なる新しい詠唱問答を教えます」

イングリスが驚きと反感をこめて彼を見つめた。

「いったいぜんたい、なんだってそんなことができると考えたんだ、魔術師殿」

「ここにわたししかいないからです。いまのところ、それがいちばん肝心なのではありませんか」イングリスの不機嫌そうな顔にも気落ちしないよう心を強くもって、「まずはわたしが、『父神よ、母神よ、姫神よ、御子神よ、ひと柱の神よ』と唱えます。そうしたらあなたは、『この仕事を祝福し、われをして他者のために働かしめたまえ』と応じてください」

「それって祝福のつもりなのか」

「いいえ、これはあなたのための詠唱です。もっとも、そのふたつを兼ねれば手間が省けると考えていますが」

イングリスの視線がさらに険しくなったので、明るい微笑を返した。

「まったく韻《いん》も踏んでいない」

「わたしは魔術師であって、詩人ではありませんから」

「確かにそうだな。四行詩にすらなっていない」

「くり返してください。そうすれば四行詩になります」

イングリスはいまにも反乱を起こしそうだ。少なくとも、力をあわせようとしないかもしれない。そのときはどうすればいいか、ペンリックには見当もつかない。

デスが口の制御を奪い、甘い口調で告げた。

「それともこっちの祈りのほうがお気に召すかしら。『ひと柱の神よ、母神よ、父神よ、御子神よ、姫神よ。わが頭を殴ってわれをいま少しましな人間になさしめたまえ』」

吊りあがるくちびるを制御できないでいるうちに、彼女はひっこんでしまった。

どす黒く長い沈黙のすえに、イングリスが答えた。

「最初の文言を使う」

「いいでしょう」〈もうこれ以上介入しないでください〉

きっぱりと宣言したためか、デスは表向きは殊勝げにひきさがっている。

「ではよじめましょう。父神よ、母神よ、姫神よ、御子神よ、ひと柱の神よ……」

ふたりは、イングリスがそれほど遠くない昔に師範とおこなっていたように、詠唱問答をくり返した。単純ではあるが（〈単純なのはおつむのほうね〉とデス）心のこもった祈禱をくり返しているうちに、だんだん忍耐が擦り切れていく。しばらくすると、それぞれの音節が完全につながりを失って分解し、穏やかで淡々としたふたつのつぶやきになってしまう。それでもペンは諦めず、ようやく休憩を命じたのは、ふたりの舌が動かなくなったころだった。

何も起こらなかった。まあ、期待もしていなかった。いや、それは嘘だ。そう、少なくとも、希望はもっていた。

「あなたの師範はこの過程をどれくらいの頻度でおこなっていたのですか」

「師範とわたしの予定によっていろいろだ。日に一、二度のこともあったし、何十回とくり返したこともある」

「一度にどれくらいの時間、詠唱をくり返すのですか」

「いまのように、舌がまともに動かなくなるくらい疲れるまで何度も。だがそれも場合による」

「なるほど」ペンリックは膝に手をついて立ちあがった。「では舌を休めてください。脚もですね」

イングリスも、少なくともその指示に異議を申し立てようとはしなかった。

階段のてっぺんに護衛騎士のひとりがすわりこんでいた。

「オズウィル捜査官はどこでしょう」

「神殿に行かれたのだと思います」

「ありがとう」

ペンリックは家の中を抜けて通りに出た。神殿は昨日イングリスを急襲したときと同じように、静かに立っている。中には今日も、ただひとりの嘆願者がいるだけだ。五方の木壁のひとつにしつらえた父神の壁龕の前で、オズウィルが膝をついていた。ペンリックの足音を聞いて、彼がふり返った。

「ああ、あんたか」

「邪魔をしてすみません」それから好奇心を抑えきれずにたずねた。「何を祈っておられたのですか」

「導きだ」オズウィルがくちびるをひきしめて答える。

「それはそれは。わたしはここで出会うすべてのものが、大声でわたしたちに道を示していると思っていたのですが。それとも、捜査官殿はべつの答えを求めておられるのですか」

オズウィルはふたたび、彼が選んだ神の壁龕にむきなおった。こわばった肩がかたくなにペンを無視している。

ペンは反対側の壁にむかい、自分の神の壁龕をながめた。この地方の神殿によくあるように、おびただしい木彫りで飾られている。上の横木に彫られた空を飛ぶ鴉もよく見られる意匠で、下の隅には生真面目な顔の鼠が何匹か彫られている。右側の姫神の壁龕は、それぞれふさわしい色に塗られた木彫りの花と若い獣でふんだんに飾られ、薄闇の中で穏やかな色彩を放っている。嘆願者は祭壇の前で祈りを捧げるのであり、祭壇にむかって祈ってはならない、と師範たちは教えてくれた。ペンリックは膝をついた。心をからにする必要はない。だが執拗《しつよう》に訴える必要もない。ただ待つのみ。

やがて、堂のむこう端からオズウィルが声をかけてきた。

「問答の効果はあったのか」

ペンリックはふり返らずに答えた。

「まだです」

言葉にならないうなり。

ややあってペンは言った。

「イングリスは現実には殺人者ではありません。あなたもわかっているのでしょう?」

短い間。そして、

「わたしの仕事は逃亡者を裁きの場に連れだすことであり、わたし自身の判断は不要だ」

「それでもご自分の判断に従うことはあるでしょう。げんにクロウ街道で選択をしているではありませんか」

考えこむような沈黙。

「もうひとつの試みを考えています」ペンリックはつづけた。「イングリスを落石の現場に連れていき、スクオラ老人に何かしてやれないか、ためしてみたいのです」

もしくは、スクオラが彼に何かしてやれないか。

返ってきたのは苦しげなため息ばかりだった。おや。ではとうとう捜査官を陥落できたのだろうか。もしかするとオズウィルは、四角いあごから想像されるほど四角四面に規則に縛られているわけではないのかもしれない。そもそも導きを願うのは心に迷いがあるときだ。オズウィルに答えが授けられればいいのだけれど。ペンリックはなおも自分の壁にむかって語りつづけた。

「昨日より痛みもおさまっているようです。不機嫌なことに変わりはありませんが、おちついてもいます。ガリン祭司も連れていったほうがいいでしょう。犬たちも。護衛騎士の馬を一頭まわさなくてはなりませんね。あなたも同行しますか。超自然の出来事がおいやでなければですが」

オズウィルの声がどこか遠くから聞こえてきた。

「これだけの時間をかけて、これだけの旅をして、ようやく見つけたのだ。金輪際あの男から目を離したりはせん」

「わかりました」

ペンリックは一礼して五聖印を結んだ。そしてふたりは同時に立ちあがった。

12

　イングリスは内心で歯噛みしながら、ふたりの護衛騎士と馬屋の戸口脇におかれた切り株の助けを借りて、馬にまたがった。杖もまた当惑の種となった。結局、握りの部分を足の甲にあてて——その足を鐙にいれるにも護衛騎士の手を借りなくてはならなかったのだが——旗竿《はたざお》のように掲げることになった。それに手綱を加えると、手に割り当てられた仕事があまりにも多い。魔術師は浮かびあがるように優雅に騎乗した。それはもちろん魔法ではなく、細くはあっても強靭な身体と馬術の腕によるものだ。ガリン祭司はしっかりと切り株を使ったが、祭司の年齢を考えるとそれもたいした慰めにはならない。オズウィル捜査官は馬上から、嬉しそうにイングリスの馬にまとわりついているアロウとブラッドをにらみおろした。どう見ても鈍そうなイングリスの馬は、ごく穏やかに不服を唱えているだけだ。

　ガリンが先頭に立って神殿の前を抜け、街路へと出た。そこでペンリック学師が手をあげて一行の足をとめた。

「まず橋に行って渡ってみませんか。確かめたいことがあるのです」

　ガリンが肩をすくめ、馬首を右ではなく左にむけた。あとの者たちもぞろぞろとそれにつづく。反対方向にとびだしていた二頭の犬が立ちどまり、当惑をこめて鼻を鳴らした。なおも進んでいく馬にむかって何度か吠えたて、それからあとを追ってきた。

ペンリックを先頭に全員が木の橋を渡り終えると、アロウとブラッドは前方にまわりこんでくるりとふり返り、いっそう激しく吠えはじめた。馬が怖じ気づいた。

「静めてください」ペンリックが声をかけてきた。

「やめ！」イングリスは命じ、それから「すわれ」とつづけた。

二頭の犬はどう見ても狂ったような勢いで一行を足どめしている。

「**やめ！**」イングリスはさらに力をこめた。「**静まれ！**」

二頭は突風に煽られたようにひるんだが、すぐまた戦意を復活させて猛然と吠えはじめた。四本の脚をしっかりと踏みしめ、背中の毛を逆立てている。

「もう充分です！」

ペンリックがさけび、イングリスにはわからない理由で笑いながら、指をくるりとまわした。ガリンが犬と彼のあいだに視線をさまよわせ、ふたたび谷間にもどるべく馬のむきを変えた。騒ぎに驚いた村人が何人か出てきて祭司に挨拶をし、客たち全員にむかってまんべんなく顔をしかめ、中断した仕事にもどっていった。

ふたりの護衛騎士が、そばにはよらないまでもイングリスの両脇を固め、不審をこめて眉をひそめている。オズウィルが魔術師のそばに馬をよせてたずねた。

「あの橋で何をしたのだ」

「何もしていませんよ」ペンリックは軽やかに答えた。「ほんとうに、とても注意深く、何ひとつしませんでした」

「ではあれはいったいどういうことだったんだ」

「あの犬を動かしている要因について、わたしは三つの仮説をたてました。いまのでそのひとつが否定されました。残るはあとふたつです」

そして満足そうにうなずき、ガリンのあとから速歩で馬を駆けさせた。オズウィルもイングリスと同じくらい当惑しているのだろう、怒りをこめて遠ざかる魔術師の背中をにらんでいる。どういうことだろう。あの捜査官もイングリスと同じくらい、あの金髪の男にいらだっているのだろうか。

まもなく、ペンリックが手綱をひいてイングリスの横まで馬をさげ、片方の護衛騎士といれかわった。持ち場を譲ることができて、護衛騎士はひどく嬉しそうだ。

「目的地につくまでのあいだ、また少し詠唱をしませんか」ペンリックが陽気に提案した。

「やめてくれ」イングリスは押し殺した声をあげた。

もし〝**やめてくれ！**〟の声がこの男に対して効力をもつなら、迷わず使っていただろう。

「ふたりとも間が抜けて見えるだけだ」

「いまここにきて、まだそんなことが心配なのですか」ペンリックがにこりともしないでたずねる。「しかたがないですね。わたしの神のために働いていると、そんな気持ちはほんとうにすみやかにたたきつぶされてしまうのですけれど」冷やかさが消え、非難と同情の入り混じった表情に変わる。

「あんたが何を計画しているかは知らないが、うまくいくわけがない」

「何を計画しているか知らないのなら、どうしてうまくいかないとわかるのですか」ペンリックが言い返す。「ともあれ、〝計画する〟という言葉は少しばかり大仰すぎるのではないかと思います。〝ためしてみる〟くらいがいいでしょう。さっきの橋のように」

イングリスは肩をすくめた。ペンリックはさらにしばらく彼に目をむけていたが、ありがたいことにやがて諦めてくれた。

空は曇り、空気は湿り、山には霧がかかっているが、風は軽く、雨や雪は降っていない。チルベックの右の支流にそって坂をのぼりながら、イングリスはあたりを見まわした。前方には高峰がそびえ、東にも山々が連なっている。峠を越えるカルパガモ街道にはいるには西にむかう道を見つける必要があるが、何マイルもまわり道をしなくてはならない。半日がかりで川沿いにくだっていけば、南側から街道にはいることもできる。先日イングリスがたどっていた道だ。その後この谷で崖を越えようとして見舞われた不運を思うと、それがいちばんいい方法だったのだろう。もっとも、駿足の馬に乗ってひと足はやく出発していれば の話だ。せっかくここまでやってきたのにクロウ街道まで引き返し、結局東のサオネにむかうことを考えると、厳しい冬のきざしが本格的となってきたいま、絶望がこみあげてくる。

騎馬の一行は一列になって道をはずれ、森の中にはいっていった。魔術師はイングリスのすぐうしろで軽やかに馬を駆っている。背中に棘が刺さるような気分だ。前を進む護衛騎士がしじゅう肩ごしにふり返ってくる。森の道は困難ではあるが、通れないほどでもない。谷の男たちが何百年にもわたって比較的はいりやすいふもとのあたりで倒木や薪を集めてきたため、ある程度は見晴らしがきく。とはいえ、木々がもつれた険しい崖や随所で花崗岩《かこうがん》が顔を出した地面など、このあたりはまるで迷路のようだ。

やがて道が終わり、恐ろしい崖崩れのあとが目の前にひらけた。イングリスが考えていたよりはるかに大きな災害だ。一行が馬をとめると、二頭の犬がとびだしていった。

ペンリックがとびはねるような犬のあとから瓦礫の山を見わたし、イングリスにたずねた。

「何が見えますか」

「没我にはいっていないとき、おれの視覚はあんたと、ああ、その、ふつうの人と変わらない」

だがいまこの瞬間、それはまったくの真実というわけではなかった。深い水中に押しこまれたかのように、心が〝圧迫〟されて息がつまる。背骨を戦慄が駆け抜ける。魔術師のシャツの下で短刀に巻きついたトリンの魂がすさまじい活気を帯び、ここからでも感じとれそうなほどのうなりをあげている。

「あんたには何が見えているんだ?」

「デスの目を借りているときはかなりの霊を見ることができます。たぶん、噂に聞く聖者の視覚と同じものだと思います。貨幣の裏と表を同時に見るように、物質と霊が重なるのです。スクオラ老人はガラスに映った像のように色のない幻として見えます。昨日とはすわっている岩を変えたようです。つまり、少しは動くことができるのですね。わずかに影が薄くなったでしょうか。それともわたしがそう予想していたというか、恐れていただけなのでしょうか」

アロウとブラッドが鼻を鳴らしながら岩のまわりをぐるぐるまわっている。ペンリックの視線はその岩に据えられている。

「おや、こちらを見ていますよ。あなたを見ているのでしょうか。もちろん、老人もある程度はわたしたちを認識できるのでしょう。没我にはいれたら――はいれたときは、あなたも霊を見ることができたのですか。霊は話しかけてきましたか、それとも黙っていたのですか」

「おれはそんなに多くの霊を見てきたわけじゃない。古いものはたいてい沈黙している。新しい霊にはまだ会ったことがない」

「トリンがいるではないですか」

イングリスはたじろいだ。

「トリンは短剣に縛りつけられていて、話をしない。おれには――通常状態のおれには。だがもし……」

混乱して言葉を切った。霊的次元にはいれば、呪縛された霊とでも話すことができるのだろうか。トリンと話すことができれば、自分はこんな事態になった怒りをぶつけるだろうか。それとも許しを請うだろうか。それとも――。あらゆる意味で友を失ってしまったら。最後の最後の瞬間に心を通わせることができたら。もしトリンに憎まれていたら……

ペンリックとオズウィルと護衛騎士のひとりが馬をおり、護衛騎士が三頭分の手綱を預かった。ガリンの関心はすべて犬にむけられている。ふたりめの護衛騎士がイングリスに手を貸そうと鐙から足をはずした。魔術師の弓は弦をはらないまま、矢筒とともに、鞍にくくりつけられている。しかもこの数週間来はじめて、短剣という重荷はこの手から取り除かれている。

〈もし好機というものが手にはいるなら、いまがそれだ。たったいま〉

イングリスは頭をのけぞらせて咆《ほ》えた。

彼自身の乗騎をふくめ、すべての馬が恐怖にかられて棹立ちになった。イングリスは杖を投げ捨て、手綱をひねって馬を斜面の上にむかわせ、まばらな森の中につっこんでいった。背後から、誰かが落馬した音と罵声《ばせい》が聞こえた。騎手を乗せたまま坂を駆けおりていく馬もあるのだろう、誰かの怒号が遠ざかっていく。イングリスはしばらくのあいだ、とびはね疾走する馬にまたがったまま、ただひたすら手綱と鞍にしがみついていた。枝に首を切り落とされないよう、かろうじてつかまっている鞍からたたき落とされないよう、低く身をかがめる。

このまま上にのぼって左に曲がり、落石現場の上をまわってその下の森に身を隠すのだ。それからどうにかして、この罠のような谷間から抜けだす方法を見つけよう。なんといっても馬を盗むことができた。彼自身が足首を痛めているいま、馬の脚まで折るわけにはいかない。この調子で走っていたらいずれ息があがる。そうしたら制御できるようになる……

だがイングリスは犬を計算に入れ忘れていたのだ。二頭が吠えながら追いかけてきた。馬よりもはやく木々のあいだを駆け抜けてくる。信じられないほどすぐさま、波うつ銅色が視野の隅にひらめきはじめた。そしてなんということだ、深みのあるアロウの声が上から降ってくるではないか。二頭は赤鹿を狩るように、傾斜のきつい森の中で彼の馬を追いはじめた。走りつづける馬の尻が新たな恐怖にこわばり揺れている。間抜けな馬の頭を狼でいっぱいにしたのは失敗だった。いまその頭の中で犬たちの声が響きこだましている。鹿ならこうした危険な斜面でも走れるだろう。だが馬はそのようにはできていない。

とつぜん左手が明るくひらけ、馬が怯えてとまろうとした。濡れたローム土で蹄がすべり、落石現場を見おろす崖から落ちそうになる。馬が棹立ちになってあとずさった。

だがイングリスはなおも進んでいた。尻の下から鞍がなくなる。頭の周囲で世界が激しく渦巻いている。ふいに、はるか下方の岩だらけの地面が、信じられないほど長かった一日の終わりにゆっくりお休みと、ほんものの寝台のように彼を誘った。枝が腕にあたった。発作的にそれを握る。鍛冶屋のやすりのように樹皮と手のひらがこすれる。枝が折れた。宙で身体がまわる。つかむ。腕がのびる。しがみつく。すべる。また手が離れる。回転する。脇腹をしたたか打ちつけた。まだ胸の中に空気が残っていたとしてもすべて押しだされてしまうほどの衝撃だ。肺が脈打ち視野が赤い闇に包まれる。しばらくしてようやく、また息を吸うことができた。

十回ほど呼吸をしてから、どこに着地したのか確かめようと頭をあげた。鼻先一フィートほどのところに、ごろりと岩がころがって視野をさえぎっている。反対側に首をひねると、眼下に灰色の谷がひろがっている。彼は落石の起点にそびえる切り立った崖のなかばあたりで、不安定な岩棚にのっていた。台所用の椅子よりは幅があるものの、かろうじてといった程度にすぎず、長さはほんの数ペース、それも端のほうは宙につきだしている。

この崖をのぼってもどることはできない。下も……いや、ここを出るならくだるしかない。五十フィート下方の割れた岩をながめながら、ここから落ちればすみやかな死が訪れるだろうかと考えた。必ず死ねるならばありがたい。死ねるかどうかわからないのはいやだ。痛みはもう充分に味わっている。

手の皮膚が裂け、肩がねじれ、挫《くじ》いた踵は……よくなっていない。みごとなまでの満身創痍だ。だが驚いたことに、首と背中と骨はだいたいにおいて無事なようだ。

頭上五十フィートのあたりで、哀れっぽく鼻を鳴らす音が聞こえた。幾度か声をあげて吠えている。さっきまでほど懸命でもなく、必死でもなく――そう、当惑したような。

〈そんなところで何をしているんだ?〉とたずねているみたいな。

〈ほんとうに、おれにもわからないよ。おれにはもう、理解できることなんか何ひとつない〉

この岩棚で横になったまま、意識を集中して呼吸しているだけで、すでに大仕事だ。

しばらくしたころ、下のほうで何か動くものがあった。少しだけ身体を起こしてみた。さっきの転落のせいで、東都のボアフォード氏族の町邸で、丸石を敷きつめた街路から五階分の高さにある屋根の上を腹這いになって進んだときのことを思いだしてしまった。トリンにけしかけられたのだ。見おろすと、魔術師の青白い顔があおむいて彼を見つめていた。呼吸はいくぶんはやくなっているが、それ以外は腹が立つほどおちつきはらっている。

ペンリックが首をふって呼びかけた。

「ほんとうに、イングリス、あなたは災いを呼ぶ〝才能〟をもっていますね。けっして役に立つ才能ではありませんが。それはともかく、あなたには助けが必要だというわたしの予感は、まさしくあたっていたようです」

のぼることもおりることも、右に行くことも左に行くこともできない。馬屋の戸に釘づけにされた狼の毛皮のように、むきだしで、からっぽな気分だ。答える言葉は見つからず、もちろん魔術師もそんなものを期待してはいない。

岩場から百ペースほどの、道が途切れたあたりで、ガリンが両手を口にあててさけんだ。

「バアル殿が馬をつかまえました！　ロープをとりにいってきます！」

ペンリックはその知らせを聞いても無造作に手をふっただけだった。奇妙なほどまるで興奮していない。そしてなかば独り言のようにつぶやいた。

「それで少しは時間が稼げますね」

内なる狼がもたらす腹立たしいほど鋭すぎる聴力は、まだ消えてはいなかった。

ペンリックは重たげな上着を脱ぎ、リネンのシャツの袖を肩までまくりあげて腕をのばし、指をからませてふった。

「では行きましょうか。井戸の底から霊的助言をさけぶのは気が進みません。それにたぶん、このほうがいいのだろうと思います」

そして彼は、目につく手がかりも足がかりもない崖に貼りつき、のぼりはじめた。

彼の口がひらき、男の咽喉から出てくるとは思えないこわばった鋭い音律が響きわたった。

「ペンリック！　わたしはいろいろな力をもってはいますけれど、空を飛ぶことはできませんよ！」

ペンリックは懸命に登攀《とはん》しながらにやりと笑った。

「だったら、あと数分でかまいませんから、口をつぐんで邪魔をしないでいてください」

遠くから見る彼は、はじめは岩に貼りついた蜘蛛《くも》のようだったが、近づいてくるにつれて幻影は消え、確かな人間に見えてくる。にこにこと愛想よく笑っているときよりもずっと背が高く、ずっとがっしりしている。身体をひきあげていく腕や手に、筋肉がもりあがる。数フィートずつよじのぼるにつれて、あえぎながらこぼしている。

「わかっていたんですよ……少し前から……こんなことは……」

ようやく岩棚の端にたどりつき、ぐいと身体をひきあげた。軽やかに馬にとびのったときの自信は、いまの彼からはうかがえない。

「ありがとう、ドゥロヴォ兄上、たぶんお礼を言うべきなのでしょうね」

彼はあえぐようにわけのわからないことをつぶやくと、膝をついてまた手をふった。

イングリスはゆっくり慎重に起きあがって身体をずらし、背後の石にもたれかかった。のばした脚が深淵の上につきだされる。ペンリックも荒い息をつきながら彼の横に腰をおろし、同じように脚をのばした。さながら、小川の上で丸木橋にならんで腰かけるふたりの少年だ。きっと同じような気分なのだろう、ペンリックが小石をひろって投げ、水音を聞こうとするかのように首をかしげた。かなりの時間がたってから、かつんと地面にあたる音が聞こえた。

これまで上着の下に隠されていたのだろう、ヴェストの左肩にゆがんでとめてあるのは、最高位の神官であることをこれ見よがしに示す――白とクリーム色と銀の三つの輪がからみ、尾部に銀のビーズを飾った、神殿の最高級徽章だ。誓約を捧げてからほとんど身につけたことがないかのように、汚れてもいないし、まだごわごわしている。イングリスの授賦式よりそれほど前のことではないのだろう。それでもペンリックの儀式は、イングリスのときのように血が流されることはなかったはずだ。

とはいえ、魔がどこからやってくるかを思えば、死や犠牲と無縁というわけでもなさそうだ。

〈ふむ〉

オズウィルの声が下の岩場から聞こえてきた。

「大丈夫か。それともこんな事態も予想のうちなのか」

イングリスはぎょっとした。ペンリックが腹這いになって岩棚の端から首をつきだしたのだ。イングリスも精いっぱい身体と首をのばした。捜査官はさっきまでペンリックがしていたように、岩場に立ってこちらを見あげている。ペンリックが手をふった。

「たいして悪くはない状況です。少し動揺してはいますが」

「愚か者と狂人が」

オズウィルはつぶやくと、手近の岩に腰をおろしてくたびれ果てたため息を漏らした。大柄でたくましい男ではあるが、垂直に切り立ったこの崖をのぼってくるつもりはないらしい。ペンリックのようには——神官で、魔術師で。いったいこの男はなんなのだろう。捜査官が顔をあげ、さらに声をはりあげた。

「その男を馬に乗せればどうなるか、わたしがなんと言ったかおぼえているか」

ペンリックもにやりと笑ってさけび返した。

「おぼえていないのですか、そんな遠乗りをすればわけのわからない不運に見舞われると答えたはずですよ」

「ふん」オズウィルは酢を飲んだように顔をしかめた。「好きにするがいい、ああ、じつに叡智に満ちた学師さまだ」

「そのつもりです。神殿神官なら誰もが望むような、逃げることのできない聴衆がここにいるのですから」

「あんたの説話が終わったら、わたしはその男を東都へ連れもどらなければならんのだからな」

「では祈っていてください」

オズウィルがそれに対して返した身ぶりは、とうてい敬虔とはいいがたいものだった。ペンリックはなおも笑いながら、くるりと身体のむきを変えてすわりなおした。イングリスの背骨も、ようやくもう一度確かな岩によりかかることができた。

笑顔が思慮深い真顔に変わった。ペンリックはわずかに身体をずらしてイングリスとのあいだに空間をつくり、静かに告げた。

「スクオラ老人が参加しました」

「それは」――イングリスはこめかみに両手をあてた――「このとんでもない頭痛はそのせいか」

「落ちたときにぶつけましたか？」

ペンリックが医学的な関心をひらめかせ、身をのりだしてイングリスのひたいに手をあてた。

イングリスはたじろいだ。

「たいしたことはない」

イングリスの答えと同時にペンリックはつぶやいていた。

「ちがいますね……」やがてペンリックは手をはずし、腹立たしいほど曖昧につづけた。「では、こちらの来客のせいでしょう」

イングリスの口がほどけた。

「スクオラはどんなふうなんだ。つまり、あんたにはどんなふうに見えているんだ」

ペンリックはふたりのあいだの何もない空間を凝視した。

「羊皮のヴェストを着た素朴な山の老人です。犬たちの餌を手に入れようと外に出たとき、とつぜん生命を奪われました。神々に愛される偉大なる魂の持ち主にはとても見えません。わたしもまだまだ未熟ですね」

「偉大なる魂？　そういうのは、王とか将軍のものじゃないのか」

「いいえ、彼らはただ〝えらい人〟というだけのものです」ペンリックはなおも興味深げに虚空を見つめている。「この老人はとても辛抱強い。そう、人の一生よりも長い時間をかけて完成させる技をなすには、そうでなくてはなりませんからね……。ここにいるもうひとりは、どうもそれほど辛抱強くはないようですが」

イングリスの頭を締めつける圧迫が脈を打つ。神官が五聖印を結んだ。

「ではわたしたちも祈りましょう」

「祈るだって？　あんた、正気か」

ペンリックが手のひらを返して肩をすくめた。

「それがわたしの仕事です。ごく最近思いだしたのですが、わたしのもうひとつの仕事です。これを」——と徽章に触れ——「授けられる三年前、最初の誓約を捧げたときから、それがわたしの仕事となりました」

「それで、何を祈るんだ。ロープをください？　滑車もつけて？」

「そうした物質的な助けは人から授かるものです。神々に願うことではありません」片手をあげて指をひろげ、「祈りには五つの神学的目的がある、とわたしは教わりました。奉仕、嘆願、感謝、予知、そして贖罪《しょくざい》です。いまのあなたはその五つすべてを必要としているのではないでしょうか」

そして彼は手をおろし、かすかな笑みを浮かべて谷間を見おろした。わびしい景色はそんな楽観的な見解を否定している。

「あんたは何を祈るんだ」イングリスは切り返した。

このわかりにくい……ユーモアが、だんだん腹立たしくなってきた。いや、これはほんとうにユーモアなのだろうか。ひたすら彼の気力を奪っていく。もうほとんど底をつきそうだ。

「わたしはできるだけ、必要以上に神々をわずらわせないよう心がけています」ペンリックは平然と答えた。「かつて一度、ひと柱の神がわたしの祈りに応えたことがあります。それ以来、用心深くなりました」

「二度なんじゃないのか」イングリスはうなった。

「なんですって?」

イングリスは痛む頭を崖に押しつけて、詠唱をはじめた。

「ひと柱の神よ、母神よ、父神よ、御子神よ、姫神よ……」

ペンリックのくちびるがゆがんだ。

「あなたは、その、殴られたいのですか」

「いまこれ以上の打撃をくらったら、まっすぐすわっていられないと思うぞ」そしてため息をつき、「学師殿、あんたは祈りを出し惜しみしていればいい」

「ではもう少し詠唱をつづけましょうか」

「それは安全なのか」

「そうではないですけれど。はじめましょう。父神よ、母神よ、姫神よ、御子神よ、ひと柱の神よ……」

あまりに何度もくり返されていた訓練だ、自然と口から応答がこぼれ落ちた。

「この仕事を祝福し、われをして他者のために働かしめたまえ」

そしてイングリスは、ペンリックがふたりのあいだにつくった何もない空間に目をむけた。

この二行の言葉のやりとりは、彼が考えていたほど単純でも愚かでもないのではないか。

「そのままひとりでつづけてください」

「父神よ、母神よ、姫神よ、御子神よ、ひと柱の神よ……」

馬鹿げている。自分は馬鹿だ。ペンリックも馬鹿だ。みんなみんな、ここにいる連中はとんでもない大馬鹿野郎だ。すぐにも諦め、事実とともに生きるべきだ。もうひとつ選べる道は眼下の岩だ。すでにひとりの巫師を殺している。愚かな一生の仕上げをしてくれるだろう。神々は偉大なる魂を受け入れたもうように、愚者の魂も受け入れてくださるだろうか。いや、愚者は逃げるから神々の手も届かない。ああ、だが自分はもう逃げることにも疲れてしまった。

五度めの詠唱がくちびるからこぼれたとき、彼は突破していた。はじめてその境地にいたったときと同じくらい驚異的な唐突さで、彼はそこにいた。だが今回は、はやぶさが宙をつかむようにしっかりと自己の位置を維持している。そしてまるで奇跡のように、ひろげた翼をはばたく必要もなく上昇している。

岩棚も背後の崖も目の前の谷間も、物質世界のすべてがなおも存在している。だがそれはかろうじてといった薄さで、定義しがたい大いなる空間が周囲全域にひろがっている。定義しがたくはあっても可能性にわきたっている。そして、そこにいるのは彼ひとりではなかった。

羊皮のヴェストを着て、羽根をさした帽子を浅くかぶった山の老人が、彼の隣にすわっていた。ガラスに映った像ではなく、周囲の灰色にかすんだ谷間よりはるかに強烈な色彩を放っている。その魂の密度は、透明などとは対極にあるものだ。彼の内なる美しい大いなる犬は、あまりにも長くその犬舎に棲まっているため、いまでは本体と密接にからみあい、ほとんどひとつの存在になっている。老人がイングリスに人懐こい笑顔をむけた。皮肉も批判もふくまない、奇妙なほど純粋な好意にあふれた笑みだ。〈遅かったね〉と咎《とが》めているようにも見えないが、彼にそれを言う資格があることは、もちろんイングリスにもわかっている。

ペンリックがそのむこうで、首をかしげて心配そうにイングリスの身体を見つめている。金髪の青年の肉体もまた世界の表層と同じく灰色にかすんでいるが、イングリスはそのときはじめて、太陽のような外面の下に隠されたものを見た。魔術師の内側は、何層にも重なって延々と過去につながる恐ろしい多重構造になっていた。まるで、暗い秘密を秘めた大地の奥深くへと、どこまでもくだっていく洞窟のような。魔だ。

〈こいつはこれを抱えて生きているのか。毎日？〉

それから顔をあげ、さらに視線をのばした。

ペンリックのむこうで、長身の人影がさりげなく崖にもたれかかっていた。スクオラのような、もしくは最初の朝にイングリスを助けてくれた男たちのような、この地方の貧しい人々と同じ身形で、若い狩人の姿をしている。羊皮の三角帽子をのせた輝くような巻き毛は、ブラッドの毛並みと同じ銅の色だ。そしてその顔からは、直視できないほど強烈な光が放たれている。イングリスは魂の手を魂の目の上にかざし、それから顔全体をおおった。すべてが遮断されたが、燃えるような光だけはなおも射しこんでくる。手をおろすと、全力疾走をしたかのように息が切れた。

その顔がイングリスにむかって微笑を投げたように思えた。涼やかな空気を通して山腹を照らす陽光のごとく、心のこもる温かな笑みだ。なのに魔よりもはるかにはるかに恐ろしい。

〈彼〉が無造作に手をふった。

〈つづけよ〉

「どうすればよいのでしょうか」

〈その者より呼びいだせ。そなたが呼べばくるであろうよ。つまるところ、とてもよい犬であったゆえにの〉

そんな単純なものではないだろう。それとも、そうなのか？

〈ここでならばできる。つまるところ、ここはとても無垢な場所だから〉

いまのは誰の思考だったのだろう。

イングリスはその次元の空気ならぬ空気を吸い、奇妙な犬に匂いを嗅がせようとするかのように手をさしだし、呼びかけた。

「さあ、おいで」

あやすように呼びかけて、ためらった。馬鹿みたいだ。この犬は彼よりはるかに歳を経ているはずなのだから……

〈悩むでない〉愛玩する犬に身体をかくのをやめよと命じる人間のように、笑いをふくんだ声が言った。〈定めるはわれ、そなたではない〉

少しずつ身体を起こそうとする老犬か老人のように、反応は鈍かった。ぎくしゃくと、それでも素直に、〝その形〟がスクオラから流れだし——犬が被毛の感触だけを残して逃げていくように、イングリスの手をすり抜けて消えた。どこへ？　まさか、完全に消滅してしまったのではないだろうな。

「大丈夫なのですか」おずおずとたずねた。

〈わが手にあらばすべて幸なり。いまとなればそなたにも、いかに心躍るものであれ、すべての狩りは狩られるものへの敬意をもって終わらねばならぬことが理解されたであろう。そう願いたいものだ〉

どう答えればいいのだろう。〈彼〉がこのまま消えてしまうのではないかと不安だった。まるで——いや、これはただの幻視のように呼びだしたり消したりできるものではない。イングリスは思わず口にした。

「もう一体いるのですが」

〈忘れてはおらぬよ。だがそれはそなたの仕事だ。さあ、とりかかるがよい〉

いつのまにかペンリックが短剣の鞘をはらい、膝の上にのせていた。岩壁にもたれたままのイングリスの身体を、心配そうにじっと見つめている。眠っている以上に静かだが、緊張しているため死んでいるのではないとわかるのだろう。多大な努力をはらって、イングリスはその身体の手をひらき、前にのばした。ペンリックがそっと短剣を握らせる。海象の牙の柄の周囲で手がふるえる。ペンリックが静かに手と短剣をもちあげ、イングリスの膝にのせてくれた。

イングリスはそのときはじめて、自分がこの次元において、狼でも狼の頭をもった人間でもなく、完全な人の姿をとっていることに気づいた。ありがたい。引き延ばされた猪の魂が、その獰猛さの奥で、ひどく怯えているのがわかる。そっとやさしくなだめながら、出てくるようにうながした。これまでは、この猪がトリンにもたらした運命、それによって彼自身がこうむった運命ゆえに、憎まずにはいられなかった。だがこれもほかの獣と同じく、御子神の生き物だ。待っていた神にその魂をわたし、敬意をこめて一礼し、大きく指をひろげて心臓にあてた。

短剣から解放されたトリンが立ちあがった。目がくらんだように当惑している。スクオラはさっきから、焚火を囲んで語る楽しいおとぎ話に耳を傾けるかのようにすべてを受け入れている。トリンはその老人よりも実体感が薄く、色も淡い。イングリスに気づいてトリンが口をあけた。だが声は出てこない。それから彼は顔をあげ、崖の前に立つ〈彼〉を目にして硬直した。

その一瞬、イングリスは恐怖に襲われた。トリンがあとずさったのだ。罪の意識か。悲嘆のせいか。善良さが、強靭さが足りなかったと恐れたのだろうか……。つまるところ彼は、若気のいたりからくる傲慢《ごうまん》さのみから、猪の魂を求めたのではない。あまり健全とはいえないが、いまのイングリスには充分に理解できるさまざまな動機がまぜあわさったゆえの行動だった。トリンは無言で立ったまま、恥じ入るように身を縮めた。

秋の御子神が手をさしのべた。すぐ近くに、だが触れることはせず。トリンは苦悶にゆがんだ顔をそむけ、引き攣らせながら手をさしだそうとした。一度、二度。二度めの試みで、その手がしっかりと握られた。トリンの顔からすべての苦悶が消失する。あまりにも大きな畏怖はそれ以外の感情のはいる余地を与えないのだ。

そして彼は消えた。

狩人の神がふり返って身をかがめ、こんどはスクオラにむかって手をさしのべた。驚いたことに老人は、昔からの友人であるかのように親しげな声で話しかけた。

「だけど、そっちに美味いビールはあるのかい」

狩人の神が同じくユーモアあふれる声で答えた。

「ビールがあるならば、それは必ず美味い。ビールがないならば、それはより美味いものがあるからだ。いずれにせよこの賭けにそなたが負けることはない。きたれ、翁《おきな》よ」

狩人の神が老人を立たせる。

「おまえさま、ここまでくるのにずいぶん時間がかかりなさったね」

「われはわれなりに最善をつくしたよ」神が答える。

「そうみたいだね」そして温かな視線でイングリスを見おろし、「犬たちの面倒を見てやっておくれ」

「必ず」

イングリスは息を凝らしてうなずいた。

スクオラは嬉しそうに首をふった。

「さあ、これでおれも旅立てるよ」

「時いたれり」友なる神が面白そうにつぶやく。「腰重くひきのばしているは誰ぞ」

イングリスは気がつくと、膝をついて手のひらを上にむけ、指をひろげて両手をさしのべていた。何を言おうとしているのか自分でもよくわからない。

〈これで終わりなのですか、おれはちゃんとできたのでしょうか〉

だが実際に口から出てきたのは、

「またお目にかかることはできるでしょうか」だった。

狩人の神は微笑した。

「一度は、必ず」

そしてイングリスは手を離し、どこまでもどこまでも落ちていった。もとの世界へ。あまりにも深い笑いの発作に襲われたために泣きながら。あまりにも激しく泣いたために笑いながら。人の枠にはとうていおさまりきらないあまりにも大きな反応を起こしながら。

自分が岩棚にすわっていることも忘れていたのだが、ありがたいことにペンリックが待ちかまえていて、ころがり落ちる前に受けとめてくれた。

「さあさあ……」

ふるえる彼の身体を支え、発作を起こした子供をなだめるようにとんとんと背中をたたいて、もう一度用心深く岩壁にもたせかけてくれる。

「神にまみえたのですね。わかります、わかっていますよ」なだめるような声だ。「何日か酒に酔ったような状態がつづくでしょう。オズウィル捜査官は間違いなく怒り狂うでしょうが、それはそれで面白いと思いませんか……」

イングリスはあえぎながら彼の膝にすがりつき、襟もとをつかんだ。

「あんたは何を、何を見たんだ。たったいま！」

ペンリックは布地が破れる前に彼の指をそっと引き剥がした。

「わたしが見たのは、あなたが没我にはいるところだけです。少しばかり驚きました。まるで発作を起こしたみたいで――同行者にはあらかじめ警告しておいたほうがいいですよ――鼻血を出していました。トリン殿が解放され、旅立っていったのがわかりました。スクオラ老人の旅立ちもです。それ以上のことはよくわかりません。デスがひきこもってしまいましたから。内側にこもるほかどこにも逃げ場がないものですから、固く小さく丸まってしまって、まったく役に立たないボールのようになってしまうのです――」

　最後の言葉は声高に告げられた。だがイングリスにむけて声をあげたのではないしるしに、ペンリックはつづけて彼にむけて語った。

「魔は神々を恐れます。魔を滅ぼすことのできる唯一の力なのですから、それも理解できるというものですが」

　誰が何を理解するというのだろう。ペンリックがしばらくためらってから片手の指をひろげ、窓ガラスに押し当てるように宙に浮かせた。イングリスは祈りの五つの目的を思いだした。

〈嘆願だ〉

「べつの言い方をするならば……するならば、窓の外で雨に打たれながら、招かれていない収穫の祝いをのぞいているような気分でした」

「そうか」イングリスは愚かしくつぶやいた。

〈悩むでない〉という言葉が心の中でこだまする。こんな場合であるにもかかわらず、思わず笑みがこぼれる。上唇をこすると手に赤い粘つくものがついた。だが鼻血は自然ととまったようだ。

ペンリックが彼の髪をつかみ、のぞきこんでくる。その顔に浮かんだ関心は……医学的なものだろうか、神学的なものだろうか、魔術的なものだろうか。それとも単に知識欲旺盛な学者のものだろうか。下から人と犬の声が聞こえ、ペンリックが首をのばした。

「……大丈夫そうですね。ええ、ガリン祭司がもどってきました。興奮した大勢の男がロープをもっています。充分な長さがあればいいのですが。アロウとブラッドが出迎えに走っていきます。もしかするといそがせようとしているのかもしれませんね。ころばせて脚を折ろうとしているのでなければいいのですが。犬のことだからわかりません。あなたはもう、これ以上の厄介事をもちこんだりはしませんよね」

救い。

「すべてあんたにまかせる」イングリスは力なく、かけ値なしの真実を、感謝をこめて告げた。

〈おれは救われた〉

この山で道に迷った者は大勢いるだろうが、彼ほど深く迷い、彼ほど大きな救いを得た者はいない。こうした救いを与えることが、スクオラの仕事だったのではないか。スクオラと、彼の勇敢な犬たちの。巫師の最後の救い。救いをもたらす巫師。手から手から手から手へと、絶望的なほど長く長くつづく救いの鎖。どこまで遡ることができるのだろう。

……そして、どこまでつづいていくのだろう。

13

ふたりの救助に一時間以上がかかった。魔術師は怪我をした巫師と同じく、ロープでつくった網に乗って岩棚からおろされたが、巫師とは異なり、王宮の階段を進む王子のように堂々と網から出てきた。オズウィルが文句を言うと、くだりはのぼりよりはるかに難しい、足や手をおく場所が見えないのだからと、反論が返った。山とは無縁のオズウィルはしかたなくその理屈を受け入れた。そのほかのあまりにも異常な出来事を思えば、そんなことはもう問題にもならない――しかも彼は魔術師神官からその供述証書をとらなくてはならないのだ。ガリン祭司は飢えたような熱心さでその途方もない話に食いつき、つぎからつぎへと話をせがんだ。護衛騎士と谷の人々は目を瞠っている。ともあれ、あたりが暗くなりはじめる前に、一行はふたたびリンクベックへの帰路についた。

イングリスはまるで別人だった。崖から落ちたときに頭の打ち所が悪かったのだろう。以前よりいっそうおかしくなっている。身体を洗い、ペンリックが医師という第三の顔を見せて捕虜の新しい怪我を治療してから、夕食のためそろって階下におりていった。ガリンとゴッサは卑屈なほどの感謝を示した――イ、ン、グ、リ、ス、にだ。ゴッサにとってこれは、祝日の鵞鳥のようにイングリスに食べ物をつめこみ、人間と同じように犬たちに食事をふるまう晩餐だった。放置されたペンリックは、召使いの少女――村で乳母をしている女の娘だった――を相手に、マーテンズブリッジでは王女大神官の良心的な監督のもと、意欲に燃える若い娘たちが絹産業に従事・活躍しているなどという話をしていた。

　結局はオズウィルが、明日の出発ははやいからとおひらきを宣言した。階段をのぼりながら、彼はイングリスに告げた。

「おまえはまだわたしの囚人だ。釈放されたわけではない。わたしたちは東都にもどらなくてはならない」

「ああ、もちろんだ」イングリスは考え深げに答えた。「いまとなっては大歓迎だ。少なくとも、きっといまよりはよくなる」

　夜明けとともに猛吹雪がくるのではないかと心配になった。

　その夜もっとも闇が深くなる時間、オズウィルは夢を見た。

世界の果てまでも響きわたりそうな、深みのあるゆったりとした思慮深い声が告げた。

「そなたは充分間におうたよ。よくやった、わが子よ」

　考えこむような間をおいて、声はやや軽い口調でつづけた。

「明日は雪は降らぬ。だが三日以上はかからぬことだ」

　オズウィルは声をあげて目覚め、もがくように身体を起こした。夜の恐怖のためか、喜びであったのか。自分でもわからなかったが、とにかく大声をあげた。

犬が甲高く吠える。上掛けをはねのけてしまった。影の中からペンリックの声が聞こえた。「デス、明かりを。明かりをください！」それから恐怖の声。「目が焼けてしまいます！」それからまた自分の声に自分で答えて、「あなたは目をもっていないでしょう。これはわたしの目で、両方とも無事です。少なくとも、この部屋に明かりがあれば無事だとわかります。ああ、ありがとう」

その言葉とともに、洗面台の二本の獣脂蠟燭にひとりでに火が点った。

オズウィルは毛布をつかんだままあえいだ。

「いまのは……いまのは……」

「大丈夫ですか」ペンリックが心配そうにたずねる。「肺気腫の馬みたいですよ」

「なんでも……なんでもない」呼吸をとりもどそうとしながらかろうじて答えた。「すまなかった」

「デスの反応を見るに、なんでもないわけではなかったようですね」さらに、「出てきても大丈夫ですよ。もう終わったみたいです」

イングリスをふり返ると、眠そうに寝袋にもぐりなおし、ブラッドを抱き枕のようにひきよせながらなだめている。

「イングリス、あなたは何も感じませんでしたか、たったいま？」

「何も……いまのは、おれのためのものじゃなかったんだろう」

ブラッドはしだいに警戒をゆるめ、もう一度前足の上に頭をのせた。アロウがペンリックの上を踏み越え――「なんですか、この馬鹿でかい犬が！　わたしに乗るのはやめてください！」

――興味深げに湿った黒い鼻をオズウィルにこすりつけた。

「ただの夢だったのだ」オズウィルはつぶやいた。「たぶん、たぶん幻覚を見たのだ。長い一日だったからな」

長く奇妙な追跡だった。

「恐ろしい夢だったのですか」

わからない。だが意図せずして、そして珍しく、さっきから口角があがっている。

「いや……あれは……べつの恐ろしさだった」それから、「真の声と、ただの夢と、どうやれば区別できるのだ」

「それをたずねなくてはならないのなら、ただの夢だったのでしょう。真の声はめったに聞こえるものではありませんが、でもあなたが考えるほど珍しいものでもないのですよ。わたしたちは昼のあいだ、あまりにも自分たちのことにかまけているため、神々の訪《おと》ないを受けることは困難です。ええ、わたしの心は昼も夜も一日じゅういっぱいですけれどね。ですが夜になると、わたしたちの門はときどき、ほんとうに必要なほどわずかですが、ひらくのです」

オズウィルの眉がさがった。

「だがそれでは……役に立たない」

「どのような御告げだったのですか」

正確にいえば、自分は狼狽しているわけではない。だが……

「やめておこう。あまりにも馬鹿げている」

ペンリックは片肘をついて身体を起こし、考え深げに彼を見つめている。

「無料で神学的助言をさしあげましょう。神々を否定してはなりません。そうすれば神々もあなたを否定しないでしょう」

オズウィルがじっと視線を返すと、ペンリックはさらにつづけた。

「危険な習慣であることは心しておいてください。わずかなひび割れからでもいったん受け入れてしまえば、神々は鼠よりもひどくはびこることになりますから」

いまや完全に困惑し、オズウィルは抗議した。

「どうしてそんな不敬が口にできるんだ。あんたは最高位の神官だろう」

ペンリックはなかば謝罪するように肩をすくめた。

「すみません、神学校でよく使われるジョークです。そうしたものなら百もありますよ。いらしたときなど、なかなか役に立ちます。師範のひとりが言っていたのですが、わたしたちは全面的に神々を信じています。だったら、神々がユーモアと瀆神《とくしん》のちがいをご存じだと信じることだってできるでしょう」

「あんたの神はどうだかわからないぞ」寝袋の中からイングリスの声が聞こえた。

「おやおや、あなたの神だって似たようなものではないですか。あなたの神の刈り入れる者たちときたら、『おい、このエールをちょっともっててくれ、さあ、見ろよ！』とさけんで、そのまま召されていくような輩ばかりですからね」それから改めてオズウィルにむかい、「神学校のジョークです」とつけ加えた。

もちろんそんな注釈の必要はない。

イングリスが犬にむかって小さく笑いかけ、考えこんだ。

「そんなに的を射た真実でなければ、もっと面白いだろうにな」

「的を射た真実でなければ、ちっとも面白くなんかありません」

ふたりの若き学者は、ユーモアの神学について、もしくは神学のユーモアについて、嬉々として夜明けまででも討論をつづけるだろう。オズウィルは声を高めた。

「もう蠟燭を消してくれ。わたしは大丈夫だから」

ペンリックが目を細くして微笑した。

「はい、わかりました。もちろん大丈夫でしょうとも」

「犬を貸そうか?」とイングリス。「気持ちがおちつくぞ」

「わたしの寝台にか?　ありがたいが、ごめんこうむる」

オズウィルの毛布の端でふんふん鼻を鳴らしていたアロウが、美味そうな匂いのもとが消えてしまったかのように、失意のため息を漏らした。

「何を言っているのですか」とペンリック。「この二頭に蚤はいません——誰もわたしを褒め称えてはくれませんけれどね。それに、ゴッサ殿が子供たちに命じて、足をしっかり洗わせています」

「だったらあんたが抱いて寝ればいい」そして犬を簡易寝台のほうに押しやり、「おい、おまえはご主人さまの上に乗っかっていろ」

騒々しいふたりなどあてにできない。オズウィルはもぞもぞと寝具の中から抜けだし、しかたなくみずから蠟燭を吹き消しにいった。

大雪が道を閉ざしたのは三日後、彼らが安全で温かいマーテンズブリッジに無事到着したあとのことだった。

14

執務室の扉がノックされ、ペンは作業中のカリグラフィから顔をあげて声をかけた。

「どうぞ」

扉が用心深くひらき、宮殿の小姓がはいってきた。

「学師さま、神殿急使がお手紙をもってきました」

ペンリックは鵞筆《がひつ》を壺にさし、ふり返って手紙を受けとった。

「ありがとう」

少女はぺこりと頭をさげ、もう一度興味深そうに室内を見まわして、去っていった。

受けとった手紙を調べた。薄いほうの書状には東都の父神教団の神殿印が押してあり、分厚いほうは湿気を防ぐために古布でくるんで蠟がかかっている。こちらにはウィールド王宮宰相府の証紙が貼ってある。まずそちらをひらくと、手紙と、できたばかりでまだ綴じていない新しい写本がはいっていた。どちらもイングリスからのものだ。

オズウィルと囚人、それに囚人の元気あふれる二頭の愛犬が東都にむけて出発してから一カ月以上がすぎている。全員が雪のためマーテンズブリッジに閉じこめられてすごした一週間のおかげで、ペンリックはかろうじて同行を免れた。そのあいだに、チルベックでの出来事すべてを詳述する宣誓証書を——イングリスの立場が有利になるよう最善をつくしながら——作成したのだ。ふだんなら、神殿の資金でウィールドの王都まで旅行できるとなれば大歓迎だ。だが——オズウィルが話してくれた、冬至の日に都でおこなわれるというすばらしい父神の祝祭を見られるとしても、真冬の旅はごめんだ。

〈わたしの季節ではない〉

〈わたしの季節でもありませんね〉デスがため息を漏らした。〈セドニアの海を照らす太陽について話したことはありましたっけね〉

〈何度も聞いています〉

ペンリックは、暖かいものも寒いものも、海を見たことがない。魔もホームシックにかかるのだろうか。ペンリックはいぶかしみながら、イングリスの手紙の封を切った。

イングリスはまず、ペンリックの宣誓証書について感謝の言葉を述べていた。ではうまくいったのだ——これは明らかに、死刑囚の監獄で書かれた手紙ではない。

「学師殿の言葉どおり、神酔いはだんだん薄れて」と手紙は語っていた。「東都についたときは完全なしらふにもどっていた。わたしは王立協会から厳しい叱責を受け、保護観察を受けることになった。それがどういうものかはよくわからないが、巫師の力を剝奪されることはなかった。現実として、そんなことができるのかどうかもわからない。少なくとも、古代文書にそういう技についての記述はない。いにしえの習慣では、悪しき巫師は血が涸れるまで逆さ吊りにして処刑されたそうだが、協会の誰ひとりとしてそんなことを実験しようと言いだす者はいなかった。

父神の司法官たちはさんざん討議を重ねた結果、トリンの遺族に罰金を支払うようわたしに命じた。昔風にいうなら贖罪金というやつだ。両親は親族からいくらか借金をしなくてはならず、いささか不本意そうだったが、咽喉を掻き切られて逆さ吊りにされるわたしを見るのはそれ以上に不本意だっただろう。オズウィルはトーラを諦めろと言う。でもわたしはまだ希望を捨ててはいない。トーラはわたしの話に耳を傾け、傷痕を見た。トリンのために二度めの葬儀がおこなわれ、遺族たちの心を慰めた。もっとも、どの神が彼の魂をとりあげたもうたのか、わたしははっきり目撃したのだしその話もしたのだから、そんな儀式は余分だったともいえる。でももしかすると、墓所で土地神殿の聖獣が秋のしるしを示すまで、わたしの話を疑っていた者もいたのかもしれない。

学師殿が読みたがっていた、巫師の訓練に関する書物の写しをつくらせた。少なくともいまのところ、協会はこのように理解している。数年のうちに第二巻が必要になるのではないかと思う。ささやかながら、せめてもの感謝のしるしだ。この手紙とともに封印して送る」

そして、〝王立巫師協会イングリス・キン・ウルフクリフ（保護観察中）〟という華々しい署名。その下に、読みにくい小さな字で追伸があった。

「犬は二頭とも新しい住処におちついて元気にしている。ここには小さな獣舎のようなものがあるので、なんの不便もない。二頭はトーラが気に入っている」

新しい本を見たくて指がうずいたが、さきに薄いほうの手紙を開封した。期待どおり、オズウィルからのものだった。

「きっと喜んでもらえることと思うが、学師殿の宣誓証書は法廷によって受理された。とはいえ、その後すぐさま神学者たちによって奪いとられてしまった。法的手続きに関していえば、学師殿をじきじきに呼びだそうという意見は誰からも出なかった。もう一方のほうはなんともいえない。イングリスは軽微な罪ですんだが、わたしはそれが不当だったとは思わない。最初の同行者だった魔術師とその一隊は、わたしたちより二週間遅れて、凍傷にかかり、靴ずれをつくり、空手で東都に帰還した。ありがたいことに、わたしの成功を知り表立っての非難は諦めたようだ。陰で何を言おうとわたしの知ったことではない。

先日、神殿を訪れ、学師殿の神の祭壇に供物を捧げてきた」

〝東都父神教団上級捜査官オズウィル〟という署名は、几帳面で四角張っている。彼もまたくしゃくしゃと最後の言葉を書き綴っていた。

「魔がどう思うかわからないので祝福を送るのはやめておくが、せめてデズデモーナに、わたしからよろしくと伝えてほしい」

あまりにも驚いたのだろう、デスは一瞬沈黙した。

ペンリックは微笑を浮かべ、新しい本に手をのばした。

ペンリックと狐

Penric's Fox

登場人物

ペンリック（ペン）……マーテンズブリッジの宮廷魔術師
デズデモーナ（デス）……ペンリックの魔
オズウィル……父神教団の上級捜査官
イングリス……ウィールドの王認巫師
サラ……下級捜査官。オズウィルの助手
ルレウェン・キン・スタグソーン……マーテンズブリッジの王女大神官
ナート
クレイル
ルネット……イングリスの仲間
ハーモ……東都の庶子神教団の魔術師神官
マガル……同。故人
ウェガエ・キン・パイクプール……パイクプール領守
イヴァイナ……ウェガエの妻
ハルベル……前パイクプール領守
トレウチ……パイクプール領守の森番

「不可能だ。大いなるミミズなんてつくれるわけがない」イングリスが言った。

口調は憤然としているが、苔《こけ》むした川岸に寝そべり、裸足の爪先で釣り竿《ざお》を支えている心地よい姿勢を崩すほど怒ってはいない。

「もうやってみたのですけれど。ほら」ペンリックは、湿った土をつけてもぞもぞと動く薔薇《ばら》色の生き物を手のひらにのせ、彼に示した。「この子《ヒー》、可愛いじゃないですか」

「ちっとも」イングリスがむっつりと答える。

巫師《ふし》のしかめ面は、すべての義務を放棄して釣りに行くという、ペンに想像し得るかぎりもっともすばらしいこの朝には似つかわしくない。東都を見おろす丘陵地帯の静かな池は、いっしょに行こうとかねてよりイングリスが約束していた場所だ。涼しくて、木の葉のあいだからさざ波のように黄金の陽光が降ってくる。魚はあまりいないが、靄《もや》がかかった暖かい日には、服を脱いで泳ごうよと誘いをかけてくる。だがペンには計画があった。

「いずれにしても」イングリスが首をのばし、ペンリックの手の上のミミズをながめながら言った。「どうしてそいつが、雄《ヒー》だってわかるんだ。雌《シー》かもしれないじゃないか」

ペンリックは疑惑をこめて鼻に皺《しわ》をよせた。

「ミミズは雌雄同体だと聞いたことがあります」

「ああ、じゃああんたと同じだな」イングリスがつぶやいてにやりと笑った。

〈このむっつりした坊やにしてはみごとな報復です。惚れ惚れしますね〉デズデモーナが面白そうに評した。

ペンリックの内に宿り魔術師の力を与えてくれる神殿の魔は女だ。そのことで、イングリスはペンを知れば知るほど、当惑を深めているようだ。彼は書状に〝王立巫師協会イングリス・キン・ウルフクリフ（保護観察中）〟と署名していた。もっとも、はやくこの不名誉なカッコ書きが消えることを願ってはいるのだろう。

ペンリックもふさわしい皮肉を返そうとしたが、丘陵地帯の光があまりにも心地よく、そんな気持ちを維持することができなくて、にやりと笑うだけですませてしまった。イングリスが首をふった。

「昨日、たった一度、厩舎《きゅうしゃ》の中庭で供犠《くぎ》の儀式を見学しただけじゃないか。それでその技をおぼえられるわけがないだろう」

「それだけではありません。あなたが送ってくれた本や手紙も読みました。この二週間、王立協会の方々やあなたと話をしましたし、ほかにも何冊か本を読みました——その半分はゴミだとわかりましたけれど。書かれた文献の問題は、いつだって記された内容よりそれを書いた人間のほうが目立ってしまうことですね」

「あんたはおれ以上に本の虫だな」イングリスが認めた。「不公平じゃないか……いや、気にしないでくれ。まあいいや、確かにそいつは大いなるミミズになる途上にあるみたいだ」――疑わしそうに指をのばしてミミズをつつき――「こんなものに魂があるかどうかはわからないけれど、確かにひとつの身体にふたつの魂が重なっている。だけどそれでどうなるっていうんだ。ミミズの精霊をほしがるやつなんかいないし、そいつが授けてくれる力じゃ、蚤《のみ》を犬にとりつかせることだってできやしないぞ」

「巫師見習いのための練習ですよ」ペンリックはすぐさま反論した。「もしくは、魔術師見習いのための、ですね。わたしの知るかぎり、ミミズは神学的に中立な生き物ですから。明日、鼠《ねずみ》でためしてみるつもりです。鼠のちっぽけな魂がわたしに動かせるくらい軽いものであればいいのですが。鼠は庶子神の獣です。白の神の神官として、わたしには自由に扱うことができるはずです」

「御子神にかけて、やめておけ」イングリスがため息をついた。「とにかく、そうした技ならこれまでも、分別はないが時間のありあまっている連中がためしている。下等な生き物だって何度もくり返しているうちに魂が大きくなる。そして結局は、それだけの大きさを受け入れきれなくなって死んでしまうんだ」

「ほんとうに?」ペンリックは目を輝かせた。「それはぜひためしてみなくては」

「あんたのことだ、もちろんやってみるんだろうさ」イングリスがお手上げといった声でつぶやいた。

だがそれでも、彼は釣り竿を脇にやって身体を起こした。

ペンは餌桶から五、六匹のミミズをとりだして平らな石の上にならべた。ミミズはその運命に抵抗し、ペンの庶子神が司る無秩序にもどろうとのたくったが、ほんのわずかな上向きの魔法を使うことで、つかのま軍隊のような行列をつくらせることに成功した。まずは列の端にいるミミズから試みる。かわいそうとは思うが、針に刺されて水に投げ入れられて溺れ死ぬ運命と大差はない。そうみずからの良心に納得させながら犠牲にし、その魂をつぎのミミズに移した。さらに四匹のミミズに同じ技をくり返した結果、イングリスの言葉が正しかったことが証明された。努力を重ねたにもかかわらず、蓄積された魔法の生命をつぎこまれたミミズは、それを受けとめきれずに破裂してしまったのだ。

「ああ」ペンリックは悲しげな声をあげた。「残念です」

イングリスはくるりと目をまわした。

ペンリックは巫師の魔法を習得しようというなかばまで成功しかけたはじめての試みを諦めた。いずれにしても彼には、いかなる種類のものであれ大いなる獣を犠牲にし、それをとりこんで巫師の力を得ることはできない。彼の内なる混沌の魔がそれをはばむ。ペンは釣り竿をあげてぶらさがった針を一瞥《いちべつ》した。餌がなくなっている。鼻を鳴らし、竿をふって糸をひきよせ、いましがた犠牲にしたばかりのミミズを針につけた。巫師を真似た試みによって招いたささやかな死が、まったくの無駄にはならないことがせめてもの慰めだ。そしてイングリスの竿とならべて、また糸を池に投げこんだ。

数分後、ペンリックはまた口をひらいた。

「わたしたちはふたりとも神殿に属していて、種類はちがうけれども魔法を使います。どうしてこんな非効率的なやり方で釣りをしているのでしょう」

「それは、魔法を使ったら葡萄《ぶどう》酒が冷える前に仕事が終わってしまうからだろ」イングリスが言って、さざ波をたてている浅瀬につけた光沢のある壺を面白そうに示した。

「一理ありますね」ペンリックも同意した。

「もう一杯やるか」

ふたつの石で竿を固定し、ペンは立ちあがって壺をひきあげた。ふたり分の大杯をいっぱいに満たして最後の一滴を主人役の杯につぎ、それから葡萄酒といっしょに食べようと、籠をかきまわして上等のパンをとりだす。釣りに行く目的は、つまるところ、魚をとるだけではないのだ。

溶けた黄金を舌にのせるような東都の葡萄酒で、なおも魚のとれない静寂をごまかしはじめてまもなく、イングリスが考えこむようにつぶやいた。

「魔にもそうした制限はあるのか。魔はひとりの乗り手が亡くなると、人生かな、魂かな、そうしたものをとりこんでつぎの乗り手に伝えていくけれど、そうやって積み重ねていく数に上限はないのか」

ペンリックはまばたきをした。

「いい質問です。ですが、魔が代々の魔術師からとりこんで積み重ねていくものは、厳密にいって魂ではありません。移行に失敗して、死にゆく魔術師の魂がばらばらになってしまった場合は例外ですが、そのようなことはめったに起こりませんしね。ほとんどの魔術師は葬儀において、ほかのみなと同じように神のもとに召されていきます。神に見捨てられることはありません。そうでなければ、神殿魔術師という存在そのものがもっともいまわしい瀆神《とくしん》になってしまいます。わたしは、わたしの魔がもっているいくつもの人格は先任者たちの残像だと考えるようにしています。インクを敷いた活版に紙をのせて印刷し、写本としてまとめたような。もちろん……それだけの存在ではありませんが。でもそう考えないと、わたしの頭の中にはとても多くの幽霊が住みついていることになってしまいます」

イングリスがペンリックをふり返り、咳払いをし、そしてたずねた。

「デズデモーナ、あんたはどう思っているんだ?」

イングリスが独立したひとりの人格であるかのように直接デスに話しかけることはめったにない。ペンは同意をこめて微笑《びしよう》した。いつかこの巫師にも慣れてもらおう。そしてペンは、イングリスと同じくらいの興味を抱いて、永遠に彼の内なる客に声の制御を譲った。

あまりにも長いあいだ沈黙がつづいたので、答えるつもりがないのかと心配になりはじめたころ、ようやく――とうぜんペンリックの口を使って――デスが話しはじめた。

「坊やたちはほんとうに奇妙なことをたずねますね。この世界の魔は着実に数を減らしつつあります。まだ形をとることもできないごく幼い素霊のあいだに神殿儀式によってさっさと追い返されるものもありますし、年月を経て力をたくわえながら悪に染まり、聖者によってようやく放逐されるものもあります。二百年以上にわたって、わたしは十二の乗り手と生をともにしてきて、そのうちの十人が人でしたが――」

「十二の乗り手の、それぞれ人生の半分を、ですよ、正確にいえば」ペンリックはイングリスのために注釈を加えた。「あなたは幼児や子供に飛び移ったことはないでしょう」

「子供への移行は災害のもとですよ」デスが答えた。「一瞬のうちに優位に立ってしまいます。めそめそ泣いているような生き物は、魔を制御できる知力も確立した意思ももってはいませんからね。とてもよくない選択です。いずれにしても、話の腰を折らないでください」

「すみません」

彼女はペンの頭でうなずいた。

「わたしはもう長いあいだ、わたし以上に年月を経た魔に会ったことがありません」

「それはそうだろうな」懸命に話題についていこうとしながら、イングリスが相槌をうった。「歳をとればそれだけ、まわりには年下が増え、年上の人は少なくなるものだ」そこで眉をひそめ、「同世代の誰より長く生きて最年長の人間になるってのは、きっと奇妙なものなんだろうなあ。でもこの世界ではつねに誰かひとりがその立場にあるわけだ。デズデモーナ、あんたは自分が最年長の魔かもしれないと思っている？」

「もちろん思ってなどいませんよ！」鋭い答えが返る。

だがペンは、彼女の内に言葉にならないためらいを感じとった。

「だけど、最年長の魔はどうなるんだ?」イングリスが論理的に追究した。「どんな人間の内にもおさまりきらない段階までいって、あるときその限界を越えて移行したら……」と、破裂したミミズを指さす。

「なんてことを!」ペンリックとデズデモーナは同時に声をあげた。

「この狼小僧が!」とデスが言い、ペンがつづけた。「もしほんとうにそんなことが起こるなら、神殿がその危険に気づいて神学校で何か教えているはずです」

「それはそうだろうな」

イングリスはしぶしぶ恐ろしい仮説をひっこめた。そしてまた葡萄酒を飲み、釣り竿を動かした。

〈ふたりのうち、どちらがさきに諦めて魔法を使って魚をとろうとするか、賭けをしてみたいですね〉デスがつぶやいた。〈もっとも、わたしには賭けをする相手もいないけれど〉

〈とんでもない、わたしの中には一団体のご婦人が集《つど》っているではありませんか〉ペンは言い返した。〈いつだって賭けをはじめられるでしょう〉

〈それはそうだけれど……〉

彼女が言葉を切ってイングリスに目をむけた。彼は身体を起こし、首をかしげて懸命に耳を澄ましている。ペンには夏の森と小川の心地よい音よりほかは何も聞こえないが、イングリスは大いなる狼のおかげで超常的な聴覚をもっているのだ。やがて、借りた荷車を残してきた轍《わだち》だらけの道のほうから、速歩で駆ける蹄《ひづめ》の音が聞こえてきた。蹄音がとまり、馬をなだめる低い声につづいて、気ぜわしげな人の足音がこちらにむかってくる。

「ああ、ここにいた。五柱の神々に感謝を」

ペンがふり返って手をふると同時に、オズウィル捜査官の緊迫した声が言った。

「オズウィル！」イングリスが思いがけない友の到着を歓迎した。「よかった、こられたんだな！」

父神教団の上級捜査官は、今朝の釣り仲間の三人めとして誘われていたが、ぎりぎりになってから、緊急捜査の呼び出しがかかったので今日は同行できないと手紙をよこしたのだ。いまもまだ、東都の査問官が〝灰色懸巣《グレイジェイ》〟と綽名《あだな》されるゆえんである真鍮《しんちゅう》ボタンのついた灰色の胴着姿だが、それも前をあけて汗に濡れたシャツがのぞいている。今日の仕事が終わったのか、それともただ暑さに負けただけだろうか。

「ずいぶんはやく片づいたのですね」ペンリックは陽気に声をかけた。

オズウィルは岸辺までやってくると、腰に手をあててため息をついた。

「いや、残念ながらその反対だ。大至急神殿能力者が必要になった。魔術師ならなおさら結構。そしておまえたちふたりがいちばん手近にいたというわけだ。悪いがふたりとも徴用するぞ」

「葡萄酒一杯を飲んでいる時間もないのですか」

ペンリックはたずねながら、流れの中でちょうど冷えてきたふたつめの壺をながめた。残念なことだ。

「何をしている時間もない。ここから六マイルと離れていないところで、魔術師のご婦人が死体で発見された。たぶん殺されたものだ。昨夜か、昨日の夕刻あたりに」

ペンは驚いて立ちあがった。

「それは……」それからゆっくりと、「わたしの個人的経験からいうと、魔術師を殺すのはとても難しいのですが」

「誰かがそれをやってのけた。一本の矢だけなら狩りの事故とも考えられる。だが二本はあり得ない。それに、たとえ魔法を使おうと、あの魔術師が自分の背中に二本の矢を突き立てられたとは思えない」

「ああ」ペンリックはごくりと息をのんでイングリスに声をかけた。「わたしは馬に引き具をつけてきます。荷物を片づけてくれますか」

イングリスはうなずきながらすでに釣り竿を片づけている。仕事の分担としてそれが最良のやり方なのだ。馬術の技量がどれほど優れていても、イングリスの内なる狼は貸し馬のような鈍い駄馬ですら神経質にさせてしまう。

じれったそうなオズウィルを連れて狭い山道まで出てくると、汗ばんだ彼の馬が若木につながれていた。

「言っておくが、いまはまだ現場は手つかずだ。いつもなら父神教団の捜査官が呼ばれるのは数日後で、土地の連中が調査と称してさんざんひっかきまわしたあとになる。だがいまなら、あんたにせよイングリスにせよ、何か役立つことが感知できるだろう」

どう答えればいいのだろう。だが、貸し馬の綱を解いて荷車につなぎながらペンの頭をもっとも悩ませていた問題は、誰が魔術師を殺したかでも、どうやってでも、なぜでもなく、〝その魔術師の魔はどこに行ったのか〟だった。

オズウィルは六マイルの荒野を突っきってここまでやってきたが、荷車をひいての帰りの旅は結局九マイル近いものとなった。ふたりがきたときと同じ農道をたどり、それから丘の上の村にむかうもう少しひろい道にはいる。村につく前に脇道にはいり、傾斜の厳しい森の獣道になったところで荷車を捨てた。それから息を切らして数百ペース進むと、木々が途切れて空き地があらわれた。

木の葉を透かして昼過ぎの太陽が金緑の光を投げかけてくる、とても気持ちのよい空間だ。だが、ぐんにゃりとした死体が横たわり、不安そうに番をしている下級捜査官の女が群がる蝿を追い払っているさまは、あまり気持ちのよいものではない。女は先端に葉のついた長い枝をふりながら、のけぞるように、できるだけ死体から距離をとろうとしている。まだ腐敗臭はそれほどでもない。近づきながらペンは気づいた。捜査官の女が恐れているのはどちらかといえば、死体の肩にとめられた、魔術師であることを示す白とクリーム色と銀が重なる組み紐の徽《き》章《しょう》なのだ。

「助手の下級捜査官サラだ」オズウィルが紹介し、彼女にたずねた。「わたしが離れてから何も異状はないな」

「ありません」あからさまな安堵を示しながら彼女は答えた。三十すぎのオズウィルよりはるかに若く、その顔はペンより幼いかもしれない。

「さっきの信士はどこだ」

「わたしたちのために食べ物をもってくると、いったん家に帰りました。すぐにもどると思います」

「ウェイア村の神殿に属する平信士が、今朝はやくに死体を発見した」オズウィルが肩ごしにペンとイングリスに説明した。「罠を調べるため森にはいったのだ。このあたりの土地はパイクプール領守のものだが、四季税の支払いを条件に、神殿の人々は小さな獣をとったり倒木を集めたりすることを許可されている」

若い捜査官が喜んで場所を譲ってくれたので、ペンリックはかがんで死体を調べた。

女は眠っているかのように横臥していた。結いあげた茶色の髪は崩れ、ビーズのついた布の帽子が曲がってひっかかっている。太ってもいないし痩せてもいない。背は高くもなく低くもない。美人でもないし醜女《しこめ》でもない。四十代のはじめだろうか。その顔に生気を与えていたであろう精神は——神官の徽章をもっているからには鋭利であったにちがいない——すでになく、すべてが穏やかで蠟《ろう》のように静かで——謎めいている。

身につけているのは神官の正式なローブではなく、ごくあたりまえの普段着で、薄青色の外《がい》套《とう》を羽織って、その肩に徽章をとめている。徽章にはあふれる血から衣服を守る力はなく、みずからもとっぷりと血に染まり、いまはそれが乾いて茶色くなっている。腹からつきだした矢尻の周囲にも、背中に突き立った二本の矢柄の周囲にも、同じくらい大きな血溜まりができている。地面に残された血の跡から察するに、撃たれた場所から数フィートしか移動してはいないようだ。

〈少なくとも、すみやかな死というわけだ〉ペンリックは嫌悪を押し殺して考えた。

それ以外に危害を加えられた形跡はない。

ペンの肩ごしにのぞきこむイングリスは、おそらく血のにおいに昂っているのだろう、鼻孔をふくらませている。ペンですら気づくほどのにおいだ、イングリスの内なる狼にとっては強烈な刺激であるにちがいない。少なくとも彼の顔はこわばっている。

オズウィルがわざとらしく咳払いをしたので、ペンは立ちあがってあたりを見まわした。

〈デス、目を貸してください〉

生きているときとさほど変わらない、生まれたばかりの亡霊がまださまよっているのではないかとなかば期待していた。とつぜん暴力的な死に見舞われた者にはよくあることだ。ほとんどの亡霊は話をしないが、とつぜん肉体から切り離されてまだその影響を強くとどめて苦しんでいる者は、ときに能力者の目に無言の訴えを送ってくることがある。それはひどく危険なぎりぎりの状態といえる。神々は魂を受け入れようとし、魂は神々のもとに召されることを望みながら、そのまたがいを見失い、永遠に切り離されてしまうことにもなりかねないからだ。だからペンリックは、心の半分ではこの女のために、亡霊が見えないことを願ってもいた。通常、神と魂はすぐさまたがいを見つけだす。葬儀はただその結びつきを確かめる役割を果たしているにすぎない。

この空き地にいる生きた魂はみな生気にあふれ、肉体と結びついている。大いなる狼の精霊とともにあるため、イングリスの魂は知らない者が見たら仰天するだろうほど濃密だ。いや、知っていてもそれは同じかもしれない。ペンリックはゆっくり頭をめぐらしながら本来の視覚と第二の視覚でさぐったが、それらしい身ぶりをしている亡霊は見当たらなかった。道を失った魂はその場所に取り憑くのがふつうで、みずからの肉体に固執することはあまりない。戦死した精霊戦士の魂を聖なる器物に宿して運ぶ不可思議な巫師の技は、ここでは使われていない。また、宿りどころを失った迷子の魔の気配もなかった――ペンもべつにそれを予想していたわけではない。周囲の生命あるものといえばあとは木だけだが、魔は木に飛び移ることはできない。つまり、魔は新たな宿主を得て運び去られたということだ。さしせまった疑問がひとつ、もしくは五つ、ある。

ペンは五聖印を結んで第二の視覚を手放し、オズウィルをふり返った。

「亡霊はいません。魔もいません。申し訳ないけれど、手伝えることはなさそうです」

オズウィルはため息を漏らした。つきがなかったとわかってもまるで驚いたふうはない。

「それがわかっただけでもありがたい」

「もちろんそうですね」

「ほかに何か気がついたことはないか」

イングリスの手が矢柄から森までの道筋をたどり、射手の立ち位置をさぐろうとしている。

だが結局は彼も首をふった。

「わからないな。倒れるときに身体をひねったかもしれないし」

ペンは腕を組んで女の死体を見おろした。

「話せることがいくつかあります。まず、このご婦人は若いです」

オズウィルが首をひねった。

「そうでもないだろう。中年だぞ」

「神殿魔術師として若いということです。庶子神教団は出産年齢が終わるまで、もしくは、少なくとも子供は産まないと宣言するまで、どれだけ訓練を受けていようと、ご婦人の候補者に魔を預けません。魔の混沌が」——間をおいて微妙な言葉を選び——「受胎をさまたげるからです」

オズウィルの眉が吊りあがった。

「ありがたがる者だっているだろう」

「そうですね。ですが、魔と妊娠を同時にうまく扱うには、なみなみならぬ知性と慎重さと経験が必要なんです。ごくわずかながらそれを成し遂げた方はいますが、ふつうはあまり勧められる道ではありません。ですから一般的な可能性として、このご婦人はそれほど長く魔とともにすごしてきたわけではないと思います」

「無駄な矢はないようだ」イングリスが首をのばしながら言った。「二射して、二発命中か。この野郎、みごとな腕だな」

「女かもしれません」耳を傾けていた助手が、ほとんど聞こえないような声でつぶやいた。

「もしくはあとからひろい集めたのかもしれんぞ」とオズウィル。

「そうだな」

ペンは矢が身体を突き抜けていることに着目した。

「かなり近くから射たか、非常に強力な弓を使っているかですね。後者の場合はおそらく男でしょう。わたしは……前者ではないと思います」そして下級捜査官にむかって詫びるように会釈を送った。

「なぜそう考える?」オズウィルがたずねた――反論ではなく、純然たる興味だ。

「魔術師を殺害する理由のひとつとしてまず考えられるのは」――咳払いをして――「魔を奪うことです」

イングリスがそれを聞いてふり返った。

「ほんとうに、そんなことをするやつがいるのか」

「いるんです」ため息。

「巫師を殺しても大いなる獣を奪うことはできないぞ!」

「では巫師は幸運ですね。ともかく、魔を求めるなら殺人者はできるだけ魔術師の近くにいなくてはなりません。となれば、弓ではなく短剣を使うでしょう。逆にできるだけ距離をとりたいなら、ロクナル人がするように、吸水性のよいクッションといっしょに海に投げこんで、できるだけはやくその場を去るのがいちばんです。弓を使ったということはおそらく、殺人者は犠牲者の魔を避けたかったのでしょう」

　オズウィルは眉をひそめた。

「魔というのは、どれくらいの距離を飛び移れるものなんだ?」

「それは」ペンは口をひらきかけ、自分で推測を述べる必要のないことに気づいた。「デズデモーナ、答えてくれませんか」

「魔の力によってさまざまですね」とデス。「弓の射程がぎりぎり限界でしょう」

　オズウィルは目を細くして、死体から周囲の森まで視線を走らせながらつぶやいた。

「もしくはふたりいたか。弓をもった者が遠くに、もうひとりが近くに」口にしながら、その考えを不快に感じているのがわかる。

　確かにあり得る話だし、だとすれば魔の説明もつく。

「昨夜、暗くなる前だよな」とイングリス。「この距離で一射を決めるんだから」

「魔術師がランタンをもっていたのかもしれない」とオズウィル。

　全員が周囲を見まわした。壊れたランタン、ころがっているランタンは、ない。だがもちろん、無駄矢とともに持ち去られたのかもしれない。

「魔術師は暗闇でも目がききます」ペンは指摘した。「ランタンは必要なかったでしょう」

「弓を射るほうはそうもいかないぞ」イングリスはなおも自説にこだわっている。

「射手もまた魔術師でなければですね」とペン。「ですがその場合、射手は距離をとる必要がありません」

オズウィルがうなり声をあげた。

「ほかに何かわかったことはないか」

「魔術師は簡単に殺せるものではありません」それを否定する証拠を目の前にしながら、ペンは口をひらいた。

「熟練した魔をもつ魔術師は簡単に殺せない、と言うべきですね」デズデモーナが彼の言葉を訂正した。「かつ、魔が乗り手を守りたいと思ったときは、ですね。若い魔は未熟です。それに、魔が不本意な乗り手から解放されたいと望んだときは、魔術師を殺すのもそれほど難しくはありませんよ」

三人が奇妙な視線をむけている。ペンリックは声をはりあげた。

「つまりわたしは、この魔術師は、そして彼女の魔も、急襲されたのだと──ふいをつかれたのだと言いたかっただけです！」

オズウィルは爪先で泥を掘っている。具体的に思い描いてしまったのだろう、視線が遠い。

「もしくは、魔術師が信頼していた相手だったのかもしれん。ああ、もちろん、その相手が複数だった可能性もある」

ペンは顔をしかめた。この女が信頼していた相手におびきだされ、このような形で裏切られたのだと思うと──いや、それをいえばこの女にかぎらないが──いささか気分が悪くなる。

「そうかもしれませんね」

オズウィルが死体を調べながら首をかしげた。

「このご婦人はほんとうに魔術師だったのだろうか。偽の手がかりを与えるために、徽章のついた外套をかけるとか、外套に徽章をつけることもできるだろう」

血の汚れを見れば、もちろんこの女が死ぬときに外套を着ていたことは明らかだ。ペンリックは膝をついて徽章に触れてみた。彼自身のものと比べ、まだしっかりとしていて汚れもない。つけはじめてまだ一年にもならないだろう。

〈デス……?〉

〈ええ、魔術師ですよ。この死体には……空洞があります。説明するのは難しいですけれど、はっきりわかります。ふつうより大きな魂が棲みついていた痕跡といえばいいでしょうか〉

〈なるほど〉それから声に出して、「間違いなく魔術師です。庶子神教団の東都宗務館に行けば、この方の上長にあたる魔術師監督がいますから、身元がわかります。そうすればわたしたちの疑問も大半が解決されるでしょう」

女の手をとって硬直具合を確かめた。もちろんオズウィルがもうすでに確認しているだろうし、そうした作業に関してはペンよりはるかに熟練している。硬直が解けはじめたところのようだ。だがそれをいうなら、今日はとても暖かい。

〈アンベレイン、ヘルヴィア〉デズデモーナのかつての乗り手の中でも医師魔術師であったふたりに声をかけた。〈ほかに何か気がついたことはありませんか〉

ヘルヴィアが答えた。

〈とくに何も。不確定要素が多すぎるわ。昨日の夕方か、昨夜というのが、もっともありそう

なところね〉

ペンは息を吐いて立ちあがった。

「なぜこのご婦人がこんな形で放置されていたのか不思議です。殺人者はふつう、穴を掘ったりして死体を隠し、発見を遅らせようとするものではないでしょうか。時間は充分にあったはずです。もしなかったのだとしたら、なぜでしょう」

「その問題もリストに加えておこう」とオズウィル。「それが最後でもないだろうがな。ともかく、一度散らばって、この空き地に何かほかに手がかりがないかさがしてみよう。言葉なきものが目撃者より多くの証言をくれることもある。そのあとで、気の毒なご婦人を連れてもどることにしよう」

ペンはあちこちを見てまわった。デスも彼の目を通して観察している。〝何もない〟ことが収穫だった。ランタンもない。足跡もない、落とし物もない、魔もいない。オズウィルが言った二人組の可能性がもっとも高そうだ。

「もしくは」とオズウィルにむかって、「殺人者がひとり――男女どちらでもあり得ます――それに、雇われた実行者がひとりかもしれません。おちぶれた者は驚くほどわずかの金で人殺しを引き受けますから」

オズウィルがうなりをあげる。

「その手の事件はほんとうに困る。死者と無関係だと手がかりがたどりにくくなるからな」

ペンリックはもう一度死体の周囲をまわりながら考えた。

「さっきの意見を……取り消すわけではありませんが——。弓術に優れた者なら二本の矢を同時に放つことができます。黄昏《たそがれ》の中で、その影が鹿ではなくご婦人だと気がつかなかったのかもしれません。それから、自分のしでかしたことが恐ろしくなって逃げたのかも。そうすればすべてが説明されます」〈魔に関する疑問だけをのぞいて〉

「その可能性はどれくらいある？」

都会育ちのオズウィルはいくつかの武器を使えるが、弓はできない。

「訓練していたころなら、わたしでもできました。もちろんわたしはご婦人を鹿と間違えるようなことはないと思いますが」

だがオズウィルはその誘惑にのろうとはせず、何か苦いものを嚙んだような顔をしている。

「それだと……問題がじつに簡単になってありがたいが」

そして改めて言葉をつづけた。

「いちおうその意見もリストに加えておくが、まずは証拠だ。すべてに証拠が必要だ」

地元の村の平信士が籠を抱え、年輩の女を連れてきた。女はウェイア村の神殿神官だった。夜明けに息子が死体を発見したと息せききってもどってきたので、すぐさま父神教団に知らせを送ったのだという。捜査官助手がありがたく籠を受けとり、食べ物をわけて、オズウィルにも無理やり押しつけた。オズウィルは立ったままそれを食べはじめた——この男のことだ、今日はまだ一度も足をとめて食事をしていないに決まっている。

土地の神官はおごそかに女の遺体を調べ、信士とふたり、これまで見たことのない人だ、この村の住人でも、周辺の農場の人間でもないと断言した。〝東都からきた見知らぬ人間〟という口調はまるで、聖王の都が街角ごとに殺人者やそれ以上に悪い輩がたむろしている危険な歓楽の巷《ちまた》であるかのようだ。デスが忍び笑いを漏らした。

〈東都なんか、ダルサカの都に比べれば五分の一、旧ササロンの帝都に比べたら十分の一なんですけれどね。この女は〝歓楽の巷〟がどういうものかちっともわかっていませんね。それでもまあ美しい都ではあることは認めますよ〉

弓を射た者の立ち位置をさぐろうと、さらにひろく森の中を歩きまわっていたイングリスが、三本めの矢をもってもどってきた。サラが興味深そうに彼を見つめた。

「同じ矢羽根だ」遺体の背中と見比べながらイングリスがつぶやいた。「あそこの土に」――と、ここからは見えない遠い小川にむかって傾斜している木々のあいだを指さして――「刺さっていたんだが、これがついていた」

赤っぽいこわい毛の房だ。ペンはとりあげて匂いを嗅いでみた。

「狐ですね」

「おれもそう思う」とイングリス。

全員がその房を見つめている。間違いなく全員が、遺棄された死体を説明するさまざまな仮説に、なんとかしてあてはめようとしているのだ。ついにオズウィルが首をふって矢を預かり、毛束はイングリスのポケットにおさまった。それから全員で、女の遺体を荷車に運んだ。土地の神官がもの悲しく祝福を与える前で、できるだけ尊厳を損ねないよう苦労しながら、狭苦しい荷台に遺体が積みこまれた。

ペンは荷車のむきを変えて御者台に乗りこんだ。イングリスが手綱を握り、疲れきった馬をもう一度駆って丘をくだりはじめた。ふたりの捜査官もそれぞれ馬に乗ってあとに従い、粗末な葬送の列ができた。

はやく女の名がわかればいいのだけれど。すべての人間がいずれそうなる運命とはいえ、ただ〝この遺体〟と考えるのはどうにもおちつかない。ひろい道に出たところで、帰り道だと気づいたのだろう、馬がいくらか元気に歩きだした。オズウィルがペンの横に馬をよせてきた。

「ほんとうに、その魔を見つけなくてはならないんです」ペンは言った。

オズウィルは肩をすくめた。

「それは庶子神教団の仕事だ。あんたにまかせる。死ぬことのない生き物より、わたしにとってはこのご婦人の死に関する正義のほうが大事だ」

「では言わせてもらいますが、問題の魔が、この事件をもっとも身近で目撃した証人であることには気がついていますか」

オズウィルの眉がはねあがった。

「魔が証人として信頼できるのか。いったいぜんたいどうやって宣誓証書をとればいいのだ」

「それは魔によるでしょうね。デズデモーナなら証書をつくれますよ」

オズウィルは考え、当惑し、それから首をふってつぶやいた。

「魔法の犬やら。魔やら。父神にかけて、わたしの捜査は以前はこんな奇妙なものではなかったはずだ」

その混乱からいまだけでも逃れようというのか、彼はペンから離れて馬を進めた。

ストーク川にそってひろがる東都は、たった一世代前に建てなおされたばかりの市城壁からすでにもうはみだしている。粗末な葬送馬車とその付き添いたちは、外周の家々のあいだを抜けて、神殿の町にいちばん近い南門をくぐった。その高台からは赤い屋根がひろがる王の町が一望できる。坂道をのぼる強情な馬の荷を軽くしてやろうと、ペンリックとイングリスは荷車をおり、混みあった街路を歩いていった。通りかかる人々は、場違いなピクニック用の布にくるんだ遺体を目にとめ、それから背後で馬を進めるふたりのグレイジェイに気づくと、質問をのみこんで聖印を結んだ。

庶子神教団の宗務館は、都の、そしてウィールド全土の主神殿である巨大な石の建物から、道路ふた筋分奥まったところにある。かつては、ある商人が建てた古い木造邸宅が白の神に仕える人々を収容していたのであるが、それは二十年前の火事で焼け落ちてしまった。いまではよりその目的にかなう、この土地産の黄色い石を使った立派な新しい館が立っている。この国の宗務館本部であり、兄弟ともいえるほかの四柱の神々の教団と競いあってもいるため、それは簡素ながら調和のとれた背の高い建物で、ペンが見慣れた間にあわせの地方の館とはまるで異なる。改めて自分が田舎者であることを思い知らされた気分だった。

サラが扉をノックし、門番を呼びだした。午後遅くの暑さにもかかわらず——日の長い夏の一日もそろそろ暮れはじめている――オズウィルはシャツを整えて胴着のボタンをとめなおし、荷車から遺体を運びだす作業を手伝った。背筋をのばした門番があらわれた。タバードには、親指をのばしてこぶしを握り、それぞれ上と下を示したふたつの白い手の紋章が記されている。門番は来客の用件をたずねようと口をひらきかけ、一行の運ぶ荷に気づいて驚きのあまりそのまま凍りついた。

「おお、なんという」すぐさま遺体の身元に気づいたのだろう、かすれた声があがった。

どうやら正しい場所に連れもどることができたようだ。

「まずは館の中にお運びしたいのだが」オズウィルが言った。

「もちろん、もちろんです」

門番はすぐさま脇にのいて玄関ホールに一行を通した。彼らはそこで、床石の上に悲しい荷をおろした。

「徽章から、地位と職業と、こちらに所属するご婦人だとわかったのでお連れした」オズウィルが説明した。「だがそれ以外のことは何もわからない。お名を教えていただけるだろうか」

「はい、こちらはマガル学師です。一日じゅう行方が知れず、寝台に休んだあともありませんでした。ですがわたしどもは、お子さまに会いにいかれたのだろうと思っていました」

「いつ館を出たかわかるか。もしくは、最後に見かけたのはいつだったたか」

「昨日は幾度か館を出入りしておられます。はっきりした時間はどれもわかりかねます。夜の門番がもう少しくわしくお話しできるかもしれません。あと一時間もすれば出勤します」

オズウィルはうなずいた。

「館に学師殿の監督官がおられるはずだ。まずその方にお知らせすべきだと思うのだが」

「ハーモ学師です。いますぐ呼んでまいります」いまだ衝撃もあらわな顔で足もとの遺体を見つめ、「どこにいらっしゃったのでしょうか」

「東都から十マイルほど離れた丘陵地帯の森だ」オズウィルは門番の顔を見つめながら答えた。

門番の顔に困惑の皺が刻まれる。

「そんなところで何をしておられたのでしょう」

「では、よく行かれる場所というわけではないのだな」

「わたしが知るかぎりは。では学師さまを呼んでまいります」

門番は動揺したまま、階段を駆けあがっていった。

そしてほどなく、ばたばたともどってきた。神官の日常用ローブを身につけた白髪まじりの年輩の男をともなっている。左肩にとめられた銀の徽章を見るまでもなく、ペンにはそれが何者であるかがわかった。デズデモーナがわずかに硬直し、懸命に自制している。

〈ほかの魔とこんなに近づいて大丈夫なのですか〉心配になってたずねた。

〈ええ、大丈夫ですとも。わたしたちはふたりとも飼い馴らされた神殿の魔ですからね。仲の悪い奥方同士が、夫の手前、礼儀正しくふるまっているところでも想像していなさいな〉

ハーモもまた、ホールに横たえられたものを目にして口をあけ、驚愕の息を吐いた。

「では、ほんとうに間違いではなかったのですね」

「捜査官殿が連れてもどられました。それから、その……こちらのおふたりの紳士が」門番がつけ加える。

一日を郊外ですごした薄汚い普段着姿のイングリスとペンリックを見れば、最後のひと言が精いっぱいの社交辞令であることがわかる。門番は最終的な判断を上司にまかせてうしろにさがったが、それでもあまり離れすぎないよう気をつけている。

ハーモが膝をついて女の顔に触れ、それから聖印を結び、短い祈禱を唱えたのだろう、くちびるを動かした。血とつきだした矢を見てあごがこわばる。そして彼は立ちあがり、それまでよりも深い皺を刻んでオズウィルにむきなおった。

「何があったのですか」

「ご遺体を発見したのは村の神殿に属する平信士で……」オズウィルは早朝の出来事をかいつまんで語り、自分が調査に呼ばれたこと、空き地で発見したものについて説明した。「すぐさま神殿能力者が必要だとわかりました。幸い、イングリス巫師とペンリック学師がそれほど遠くない池で釣りをしていることを知っていたので、協力を頼んだのです」

正体のわからない、しかも尋常でないふたりの客人に関してそれぞれ納得のいく説明を得て、ハーモの顔に安堵の色がひろがった。おそらくイングリス自身を知ってはいなくとも、町のむこう端に陣どる王立協会所属の魔法を使う仲間や競争相手についてはくわしいのだろう、ハーモは会釈をして短く声をかけた。

「巫師イングリス殿。確か、大いなる狼をおもちの方ですね」

「そうです、学師殿」イングリスも答えて会釈を返した。

「イングリス巫師は以前もわたしの捜査にかかわったことがありましたので」オズウィルはつけ加えたが、もちろん、イングリスがどちらの側で捜査にかかわったかは説明しない。

イングリスの顔がゆがみかけている。

「そして、ペンリック学師……ですか？」

いかにも若いペンリックと、告げられた地位とが一致せず、ハーモの顔に見慣れた疑惑が浮かぶ。

「マーテンズブリッジのペンリック学師です」——ペンは軽く頭をさげた——「マーテンズブリッジのルレウェン王女大神官に宮廷魔術師として仕えています。大甥御さまの名づけ式に参列し、同時に東都で神殿の用事をこなされるため上京なさった殿下にお供してまいりました」

ルレウェンは現聖王の叔母で、問題の赤子はその甥の後継者になるわけだが、ペンはあえてハーモに解釈の余地を残した。

「ああ！」ハーモは驚くというよりもむしろ納得の声をあげた。「聞いたことがあります」目を細くして、「確かルチア学師の魔を引き継いだのではありませんでしたか。ならば、尋常ならざる密度もとうぜんです」

「ルチアをご存じだったのですか？」ペンリックは興味を惹かれてたずねたが、もちろんいまはそこを追求すべきときではない。

「一、二度会ったことがあります」話題がそれたことに気づいたのだろう、ハーモもまた手をふってその話を終わらせ、より切実な問題にむきなおった。「マガルが発見された場所をごらんになったのですね。彼女の魂は」——ごくりと唾をのみこみ——「神々から切り離されてさまよってはいなかったでしょうか」

「その気配はありませんでした」

ハーモの肩が安堵にゆるむ。

「ああ、それだけでも」つぶやいてくちびるに指をあて、ふたりが奉ずる神に短く感謝の祈りを捧げた。

それからしばらくの時間は物質的な用事に費やされた。魔術師の遺体を館の奥にある診療所のようなところに一時的に安置し、教団の不幸な（いや、むしろ〝ぞっとするような〟だろう）捜査にしばしば手腕を発揮してきたオズウィル推薦の女医を呼びにやり、ひとりの信士に命じて捜査官たちの馬を厩舎に連れていき、荷車をひかせていた馬を貸し馬屋に返させた。下級捜査官サラは、自分がそうした雑用を命じられると考えていたのだろう、オズウィルのそばにとどまれるとわかって顔を輝かせた。

そして、三階にあるハーモの執務室らしい部屋に全員が集まった。ぎっしりつまった棚、書類がうずたかく積みあがった書き物机、椅子が足りない——ハーモが手落ちに気づいて隣の部屋から一脚くすねてきた。

全員が腰をおろすと——〝おちついた〟わけではない、いまの彼らにはまさしく〝おちつかない〟といった言葉のほうがふさわしい——すぐさまオズウィルが、おそらく何度もくり返してきた挨拶なのだろう、堅苦しく口をひらいた。

「ご同僚の――ご友人といったほうがいいのでしょうか――ご逝去を、心からお悔やみ申しあげます」

「その両方であったと、わたしは思っています」ハーモが答える。

「おたずねしなくてはならないことが非常にたくさんあります」

「もちろんです、どうぞ」ハーモがため息を漏らす。「じつに……恐ろしいことです。マグが下の部屋で横たわっていて、外では呪われた愚か者が野放しになっている……。捜査官殿、どのような質問でしょうか」

その声にこもる真摯《しんし》さを感じとるのに第二の知覚は必要ない。サラが胴着から小さなノートと尖筆をとりだし、注意深く話を聞く姿勢で椅子に深くすわりなおした。

「まず、マガル学師のご家族についてうかがいます。門番が、お子さまがおいでと言っていましたが」

「はい、ふたり。娘と息子がいます。娘は最近、とてもよいご縁があって銀細工師と結婚しました。息子は器具職人の弟子にはいっています。ふたりとも東都に住んでいます。ああ、そうです。誰か使いをやってふたりに知らせなくては。いや、わたし自身で行ったほうが――」

「その仕事はのちほどわたしがお引き受けします。そうした悲しむべき使者の役もわたしの任務のひとつですし、身近なご家族にはやはり直接お知らせすべきですから」

ハーモは安堵を浮かべ、ふたりの名と住所を告げた。助手がそれを書き留める。

「そしてマガル学師のお連れ合いは？」オズウィルがたずねる。

庶子神教団に所属していることを思えば、子供があるからといって必ずしも夫がいるとはかぎらないが、少なくとも父親となった男はいるはずだ。

ハーモが首をふった。

「夫は数年前に亡くなりました。神官になってまもないころ、マガルはオクスミード神殿に――東都から馬で半日の距離にある大都市だ――「勤めていたのですが、ずっと以前からそこで聖歌隊の指揮をしていた男です。わたしの知るかぎり、とても信仰心の篤い夫婦でした。そもそも魔術師たるべき特性はいろいろと備えていたのですが、独り身となったことが有力候補にあがる大きな理由となったことは確かですね」

「お連れ合いを亡くされてから新たな求婚者はいませんでしたか。つまり、失礼ながら、愛人のような関係の方は？」

捜査官が容疑者リストをつくっていることにはじめて気づいたのだろう、ハーモはぱちくりとまばたきをした。

「わたしの知るかぎりはありません。そのような相手をほしがっていたとも思えません」

「その場合、学師殿にはおわかりになったでしょうか」とオズウィル。

魔術的な意味でだ、とペンは理解した。

「はい」ハーモはさっきよりもきっぱりと答えた。

オズウィルの視線を受けて、ペンも短くうなずいた。

それからペンリックは、たぶんオズウィルの頭には浮かばないだろうことをたずねた。

「マガル学師は魔を授けられてからどれくらいになるのでしょう」

「それほど長くはありません。ちょうど三カ月です。とてもうまくいっていると思っていたのですが」ハーモはひたいをこすり、それからはじけるように話しだした。「ですがこんなこと、馬鹿げています。マガルは良識豊かで人づきあいのよい、経験を積んだ神官でした。神殿神官として十年もさまざまな人々と接してきたのです、どんな人間だかはっきりわかりますよ。ほんとうに、何か恐ろしい事故か間違いではないのですか」

「もちろんそういうことも考えられます。わたしはまだいかなる可能性も排除してはおりません」

オズウィルが〝ですがこの事件はきなくさいんです〟という言葉を懸命にのみこむのが目に見えるようだった。ペンは昨冬からこの捜査官に敬意を抱いている。だがいまは、同情までおぼえはじめた。この厳しくつらい仕事がオズウィルの任務であって自分のものでないことが、しだいにありがたく思えてくる。

オズウィルはさらにつづけた。

「ほかにご親戚は？　お連れ合いのほうの親族でも」

「この都にはいません。マグの親戚は――みな亡くなっていますし、夫の親族はみなオクスミードです」

「東都における友人や同僚は？」

「大勢いますね。彼女はとても人に好かれていましたから」

「とくに仲のよかった人は?」

ハーモが幾人かの名をあげ、助手が忠実に書き留めた。

「魔を授かるにあたって、競争相手となる同僚はいませんでしたか」

恋愛関係の嫉妬に加え、職業上の嫉妬もというわけだ。あらゆる方面にあたっておこうというのだろう。

「そうですね、つぎの機会を待っているのはバスム学師ですが、競争相手とはいえないと思います」

「なぜでしょう」

ペンは言葉をはさんだ。

「神殿の魔は必ず同じ性別の乗り手に譲られるんです」オズウィルの問いかけるような視線に答えて、「わたしは例外です。ルチア学師がグリーンウェルの街道でとつぜん心臓発作に襲われ、たまたまわたしがそこを通りかかったんですから。本来ならこの魔も、臨終の床で待機している医師の訓練を受けたご婦人に譲られるはずだったんです」

「それもまた問題です」ハーモは話さずにはいられないらしい。「わたしは、数年後にはマグがわたしの後継者になるだろうと考えていました。そして人生を終えるときには、しっかりと鍛えあげた魔を医師に譲るのだろうと。そのすべてが……すべてが無駄になってしまった。まったくの無駄に」

彼自身と神殿にとってそれがどれほど大きな損失となるか、しだいに理解されてきたのだろう、ハーモはいまにも泣き伏すかわめき散らすか、もしくはその両方をしはじめそうだ。オズウィルはそうさせてやってもいいと考えているみたいだ。調べなくてはならない人間のリストが腕よりも長くなってきた。ハーモがペンリックをふり返ってたずねた。

「ペンリック学師、マグの魔がどこに行ったか、あなたにはわからなかったのですね」

死んだ女だけではなく、行方不明の魔も、ハーモが解決しなくてはならない問題だ。魔もまたそれ独自の立場で神殿に属しているのだから。オズウィルにその意味が把握できるかどうかはわからない。だが、数十年単位で育てられる大いなる獣を内に秘めたイングリスは、とうぜん理解しているはずだ。イングリスは尋問のあいだじゅうひどく静かにしている。きっと、追手となる立場の人々を見て、自分自身の恐ろしい事件のときもこうだったのかと、改めて落ちこんでしまったのだろう。

「ええ。ほんとうに気がかりなことです」

「物質的な存在につかまらなければ、遠くまで行くことはできないはずです」とハーモ。

「はい。偶然通りかかった人、もしくは意図的にその場にいた人、あるいは獣かもしれません――」

「獣ですか」ハーモがためらった。「あのように代を重ねて成長した魔にとっては、恐ろしい結末を迎えることにもなりかねませんね」

「はい。わたしもそれには気づいていました。ですが第三の可能性もあります」

そしてふたりはともに顔をゆがめた。

「何がどうなっているんだ」オズウィルがいらだたしげにたずねる。

ハーモが答えた。

「宿主となる生き物が死んだとき、周囲に移行できる生き物が――小鳥すらいない場合、魔は……消失します。そういう言葉を使ってもいいと思います。それまで蓄積した知識のすべてを失って、根源的混沌の中にもどっていくのです。つぎに通りかかった獣に飛び移る力すら失われ、ただ……消えてしまうのです」

「神々に見捨てられる魂と同じようなものか」そのさまを思い描こうとしているのか、オズウィルは目を細くしている。

「よく似ていますね」とペン。「ただ、ずっと魔の消失のほうがはやいですが」

彼の内でデズデモーナが身ぶるいをした。ハーモが熱のこもった視線をペンにむけた。

「その空き地に、そうした気配はありませんでしたか」

ペンはためらった。

「即座に感知できるかどうかといえば、わたしはこれまでそうした場面に出くわしたことがありませんので」

〈わたしもありませんよ〉とデス。〈目撃者がいないからこそ起こる現象なのですからね〉

「迷子の魔もさがさなくてはなりませんが、わたしはマグのために儀式の用意を整えなくてはなりません。この館を離れるわけにはいかないのです」ハーモはいらだたしげに勢いよく髪に手をすべりこませた。「館の者たちはこうした仕事には不向きですし、役に立ちそうな者は各地に散ってしまっています」

そしてオズウィルに目をむけたが、オズウィルは彼の視線を避けようとするかのようにひらいた手をもちあげた。そういえば、昨冬オズウィルと激しい衝突を演じた東都の魔術師はなんという名前だったろう。思いだせない。あの魔術師もとうぜんハーモの監督下にあるはずなのだが。ハーモの視線がぐるりとめぐってペンにもどった。

「ペンリック学師……」

ペンリックはその意味をとらえてうなずいた。

「王女大神官の許可が得られれば、よろこんでお手伝いします」

たぶん許可は得られるだろう。イングリスが身じろぎをしたが、まだ口はひらかない。オズウィルが大きな安堵を浮かべた。

「学師殿に手伝ってもらえるのはじつにありがたい」それからよりためらいがちにイングリスに視線をむけ、「巫師殿はいかがか……」

「おれはもう一度あの空き地を見てみたい」イングリスがゆっくりと言った。「雨が降る前に。あそこで——もう少し広範囲にわたって、もう少し調べてみたい」

何を、とは説明しなかった。だがペンは、不思議な三本めの矢と、それについていた狐の毛を思いだした。イングリスの内なる狼は、連州の山育ちであるペンの狩猟能力もかなわない、どのような追跡能力を備えているのだろう。

「マガル学師の魔がいまどこにいるにせよ」とペンは言った。「まずはあの空き地からはじまったはずです。ではいっしょに行動しましょう。明日の朝から」

「できるだけはやくに」

イングリスがつけ加え、オズウィルもまたうなずいた。オズウィルはさらにハーモにむかってたずねた。

「マガル学師は館に部屋をおもちなのでしょうか、それともよそに住んでおられる――住んでおられたのでしょうか」

「ええ、この館に住んでいました」

「持ち物を調べたいので、できればわたしがもどるまでそのままにしておいていただけますか。明日の朝になりそうです。今夜は遅くなる前に近親者をたずねなくてはなりませんので」それからいくぶん心配そうに、「上司に報告もしなくてはならないし」

その場にいた全員が百もの新たな仕事がのしかかってくるのを感じていた。オズウィルはさらに悔やみの言葉をならべながら席を立ち、父神教団の調査部はこの件に最大の関心をよせるだろうと約束した。

王女大神官とその随身に割りあてられた神殿の迎賓館にもどり、大急ぎで身体を洗っていちばん上等で清潔な白いローブに着替え、文字どおり中庭に駆けおりていったが、すでに遅刻は決定的だった。ばたばたとみっともなく走るのではなく、必要な速度を出しながら神官にふさわしい威厳を維持しようとしていたら、ぎこちないスキップのようになってしまった。だが、ペンが息を切らしながら中庭にたどりついたとき、王女大神官はまだ輿《こし》に乗ろうとしているところだった。

「おお、ペンリックかえ。それからむろん、デズデモーナもな」年老いた口もとに浮かぶ微笑は辛辣《しんらつ》だが、さほどいらだっているようでもなさそうだ。「ようようまいったか。これを逃すなら、夕食抜きで寝台にやらねばならぬと考えておったところよ」

ルレウェン・キン・スタグソーンは、今夜は神殿高官ではなく、王の叔母たる王女としての装いに身を包んでいる。彼女が監督する姫神教団にもっとも潤沢な利益をもたらすマーテンズブリッジの絹をふんだんに使ったドレスだ。

「遅くなりましてまことに申し訳ありません、殿下」

ペンリックは寛大にさしだされた大神官の指輪にくちびるを押し当てた。その手がすぐさま、輿丁《よてい》にむかって合図を送る。かつぎあげられた王女の輿はしずしずと王の町にむかって坂をくだりはじめた。

「輿の横をお歩き」王女が穏やかな声をかけた。「そして、今日の休みをいかにすごしたか、話してきかせるがよい。魚はたんと釣れたかや、不漁だったかや」

「結局どちらでもありませんでした。朝はやく、オズウィル捜査官に仕事がはいって――」

「おお、それは気の毒であったの。そなた、楽しみにしておったに。あの捜査官はわたしもなかなか気に入っているよ。昨冬、少しのあいだであったがマーテンズブリッジに滞在したであろ。そなたの巫師の友人も……なかなか興味深かった」言葉をとめて考え、「あの若者が縛り首にならずにすんだは、まこと幸運であった」

「ほんとうにそうです。そんなことをすれば、無意味に貴重な人材が失われるだけですから。ですがわたしたちは結局、オズウィルと一日をすごすことになりました。捜査を手伝ってほしいと呼びだされたのです。おかげで罪のない魚の生命が助かりました」

横目に流されてきた視線はとても鋭い。

「それはそれは。さぞや面白い話があるのだろうな」

「はい。ですが道を歩きながらお話しできることではありません」

王女の輿を担う栄誉を与えられた男たちは、彼らと王女が奉ずる女神の青と白をまとったたくましい信士だが、声の聞こえる範囲で耳を傾けているのは彼らだけではない。

状況を察したのだろう、王女は目を閉じた。

「ではあとでな。わたしは歳ゆえ、スタグソーン氏族のためでも長居するつもりはない」

「ちょうどよかったです。わたしは明日はやくから調査に行く約束をしています」

「そうか」王女はいまの言葉をしかと消化し、好奇心はあとで満たせばよいと決めたようだった。「いずれにしても、そなた、今宵はいつものような手抜きではなく、マーテンズブリッジの神官学師ペンリック・キン・ジュラルド卿と、正式に名のるのだよ」

「それは長すぎます。文字数を節約するというわたしの信条に反します」

王女が鼻を鳴らす。

「謙虚と敬虔がふさわしい場所もあろうが、今宵はそれにはあてはまらぬ。そなたはわたしの魔術師なのだから、そなたの身分地位がわたしにも影響すると心得よ」

納得してうなずこうとしながら、結局は顔をしかめた。

「ジュラルド城は誰も知らない山間の谷に立つ少しばかり武装しただけの農場ですし、わたしは財産をもたない末子にすぎません。殿下もよくご存じでしょうに」

「だが、東都の誰もそのようなことは知らぬし、そなたもいちいち知らせてまわるほど愚かではあるまい。世界はいつも友好的な場所とはかぎらぬのだから、そなたもときには、無意味な身分を大上段にかざして威張るがよい」

「親からもらった空虚な称号より、自分の力で手に入れた意味ある称号のほうがずっと好ましいと思っているだけです」

「では、謙虚さではなく小賢しい傲慢《ごうまん》さというわけか。わたしもそなたの学識の深さは好ましゅう思っているよ、ペンリック。だが神学校で学んださまざまな学問の中に、洗練された宮廷作法ははいっていなかったようだの」

「学生食堂での食事を思い返してみると、残念ながら殿下のおっしゃるとおりです」ペンリックは嘆かわしげに答えた。

「では今回の訪問を、新たな学びの場と考えるがよい。べつの日にはそなたの好みにあう料理が出されることもあろう。だが目の前の食べ物を粗略に扱うものではない」

「わかりました、殿下」ペンリックはおとなしく答えた。

ふたりの会話はそこで中断した。護衛騎士と輿丁、それにけっして王女のそばを離れない秘書を乗せた二台めの輿が、崖を縦横に走る長い階段をおりはじめたのだ。狭く曲がりくねった道でペンは背後にさがり、ひろい街路に出たところでふたたびルレウェンのそばにもどった。このあたりには今宵の祝祭の主役たる王族たちの町邸がならんでいる。輿がとまり、ペンはおりようとする王女に手をさしだし、さらに腕をお貸しするという栄誉にあずかった。絹の上靴を履いたルレウェンは、とりすました笑みを浮かべてその腕をとった。

おそらく王子だったのだろうまだ人間ともいえない塊に名をつける公式行事は、ありがたいことに、三日前にとどこおりなく終了した。つまり、最悪の場面はすでに終わっているのだ。儀式をとりしきったのは東都大神官で、ということは、ペン直属の上長は、それでなくとも印象的で豪勢な行列をさらにふくれあがらせる以外、神殿の人間としてどのような役割をになっていたのだろう。よき妖精の叔母だろうか。ペンリック自身の役割は、装飾品として王女のそばに立ち、あわただしい都の塵で一張羅《いっちょうら》の白いローブが汚れないよう最大限の注意をはらうことだった。今夜もそれは変わらない。

今夜もいくつか知った顔が見える。ここは、ルレウェンよりさらに歳を重ねた姉王女ルレワナー——ルレウェンはペンの腕を離して姉と抱擁をかわした——の夫である老貴族の邸の大広間だ。じつをいえば、マーテンズブリッジで王女大神官が主催する姫神の日の晩餐会とさほど変わりはない。しいていえば、貴族が多く、商人が少ない。神殿関係者はそれ以上に少なく、ローブ姿はほとんど見当たらない。都にやってくる貴族の波はそろそろおさまりかけているものの、ここには身分の高い貴族が大勢集まっている。高価な衣装と宝石。近隣ではなく遠い国々の大使たち――なるほど、これは新しい現象だ、今夜のうちに異国語を練習する機会が得られるだろうか。ひとつの失策が多くの民の死につながるような人々。だがそれでも、しょせんは人にすぎない。

蠟燭《ろうそく》を点した晩餐の間は、夏の夜とあって異様な暑さだった。ペンはルレウェンの左隣に座し、王女ではなく彼に話しかけてくる数少ない人々に、細心の注意をはらいながら礼儀正しく応対した。笑顔を忘れてはいけないが、笑いすぎてもいけない――以前、ルレウェンに注意されたことがある。〝洗練された宮廷作法〟とは、死ぬほど退屈しながら腹いっぱいに食べ物をつめこむことの婉曲的表現なのかもしれない。

テーブルが片づけられ、穏やかなダンスの準備がはじめられるころになってようやく、興味のもてそうなものが――というか、少なくとも五十歳以下の人間を見つけることができた。その若者はペンよりさらにひょろりと痩せていて、貴族というより立派すぎる衣装を着せた案山子《かかし》のようで、何よりも目立つのは、これまで人の顔にのっているのを見たことがないほど分厚い眼鏡だった。

ふたりは金箔《きんぱく》を押した革張りの壁のそばまで漂っていった。

「それはマーテンズブリッジのレンズ細工ではありませんか」思いがけず故郷の村からきた幼なじみに出会ったような喜びをおぼえ、ペンはたずねた。

「ああ！」若者は黄金をあしらった眼鏡のつるに触れて答えた。「おわかりになるのですね」

「ええ、もちろん。細工師もわかると思います。下リンデン通りの職人でしょう。年輩の同僚が何人も、彼の頭と手に祝福を与えたと聞いています」

若者の胸がこれ以上はないというほど大きくふくらんだ。

「おわかりいただけるのですね！」それから問いかけるようにペンをうかがって、「あなたもなのですか？」

「ええ、本を読むことができなくなる以上に恐ろしい悪夢は考えられません」

眼鏡の若い貴族は歓喜の笑みを浮かべた。

「わたしがそれに気づいたのは十四になってからでした。それまではまわりじゅうの人々に、不器用で馬鹿な子供だと思われていたのです」

「ああ、それはお気の毒に」

若者はうなずいた。

「形や色や光や動きは認識できていたので、わたしは自分の目が見えていないのだとは――まわりの人たちがわたしよりもよくいろいろなものを見ているのだとは知りませんでした。まわりの人たちも同じです。目が悪いのではないかとはじめに気づいたのは、当時わたしの教師だった神官で、ご自身も眼鏡をかけておられました。そしてわたしをマーテンズブリッジに連れていって、これをあつらえてくださったのです。ほんとうに世界が一変しました。木々が、葉の一枚一枚までが見えるではありませんか。文字も、恥ずかしがってたがいの背後に隠れようとするふわふわと曖昧《あいまい》な生き物ではなくなりました。わたしは愚者ではなかった、ただ正しく見ることができなかっただけなのです」共感してくれる聞き手がめったに得られないのだろう、若者は息を切らして一気にそれだけを語り終えた。「ローズホールを二番の成績で卒業した日は、わたしの人生においてもっとも誇らしい一日でした。わたしが、またほとんど何も見えなくなるくらい泣きじゃくっている理由を知る人は誰もいませんでした。ただひとり、イヴァイナだけをのぞいて」謎めいたひと言をつけ加えて、彼は大きくうなずいた。

「わたしもローズホールの白の神の神学校にいたのですよ」ペンは本の虫仲間の奇跡を心から喜んだ。「もしかして同じころだったのでしょうか」

いや、それはないだろう。人としての印象がどれほど薄かろうと、この眼鏡は記憶に残るはずだ。とはいえ、ローズホールの巨大大学はいつも六千人の学生を抱えている。

「わたしは昨年の春に誓いを捧げて徽章を得たばかりです」

「わたしは四年前に卒業しました」と若者。「ならばちょうど？」

「いえ、駄目ですね。ちょうどわたしが入学した年になります」

若者が不可解な計算に眉をよせた。神官の訓練は通常、三年ではなく六年かかる。だが彼は肩をすくめてそれをやりすごした。

「何を学ばれたのですか」ペンはたずねた。

「おもに数学です。父神教団で職を得て、できるなら会計監査官になりたいと思っていました。そうすれば結婚も可能だろうと。事実、平信士として勤務をはじめたのですが、まわりの事情のほうがさきに動いてしまいました」

若者と同じくらい痩せて骨ばった若い女が近づいてきた。赤子を宿した腹だけが大きくふくらみ、まるで李《すもも》をつけた枝のようだ。

デスは眠っているのだろうと思っていた。できれば自分も眠ってしまいたい。だがそのとき、デスが口をはさんできた。

〈ペン坊や、あなたが一生懸命さがしている言葉は〝柳のようにほっそりとした〟ですよ。そのほうがずっと感じがよくて無難です。信じなさい〉

豪華なドレスをまとってはいるが、若者と同じく借り着のようにぶらさがっているばかりだ。それでも彼女を目にして、またたくレンズのうしろから太陽があらわれたかのように、若者の顔がぱっと明るくなった。

「その。妻を紹介させてください。イヴァイナ・キン・パイクプール領守夫人です。それで、あの、学師殿は……?」

ウィールドにおいて、パイクプールは大氏族ではない。さもなければルレウェンが、あらかじめ調べておくよう命じたはずだ。それでもたぶん、彼自身の家ほど無名というわけでもないのだろう。ペンは一礼して名のった。

「ペンリック・キン・ジュラルド卿。いまはマーテンズブリッジに属しております」

「ああ、だから主賓テーブルでルレウェン王女の隣にすわっておられたのですね。守護神のごとく他を圧しておられた」

イヴァイナの、どちらかといえば太い眉がよせられた。

「でも、それはダルサカのお名前ではありませんの?」

「サオネです。長子でないためわずかな財産しか与えられなかったサオネの若者と、最後の土地継承者である連州の娘との結びつきから生まれました。それであなたは……?」

若者はきまり悪そうに両手をひろげた。

「ウェガエ・キン・パイクプールです。領守になったのはほんの二年前で。まったく思いがけないことでした」

はっきり記憶しているわけではないが、聞きおぼえのある名前だ。

「もしかして、東に十マイルほどのところに広大な森におおわれた丘陵地帯を所有しておられませんか」

ウェガエは驚いたようにまばたきをした。

「昔からのうちの領地です。あの森と、いまにも崩れそうな砦みたいな荘園邸と。いまとなっては狩猟小屋にしか使えないでしょうが、わたしは狩りにまったく関心がないもので」言い訳をするように自分の顔を示し、「みなはよってたかって子供のころのわたしに狩りと読書をしこもうとしましたが、狩りに関しては結局、まったく成果が得られませんでした」

いまのペンの質問に、ほんのわずかなためらいも示さなかった。たぶん、今朝森であった事件についてまだ報告を受けていないのだろう。マガルの親族と同僚すべてをまわるとなれば、オズウィルが彼に到達するのは明日になる。いまは捜査官の仕事に介入するのはやめておこう。ペンは無難に会話を進めた。

「とてもよいところですね」

ウェガエは肩をすくめた。

「森の氏族たる祖先にとっては不本意かもしれませんが、わたしは町邸のほうが好みですね」

奥方がにっこり笑って、なだめるように彼の腕に腕をからめた。

あたりさわりなく〝昨夜はどこにいましたか〟とたずねるにはどうすればいいだろう。

「おふたりはこのたびの催しすべてに出席なさっているのですか」ぐるっと手をまわして、二週間にわたる命名の祝祭すべてを示す。

ウェガエは首をふった。

「できるだけ避けてきたのですが、今夜はどうしても出席しろと母に言われたもので。母はどうもわたし以上に、わたしが領守を継いだことを喜んでいるようなのです」

「母親とはそういうものですね」ペンは慎重に共感らしきものをこめて答えた。

若い夫婦はそろってうなずいた。

そのとき、王女大神官の秘書がペンを見つけた。

「殿下がご退席なさいますよ」

ペンはしかたなく、礼儀正しく領守夫妻と秘書を紹介し、同時に別れの挨拶をかわした。秘書に先導されているため高貴な主催者に挨拶をするという面倒を免除され、無事外に出て、ふたたび輿の横の定位置についた。坂をのぼっていくあいだは、少なくとも彼のほうには話をする余力がなく、周囲の耳という問題も往路と変わりがない。ルレウェンの自室に招かれ、蠟燭の光のもと、ふたりの女とともに腰をおろしてようやく、ペンリックはその日の出来事についてくわしく語ることができた。疲れ果ててはいたが、興味をもってもらえるよう、できるかぎり話運びには気を配った。

たぶんそれが功を奏したのだろう、やがて王女大神官は穏やかに言った。

「そなたの明日の予定に関してはべつのことを考えていたのだがの」

〈ほんとうに、やめてください〉まったく。

「わたしも同じです」——もちろん、その中身はまるで異なっているだろうが——「ですがわたしは、できればその気の毒な魔術師のために正義をおこなうオズウィルを手伝いたいと思っています。それに、迷子の魔の代弁をできる者はほかにいません。わたしにしてみれば、その魔もまた犠牲者です」

王女は指輪をはめた手をふって許可を与えた。

「では明日の夜、また報告においで」

首尾よく王女の好奇心をかきたてることができた。ペンリックは安堵して聖印を結び、王女の前であくびをしないようこらえながら、自室にもどった。

夜明けに馬で東都を出発した。丘の上の村で神殿厩舎に馬を預かってくれるよう交渉し、ついてきたがる平信士を諦めさせてふたたび空き地にやってきたときは、ペンリックとイングリスが考えていたよりも遅い時間になっていた。だが少なくともありがたいことに、あたりは明るくなっている。

金蠅が数匹たかっているだけの乾いた血の跡からはじめて、ペンリックはゆっくりとすべての感覚を全開にして螺旋《らせん》を描くように歩いていった。今日もまた亡霊は一体もいないし、彼にわかるかぎりでは、彼自身の想像力によるもの以外、冷たさを感じさせる不穏な気配もない。

イングリスはさまざまな情報を伝えてくれるはずの馬糞や轍のあとをさがしてまわり、いくつか発見した。だが昨日、多くの人と馬が出入りしたことを考えると、決定的な証拠とはいえない。また、殺人者がどこから矢を放ったかという問題にも、さしたる手がかりは得られなかった。イングリスは空き地の真ん中にもどって小川のほうに片腕をのばし、細くした目でそれをたどった。

「女を射たのは森のどこかわからないが、狐を射た矢はここ、遺体のそばから放たれている」

「遺体はもうそこにはありませんけれど、確かにそうでしょうね」

イングリスは肩をすくめ、茂みをかきわけながら三本めの矢を発見した場所まで四十ペースを進んだ。矢が刺さった地面の穴はもうほとんどわからない。血もこぼれておらず、瀕死の獣がもがいた痕跡もない。

「あなたは、その、匂いをたどることができるのですか」ペンはたずねた。

「正確には匂いをたどるわけじゃない。おれの嗅覚そのものはふつうの人間とたいして変わらない。与えられた情報をより厳密に処理できるだけだ」

第二の視覚でも成果は得られなかった。では、イングリスの第一の嗅覚をあてにすることにしよう。ふたりは地面に目をむけたまま、見えない小川のほうへぶらぶらと歩いていった。この巫師も子供のころは狩りをしたのだろう。彼の氏族を生みだしたレイヴン山脈は、連州の山のように固唾《かたず》をのむほど高いというわけではないものの、岩だらけで険しいという。だからペンは、イングリスが小川の岸辺で足をとめて指さしたときも、さほど驚きはしなかった。

「あった」満足の響きだ。

泥の中に、ふたつ、三つ、狐の足跡が記されている。さらなる手がかりとして人の足跡がふたつ。ひとつは半分狐の足跡に重なっている。そしてこの深く丸い穴は、杖のあとだろうか。

「狐を追ったやつがいるんだ。それか、あとをたどったのか」とイングリス。

ペンはすぐ横に自分の足跡をつけて比べてみた。もとの足跡は、彼のものよりわずかに長く、少し幅がひろく、深い。

「歩幅もひろいですね。それとも走っていたのか。わたしよりも体重のある男です」

「あんたより軽い男なんていないだろ」イングリスも反対側に同じ試みをした。「おれよりも重いみたいだな」

「矢は無傷だったのに、足をとめてひろおうとしていませんでしたね」

「もう暗くなっていたからじゃないか」

「すばやい狐を遠くから射て、しかもかすめることができたのですから、それほど暗くはないでしょう」

「そうだな」

小川を渡ってさらにあとを追った。まもなく狐の足跡が、つづいて男の足跡も消えてしまったが、折れた枝やいささか曖昧な地面の傷痕を目印に進んでいった。殴りつけてくるような枝をかきわけ、下生えのからまる斜面を二マイルほど進んだところで、イングリスが息を切らしながらどすんと倒木に腰をおろした。

「もうやめだ」

ペンリックもならんで腰をおろし、呼吸を整えながらあたりを見まわした。この地所は一辺六、七マイル、面積にして四、五十平方マイルの勾配《こうばい》の厳しい緑の森からなっている。適当に歩きまわるのではなく、もっと綿密に計画を立てたほうがいい。

イングリスが汗のにじむあごを掻いた。

「それじゃあんたは、この狐が迷子の魔をひろったと考えているんだな」

ペンリックは疑惑をこめて両手をひらいた。

「それもあり得るというだけです。もちろん、どれほどよろしくない相手であろうと、まず第一に選ばれるのは人間です。でも鳥や栗鼠《りす》よりは、狐のほうがましですから」

「あんた、前に、魔はいつだってより高次のものに――獣ならより大きくてより強いものに、人ならより力をもったものに移ろうとするって言ったじゃないか」

「できるときはそうします」

「できないときはどうなるんだ？　いまより劣ったものに移ったときは」

ペンリックはため息をついた。

「あなたならどうなると思いますか。もし誰かに、身体の半分しかない大きさの箱に無理やり押しこまれたら」

　イングリスの眉がぐいと吊りあがった。

「ぜんぜん嬉しくないぞ。押しつぶされたみたいな感じかな。もしかしたら、身体の一部を切り落とされたみたいに感じるかもしれない」

「それに近いことが起こるのだと思います。肉体にではなく、精神にですが」

「だけど、魔は物理的な存在じゃないんだろう？　なんていうか……折りたたんだりできないのか」

「『霊的存在はそれを維持する物質なしにこの世界にとどまることはできない』」ペンリックは引用した。「たぶん……必要としている半分の食べ物と半分の水と半分の空気で生きていくようなものではないかと思います。もしくは、九割の根を切り落とされて移植される木とか。どう譬《たと》えればいいのかよくわかりませんが。ですがこの魔は、わたしがハーモ学師の話を正しく理解していればですが、マガル学師をふくめ少なくとも三人の人間と、それ以前の獣がいればそれもあわせて、それだけ分の人生と精神を宿していることになります。小さな魔ではありません」

「つまり……どこかこのあたりに、ものすごく頭のいい狐がいるということなのか？」さらに厳密を期そうとして、「もちろん、狐だとしての話だけれど」

「頭がよくて、精神が損なわれ、狂気に冒された狐です。もしかすると、もっと悪い状態になっているかもしれません」

「待ってくれ。つまり、殺されたあのご婦人も狐にはいっているんだよな」少し考えて、「いまの形容詞に、〝怒りに燃えた〟を加えたほうがいいんじゃないか」

「怒りに燃えて、当惑して、恐怖に怯えて——庶子神のみが知りたもうことです」

そう、庶子神は知っておられるのだろう。マガルの魂がいま庶子神のもとで深い安らぎに満ちていることを願う。そしてマガルの残像は……誰かべつの者が面倒を見てやらなくてはならない。庶子神がその仕事を誰に押しつけたか、予想できてしまう自分がどうしようもなく怖い。

〈ほら、いまこそ立派な働きをお見せするときですよ、学識深き学師殿〉デスは面白がっている。〈イダウの聖者が以前、言っていたではありませんか〉

〈それはそうでしょうけれど〉ペンはあまり愉快でないため息を漏らした。〈何か助言はありませんか、デス〉

肩をすくめるような印象。

〈わたしたちは狐狩りのような男らしいスポーツとは縁がありませんからね。アウリアが子供のころにブラジャルで鷹狩りをしたことがあるのと、スガーネが罠をしかけたことがあるくらい。もっとも、スガーネがおもに使っていた武器は錆びた槍でしたけれどね。リティコーネは狐より多くの鶏を殺していますが、父親の農場より遠くまで狩りに行く必要はありませんでした。それでも……〉とペンの首をめぐらし、〈あっちを調べてみましょうかねえ〉

「あっちを調べてみましょう」

ペンが指さすと、イングリスも肩をすくめて立ちあがった。若木から若木をたどって斜面をのぼり、下生えの少ない平らな場所に出た。ペンリックははやる心を抑えて意識を漂わせ——ひろげていった。

「ああ」

イングリスが声をあげて大股に歩きだした。数歩進んだところで、ペンにもくぐもった鳴き声が聞こえた。

樫《かし》の木のふもとに落とし穴がしかけてあり、獲物がかかっていた。イングリスが膝をついてかぶさっている枝をはらいのけ、ふたりして中をのぞきこんだ。腐りかけた魚と古い豚の脂身の異臭、それに強烈な狐のにおいが襲いかかった。穴の住人は縮こまって歯をむき、うなり声をあげている。

「狐ですね」とペン。「でもわたしたちが求めている狐ではない」

「うん、そのようだ」

穴そのものは新しく掘られたものではないが、ごく最近手をいれなおし、もちろん餌も新しくしこまれている。そして明らかに、毒餌ではない。

「なぜ狐を生け捕りにしようとするのでしょう」

「疵《きず》のない毛皮をとるため？」

「よい毛皮がとれるのは秋か冬です」

「農民にとって害獣退治に季節は関係ないだろう」とイングリス。

「ではなぜ、くくり罠やばね仕掛けの罠を使わないのでしょう」

ふたりは身をひいて、この新たな謎に眉をひそめた。

「おい！　そこのおまえら！」ぶっきら棒な声がかかった。

顔をあげると、狩人の革服を着た男が弓をかまえたままこちらにむかってくる。穴の中の狐以上に険しく顔をしかめている。ふたりが密猟者のようにあわてて逃げださなかったことで、男はためらいを示した。それでも改めて気をとりなおしたのだろう、さらに言葉をつづけた。

「パイクプールの土地に勝手にはいりこんで何をしている。出ていけ！」

ペンリックは引き絞られた弓に目をむけ、つがえた矢の矢羽根を見きわめようとしながら、心に生じた空白を懸命に抑えて声を出した。

「ああ、ではおまえがパイクプール領守の森番ですね！　昨夜、ルレワナ王女の晩餐会で、ウェガエと柳のようにほっそりした奥方にお会いしました。彼に勧められてこの森にきてみたのです。そうそう、わたしは」と、貴族が使用人に対して示す短い儀礼的な会釈を送り、「ペンリック・キン・ジュラルド卿です」

そしてイングリスを肘で小突いた。

「イングリス・キン・ウルフクリフだ」

イングリスは期待に応えて名のりながらも、ペンにむかって眉を吊りあげた。もちろんウィールドの人間なら誰でもこの大氏族の名を知っている。これでこの男も、ふたりが領守の招待を受けてここにいるのだと思ってくれるだろう。

「それは……」

疑惑と不信の表情は残ったものの、ありがたいことに弓はおろされた。飛んでくるところが、いい、目に見えるかぎり、矢は魔術師にとって脅威とならない。だがいまはまだみずからの職分について明かすのはやめておこう。

「おれは領守の森番だ」

「ああ、それはよかった！」いかにも陽気な声に必死さがまじっていなければいいのだが。

「ではこの罠について説明してください」

男が改めてペンを見つめる。

「これは落とし穴だ。どんな馬《ば》――誰が見てもわかると思うが」

「もちろんわかります。狐を捕らえる餌をしかけていますね。そして一匹がすでにかかっています。おみごとです」

「いや、それは……」

「このあたりでは近頃狐が問題となっているのですか」

「害獣はいつだって問題だ」男はゆっくりと弓の弦をゆるめ、矢を矢筒にもどした。「だからときどき狐狩りをする」

ペンリックは微笑して首筋をこすった。

「イングリス、この森にどれくらい狐がいると思います？」

どう見ても話題の展開についてきていない顔をしながらも、イングリスは肩をすくめて答えた。

「こんな森ならふつう、一マイル四方につき一匹から三匹といったところだ。この季節は仔狐が生まれるからもう少し多いかもしれない」

「では……五十マイル四方となると、二百匹になりますね。それはそれは。そんなに多くの狐がいるとは」ペンは都会者らしく熱狂的に驚いてみせた。

弓をもった男はたじろいでいるが、ペンの口調に驚いているのか、その数字にびっくりしたのか、どちらかはわからない。

「わたしにはまるでわからないけれど、おまえはもちろんしっかりと計算して仕事をしているのでしょうね。ところで、おまえの名は？」

男はいかにも不本意そうに名のった。

「トレウチ」

ペンリックは落とし穴のそばを離れ、食卓へ誘うかのように手をふった。

「ではトレウチ、わたしたちにかまわず仕事をつづけなさい」

そうしながら、男の矢筒からのぞいている矢羽根をしっかりと調べた。昨日見つけたものとよく似てはいるが、まったく同じというわけではない。それでは意味がない。

〈デス、この男について何か気づいたことはありますか〉

〈とても緊張しているようですね。でも不法侵入者が自分より若くて、しかもふたりもいるのですから、しかたがないでしょう〉

トレウチは三十代半ばから四十代半ばといったところだろうか——森番の人生は楽なものではない。イングリスと同じくらいの背丈で、体重も同じくらい、わずかに腰が曲がっている。彼は分厚い革の手袋をはめ、すばやい身のこなしで穴におりると、膝で狐を追いつめてから、嚙みつかれないよう革紐で口をくくり、足を縛って地面にひきあげた。イングリスは頼まれもしないのに、かがみこんでその作業を手伝っている。狩人には歯をむいた狐が、狼の巫師の前では哀れっぽい声をあげて縮こまった。

「すまんです」

トレウチがうなるように礼を言って、穴からあがった。そして荷物の中からまたいくらかの腐肉を出して餌をしかけなおし、枝や葉をもう一度かぶせた。それからもがく狐を肩にかけて立ちあがり、招かれざる客に目をむけた。

「自分たちで森を出られるだろうな、足もとには気をつけてくれ。ほかにも罠がしかけてある。ウェイアの村で、ドルラっていう女将《おかみ》がいいエールをつくっている。村のほうに行くなら、あんたたちもそこでたっぷり咽喉《のど》の渇きを癒せる」

「よいことを教えてくれてありがとう」とペン。「イングリス、そのドルラとやらのところに行ってみましょうか」

「あんたがそうしたいのなら」とイングリス。

「ではよい狩りを」

ペンは肩ごしに声をかけ、狐をかついだ森番とは反対方向にむかって歩きだした。

ふたりは注意深く進みつづけたが、男が声の届かないところに行ってしまうと、しめしあわせたように足をとめた。

「あいつのあとを尾けたいんだろ?」イングリスが静かにたずねる。

「もちろん」

ふたりはむきを変え、それまでよりいっそう静かに、いまきた道をもどっていった。トレウチは道のない森の中を突っ切り、やがて獣道に出て足をはやめた。ペンリックとイングリスは気づかれない距離を保ってあとを尾けた。トレウチが罠を確かめにまた森の中にはいったときはがっかりしたが、すわりこんで男がもどるのを待った。二マイルも進んだだろうか、ペンリックとイングリスは森の端で足をとめ、こんもりと繁った木陰に身を隠した。

かなりひろい地所のむこう端に、なかば城のような、なかば農場のような、茶色い石造りの古い建物がそびえている。そのまわりに、傷み具合もさまざまな荒うち漆喰《しっくい》の壁に草葺《くさぶき》屋根の家が何軒か固まり、裏庭を囲むような鉤《かぎ》形に厩舎が立っている。木柵の内側で、二頭の雄牛と何頭かの馬が放牧されている。菜園のまわりには、もう少し手入れの行き届いた柵がめぐらしてある。

森番は厩舎の脇をまわって姿を消し、数分後、狐をもたずにもどってきた。そして石の邸にむかうと、どっしりとした樫の扉から中にはいった。裏庭が静まり返った。

切り立ったような荘園邸の壁面には開口部がごくわずかしかない。窓はきわめて小さく、奥まっていて、この距離から見てもひどく汚れている。

「ほかに誰かいるかどうか、わかりませんか?」

イングリスが草葺屋根の家のひとつをあごで示した。煙突から調理の煙がたなびいている。

「あそこには人がいるみたいだ」

「そうですね、みなさん自分の仕事で忙しいようですから、あの男が狐をどうしたか、見てきませんか」

イングリスは肩をすくめたが、やはり好奇心が慎重さに打ち勝ったのだろう、ペンリックに従った。

房の数やひろさから察するに、以前この厩舎にはもっと多くの馬がいたのだろう。いま現在の住人はみな放牧されているらしく、いくつかの扉が全開もしくは半開になっている。その中で、ひとつの房だけが、上扉も下扉もしっかり閉ざされて掛け金がおりていた。

ペンは音をたてないようそっと上扉の掛け金をはずし、わずかにひらいてみた。薄闇に目を慣らそうとまばたきをし、諦めた。

〈デス、明かりをお願いします〉

中には六匹の、いや、七匹の不幸な狐が閉じこめられていた。消耗しきってあえぎながら藁《わら》の上に横たわっているものもいるし、ほかからできるだけ離れてうずくまり、うなっているものもある。狐同士で喧嘩をしたのだろう、何匹かは血を流している。この刺々しい雰囲気は、七人の魔術師とその魔をひとつの空間に閉じこめたときと同じものかもしれない。

「狐の扱い方として、これは絶対に変だ」イングリスがつぶやいた。

「そうですね。この土地から害獣を減らしたいというあの男の話が真実なら、いまごろは生皮になって厩舎の壁に張りつけられ、女中がなめしにくるのを待っているはずですよね」

「それで、これからどうするんだ。言っておくがおれは保護観察中だから、不法侵入で逮捕されても、不法侵入で逮捕されるのを避けようと喧嘩になっても、協会は助けてくれないぞ」

「ですが……そうですね。確かにあなたの言うとおりです。これ以上の調査にはオズウィルにきてもらう必要があります」

「どういう理由で？　狐を罠にかけるのは違法じゃない。しかも、森番が領守の土地でやっているんだぞ」

「確かにそれも問題です」

頑固なオズウィルを説得するには……どう言えばいいだろう。ペンにもわからない。

イングリスが静かに鼻を鳴らした。

「あんたがこの土地に棲む狐すべてを調べたがっているから、誰かがかわりにやってくれているみたいだな。だったらそばに立って待っているほうが簡単なんじゃないか」

「問題は、ただ一匹の狐だけは、わたし以外の誰にもつかまえさせたくないということです」

「そもそも……あんた以外の誰かにつかまえられるのか？」

「そうですね」

それは、迷子の魔が魔を維持することのできない下等な獣に捕らわれた場合どのような精神状態に陥るかという、きわめて困難な疑問にまっすぐつながっていく。とんでもなく狡猾《こうかつ》な狐（まだ証拠が得られたわけではないが、ほんとうに狐なのだとしたら）が生まれるのか。それとも、混沌と絶望のまま苦悶に溺れてしまうのか。はたから見たら病気の狐のように見えるだろう。そして、途方もない危険がそのまま放置されてしまうのだ。

「おれはまず、オズウィルが今日何を発見したか、そっちのほうが知りたいな」イングリスが言った。「そのあとで……」

彼は最後まで言葉をつづけなかったが、その沈黙には、もしペンがこの事件のために何か危険な真似をしたいなら、それをひとりでやる必要はないからなという含みがあった。心強い。ペンはくちびるを噛んで考えようとした。このあと町でオズウィルに会って、夕飯を食べながらそれぞれの成果について報告しあうことになっている。太陽は傾きはじめている。丘の上のウェイア村まで引き返して馬を受けとり、東都にもどったら、すぐに日が暮れるだろう。

「そうですね」ペンはゆっくりと言った。「嗅ぎまわっているところを見つからないうちに、今日はひきあげたほうがよさそうです。戦力を整えて、明日出なおしましょう」

イングリスもうなずき、ふたりは森にすべりこむべくむきを変えた。最後の瞬間、ペンは一歩もどって下扉の掛け金をはずし、わずかな隙間をあけておいた。イングリスは眉をあげたが何も言わなかった。森の木陰にもどってふり返ると、錆色の閃光がひと筋、またひと筋、厩舎の角を曲がって森に駆けこんでいくのが見えた。

「二百匹の狐か」イングリスがつぶやいた。「あんた、あんたの神が今回の一件に親指を触れているのか」

「ええ、そのとおりです」ペンはため息をついて聖印を結び、くちびるを二度はじいた。

待ち合わせの場所は、高台にある神殿の町で父神教団の大宗務館からさほど遠くない路地に店をかまえる静かな居酒屋だった。オズウィルとその助手はすでにきていたが、それほど待たせたわけでもなさそうだ。値がはらず、かつ密談もできる二階の小さな個室を借りている。それでも店員がもってきたビールは悪くないし、蓋つきの皿にはいったシチューには肉の塊が浮かび、パンとバターもふんだんにある。ペンリックはすでに飢え死にしそうに腹が減っていた。店員がそばにいるため、四人はまず何よりもありがたく食事をはじめたが、やがて店員も退室して扉が閉まった。

町ですごしたオズウィルは、一日じゅう森の中をうろつきまわったペンほど汚れてはいないものの、疲労感は彼より大きい。オズウィルとサラ――助手であると同時に見習いでもあるようだ――はマガル学師の葬儀からもどってきたところなのだろう、礼装用の灰色の制服に身を包んでいる。盛夏のいま、葬儀を遅らせるわけにはいかない。東都の聖獣は彼女の魂が白の神に召されたことをはっきり告げ知らせたという。ペンは胸を撫でおろした。

「ずいぶんたくさんの参列者がありました」サラが報告した。「学師さまの殺人犯は、その行為によって東都の庶子神教団全体がどれほど怒りに燃えて自分に敵対することになるか、知らなかったのでしょうか。それとも気にかけなかっただけなのでしょうか」

「そうだな」とオズウィル。「わたしもできるだけ大勢と話してみたのだが、ほとんどの人が怒ったあとで当惑していた。親族も、同僚も、どちらもだ。いつもなら捜査のこの段階になるとある種の方向性というか、奇妙な違和感というか、何か……不快なにおいが感じられるものなのだが、今回は何もない。マガル学師は考え得るかぎりまったく非の打ち所がないご婦人だったようだ。こうなると、〝鹿と間違えて撃たれた〟説にもどらなければならないかと思うところだが、問題は、そもそも学師殿があの森で何をしていたか、誰も見当がつかないということなのだ。彼女は誰にもその外出について話していない。もしくは、少なくとも誰かひとりが嘘をついているということだ」そして彼は、それが言葉にならないほど厄介な問題であるかのようにため息をついた。

「一昨日の学師さまの行動を調べるにあたって、最初はとてもうまくいっていたんです」サラが報告した。「朝食に何を召しあがったかまでわかりました。でも午後の三刻ごろに宗務館を出て、そしてそのままお帰りにならなかったんです」

「徒歩でか」イングリスがたずねた。「徒歩だと暗くなる前にあの森につくのは難しいだろう。貸し馬とか……」

「それも調査中だ」とオズウィル。「だがまだ当たりは出ない」

「なぜ魔術師を殺したのでしょう」ペンは考えこんだ。「そもそも、なぜほかの人ではなく、魔術師だったのでしょう」いまさらながらに意識してイングリスから目をそらし、「つまり、計画的犯行なら、ということですが」

オズウィルは大量のビールでパンを流しこみながら、椅子の背にもたれた。

「理由なんてごくありきたりの場合もあるのだぞ」

「金銭とか?」とイングリス。「相続とか……?」

「金銭問題はよくあるが、相続関係はあまりない。通常、殺人は窃盗《せっとう》の延長として起こる。そのつぎによくあるのが、賭博で負けたあとの喧嘩や待ち伏せで、それから借金だな」

「学師さまの巾着《きんちゃく》はベルトにぶらさがったままでした」とサラ。「たいした金額ははいっていませんでしたけれど。小さな真珠の耳飾りもそのままでした。ふつうの泥棒ならどちらも見逃したりしません。魔を盗もうという泥棒がどうするかはわかりませんけれど」

オズウィルがいかにも師匠らしくうなずいた。

「マガル学師は孤児だったし、博打もしない。貸した金も借りた金もない。そこはすべて調査ずみだ。土地ももっていない。亡くなった夫の遺産はすべて、娘の持参金と息子の弟子入り入門金でなくなった」

「金持ちの神殿神官なんてめったにいませんよ」とペンリック。

「いろいろな愚痴を聞くからにはそうなのだろうが、だからといって飢えることもないだろう」

ペンリックは昨夜の晩餐を思いだしてオズウィルの言葉を聞き流した。

「だが」とオズウィルはつづけた。「わたしは……あえて言うが、もしこの事件の原因が金銭問題だとわかったら驚くだろうな」

つぎにくるのは嫉妬だ。寝室の恋敵といった単純なものではなく、あらゆる類のものが考えられる。兄弟、同僚、仕事仲間、学生仲間。技能や幸運に劣る者の勝る者への羨望《せんぼう》。ひどく心が蝕まれることもある。だがマガル学師のローブの周囲にはそうしたものも見つからなかった。いまのところは、だがな」またビールをぐいと飲んで眉をひそめ、「嫉妬や羨望に似て非なるものが怨恨《えんこん》だ。これは厄介だ。人は、愚かでない者も、軽んじられることを耐えがたい侮辱ととらえる。不当な扱いを受けた場合とはかぎらない、正当な処遇に対しても起こり得ることだ。われわれ父神教団も、ときにそうした被害にあうことがある」思いだしながら顔をしかめ、「法の裁きを受けた者すべてが納得するわけではないからな」

「その可能性もありますね」とペンリック。「魔術師は職務として法的な場面にかかわることがあります。悪事を見咎《みとが》められた者は不満を抱くでしょう。そういう件に関しては、ハーモ学師にたずねればわかると思います」

「そんな事件にかかわっていたなら、こちらが問いただす前にハーモ学師のほうから情報提供があったのではないか」とオズウィル。「まあそれでも、もう一度確かめておくべきではあるな」

そして彼はパンの切れ端でシチューの残りをすくいとった。

「町でのわれわれの調査は以上だ」つまり、成果はなし、疲労は山ほどということだ。「森のほうはどうだったのだ」

ペンリックとイングリスは交替で物語った。オズウィルは顔をしかめたまま熱心に耳を傾けている。だがペンリックの〝二百匹の狐理論〟までくると、深い苦悩を浮かべた。

こぶしを噛んでいたイングリスが口をひらいた。

「狐の問題についてだが、ペン、そっちにはたぶん協力が得られると思う」

「どんな協力ですか。ふつうの人には狐の区別なんかできませんよ」

「ふつうの人じゃない。でもいますぐには約束できない。今夜のうちに問いあわせてみる」

魔が単独行動を好むことと、魔術師そのものの数が少ないことから、ペンリックは神殿の任務に関して他者の協力をあおぐという考えに慣れていない。イングリスの言葉をあてにしていいかどうかわからない以上、まだ安堵するのははやすぎる。

「そうそう。忘れていました」とペンリックはさらに報告した。「わたしは昨夜、パイクプール領守に会いましたよ。ルレワナ王女の町邸の晩餐に奥方と出席なさっていました」

オズウィルの眉が吊りあがった。

「高貴な方々のお集まりだな」

べつに高貴な集まりでもなかったのだけれど。ペンリックは肩をすくめた。

「ご自分の領地で殺人があったという話を、まだご存じないようでした。だからわたしも話しませんでした。パイクプール領守は〝問いあわせをしなくてはならない人リスト〟にはいっていますか」

「もちろんだ。できれば今日じゅうに訪ねたかったのだが、葬儀が長引いて時間がなくなってしまった。どんな男だった?」

それは容疑者としてということだろうか。

「若い方で、本がお好きなのだそうです。それだけでわたしは好感がもてます」

「領守となれば、身体も鍛えているし武器の扱いにも慣れているだろう」

「あの人はちがいます――目が悪いので。一生抱えていかなくてはならない問題です。弓を射た当人かといえば、それはあり得ません」

もちろん、パイクプールがそうした人間を雇えないというわけではないし、見かけどおり財布が豊かであるなら、そのほうが簡単だ。だが、その理由は？

最後のひと口を食べながらサラが言った。

「わたしは今朝、パイクプール家の女中と話をしました。一昨日、領守さまと奥方さまはお邸にご友人をお招きして晩餐会をひらき、夜遅くまで起きておいでだったそうです」口をぬぐいながら考えこむように、「威厳が足りないとこぼすご親族もいらっしゃるそうですけれど、雇い主としてはごくふつうの方のようです。女中のいちばんの不満は、領主さまが大学時代のご友人を大勢、食客として養っておられることでした」

それは……ペンとしては、昨夜の晩餐会などよりそういう集まりにこそ顔を出したいと思う話だ。

「殺人を計画しておいて、自分の領地に死体を放置して発見させるというのは変だろう」イングリスはそこで少しためらい、「第三者が、パイクプールに疑惑の目をむけさせようとしたのならべつだけれど」

「いや、それよりも」とオズウィル。「もっとうまく隠すつもりでいたが、現場を離れたため、もどる前に発見されてしまったのではないか」

「つまり、大急ぎで狐を追わなくてはならなくなったからですか？　あの木々の生い茂る森の中を。夜中に。ひと晩じゅうですか？」とペンリック。「ずいぶんいいかげんな殺人ですね。それほど狐が重要だったのでしょうか」

「マガル学師の魔を狐がもっていったと考えているんだろう？　そして殺人者もそれに気がついたと」オズウィルが言った。「そうかもしれない。だがなぜ追わなくてはならんのだ。もしあんたの言うとおり、魔の力が衰え、知性も消えるなら、殺人者を告発することはできないではないか」

「なぜパイクプールの森番が今日、狐を狩っていたのかという問題にもどりますね」とペンリック。「しかも、生きたまま閉じこめていました。ふつうの狐の扱い方ではありません」

オズウィルはため息をついた。

「では、パイクプールの森番もリストに加えることにしよう。領守さまのあとでな」

「お願いします」ペンリックはうなずいた。「あの男の体力なら殺人は可能です。理由はやはりわからないままですが」

オズウィルが指でこつこつとテーブルをたたきながら眉をひそめた。まだ何かあるのだろうか。

「パイクプール氏族が東都の司法の関心を集めたのはこれがはじめてではない。だがその関連がわからんのだ」

「そうなのですか?」

ウェガエと柳のような奥方が、どうしてそんな事態に陥ったのだろう。想像しようとしたがうまくいかなかった。

「本を盗んでつかまったのでしょうか」

オズウィルはぱちくりとまばたきをした。

「ああ、いやいや、いまの領守ではない。先代だ。確か、当代の伯父にあたる。夫婦喧嘩をして奥方を階段から突き落とした罪で訴えられた。奥方は首の骨を折って亡くなった。二年……三年前だったかな。被告が国外へ逃亡したため、裁判は中断した。法的手続きがあって少しばかり遅くはなったが、被告の称号と財産は接収され、甥が継承した。管理者なしに領地を放置しておくわけにはいかなかったのだろう。はっきりおぼえているわけではないが、先代領守は異国で死んだという話だったと思う。まあ、噂だがな。わたしはその件にはかかわっていない——関係者の身分を考えると、とてもわたしなどが手を出せる案件ではなかった」

「その伯父というのはたくましい弓術家でしょうか」

「知らんね。だが千マイルも遠くにいるか死んでしまっていて、マガル学師とはなんの関係もなさそうだとなれば、食いつこうという気にもならん」

「いまの意見の前半はどうだかわからないぞ」とイングリス。「後半は認めないわけにはいかないが」

「ふむ」オズウィルがペンリックに視線を流した。「今夜、パイクプールの邸を訪問するのに同行してくれないか。あんたの立場を借りたい」

「どちらのです？　神官ですか、魔術師ですか」

「どちらも立派なものだが、わたしが考えているのは氏族という身分だ。確かあんた」――と咳払いをして――「父上は領守だという話は聞いているが、母上のことを領守夫人と言ったことはなかったよな」

庶子神教団に属する者にとって婚姻外の出生はごくふつうに想像されることで、あまりにもしじゅう訂正しているため、いまさら怒る気にもなれない。

「それをいうなら、母は先代領守夫人です。子供は七人。姉が三人、兄が三人、わたしは末子です」

オズウィルはうなずいた。

「だったら、使用人出入口ではなく正面玄関から訪問できる。氏族貴族は、その、神殿捜査官でも氏族とつながりのある高位の者でなければ、なかなか扱いにくいものなんだ」

「神殿から命じられたあなたの職務は、どんな門にも有効な通行手形なのだと思っていました」

「残念ながらそんなことはない」オズウィルは言葉をとめ、好奇心に目を細くした。「つまり、あんたはそんな通行手形をもっているというのか」

そんなふうに考えたことは一度もなかったが。

「わたしは……すべての門をためしたわけではありませんから」

オズウィルは鼻を鳴らして立ちあがった。

「だったら、あんたの手形がこの門に有効かどうか、ためしてみようじゃないか」

パイクプールの町邸は、昨夜の壮麗な邸に比べると、聖王宮からより遠く離れた、より細い街路に立っていた。その街路にならぶ邸はどれも、よりつつましやかではあるが、より新しく、この都でごくふつうに見られる切石が使われている。火事と法令により、最初期の木造建築にとってかわった素材である。若い領守はいかにも社交的に、日が暮れてまもないというのに玄関にふたつの明かりを点し、門番がその火と扉を見張っていた。

「マーテンズブリッジの神官学師ペンリック・キン・ジュラルド卿です。緊急の神殿の用がありパイクプール領守にお目にかかりたい」ペンリックは王女大神官の教えを思いだしながら、門番に告げた。「それと、連れの者たちです」

残念ながら、部屋にもどって白いローブに着替え徽章をつける時間はなかった。そうしていれば、いまの言葉にももっと信憑性がもてたのに。門番は薄汚れた彼ともう少しましなグレイジェイふたりに不安げな視線を投げながらも、少なくとも外の石段で待たせるのはまずいと判断したのだろう、玄関ホールに招じ入れ、あるじがこの奇妙な来客に会うかどうかたずねに、奥に通じる唯一の扉から姿を消した。門番はまもなくもどってきた。

「学師さま、ペンリック卿、こちらでございます。お連れのおふた方も」

案内されたのは心地よい本だらけの部屋だった。いちばん目立つ家具は書き物机で、そのむこうに、この邸のあるじにして容疑者たる領守が帳簿や書類に埋もれてすわっていた。オイルランプと壁の燭台が、暗い夜を遠ざけると同時に、炉に火がないにもかかわらず部屋にぬくもりをもたらしている。眼鏡によって拡大されたウェガエの目が見ひらかれ、ペンリックの連れてきたふたりを興味深そうにながめた。

「ああ、大丈夫だよ、ご苦労だったね、ジョンス」

そして立ちあがって机をまわり、同等の客としてペンリックを迎えた。

簡単にふたりを紹介したが、ウェガエからは当惑のこもる好奇心が返っただけだった。一行は火のない暖炉の前の、むかいあわせにおかれたクッションのいい二脚の長椅子を勧められた。門番が書き物机の椅子を運んできて、ウェガエがそれに腰をおろす。軽食の申し出は丁寧《ていねい》に断った。門番が退室し、ペンリックとオズウィルは顔を見あわせた。オズウィルが口をひらこうとしなかったので、ペンリックは手をひらいてうながした。オズウィルは水にもぐろうとする泳ぎ手のように息を吸って、話しはじめた。

「昨日の朝、ウェイア村の神殿に所属する平信士が、パイクプールさまの地所の森にしかけた罠を調べにいこうとして、ご婦人の死体を発見いたしました。神殿神官がすぐさま父神教団に知らせを送り、現場を調べるため、わたしが派遣されました。その後、ペンリック学師とイングリス巫師も調査に加わりました」

「五柱の神々にかけて」ウェガエが思わず驚きの声をあげて聖印を結んだ。「そのご婦人とはどういう方なのです。何があったのですか」

オズウィルは目を細くして最初の反応を見守っていたが、明らかに何も得られなかったようままだ。捜査官がそこでがっかりしたのかどうか、ペンリックにはわからない。オズウィルはそのまま、ハーモ学師のときと同じように、その場の詳細を語った。

「そのご婦人は、東都神殿の魔術師神官マガル学師と判明いたしました。領守さまはそのご婦人をご存じでしょうか。お会いになったことは、お見かけしたことはありますでしょうか」

ウェガエは目を瞠《みは》ったままかぶりをふった。

「わたしは近頃では父神教団に寄進しています。白の神の館とはあまり接したことがありません。あそこはいつも、どちらかといえば奇妙で、秘密めいているし。ああ」

彼はそこで誰と同席しているか思いだしたのだろう、一瞬しまったと言いたげな表情を浮かべたが、口から出た言葉を取り消すことはできず、さらにつづけた。

「昨夜ペンリック卿とお会いするまで、魔術師とは話したことも会ったこともありませんでした。いや、ちょっと待って」彼はまばたきをしてペンリックをふり返った。「ではあなたは、この件についてご存じだったのですか。だからわたしに話しかけてきたのですか」

嘘をつく理由はない。

「はじめの問いはそのとおりですが、後半はちがいます」

「なぜ何も教えてくださらなかったのですか」

「ルレワナ王女の晩餐会でですか?」

巧妙にはぐらかしたが、ウェガエはそれで納得したようだった。

「ああ、もちろんそうですね」

手で髪をすきながら、それでもペンを見つめる目は見ひらかれたままだ。もしかすると、そう見えるのは眼鏡のせいだろうか。

「誰が、なぜ、そのようにいまわしいことをしたのでしょう」

「いま、それを解明しようとしているところです」とオズウィル。「いろいろと不思議なことが判明しています。殺害方法は明らかですが、理由はまだわかっておりません。窃盗ではありません。そのご婦人が所有していた唯一の貴重品は神殿の魔ですが、それは、その、逃亡したように見受けられます。その件については、ペンリック学師、あなたから説明してください」

ペンリックは咳払いをした。

「わたしたちはいま現在、マガル学師が亡くなったとき、その魔は通りがかった狐に飛び移ったのではないかと考えています。狐はそのまま森の中に逃げこみました。殺人者は狐を追いかけましたが、つかまえてはいないようです。神殿におけるマガル学師の上長ハーモ学師は、迷子の魔の捜索と確保をわたしにゆだねられました。その魔はおそらく、あなたの領地のどこかにまだいると思われます」

「ああ、なるほど」とウェガエ。「つまり、わたしの森を捜索する許可がほしいということなのですね。もちろんかまいませんとも」

「ありがとうございます」

ついでに打ち明けてしまっても大丈夫だろうか。

〈たぶん大丈夫ですよ〉とデズデモーナ。

ああ、彼女もちゃんと耳を傾けてくれているのだ、よかった。

「じつをいえば、イングリス巫師とわたしは今日、森の捜索をおこないました」

「何かわかりましたか」ウェガエがたずねた。

その件を咎めることもできただろうに、事件に対する好奇心が勝り、訪れることもない領地への不法侵入など気にもとめていない。

「残念ながら目的の狐は見つかりませんでした。ですが、森番のトレウチに会いましたよ。とても忙しそうに――狐罠をしかけていました。これまでのところ、七匹の狐を生け捕りにしています。とても忠実に役目を果たし、わたしたちを追いだそうとしました」

「トレウチですか」ウェガエは顔をしかめた。「子供のころ、ずいぶん怖い目にあいました。貴族のためのスポーツをおぼえろと、あそこへひきずっていかれたのです。あのころはまだ伯母が石女《うまずめ》とわかっていなかったので、わたしは伯父の継承者になるかもしれない子供にすぎなかったのですけれど。結局はわたしのあまりの不器用さに、みんな諦めてくれました。おかげで助かりました」

「あの男がお嫌いなら、解雇することだってできるではありませんか」とペン。

「ああ、それはできませんよ！　あの一家はもうずっと昔からパイクプールに仕えているのですから。それ以外の暮らしを知りません」

「そういうわけで」とオズウィルが割りこんできた。「領守さまの雇い人に尋問する許可もいただきたいのです」

「ああ、それは」ウェガエは考えこむように言葉をつづけた。「あなた方はトレウチがこの件に関係していると考えているのですか。確かに粗暴な男ですが、彼が……酒のうえの喧嘩で誰かを殺したというならまだわかります。もっとも彼は喧嘩をしないし、それほど酒も飲みませんが」

「なんらかの関係があるかもしれませんし、何か知っているかもしれませんので」とオズウィル。

ペンはマガルが鹿と間違えて殺されたかもしれないという仮説をもう一度考えてみた。

「もし、獣か密猟者と間違えて誰かを殺してしまった場合、彼は逃げるでしょうか、それとも報告してくるでしょうか」

「おそらく報告してくると思いますが……それにしても、神殿魔術師を殺してしまったとなれば、トレウチもひどく驚くことでしょう」少しの間をおいて、「いえ、それは誰でも同じですね」

「あの男は、かなりの距離から二本の矢を同時に放って人の身体を突き抜けさせることができるでしょうか、それだけの力をもっていますか」オズウィルがたずねた。

「できるでしょうね、ですが……」不安そうに肩をすくめ、「そうした技量をもった人間はたくさんいるでしょう。たとえばわたしの伯父もそうでした」

ペンリック自身もそのひとりだ。だが〝できる〟からといって〝する〟わけではない。〝必要ではあるが充分ではない〟と、神学校の師範たちなら結論づけるだろう。

ウェガエはさらにつづけた。

「ハルベル伯父は熱狂的に狩りを愛していて、男らしいスポーツすべてに習熟していました。乗馬、格闘、何をあげてもです」

「失礼ながら、伯父上の事件についてくわしい話をお聞かせいただけませんでしょうか」

ウェガエは驚きを示した。

「ご存じないのですか。知らない人などいないと思っていたのだが」

「おおまかな事情だけです。わたしはあの事件を担当していませんし、かかわりをもった査問官も司法官も、守秘義務がありますので」

〈賭けてもいいですけれど、その人たちも自分の家ではしゃべっているでしょうね〉とデスがつぶやいた。〈父神の信奉者だって、そこまで人間離れした堅物ではありませんよ〉

〈まさか〉思考を返しながらも、心の中ではひそかに同意している。

「わたし自身もあまり多くを知っているわけではないのです」とウェガエ。「わたしはそのとき、シャロウフォードの父神教団で平信士として働いていました。事件のことは、母と姉が手紙で知らせてきました。法務士からも連絡がありましたが、わたしが呼びもどされたのは法的な手続きが完了したあとのことでした。東都では、母がわたしにかわってすべてをとりしきってくれていました。ですから母にたずねたほうが確かだと思います。じつにおぞましい事件でした。そういえば、あれにも神殿魔術師がかかわっていたのではなかったかな」

「なんという魔術師ですか」オズウィルとペンリックは同時にたずねた。

「マガルではありませんでした。なんだったかな」こぶしをひたいにあてて、「スヴェルダとか。スヴェドラとか、そんな感じの名前だったと思います」

話についていけない。ペンリックはため息をついた。

「オズウィル捜査官はわたしよりずっとよく事情に通じておられるようですけれど。申し訳ありませんが、はじめから話していただけませんか」

「わたしが知っているかぎりのことでよろしければ。古い荘園邸の正面階段の下で、伯母が死体で発見されました。目撃者はおらず、結局、誤って落ちて首を折ったのだろうということになりました。それはそれで内々の悲しい事件として終わるはずでした。ところが葬儀において、どの聖獣も伯母の魂が召されたことを告げなかったのです。わたしの母の主張がとおり、伯母の魂が神々に見捨てられることのないよう、伯母の亡霊をさがすべく、すぐさま神殿能力者が呼ばれました。それが、その、スヴェドラ学師でした。スヴェドラ学師は階段に伯母の影を認め、伯母がくり返し、みなの推測とは異なる出来事を伝えようとしていると証言しました。つまり、伯父夫婦はそのころほんとうに喧嘩が絶えなかったのですが、たぶんそうした喧嘩の最中に、伯母は伯父に突き落とされたのではないかと――確かに、人一倍、気の強い人ではありましたが――」

「気が強いことは死に値する罪ではありません」サラがほとんど聞こえないほどの声で、ずっとこまめにメモをとりつづけているノートにむかってつぶやいた。

「どんなご婦人でも伯父と結婚したら――いえ、気にしないでください。ともあれ、どうやら伯父はそのあと階段をおりてきて、伯母の首を折ってとどめを刺したようなのです。はじめは事故だったかもしれません、最後のひと幕はそうではありません。ですからこの件には捜査がはいりました。ハルベル伯父は逮捕されました。そして審理の途中で抗議をやめ、自己弁護をはじめました。改悛の情はないまま、ある意味自白したようなものだと思います」

「伯母上はどうなったのですか」ペンリックはたずねた。「そのまま神々から見捨てられてしまったのでしょうか」

「いいえ、最終的には無事召されました。階段の下でさまざまな祈禱がおこなわれたのですが、伯父が逮捕されるまでは頑として導かれることを拒み、ようやく満足して旅立っていきました。二度めの儀式で、姫神が召してくださったとわかりました。かの地で安らぎを得ているといいのですが。生きているあいだはほんとうに苦労が絶えなかったのですから」

助手がノートから顔をあげ、興味深そうにたずねた。

「幽霊は嘘をつくことができるのですか?」

オズウィルがよく気がついたというようにうなずいてみせた。

「亡霊の証言を調査確認せずにそのまま受け入れることはない。場合によっては幾重にも確認をとる。せいぜいが、たどるべきもうひとつの指標、臭跡といったところだな」

〈よい質問ですね〉ペンは思考を送った。〈デス、亡霊は嘘をつくことができるのですか〉

〈そうですね、亡霊の知力は通常、生きていたときと変わりません……。亡霊も間違えることがありますし、地上から解き放たれることをはばむ熱い思いにとらわれてもいます。亡霊の証言を額面どおりに受けとめないという、あなたの友人オズウィルはなかなかに賢明です。もちろん、時間がたてばすべては消え失せていきますが〉

「伯父の身分がありますから、この事件が片づくまでには非常に多くの査問官と神官と法務士と司法官がかかわってきました」ウェガエはつづけて語った。「ひっくり返されていない石があったとしても、それは調査が不充分だったからではありません。すべてが片づいたとき、まだ領地が残っていたと知って驚いたくらいです」

オズウィルがいかにもといいたげな暗い顔で小さくうなずいた。

「伯父上はどうやって逃亡したのですか」ペンはたずねた。

「たぶん監視がゆるかったのだと思います。一般の監獄ではなくマグパイの館に監禁されていて、罪状が決定したらよそに移されることになっていました。どこかから協力者と馬を手に入れたのでしょう」

「伯父上が亡くなられたことはどうしてわかったのですか」こんどはオズウィルがたずねる。

「イブラの傭兵隊長から手紙が届きました。東都のパイクプール氏族全体、というか、〝関係あるだろう誰か〟に宛てたものでした。たぶん傭兵隊長はそうした手紙をしじゅう出しているのでしょう」

ペンリックの兄ドゥロヴォがアドリアの傭兵隊で亡くなったときも、隊長から手紙が送られてきた。友人からの書状もはいっていたが。

「それが偽造だった可能性はありませんか」とオズウィル。

「実際のところ見当もつきませんね」言葉を途切らしてしばし考え、「わたしとしてはそうでないことを願っています。その手紙は、財産に関するほかの書類といっしょに法務士にわたしました。調べたければ、たぶん彼がまだもっていると思います」

「関係があると判明した場合は調べさせていただくかもしれません」とオズウィル。「ですがいまは目前の問題です。明日、ご領地にはいってもよろしいでしょうか」

「もちろんです。わたしも同行したほうがいいでしょうか。田舎の人々は見知らぬ町の人間を歓迎しませんから、そのほうが物事が円滑に進むでしょう。わたしももうずいぶん長いあいだあそこを訪れていませんし。わたしにはあの土地を管理する義務があるのだと、法務士にくり返し言われているのですけれどね」眼鏡を押しあげて小さなため息を漏らし、「あの古い荘園は、ほとんど利益をあげることはないけれど経費がかかるわけでもありません。農場にもならないし、材木は運搬がたいへんだし、鉱石がとれるわけでもない。結局は狩猟地にしておくのがいちばんなのでしょう」

「ご同行いただければ助かります」とオズウィル。

それから数分をかけて、明日早朝の出発に関する打ち合わせがおこなわれた。ウェガエ自身が三人の客を玄関まで見送ってくれた。まるで学生のようだ。彼はまだ年輩の領守たちがおおやけの場で示す堅苦しい作法に慣れていないのだろうか。それとも、あまり好ましく思っていないのだろうか（領守たちの私的な場における作法については、ペンリックも幻想など抱いてはいないが）。オズウィルはあまり例を見ないその慇懃さに、感銘と疑惑のどちらをおぼえればいいか迷っているようだ。疑うことはオズウィルの習性だが、ペンはどちらかといえば前者に重きをおいた。夏の長い黄昏もさすがに暮れ、あたりは真っ暗になっている。門番がランタンを貸してくれた。サラが義理堅く、明日必ず返しにきますと約束をした。

影におおわれた王の町の街路をもどりながら、オズウィルが言った。

「どんな氏族貴族を訪問したときよりうまくことが運んだ。これからもあんたをそばにおいておきたいよ、ペンリック」

「ああ、それはわたしのおかげではないと思いますよ。ウェガエはいつも学生時代にもどりたいと願っている、ああいった人種のようですから。貧乏だけはべつですけれどね。貧しさから解放されて喜ばない人はいません。それからたぶん、結婚生活も捨てたくはないでしょう」

「それはよくわかる」

神殿の町の階段をのぼりながら、ペンリックはふとごく私的な話題を思いだした。

「そういえば、イングリスの憧れ、トーラ・キン・ボアフォード嬢はどうなったのですか。手紙でもまったく触れなくなりましたし、わたしが東都にきてから一度も話題にのぼらないのですが」

ノートをとりだしたくなったのだろうか、サラがぴくりと身じろぎをし、それでもやはりオズウィルの一歩先でしっかりと前方を見すえたまま、ランタンを掲げて階段をのぼっていった。

なかば面白がるように、なかば顔をしかめるように、オズウィルのくちびるがゆがんだ。

「べつの男と婚約した。イングリスはそれ以来ふさぎこんでいる」

ペンは少し考えてたずね返した。

「それで、以前のイングリスとどう変わったというのでしょう」

オズウィルは短い笑い声をあげた。

「だったら、以前よりふさぎこんでいると言おうか。だがわたしは彼のためにはそれでよかったと思っている。話がまとまったとしても、気の毒な兄上の身に起こったことを考えれば、いずれうまくいかなくなることは目に見えているではないか。もちろん彼女から許しの言葉はもらっただろうから、それで満足して、月に吠えるのはやめることだな」

「それ、イングリスに言ったんですか」

「もちろん言うわけがないだろう」

ペンリックはにやりと笑っただけで、階段をのぼることですでに苦しい息をそれ以上無駄に使うことはやめた。

高台の神殿の町につくと、一行はまず父神教団に仕える独身女性のための宿舎によった。オズウィルは念を入れて、助手が中にはいるまでしっかりと見届けた。残るふたりもそこで別れ、それぞれの寝台にむかった。

ペンはいますぐにも休みたかった。一日の汚れをまとったまま王女大神官に拝謁して、それから身体を洗ったほうが時間の節約になるだろうか。王女が休んでしまってから扉をノックするような危険は冒したくない。それに、報告すべき決定的な情報があるわけでもない。寄せ集めのごたまぜな情報と、多すぎる狐だけだ。

デスが口の支配権を奪い、ぼんやりとした考えごとを破って呼びかけてきた。

「ペン」

「なんですか」

「ハーモのところに行って、マガルの前に彼女の魔をもっていた魔術師が誰か、たずねなさい」

ペンは街路で足をとめた。傾きかけていた思考が渦を巻いて、まったく新たな軸にからみついた。まばたきひとつの間をおいて彼はつぶやいた。

「ああ、そうか」

「あの空き地における犠牲者はふたりいたのですよ。そしてオズウィルはその片方の過去しかたどっていません」

「そんなことをする人間は頭がおかしい……」

「そんな人間もいます」

「とんでもない飛躍です。立証できる証拠もほとんどないですし。オズウィルは夢物語だと笑い飛ばすでしょう」

「では、あなたが灰色の神ではなく白の神に属しているのは幸運でしたね。かの神の贈り物でまともなものがありますか」

「ろくでもないものばかりです」

「たずねにいきなさい、ペン」彼女はわずかないらだちをこめてくり返した。「わたしたちに必要なのは答えです、議論ではありませんよ」

「わかりました」

ペンリックはむきを変え、庶子神の宗務館にむかって歩きはじめた。人々の就寝時間と、薄汚れて興奮しすぎた魔術師の訪問がどれくらい歓迎されるかを計算してみる。数歩のうちに走りだした。ハーモが、かつてのマガルのように宗務館に住んでいるかどうかはわからない。まあいい、その場合は門番が彼の家を知っているだろう。ペンとオズウィル以外に、この件についてひと晩じゅう思い悩んでいる者がいるとすれば、それはハーモだ。

夜の門番は息を切らしてやってきた彼をじろじろとながめた。だが昨日、簡単な尋問のときに顔をあわせていたので、すぐさまペンリックだと気づき、白いローブと徽章なしでも通してくれた。門番はペンを石床の玄関ホールに残したままハーモが訪問を受けるかどうかたずねにいこうとしたのだが、ペンは門番のすぐあとについていき、門番はそれに抗議するだけの勇気をもちあわせていなかった。ふたりはまずハーモの執務室にむかった。戸口から蠟燭の黄色い光が漏れているのを見ても、ペンはさほど驚かなかった。

ハーモが鵞筆《がひつ》を握る手を宙でとめて、書き物机から苦い顔をあげた。まだ葬儀に参列したときのまま白い礼装のチュニックを着ていて、ローブと徽章は壁の鉤にかかっている。

「ああ、ペンリック学師ですか。こんな時間にいったい――」

ペンは前置きなしに切りだした。

「マガル学師に魔を譲った魔術師ですが。スヴェルダ学師という方でしょうか」

ハーモの灰色の眉が驚きに吊りあがった。

「スヴェドラ学師ですね、ええ。なぜおたずねになるのですか」

ペンはどさっと戸枠にもたれかかった。その名はどんよりとした池に投げこまれた小石のように水を動かしはしたものの、まだ透明になったわけではない。

「以前その方が神殿能力者として調査した事件に関連して、今夜その名前があがったのです」

「生前スヴェドラはそうした仕事を数多くこなしています」とハーモ。「とにかくおすわりになりませんか。あなたは少しばかりその……」

ハーモは最後まで言葉をつづけなかったが、言われずともわかっている。ハーモが手をふって、懸念と好奇心にあふれた門番をさがらせた。立ち聞きの機会を奪われ、門番はがっかりした顔で持ち場にもどっていった。

ペンは椅子をひいて腰をおろし、そこで途方に暮れてしまった。彼の思考はさっきからあまりにも混乱している。

「それで、スヴェドラの何が問題になったのでしょう」ハーモが鵞筆と書類を脇にやってうながした。

「まだお話しできるような段階ではないのですが。ただ、とんでもない仮説を思いついたので」

ハーモの目がすっと細くなった。

「それでもとりあえず話してください」

「もしも――」証人を誘導尋問してはならないといったオズウィルの言葉が頭の中で躍っている。「スヴェドラ学師が手がけられた案件で、とりわけ問題となったものが何かありませんか」

ハーモは椅子の背にもたれて指先をあわせた。

「とくにこれといったものは思い当たりませんが、わたしもすべてを知っているわけではありませんからね。わたしが監督を務めたのは、三カ月前に彼女が亡くなるまでの五年間だけです。スヴェドラはあの魔とともに三十年以上をすごしています。わたしは神殿によって彼女の監督官に任命されましたが、スヴェドラは年齢においても経験においても、わたしをはるかに凌駕していました。もっぱら自分で仕事を選び、自分の望むところに出かけていきました。上級魔術師にはよくあることですし、ご婦人方はとりわけその傾向が強いですね」そして口には出さない記憶に顔をしかめた。

これでは時間ばかりかかって目的地までたどりつけない。しかたがない。

「三年ほど前のことです。スヴェドラ学師はハルベル・キン・パイクプール領守のご家庭での殺人事件に〈視覚〉と経験をもって協力しておられますね」

ハーモの反応が鋭くなった。

「まったく不愉快な男だと言っていましたが。そうです。その件で幾度も呼びだしを受けていました。地方まで出かけたり、父神教団や都の行政官や、聖王陛下の宮廷にまで、いろいろと行き来していました。裁判の管轄権についての争いもありました。わたしたちは極力そこにはかかわらないようにしていましたよ。神々にはそうした境界はありませんからね」そこでためらい、「ですが、その男は死んだはずです。すべてはより高い次元の〈力〉によって解決されたのです」

「手紙はきましたが、死体はありませんし、死体を見た者もいません」

「ということは……?」

「想像してみてください……」

薄い氷にのったときはすばやく動けというのが、連州の山国で子供時代をすごしたペンの得た教訓だ。それはここでも適用されるだろうか。

「傲慢で気性の激しい男が、すべてを失い、人としてもっとも低いところに追いやられ、卑しい死と直面していると。想像してみてください。すべては自分で招いたことですが、他者を責めることしかできず」

〈実際のところ、奥方が石女だった可能性は半分といったところなんですけれどねえ〉とデス。

「裁きを逃れて逃亡したものの、やがてなんらかの理由で……」

そう、なぜだ? まんまと逃げおおせた男が、なぜ危険を冒してもどってくるのか。懸命に考えてもペンリックにはその理由がわからない。

〈あなたにはそうした思考回路がありませんからね、ありがたいことに〉とデス。

「おわかりいただけると思いますが、これはすべてまったくの想像にすぎません」

「つづけてください、ペンリック学師」ハーモがさらに緊張した声でうながす。

「その男が、自分に破滅をもたらしたと逆恨みし憎んでいる人々に復讐するためもどってきたのだとしたら。そして、彼の破滅を宣告した魔術師が手の届かないところに行ってしまっていると知ったら。でも彼女とともにあった神殿の魔は……まだいるのです」ペンは深く息を吸った。「たぶん、マガル学師はその男にとって、人などではなく、真の目的にいたるのを邪魔する障害にすぎなかったのでしょう」

ハーモがぐっとテーブルの端を握りしめ、うつむいて何事かをつぶやいた。短い、恐ろしい、真情あふれる罵倒だった。

ああ。ハーモにこんなにはやくすべてを語ってしまったのは、まずかったかもしれない。マガルの遺体を目にして狼狽《ろうばい》しながらも、ペンの心にあったのは、謎に対する刺激的で知的な好奇心だった。だがハーモの心には、もっとずっと個人的な怒りが宿っていたのだ。

〈それだけではありませんよ〉デスが指摘した。〈ある意味、スヴェドラの魔の継承者としてマガルを選んだことで、ハーモ自身がマガルを殺したともいえるのですから〉

〈そんな〉ペンは弱々しく思考した。なんだか気分が悪くなって唾をのみこんだ。

ようやく顔をあげたハーモは新たな緊張に青ざめている。

「それは、とても異様な考えです」

「そうです。でもそう考えれば、誰からも好かれていたご婦人が……」

「ええ」

ハーモは長々と息を吸い、ゆっくりそれを吐いた。テーブルの端にあった両手を膝の上に落とし、そこで握りしめたのは、きっとふるえを隠そうとしているのだろう。ややあって彼は言った。

「あなたはほんとうに、ハルベル・キン・パイクプール領守がまだ生きていると考えているのですか。なぜでしょう」

「そうですね……そうした話を聞いたことがあるからです。わたしが子供のころ、グリーンウェルの町で起こったことですが。ある人が戦から帰ってきたら、妻はすでにべつの男と再婚していたのです。たいへんな騒動になりました。また、海で死んだと知らせのあった人が、数年後にもどってきたこともありました」

「そして、誰ももどってこなくて、なんの問題も起こらなかった例はどれほどあるのですか。くり返し話されることのなかった物語は。ひとつに対して百、あるいは五百ではないでしょうか。例外はつねに通常よりも注目を集めます。あなたがこの道を先走りすぎているのではないと、どうしたらわかるでしょう」

「わたしにもわかりません」ペンは素直に認めた。「ですが間違いなく、そもそもハルベルの話を聞かなければ、わたしはこのようなことを考えはじめることも、それを推し進めることもなかったと思います」デスが咳払いのようなイメージを伝えてきたので訂正した。「わたしたちは、です」

ハーモはそれを聞いても彼にむけた目を細くしただけだった。

「オズウィル捜査官はあなたの仮説をどう考えておられるのです」

「まだ話していません。オズウィルは喜ばないでしょう。あの人はより確かな証拠を好みますから」

「あなた方は今日、その証拠をさがしていたのではないのですか」

「ええ、まあ」

これだけくり返せば慣れたものだ。ペンはイングリスと森ですごした一日について簡単に説明した。トレウチと出会ったこと、散り散りになって逃げていったパイクプールの狐のこと。だがハーモは気分が晴れた気配もない。

「生きていることが明らかで、しかもその土地にいるという点で、そのトレウチという森番のほうが容疑者として、少なくとも怪しげな行動をとっている人間として、有力なのではありませんか」ハーモが指摘した。

「それはそうです。ウェガエ領守は彼のことを、悪巧みをするような男ではないと言っていましたが、そんなことはわかりませんよね。もしかすると……」とためらい、「宗務館に保存されているスヴェドラ学師の仕事に関する記録を見なおして、何か、その、見落とされていたことがないか、確かめていただけますでしょうか。何かほかの可能性はないか」

ハーモは顔をしかめた。

「明日、明るくなったら。やってみましょう」

「明日」ペンはつづけた。「わたしたちはもう一度、パイクプールの古い荘園邸と森を見てまわることになっています。魔がほんとうに狐にはいっているなら、それを見つけることができたら、たぶん……何かわかることがあるでしょう」

〝どうやって〟かは見当もつかないが。

「もしその狐が見つかったら——もしくは、なんであれマガルの魔がはいっているものが見つかったら、無傷のままわたしのところに連れてきてください」

「わかりました」そこでためらい、「それをどうなさるおつもりなのですか」

ハーモは手のひらの付け根をきつく両眼に押し当てた。手を離し、赤くなった目をまばたかせる。

「まだ何も考えてはいません」それからささやくように、「今夜はやっと眠ることができそうだと考えていたのですが……」

ペンも椅子の上でのびをした。腰をおろしてしまったため、一日分の痛みがいまさらのように襲いかかってくる。ハーモがそれ以上言葉をつづけなかったので、立ちあがって告げた。

「もう帰ります。明日も朝はやく出発する予定ですので」

ハーモはうなずき、疲れたように手をふった。

「そうですね、ありがとうございました」

「もっと確かなことがわかったら、できるだけはやくお知らせします」

「お願いします」

「もしハーモ学師のほうでも何かわかったら……明日、こちらにもどってから、夜にお訪ねしてもいいでしょうか」

「ええ、もちろんです」

ペンリックが戸口に歩み寄ったところで、ハーモがふたたび口をひらいた。

「ペンリック学師……」

「なんでしょう」

「もし、誰であれその狂った殺人者がまだ魔のついた狐をさがしているのなら、そしてあなたも同じ狐をさがそうというのなら……。そう、森の中では充分に気をつけてください」

「ええ」〈もっとはやくに気づいておくべきだった〉「気をつけます、ハーモ学師」

ペンリックは親指をくちびるにあてて別れの挨拶を送り、執務室を去った。


翌朝、空気がまだ露の湿りけを帯びているころ、ペンリックとオズウィルとサラは、パイクプールの町邸の前の街路で、門番兼馬丁のジョンスを連れたウェガエ領守とおちあった。まだ眠っている静かな王の町を通って北門を抜け、王立巫師協会の本館にむかう。王立巫師協会は以前は市城壁の外の農場だったのだが、周囲に町があふれひろがるとともに、もともとの荒うち漆喰の建物は押しのけられ、より頑丈な建物にとってかわられた。道路の脇に立っていた古い素朴な垣根も、いまでは立派な矢来の柵となって協会の秘密を守っている。

一行は矢来を抜けて、かつては広大な王家の厩舎であった獣舎の庭にはいっていった。数日前、ペンリックはイングリスに招かれてここを訪れ、ミミズよりは望ましい大いなる獣をつくる過程のひとつとして、飼育されていた年老いた山猫の精霊がまだ若い仔山猫に移される儀式を見学した。師範の厳格な監督のもと、山猫の咽喉を掻き切る儀式をおこなう若い巫師は見るからに緊張していたが、とうの山猫は奇妙なほど穏やかだった。ペンリックはそのとき、死の床にある人々は喜んで神のみもとにむかうのだという話を思いだした。混乱していないかぎり、ではあろうけれども。

今朝は血を流す儀式はおこなわれていない。思いがけない一団が待機していることに気づいて、ペンリックの頭にかかっていた寝不足の最後の靄が吹きはらわれた。イングリスだけではない、さらに三人の――そう、巫師が、手綱を握り踏み台に腰をおろしてしゃべっていたのだ。ペンの一行と同じく、みな郊外で一日をすごす服装をしている。乗馬ズボンと頑丈なブーツに、昼間の暑さに備えて、薄いシャツの上に袖なしのチュニックを重ねている。

イングリスが顔をあげて手をふり、立ちあがって仲間を紹介した。

「おれの友達だ。ナート」――オズウィルくらいの年齢と思われるたくましい大男だ――「クレイル」――いかにも潑剌《はつらつ》とした若者が陽気な挨拶をくれた――「それからルネット」――最後のひとりは赤みがかった砂色の髪をして、とがった頰骨に少しばかりそばかすの散った若い娘だった。「みんな、魔のついた狐狩りに協力すると申しでてくれた」

ペンは驚きをこめて笑みを浮かべ、すぐさま協力態勢を整えられる巫師の力に一瞬の羨望をおぼえた。とはいえペンリック自身は単独行動のほうがむいていると考えているが。

「昨夜、問いあわせてみると言っていたのはこのことだったのですね。すばらしいです。ありがとうございます！」

ペンリックのほうでもふたりのグレイジェイとウェガエを紹介した。王直属の巫師たちはウェガエの身分にもまったく動じたようすはなく、逆にウェガエのほうがあからさまに彼らに熱い関心をよせている。ウェガエだけではなく、サラもまたひそかに興味を抱いているようだ。

ルネットが面白そうにサラに視線を返した。

全員で馬に乗って丘陵地帯にむかった。総勢九人の騎馬行進。どれほど凶暴であろうと、殺人者はたったひとりだ、数に圧倒されて怖じ気づくのではないだろうか。そうあってくれればいいのだけれど。好奇心に突き動かされ、ペンリックは鞍の上でむきを変えた。

〈デス、目を貸してください〉

イングリスの狼はいつものように狼を越えた狼として見える。がっしりとした黒髪のナートが宿しているのはもちろん熊で、彼の内で驚くほど穏やかに憩っている。熱に浮かされたようなクレイルの内なる獣が遠出に夢中になっている大いなる犬でなかったら、むしろ驚くところだ。彼らの中でも赤毛のルネットだけは、単なる視線以上のものにすぐさま気づいたのだろう、あごをあげ、冷静なおちついた視線でじっと彼を見返してきた。ああ、大いなる狐だ。これはきっと役に立つ。

それにしても、若い巫師たちはもともとそれぞれの獣に見合った人となりをしていたのだろうか。それとも、獣を得ることによってその属性を帯びるようになったのだろうか。イングリスの話によると、志願者は力を与えられる前、しばらくのあいだ獣舎で働くのだという。だからきっと、ふたつの魂がたがいに伴侶となる相手を見つけるのだろう。そう、人と神のように。

〈もしくは人と魔のように、ですね〉デスの思考は笑いをふくんでいる。

〈それで、わたしの人となりがどうだというんですか〉

〈あなたは庶子神おんみずからの幸運を手に入れているではありませんか〉

〈それはそれは〉

だが考えてみれば、それは文字どおりの真実かもしれない。

ルネットもまたいぶかしげな顔をしている。

サラがルネットにならび、ふたりでこそこそ何かを話しはじめた。ひろい道に出る曲がり角で、サラが言った。

「ここには両方がそろっているんだから、聞いてみたらいいじゃないですか」

そしてペンリックとイングリスのあいだに割りこんできた。イングリスは狐憑きの同僚を肩ごしにふり返ってから、若いグレイジェイの好奇の視線にむきなおった。

「教えてもらえませんか」サラはケーキを公平にわけようとするように、ふたりのあいだの空間にむかって問いかけた。「魔術師と巫師では、どちらがさきに存在したんでしょうか」

「それは魔術師でしょう」ペンリックは答えた。

イングリスの口もとが曖昧にゆがむ。彼女はさらに問いを重ねた。

「どうしてわかるんですか。いにしえの森の氏族のものなる巫師の伝統は、何百年も、もしかしたら何千年も遡《さかのぼ》ることができて、そのはじまりは時の霧の中に失われています。魔術師がそれより古いとは思えないんですけれど」

「あなたは数千年を長い時だと思うのですね」とペンリック。「ですがそんなものは、神々の目からすればまばたきひとつにすぎません」

「つまり、誰にもはっきりとはわからないってことですか」サラが追求する。

「わたしは、失われたものだろうと現存しているものだろうと、歴史的な記録からその結論に到達したのではありません。論理によって導きだしたのです」とペンリック。

オズウィルがサラにかわってルネットの横にならんだ。巫師の娘は新たな関心をもって上級捜査官を上から下までじろじろながめている。オズウィルが笑いをふくんだ声をあげた。

「論理だと、学師殿。そいつはわたしの教団の仕事だと思っていたのだが」

「仕事かもしれませんが、独占しているわけではないでしょう。考えてみてください。大いなる獣をつくるには時間がかかりますが、巫師は巫師によってつくられます。では、最初の巫師は誰がつくったのでしょう。最初の精霊戦士は、といってもいいです。まずは単純なものがつくられ、さまざまな実験や間違いを経て、時がたつにつれてしだいに複雑になっていくものですからね」

考えてみる。待てよ、そうではないかもしれない。面倒な円環構造になっているのだろうか。

「試行錯誤の時期はかかわる人々にとってはいらだたしいでしょうけれど、いずれにしても、神々は、そして神々の贈り物は、人よりさきに存在したはずです」

最後の言葉に自信がもてず、ためらった。だがいまは、神々の起源について細かく——かつ熱く、討論する場ではない。さらにつづけた。

「魔術師は神の贈り物によって——庶子神より賜《たまわ》る魔によってつくられるのですから、とうぜんその力がさきに存在したはずです」

「最古の森の物語では、はじめの巫師は秋の御子神の祝福によって生まれたというぞ」とイングリス。「魔術師はかかわっていない。巫師の儀式の中には魔術師にもおこなえるものがある。つまり――」

〈そうかもしれない〉大いなるミミズのことが、そう、正確には自負心ではないが、つかのまの満足とともに、思いだされた。

「逆に、魔術師のほうが巫師の技の一部をとりこんだんじゃないのか」

〈あんたのように〉ときらりと光る目が告げている。

「それに、庶子神は最後にあらわれた神だといわれているしな」オズウィルも割りこんできた。オズウィルはこの議論にどういう関心を抱いているのだろう。

「どれも風聞にすぎなくて証拠としては薄弱ですね」サラが顔をしかめた。

彼女の言葉はオズウィルから、咽喉のつまったようなくぐもった、おそらくは笑いであろうものをひきだした。だが彼女はふり返ってそれを確かめようとはしなかった。

「歴史の勉強にようこそ」ペンリックは穏やかに返した。

「神学もですか?」

三人全員がとつぜん黙りこんだ。

「たぶん、神学はあまり関係がないと思います」ようやくペンリックは答えた。

だがそれは、神官になるべく神学校で学んだ知識に基づいた確信ではない。

〈風聞でもない〉

「どうも、人は神学というものを間違って受けとめているようです」

「人はなんだって間違えて受けとめるものさ」オズウィルがため息をついた。「神学だってその例外ではないということだ」

「そうですね」ペンリックもしぶしぶ同意した。

つぎの曲がり角でまた道が狭くなり、騎手たちは一列にならびなおした。夏の太陽がゆっくりと青空にのぼっていく。だが彼らの影は近くの野原にまで長くのび、馬たちは鋏《はさみ》のように脚を動かしている。通りすぎる農場では、朝の搾乳《さくにゅう》を終えた牝牛がベルを鳴らしながら牧草地に出ていき、牛舎や小屋や穀物倉の周囲で声が遠くこだましている。

ペンリックは機会を見て馬をさげ、オズウィルとならんだ。ルネットからは離れたが、声が聞こえない距離ではない。そして昨夜思いついた新しい仮説について――デスのおかげで思いついた仮説について、くわしく説明した。デスの名を出すことで真実味が増すかどうかはわからなかった。予想どおり、真の犠牲者はべつにあるという仮説は、上級捜査官から微笑ではなく渋面をひきだすことになった。

「ハーモ学師はなんと言っておられた。その……見解について」オズウィルがたずねた。

最後の言葉は、より辛辣な言葉を使いたいものの、あえて無難におさめたといったところだろう。だが少なくとも彼は、ペンの言葉をそのまま突き返すことはせず、心の中で検討しているようだ。

「あり得ない話ではないと。つまり、魔術師の観点から――どちらの魔術師でもいいですが、もしくは魔の観点からすると、ということです。殺人者の正体という現実的な問題は、またべつです」

　オズウィルはしだいに勾配がきつくなる道に馬を進めながら考えこんでいる。

「わたしの立場からすると、たいしてちがいはないようだ。マガル学師の殺害は法廷に提出されるべき犯罪だ。殺人者は逮捕されなくてはならない。すべての真実が明かされ、証明されなくてはならない」

「あなたの容疑者リストが短くなります。もしくは書きなおさなくてはならないかもしれませんね」

「そうかな。むしろ長くなるように思えるが」短い沈黙のあと、「魔を傷つけたり殺したりすることが犯罪にあたるのかどうか、わたしにはわからんのだが。つまり、庶子神教団はしじゅう魔を処分しているではないか」

「正式にいえば、魔は白の神の手もとに、彼らがもといた場所に返されるのです。処分なさるのは神です」

〈そうではないときもあるけれど〉

　記憶がよみがえる。この話題になってからデスは不機嫌に黙りこくっている。手で触れることができそうな沈黙だ。

「しじゅうといっても、司法機関が犯罪者を絞首刑にする回数とあまり変わりはないですよ。彼らの魂は神々のもとに召されることもあるでしょうし、場合によってはそのまま見捨てられることもあるでしょう。処刑者には決められないことですし、そんなことをすれば司法によるった。

　こんどはオズウィルが、あまり納得したようではないながらも、「そうだな」とうなる番だった。

　長い沈黙のあとでペンリックはたずねた。

「オズウィル……あなたは捜査の途中で、自分が正しいと確信したことがありますか」

「なんだって？　もちろんあるさ」

「それを強く主張したのでしょうね」

「いや」

「なぜですか」

「それは、結局あとになって、わたしが間違っていたとわかることもあるからだ」

　ペンはその答えをしっかりと嚙みしめた。

「それはそれでいいことなのではないでしょうか」

　オズウィルは視線をそらし、馬の耳のあいだを見つめている。

「容疑者が処刑されてしまってからわかってもな」

　ペンは口をひらきかけ、かろうじて常識を働かせて〝そんなことがあったのですか〟とたずねるのを控え、あごを閉じた。オズウィルも何も言わない。

　そう。オズウィルの職を羨《うらや》みはしない。ペンはありがたく白の神に仕えつづける。

〈わたしたちにとってはほんとうに幸運なことですね〉とデス。

笑っているのだろうか、真剣なのだろうか。それとも両方かもしれない。両方であってほしいと思う。

道が険しくなり、しじゅう折れ曲がりはじめたので、ペンリックはしっかりと鐙《あぶみ》を踏みしめた。パイクプールの森の端がせまり、湿った緑の影を投げかけている。ペンリックはもう一度デスに目を貸してくれるよう頼み、狐か、なんであれ通常以上の力をもった獣はいないかと、あたりをさぐった。周囲の森がとつぜん輝かしく変化した。色彩はいっそう鮮やかになり、敏捷な生命や動き、稀薄な生命や動きでいろどられている。一瞬、飛びすぎる鳥や、麝香《じやこう》を漂わせるほの暗い穴熊に気をとられた。だが目指す狐は見当たらない。巫師たちも意識を集中している。彼らはこの景色をどれくらいちがったものに——もしくは似たものに、感じとっているのだろう。誰も警告の声をあげないまま、一行は最後の角を曲がり、パイクプールの古い荘園邸と農場に通じる轍の刻まれた小道にはいった。

正面から近づく要塞のような荘園邸は、裏から見たときと変わらず虚《うつ》ろで暗い。誰にも会わないまま脇にまわって、厩舎の庭にはいった。

馬をおりていると、邸からひとりの老人が出てきた。ウェガエとジョンスを目にとめて、老人から警戒の色が消えた。

「なんと、若さまじゃありませんか」

髪がなくなっていなければ、前髪をひっぱっていたところだろう。充分に敬意のこもった口調ではあるが……そう、〝若さま〟は〝領守さま〟ではない。ここで働くほかの者たちと同じく、先代領守の時代から残っている古い召使いなのだ。

「ああ、ロスノか、よかった」ウェガエは親しげにふり返った。「わたしたちは今日、ここですごす。馬を放牧地で休ませてくれ」

「小僧を呼んでまいります」

老人はいったんさがって、ひょろりとした少年を連れてきた。厩舎係だろうか、庭師の見習いだろうか、それとも村からきている下働きの子供だろうか、いずれにしてもそうした仕事すべてをこなしているのだろう。少年とジョンスと巫師たちが協力して馬を解放し、馬具を柵の上にならべた。牧草地にいた馬たちは、ロスノや少年と同じく、見慣れぬ来客に疑惑の視線をむけながらも、人と同じく、嚙みついたりいないたり蹴りつけたりはしなかった。

「ロスノは庭師と管理人を務めているのです」ウェガエがペンリックとグレイジェイに説明した。「ロスノの妻が家のことをしています。わたしの知るかぎり、そのはずです。いまみんなを呼びますから」

「お願いします」とオズウィル。

驚いたことに、厩舎の壁に五枚の新しい狐の毛皮が貼りつけられ、太陽にさらされている。いそいで房を調べたが、中はからだった。どこかに移されたのだろうか。イングリスとルネットも加わってきた。

「あれを見て何かわかることはありますか」ペンは不安をこめてたずねた。

「とくには……何も」とイングリス。「役に立たなくてすまないが、みな同じに見える」

もし誰かがすでに目的の狐を殺しているのだとすれば、魔はその誰かに飛び移っていることになる。不安がこみあげた。その場合、まったく新しい問題が生じるが、年老いた庭師と小僧にその気配はない。数分後に姿をあらわした庭師の妻と皿洗いの娘——小僧の姉だろうか、従姉だろうか、それとも田舎の村にはよくあることだが、その両方だろうか——も同様だ。

オズウィルは彼ら全員を裏口脇のベンチにすわらせ、ウェガエの頼りなげな権威にすがって、手際よく尋問をおこなっていった。ペンリックは正体を隠したまま、背後で耳を傾けた。今日も身分とは無関係な服装をしているが、念のため、徽章は胴着の内ポケットにつっこんである。尋問のやり方もだいたいわかるようになってきた。パイクプールの森で魔術師の死体が発見されたという知らせは、四人の召使い全員に驚きと衝撃をもたらした。彼らはあわてて、自分たちは何も見ていないし何も聞いていないと断言した。嘘をついている者がいるかどうかは〈視覚〉を使ってもわからない。ペンリックに感じとることができたのは、動揺と、少年から発せられるうねるようなおぞましい好奇心だけだった——魔法など使わなくてもそれは明らかだ。オズウィルの経験は、それ以上のことを彼に告げているのだろうか。

いいえ、この数日、あのあたりで見知らぬ人間を見た者はおりません。はい、森でもです。でもトレウチにたずねたほうがいいです。あの男はずっと狐狩りのため森にはいっていますから。おかしくはないかって？　とくにそうは思いませんが。毛皮をとるには冬のほうがいいはずですって？　それはそうですけれど。トレウチも邸に住んでいるのか、ですか？　いいえ、森番は母屋には住んでいません。森のはずれから二百ペースほど離れたところに自分の家をもっています——。ペンの見たところ、それは小屋のようなものにすぎず、地所の中に点々と立つ荒うち漆喰の古い建物と同じくらい荒れ果てている。いえ、トレウチには妻も子もいません、これまで結婚したことはありません。若いときから女に言い寄ることができなかったんですけれど、トレウチ自身は娘たちがあまりにも高慢でえり好みが激しかったからだと考えています、と庭番の妻が鼻を鳴らした。オズウィルはその話を中断させることなく——ペンリックにはわからないなんらかの理由があるのだろう——この場にはいない男の噂をそのままつづけさせた。

三年前に領守夫人を襲った悲劇についてたずねられると、四人とも奇妙に口数が少なくなった。ふたりの若者はまだここで働いていなかったが、老夫婦は当時もその犯罪についていやというほど取り調べを受けたはずだ。いずれにしても、ふたりはすでに語られている以上に、新しい事実も驚くべき真相も、つけ加えることはできなかった。ただ庭師の妻だけが、この邸から幽霊を追い払ってくれた神殿能力者に感謝しているようだった。まるでおぞましい害獣か何かが取り憑いていたかのような口ぶりだ。人としての伯母を思いだしたのだろう、ウェガエの口もとがゆがんだ。

四人ともがおちつきなくもぞもぞしはじめたころになって、ようやくオズウィルは彼らを解放し、それぞれの仕事にもどらせた。それからサラに邸の中を調べるよう命じ——庭師の妻はあまり嬉しそうな顔をしなかったが——彼自身は敷地内を見てまわると告げた。ペンリックは厩舎の庭にもどった。そこではイングリスが、森の探索におもむくべく巫師たちに担当区画を割り当てていた。

「そんなふうにわかれてしまって大丈夫でしょうか」ペンは疑わしげにたずねた。

「そのほうがずっとはやく森全体を調べられるからな」ナートがうなるように答えた。

「自暴自棄になった殺人者を驚かせる危険があるのでは？」とペンリック。「まだ森の中にいるかもしれないのですよ」

トレウチの季節外れの執拗な狐狩りにも、〝何か〟理由があるはずだ。それとも〝誰か〟だろうか。オズウィルはまだ、相手が複数の男――女かもしれない――である可能性を捨ててはいないようだ。

「ペンリック」イングリスが辛抱強く説明した。「おれたちは〝巫師〟だ。あんたは自分の身が危険だと思うか」

「それは……あらかじめ警告を受けていれば危険はないと思います。ですがわたしには、あなた方のもっていない物理的な力がありますから」

「そしておれたちには、あんたのもっていない霊的な力があるんだよ」

できるなら、この旅が終わるまでにその欠落をどうにかしたいという思いがしだいに強くなってきている。だがそれには王女大神官と慎重な交渉をしなくてはならず、それは今日の皿にはのっていない献立だ。

「では……とにかく気をつけてください。もし森の中で見知らぬ人間に会ったら、近づかず、まずもどってきて援軍を求めてください、いいですね」

〝たぶんね〟という、あてにならない返事がもどっただけだった。

「ああ、それから、森番のトレウチに会ったらここにもどるよう言ってくれませんか。グレイジェイのことは黙っておいて、ただ領守から話があると」

彼らはまず、邸の北と西の区画から探索をはじめる。ウェイア村のある方角だ。三時間後に全員がここにもどり、食事をして、つぎの計画を立てることになっている。誰かが魔を見つけた場合だけはべつで、そのときはもっとも適切と思える方法でペンリックに知らせを送る。そして巫師たちはそれぞればらばらに、もつれるような緑の木々の中へと踏みこんでいった。

わりあてられた区画を二時間もぶらぶら歩きまわったが、なんの収穫も得られなかった。豚脂をしかけたばね仕掛けの足罠をひとつと、くくり罠をふたつ見つけたので、動かして無効にしておいた。魔憑きの狐はこうした厄介なものにも正しく対処できるのだろうか。そうだといいのだけれど。

〈視覚〉をいっぱいにひろげて森の中を歩きまわるのはとても奇妙な体験だった。子供のころの狩りに使ってみたかったが……それにしてもあまりに圧倒的すぎる。弓をかまえ、たったひとつの美味な獲物を求めてほかのすべてを無視しながら、森の中を忍び歩くのではない。むしろその逆だ。複雑な模様をひと針ずつからませ、いっそう細かく描きだして、森のすべての生命がタペストリのようにのしかかってくるため、ただ知覚しているだけで疲れてしまう。知覚できる範囲は五十ペースほどの狭さだ。だがこの神の視覚はほんとうに、あまりにも神がかっている。世界全体をこのように知覚できるとは——つねに、すべてを、同時に受け入れられるとは、神々はどのような精神を有しておられるのだろう。神々も、ほんのときたまであれ、目を閉じて休むことはあるのだろうか。そんなときにはいったい何が起こるのだろう。

もし彼が、そんなことはあってほしくないが、なんらかの事故で目が見えなくなったら、これは失われた視覚の代用になるだろうか。いや、その答えをいそいで知る必要はない。

それはさておき、デスはペンに群がる予想以上に大量の虫を消化し、機嫌よく満腹していたのだが、やがて退屈したのだろう、いたずら好きのじゃじゃ馬の本性を爆発させてしまった。気がついたときはすでに遅く、ペンはうんざりした顔でブーツの上の惨状を見おろした。

「デス。あなたはほんとうに二百歳のご婦人なのですか」

「〝ご婦人たち〟って複数形で話してくれる？」彼女が穏やかに訂正する。

「それとも村の悪ガキですか。わたしだって蠅の翅をむしったことなど一度もありません」

「ペン坊やのことですもの、そう聞いても驚きませんね」

そこで彼は改めて思いだす。気前よく共有させてくれる二百年分の人としての経験と知識の下で、そもそも彼女の本性は混沌の魔なのだ。そしてふたたび考える。もう一体の魔は――劣悪な無秩序の中にあまりにもとつぜん乱暴に放りこまれてしまった魔は、たったいまどうしているのだろう。

暑さに汗を流し、腹をすかせて、パイクプールの荘園邸にもどった。昨日の道を見つけて足取りがはやくなる。もしかすると誰かが何かを見つけているかもしれない。みんな、いらいらしながらペンを待っているかもしれない。

裏口のベンチにオズウィルとサラが腰をおろしていたが、あせりやいらだちの気配はまったくなかった。その足もとではイングリスとクレイルがあぐらをかいて、水差しに汲んできた井戸水ともってきた食料をわけあっている。イングリスは不機嫌そうだし、オズウィルもむっつりしているが、それがふたりの平常なのだから、何がわかるというわけでもない。

ペンが近づいていくと全員が顔をあげた。

「ああ、学師殿か。何か興味深いことは見つかったか」オズウィルがたずねた。

ペンはため息をついて地面のふたりに加わり、わたされたカップをありがたく受けとった。

「いまのところ何も。あなた方はどうでした？」

イングリスとクレイルは首をふったが、オズウィルが答えた。

「トレウチの小屋に客が泊まっているようだ。寝袋があったし、散らばったカップと皿も数が多すぎる」

サラが言葉を足した。

「庭師のおかみさんが、最近トレウチの食欲がものすごいと言っていました。トレウチが獲物をもってきてくれるおかげでほかの使用人たちも肉が食べられるのだから、文句は言えないけれど、と文句を言っていました」そしてくちびるをゆがめ、めったにない笑顔を見せた――サラは仕事のやり方だけではなく、生真面目な態度まで教官から学びつつあるようだ。「トレウチは人づきあいをしないし、そもそも愛想のいい人間ではないので、それ以外のことは何もわからないそうです」

「そうですか」とペン。「トレウチはまだここにはもどっていないのですね」

「まだだよ」とクレイル。

トレウチには近頃見知らぬ人間を見なかったかとたずねていないのだから、嘘をついたと咎めることはできない。彼が客を泊めているのもべつにおかしくはないだろう。だがその客のことを秘密にしているのは奇妙だといえる。

「ご婦人を連れこんでいるということはあり得ませんか」

「衣類とごみの散らかり方から見て、それはないな」とオズウィル。

「興味深いことです」

「まあそう言ってもいいな」オズウィルが同意した。

オズウィルの口から出た場合、その言葉は大きな信号旗をふったようなものだ。はっきりと認めはしないだろうが、彼は間違いなく、今後トレウチの小屋から目を離すことはないだろう。

「ウェガエはどこですか」

「出納簿を調べて、邸内を見まわっておられます」サラが答えた。「領守さまは真面目にそれが自分の義務だとお考えのようでした。使用人たちはあまり歓迎していないようでしたけれど」

イングリスが小さな笑い声をあげ、パンとチーズにかぶりついた。ペンリックはからになったカップをおろして手をふった。サラが彼の分の食料をわたしてくれた。

まずオズウィルがはっと反応し、つづいてペンリックも彼の視線を追った。ルネットが小走りでこちらにむかってくる。その目は明るく、薄く散ったそばかすの下で頬が紅潮している。

ペンの呼吸は期待にはずんだ。

ルネットは一行の前で足をとめ、いかにも得意気にぴょんととびはねた。

「あなたの狐を見つけたわ」

その宣言に、オズウィルまでもが驚きに顔をほころばせた。

「それはそれは！」ペンは痛む足で立ちあがろうとしながら、背筋をのばすだけにとどめておいた。「ではやはり狐だったのですね。思っていたとおり。どこです？」

サラが水のはいったカップをわたすと、ルネットはひと息に飲み干し、くちびるをぬぐった。

「ありがとう、ほしかったの。巣はこの森のちょうど真ん中あたり、簡単には行けそうもない深いところよ。木がめちゃくちゃにからまった険しい崖の途中。だけど問題があるの。あなたの魔は仔狐を抱えたお母さんにはいったみたいなのよ」

ペンは面食らった。なぜか彼は、気楽に放浪する独身の牡狐以外のものを想像してはいなかったのだ。だが考えてみれば、その確率は半分でしかない。

「精神的にすごくまいっているみたいなの」とルネット。「苦しんでいるのが魔なのか、狐なのか、それとも両方なのかはわからないんだけれど。まだあまり近づいてはいないのよ。さきにあなたを呼んだほうがいいと思って」

「その狐はあなたを見ましたか？　感知しましたか？」

ルネットはうなずいた。

「ものすごい目でわたしを見て、それから乳首に吸いついていた仔狐をふりはらって狩りをしにとびだしていったわ。ふつうなら狐が狩りをする時間じゃないんだけど、でもその理由もわかったわ。赤ん坊が六匹。ああ、母神と御子神にかけて、ほんとうに可愛いの。ふわふわで、ふかふかで、たがいの耳や尻尾に吸いついてからまりあっているの。お母さんが吠えたら――狐ってとっても不思議な声を出すのよ――中にひっこんだけれど。わたし、友好の贈り物として、兎を二羽、巣の前において、いそいでもどってきたのよ」

巫師はいったいどんな手っ取り早いやり方で狩りをするのだろう――しかも素手でだ！　もしかすると彼でも、その気になればそうやって森を荒らすことができるのだろうか。

「すぐにもどりましょ」ルネットがつづけた。「お母さん狐が不安がって引っ越してしまうかもしれないから」

ペンはこの思いがけない展開について考えた。これまでも魔の精神状態がどれほど損なわれたか想像するのは難しかった。だがいまや謎は二倍にはねあがってしまった。母狐はもちろん仔狐のことで頭がいっぱいだろうし、魔には自分自身母親であった魔術師の記憶が少なくともひとり分は宿っている。狐の脳髄の中で、いまそのふたつがどのように争っているのだろう。それとも、一風変わった形で協力関係を結んでいるのだろうか。女にはときとしてそういうことも……

〈ときにはありますね〉デスが同意した。

彼女もまたペンと同じくらいこの状況に心動かされているようだ。そういえば、十二人の乗り手のうちの六人が、魔と共生する前のことではあっても、子を産んで母となっている。そうしたごくごく私的な問題は、デスの二百年にわたる記憶と経験と心騒がせる夢の断片の中でも、ペンがまだ誰にも話したことのないリストの筆頭にあげられる。

〈八人ですよ〉デスがつぶやいた。〈ライオンと馬も数にいれてあげなくては〉

〈ああ、そうですね。ほんとうに〉では、少なくとも彼女たちのひとりくらいはこれに似たことを体験しているかもしれない。〈デス、この事態の解決に手を貸してください〉

きわめて長い沈黙。それからゆっくりと、手さぐりで前進しようとしているかのような答えが返った。

〈そうですね、その母狐にたずねてみるのがいちばんだと思いますよ〉

「なるほど」ペンはつづいて、デスと同時に人間の仲間たちにむかって声をかけた。「母狐をそのままにしておくわけにはいきません。なんといっても、わけのわからない狐殺しがおこなわれているのですから」

みなが同意の言葉をつぶやき、食事の速度が大幅にあがった。

ペンがパンとチーズを食べ終わったとき、狩人部隊の最後のひとり、ナートがどすどすと報告にもどってきた。彼は一行を見わたしてたずねた。

「トレウチはまだもどっていないのか」

「会ったのか」オズウィルが身体を起こしてたずね返した。

「森の中で罠をしかけていた。誰だときかれたので、領守さまについてきた客だ、領守さまが邸にもどれと言っていると伝えた。やつは、仕事が終わったらすぐにもどると答えた。おれはいったん身を隠して、やつが立ち去るのを待ってから、罠をはずしてあとを追ったんだ」

「だったらもうついているはずだな」とオズウィル。

「怪しまれたんじゃないのか」とイングリス。「密猟者だと疑われたとか」

「いや、短い言葉をかわしただけで、それも礼儀正しかったと思うぞ。それから足をひきずって去っていった」

「……足をひきずって？」とペンリック。「昨日は足はなんともなかったはずです。新しい怪我だったかどうか、わかりますか」

ナートが分厚い手をふった。

「古傷だと思う。杖をもっていた。灰色まじりの髭を生やした、でかい男だ。口数は多くないが、それなりに品のいい話し方だった」

イングリスとペンリックは顔を見あわせてまばたきした。

「その男は何歳ぐらいでしたか」ペンリックはたずねた。

「五十の手前ってところかな」

「それは……四十くらいで、黒髪で、痩せていて、イングリスくらいの身長ではなかったのですね」とペン。

「いや、おれくらいでかくて、体格も同じようなものだったぞ」ナートが熊のような肩をすくめる。

「それはトレウチじゃないぞ」とイングリス。「というか……昨日トレウチだと名のった男ではない」

「トレウチと呼びかけたら返事をしたぞ」とナート。

「正確に、どのように声をかけたのだ」オズウィルがたずねた。

「おれは、『こんにちは、あんたがパイクプール領守の森番トレウチか』と声をかけた。そうしたら……ああ、正確にはこう言ったんだ。『それがあんたになんの関係がある？』」

「トレウチの謎の客かもしれないな」とオズウィル。

「もしかしたらただの密猟者かもな」クレイルは面白そうに耳をぴくぴくさせている。

〈ほんとうに〉デスがつぶやいた。〈クレイル坊やを見ていると、棒を投げてやりたくなりますね。ちゃんとひろってくるかしら〉

ペンは無視した。ナートの話が大きな動揺をもたらしている。だがその男に関しては、いくらでも納得のいく説明が考えられるだろう。経験豊かな者ならきっとそう指摘してくれる。

「そいつ、罠の餌に何を使っていた？」イングリスがたずねた。

「死んだ魚だ」

「それでは兎をつかまえようとしていたわけではありませんね」とペン。「少なくとも、食用にする獣はかかりません」

「まあ、そうだな」とナートが同意する。

オズウィルはこつこつと指でベンチをたたいている。だがそこはオズウィルだ、何も口には出さない。

結局、トレウチもしくは謎の男がもどってきたときに備え、必要に応じて手を貸したり連絡係を務めるために、クレイルがグレイジェイとともに邸にとどまることになった。魔憑きの狐を保護したら、暑さにうだり疲れた巫師たちにもう一度森をさがすよう説得できればだが、疑惑を確かめるためだけにも謎の髭男を確保したい。ナートとの奇妙な会話は、たくみに言葉を濁した密猟者とも考えられる。だが、やましいところのない正直者ならみずから姿をあらわすだろうし、そのときはオズウィルが確かな判断をくだしてくれる。オズウィルは安易に結論にとびついたりする男ではないのだから。

そしてペンとイングリスとナートは、ルネットについて、ふたたび森の中にもどっていった。

道を離れ、間違って狭い谷間にはいりこんでまたもどってきたこともふくめ、優に三マイルは歩いたころ、ようやくルネットがくちびるに指をあてて速度を落とし、足音を忍ばせはじめた。彼女の指の示すさきには倒木が積み重なり、溝のような峡谷の崖に野生の葡萄蔓がからまっている。ペンリックは〈視覚〉をひらいた。薄い緑の帳《とばり》のむこうで、狐の家族が身をよせあっているのだろう、温かな生命の塊がもぞもぞとうごめいている。

内に宿る混沌の魔の間違えようのない密度と渦から察するに、母狐もともにいるようだ。渦が即座に緊張を増し、不安をたたえた。ペンはいつもよりもそっとうかがったつもりでいたのだが、いま〈視覚〉が双方向に働いたのだ。

そもそも人間が狐の天敵であることに加え、いまこの魔にとって、神殿魔術師は救い手ではなく、自分を捕らえて聖者のもとに連れていき処刑させるだろう役人以外の何ものでもない。もちろんペンとデスも、そうした憂鬱《ゆううつ》な任務をこれまで幾度か果たしている。デスの密度はより弱い魔を萎縮《いしゅく》させるし、デスが優位に立っていないという事実もべつになんの保証にもならない。どれほど邪気のない魅力をふりまいても、今回の魔の宿主を説得することはできないだろう。

この魔は優位に立っているのだろうか。ふつうはそう考えられるが、しかし……

〈デス、あなたは彼女を……ふたりを、どう思いますか〉

〈魔が優位に立っていますよ〉確信がもてないかのように、ゆっくりとした答えが返る。〈でも……保護意識が逆方向に働いています。マガルがしているのでしょうか〉

デスの言葉の意味を理解するのにわずかな時間がかかった。

〈魔が母狐の面倒を見ているというのですか？　それは……飼い犬のように、ということでしょうか〉

〈もしくは子供のように。人は飼い犬を子供のように可愛がるではありませんか〉仔狐のことを考えたのだろう、デスはつけ加えた。〈子供たちのように、ですね〉

「ルネット」ペンはささやいた。「ふたりで近づいてみましょう。母狐を驚かさないように。逃げられたくはありません。あとのふたりはここにとどまっていてください」

「あの子、もう警戒してるわよ」ルネットがささやき返し、汗ばんだひたいから赤毛の房をはらいのけた。「だけど、最後の最後の瞬間までとびだしてはこないと思うわ。仔どもたちがいるから」

「わかりました」

ペンとルネットは静かに谷の底までおり、むかいの崖をのぼって、巣から数ペースのところにたどりついた。ルネットが地面を指さしたのでペンもうなずき、ふたりして落ち葉の上に、ペンはあぐらをかき、ルネットは膝をついて、腰をおろした。葡萄の葉のむこうはふたりと同じくらい静まり返っている。警戒心にあふれた目のきらめき、毛皮に包まれた顔の輪郭《りんかく》が、光と影のいたずらのようにいまにも目の前に浮かんできそうだ。だがこれは〈視覚〉ではない。

〈魔憑きの狐は人の言葉を理解できるでしょうか〉デスにたずねた。〈あなたも以前は馬でした。ライオンでした。そのときはどうでしたか〉

〈もう二百年も昔のことですよ、ペン！　いずれにしても、理解はできませんでした。あのころはまだ人にはいったことがなく、人の言語能力を身につけてはいませんでしたからね。逆の場合は……ありがたいことに、わたしは経験がありません〉

狐の脳は複雑な人の言語を分析して魔に伝えることができるだろうか。これまで六カ国語を習得しているペンも、その作業を過小評価はしない。狐は鋭い聴覚をもっているから、音はたぶん損なわれずに届くだろうが、劣化した魔はそれを理解する力を保持しているだろうか。

〝いかなる霊もそれを維持する物質なしにこの世界で長く存在することはできない〟というのが、神殿による基本的な公式見解だ。霊の能力はばらばらになっても残るのだろうか。しばらくのあいだだけでもとどまることができるのだろうか。

ためしてみるよりほかに、それを知る方法はない。

オズウィルは尋問相手が女の場合、いつもサラに話をさせる。それも、あの慎重な男が助手を評価して手もとにおいている理由のひとつにあげられるだろう——評価していることは間違いない。では、今回の交渉役もこの狐憑きの巫師のほうがふさわしいのではないか。

「イングリスが奇《あや》しの声を使って犬に——人にも、命令して従わせるのを見たことがあります」彼はささやいた。「あらかじめ言っておきますが、あの声は魔には通用しません。それでも、母狐に話しかけて外に誘いだすことはできませんか」

ルネットは眉をひそめてささやき返した。

「あの声は誘いというより命令なのよ。それに、犬はある程度、人の言葉を理解できるもの。ああ、でも歌が使えるわね」

もちろん彼女が言っているのは神殿の聖歌ではないだろう。それについてももっと知らなくてはならない。〈あとでだ〉

「もっと強い術、呪というものもあると聞いています」

彼女はうなずいた。

「それは巫師が生気をそそぎこんでいるあいだしかつづかないわ。自分の生気でなくてもいいんだけれど——いちばん簡単なのは対象そのものの生気を使うことね。でも奇しの声よりもっと複雑で、強制力は大きいけれど代価も高いわ」

「そうですか」

〝強制〟は押しつけているあいだしかつづかない。説得のほうが、いつまでもとどまって役に立つ。

「では、まず話しかけてみてください。やさしくなだめて。できるだけ簡単な言葉を使って」

「なんて伝えればいいの？」

庶子神教団に連れていくと脅しては――ハーモはそれを希望していたが――魔を怖がらせるだけだろう。とうぜんだ。

「母狐を――仔狐たちもいっしょに――王立巫師協会に連れていくと申しでてください。あそこの獣舎なら、健康的に気持ちよく世話をしてやれるでしょう？」

「もちろんよ」ルネットはにっこりと笑った。「とてもいい考えだわ」

そして彼女は膝立ちのまま、影になった巣の入口近くまで進みでて、もう一度身を低くした。

「ねえ、お母さん、わたしたちはあなたに危害を加えるつもりはないのよ。狩りをしている人間がいるから、この森よりもっと安全な場所に連れていってあげたいの。わたしたち巫師の巣よ。もちろん仔どもたちもいっしょよ。わたしを信じてちょうだい」

いまではペンにとっても馴染みの深い奇しの声の響きが、それでも腕の毛を逆立てる。母狐が明るい光の中に這いだしてきた。地面に低く身を伏せ、くちびるをまくりあげて白い歯をむき、耳を前後に動かしている。不安に荒い息をついている。ルネットが身をのりだして二本の黒い前足のあいだに手をおき、ペンが聞いたこともないような、かすかで奇妙な歌にもならない歌を口ずさみはじめた。

ゆっくりと、母狐が頭をさげてルネットの手のひらに鼻を触れた。

なんらかの形で意思の疎通がなったようだが、それが狐となのか、魔となのか、それとも両方となのかはわからない。デスがはじめて飛び移ってきたときのものすごい混乱が思いだされた。銅色の目が狐には不自然な自我意識を示して輝いている。だがペンはどうしても、その狐の現状を調べるためにわずかな魔法を送りこんでみることができなかった。

「まずはみんな、邸に連れていったほうがいいと思います」ペンはつぶやいた。「たぶんウェガエが荷車を貸してくれるでしょうから、それに乗せて町にもどりましょう」

もしくは大きな籠か何かを。しっかりと予想を立てて、森までそうした輸送手段をもってくるべきだったのだが。

「仔狐が六匹ですか。邸まで歩けるでしょうか。ちゃんとついてこられるでしょうか」

母狐の心にはいりこもうとしているのだろう、ルネットが言葉のない歌を口ずさみつづける。狐は彼女の手の中でいっそう警戒を解いていった。ルネットは母狐の頭を撫で、房になった耳をいじり、細い指を赤い首筋にすべりこませている。巫師の力を行使しているのが半分、あとの半分は、心のこもった純粋な愛情がそれ自体説得力をもって働いているのだろう。

魅せられたように、ペンも進みでて手をのばしてみたが、母狐は首を傾け、黒い縁のついたくちびるをまくりあげ、歯をむいてうなった。ルネットにいらだたしげな視線でにらまれ、ペンはこの愛情交換の儀式から締めだされたことに不思議なほどがっかりしながら、うしろにさがった。

〈あの子を撫でたかったのでしょう〉デスが小さな笑い声をあげた。

奇妙な交流はさらに数分つづき、やがてルネットが巣の中にはいっていった。出てきたときは、眠そうで途方に暮れた六匹の仔狐があとからくっついてきた。ほんとうに、とんでもなく可愛らしい。靴のボタンのような目をぱちぱちとまたたかせ、いっせいに母の乳房にむかって駆けだしたが、母狐は混乱して仔どもたちを押しやった。ペンは反射的にデスの力を使い、一瞬のうちに仔狐たちから蚤と壁蝨《だに》を駆除した。母狐は——もしくはその魔は——きっと鋭い視線を彼にむけたが、仔狐たちがなんの危害を加えられたわけでもないと気づき、すぐさま緊張をゆるめた。

この狐は、マガルの魔の力をどれほど手に入れているのだろう。もしくはどこまでその力を制御しているのだろう。害虫の駆除は、偶然デスを手に入れてしまったときに、ペンがいちばんはじめに教えてもらったもっとも単純な破壊魔法である。つまり、この魔憑き狐は心配していたほど危険ではないということだろうか。

〈単純ではありますが〉とデス。〈でも微細な制御が必要な技ですよ〉

〈でもマガルなら、もしくはスヴェドラなら、それくらいはできるでしょう〉

〈ああ、もちろんですよ。ただ問題は、細かい制御が必要ないからといって、必ずしも危険度が低いわけではないということです〉

〈なるほど〉

「ではみんなを邸に連れてもどりましょう」そこで少しは考える時間がとれるだろう。「それから巫師協会に」そこでさらにゆっくり考えられる。

この難問を解くには時間が必要だ。こうして狐と魔の信頼を得てしまった以上、どのような形であれそれを裏切って神殿に求められる義務を果たすことは……気が進まない。

ペンの合図を受けて、イングリスとナートが見張り場所を離れ、興味津々といった顔で近づいてきた。ペンは新しい計画を説明し、全員が移動のための隊列を整えた。先頭はルネットで、母狐がそのあとにつづく。そのうしろから、六人の幼児と同じくらい整然と——つまり、まったくばらばらに、仔狐たちがついていく。イングリスとペンリックははぐれそうな仔狐を隊列にもどしてやりながら両脇を固め、ナートがしんがりをつとめる。ナートは笑顔をむけたが、仔狐たちは不安そうな視線で彼を見つめ、熊の気配を帯びたオーラに恐れをなしたのだろう、少なくとも彼より遅れることはなかった。

〈これでは人質だ〉

よたよたと進む六匹の毛玉を見ながら、ペンは不本意な思いにかられた。これではまるで人質をとってしまったようなものだ。最初に考えていたほど賢明な策とは思えない。

〈狐に嘘をついたことで気が咎めているのですか?〉デスが面白そうにたずねた。〈いかにもあなたらしいことですね、ペン〉

〈というより、魔に嘘をついてしまったことでしょうか〉

それとも、両方にだろうか。それは今後どのような展開を迎えるかによる。

〈だからわたしはあなたが好きなんですよ、ほんとうにね〉自己満足的な独占欲を感じさせる口調だ。

それに答える言葉はなかったが、なんとなく心が温かくなった。のたのたと歩いていた仔狐たちが不満を訴えはじめ、ペンはくちびるをゆがめた。〝母さま、まだなの？〟と言っているように思えたのだ。ようやく、本道につづくいくらか平らな地面にたどりついた。邸まであと一マイル足らずだ。

ふいに、どこからともなく矢が飛んできた。ペンの反応は間にあわず、デスにもかろうじて矢のむきを変えることしかできなかった。矢尻でなく矢柄ではあったが、脇腹に攻撃を受けた母狐がきゃんと鳴いてふり返った。つぎの矢が飛んでくるまでに、デスは頼まれるまでもなくペンの知覚を高速化させていた。第二の矢を砕いて鉄の矢尻を地面に落とし、狐と同じようにぐるりとむきを変えながら矢が放たれた場所をさがす。

デスがこの防御態勢をとると、ペンリックの周囲では世界の速度がのろくなる。ルネットがふり返り、イングリスが片手をあげ、ナートが頭をもちあげている。それらすべての動きが、蜂蜜の中を落ちていくビーズのようにゆっくりとして見える。仔狐たちは母の声で、うずくまったり散らばったり、ばらばらに行動しはじめている。ペンは懸命に、木々のあいだに敵の姿をさがした。あそこだ。ひっくり返った木の根の陰。ペンは冷静に敵の弓弦を切ってから暗殺者にむかって駆けだした。彼を狙った三本めの矢は大きくはずれ、しかも切れた弦の端が男の顔にあたって血を流した。

倒れた丸太をとびこえた。あまりにも巨大な力に駆り立てられて、足がはやく動きすぎるような気がする。背後でイングリスがさけんだ。

「狐を見ててくれ!」そして彼もあとを追ってきた。

敵が目の前にせまる。思慮分別を途中で吹き飛ばしてしまったかのように——目がくらむ。ペンは革の胴着をつかんで男をひきずり起こし、すぐそばの木の幹にたたきつけた。弓がからんと地面に落ちる。

トレウチだ、いまになってようやくペンは気づいた。デスが世界の速度をもどし、肺がふたたび呼吸しはじめた。この通常以上の肉体的負荷には代償が必要だし、それに、そう、長くつづけることもできない。トレウチにはおとなしくつかまるつもりなどないらしく、ペンリックの手を殴りつけて押し返し、自由をとりもどした。ペンはよろめき、改めて敵にむきなおった。

〈弓弦と同じくらい簡単にこの男の腱を切ることもできますよ〉デスが申しでた。

神学的に禁じられている魔法による殺人ではないものの、さすがにそれを許可することはできない。そう考え、熱くなった頭がすっと冷えたそのとき、ありがたいことにイングリスが到着した。

「おまえたちか!」トレウチがあえぐように言って、ベルトの狩猟ナイフを抜いてかまえた。

トレウチがとびかかってきた瞬間、ペンはその刃を錆の塊に変えた。オレンジ色の粉がぱっと飛び散る。イングリスが「**とまれ!**」と怒鳴り、ペンの腹をかすめたナイフの柄が力を失った指から落ちる。森番は驚愕に大きく口をひらき、それから視線をあげてペンと目をあわせた。

恐怖。

「いったい――！」

三人の男はこぶしを握り、胸を上下させながら、三角形をつくって身をこわばらせた。いまのうちに、今回の出会いを無分別な行動ではなく言葉によるものに変換しよう。少なくともそのほうが安心できる。サラが言ったように、狐を射るのは死に値する罪ではないのだから。

〈おや、あなたはどんな状況においても安心していていいのですよ〉

デスは咽喉を鳴らしながらも、さらなる混沌を引き起こす機会が失われたことで、がっかりしてひきさがった。

ペンは内ポケットから三重の輪をなす組み紐の徽章をひっぱりだし、森番に突きつけた。

「わたしはマーテンズブリッジの神殿神官ペンリック学師です」

宣言して息を吸った。さて、それから何をどうすればいいのだろう。

トレウチは、生きた毒蛇を突きつけられてもこれほどではないというくらい激しい驚きを示してあとずさった。

「あなたを逮捕します……」

どういう名目で？　法的にいえば、ペンはこの件においては魔に関する権限をもっているだけで、それもハーモによって与えられたものにすぎない。まあいい。その問題をすっとばして、言葉をつづけた。

「殺人の共犯の疑いによって」

戦うつもりなのか逃げるつもりなのか、トレウチは突進してこようとしている。だが弓とナイフがどうなったかを目撃した以上、戦いを選ぶことはまずないだろう。イングリスがうなった。

「**降伏せよ**」

男は硬直した。降伏したというよりむしろ、恐怖と巫師の命令という相いれない力のあいだで、動けなくなったようだ。

「おれはあの女を射てはいない！」とさけぶのがやっとだった。

ペンはまばたきをして冷静さをとりもどした。

「誰がどのように殺されたかは、まだ話していません」

トレウチはまたべつの恐怖にとらわれ、凍りついたまま魚のようにあえいだ。

「こいつはオズウィルがほしがるだろうな」とイングリス。

「わたしもです」ペンは言って、トレウチに据えた視線に力をこめた。

イングリスが心配そうな目をむけてきた。

そのとき、狐の低いうなり声がふたりをさえぎった。近づいてきた母狐は四肢をこわばらせ、背中の毛を逆立て、耳を平らに伏せている。銅色の目がトレウチをにらんでいる。憎悪をほとばしらせてはいるが、いくら肉食獣とはいえ、母狐の大きさでは生命にかかわる危険はない。いや、ちがう。この場で真に危険なのは〝狐〟ではない。

「あんた、告発されているみたいだな」イングリスが淡々と告げる。

トレウチの恐怖が完全な当惑に変じた。

その混乱に刺激され、ペンはあわてて進みでると、狐と森番のあいだに立ってさけんだ。

「駄目です、やめてください！」

狐は――いや、魔はうずくまって、濃い渦を巻くデスからあとずさった。男に投げつけるべく集まりつつあった混沌の稲妻が消えていく。

〈褒むべきかな、庶子神〉

そのように形にならない魔法の爆発が、その場でトレウチの生命を奪うことができたかどうかはわからない。それでも、好ましからぬ結果を招いただろうことだけは確かだ。

「あなたを助けることができるかどうかは、わたしにもまだわかりません。でもそれをしてしまったら、間違いなく助けられなくなります！」

魔は、もしくは狐は、彼の言葉を理解できるだろうか。銅色の目にひらめいているのは狐を越えた知性だが、けっして人のものではない。

弓の心配はもうない。無理やり集められた仔狐の怯えた声が、この偶然つくりあげられた生き物の母の部分を呼んでいる。彼女はふり返り、またむきなおり、相いれない欲求のあいだで激しく取り乱している。

「ふた手にわかれましょう」

ペンリックは、もはやなんの問題も起こさないと思われるトレウチを適当に示しながらイングリスに告げ、さらに声をあげた。

「ナート！　こっちにきてください！」

ナートがどすどすと倒木を越えてきた。両腕いっぱいに、さかんに抗議する仔狐を抱えている。

「なんだい、学師さま」

「あなたとイングリスで、さきにトレウチを邸に連行してください。ルネットとわたしで狐を連れていきます」魔も――とは声に出さなかった。

自分がたったいまどれほどの危機を脱したか、トレウチは少しでも理解しているだろうか。

〈あの男の好きにさせていたら、あなたは最初のナイフの一撃で腹をえぐられていたのですよ、ペン〉デスが冷やかに指摘する。〈そうしたら、誰もあの男を助けることはできなかったでしょうね〉

彼女が言っているのは〝魔憑きの狐から〟ということではない。だがペンリックはそれも、いまさらながらに襲ってきた腹のふるえも、無視することにした。気がつくと、汗ばんだ手はまだ神殿徽章を握りしめている。それを胴着のポケットに押しこんだ。責任ある権威を得たとき、人はどれほど不自由に――自由にではなく――なるのだろう。子供のころ、大人はみんなすばらしい力をもっているのだと考えていた。現実にはまったくそんなことはない。ナートがかがみこんで仔狐をおろした。仔どもたちが、まだぼんやりとしている母狐のもとに駆けよっていく。これこそが、ペンが考えていた以上に普遍的な事実なのだろう。

ふたたびトレウチをふり返って声をかけた。

「パイクプール領守から、すぐさま邸にもどるよう命令が出ています。邸で待っておられます」

そう、いまはまだグレイジェイのことは言わないほうがいい。もし捕獲の手を逃れて森の中に逃げこまれたら、見つけるのが狐ほども困難になる。

トレウチがぎょっとしたように声をあげた。

「なんだって?」それから、「ああ、眼鏡の若さまか」

ペンはうなずいた。

「わたしたちは彼といっしょに狐狩りにきたのです」

トレウチが敵意ある視線を返してきた。それがどのような結果を招くかまでは理解していなくとも、少なくともトレウチは自分が何を狩っていたのか知っている。機会がありしだい調べなくてはならない。順番としてはオズウィルに譲ることになるかもしれないが。そしてペンはイングリスとナートに命じた。

「さあ、はやく出発してください!」

ありがたいことに、ふたりの巫師は質問も抗議もせず、片方ずつ腕をつかんで森番をあいだにはさみ、歩み去った。ナートの体格とふたりの力があれば、きっとトレウチを無事グレイジェイのもとに届けることができるだろう。トレウチは恐怖をこめて、肩ごしにペンリックをふり返った。魔術師神官がたったいま自分の生命を救ってくれたのかもしれないとは、明らかに想像もしていない。それも、二度もだ。今日の善行と考えるべきだろうか、それとも、将来の禍根と見なすべきか。

ペンはルネットに手をふって仕事にとりかかった。もう一度、母狐をなだめ、仔狐を集めるのだ。六カ国語を操る彼にして、これはかつて手がけた中でもっとも難しい意思疎通の試みとなった。踏み分け道をたどっているとき、ルネットが小声で何かをつぶやいて三匹の仔狐をおろし、ズボンのポケットからハンカチをとりだして鼻にあてた。それが赤く染まったのを見てペンは驚いた。

「大丈夫ですか」

彼女はうなずき、汚れたくちびるからハンカチをはずして答えた。

「巫師の術の代償は血なのよ。知らなかった？」

「いえ、知ってはいました。でも、どのような形でその代償が支払われるのか、いまもよくわかりません」

彼女が肩をすくめた。

「小さな術には小さな代償。大きな術には大きな代償。でも支払われる貨幣はいつも同じよ」

イングリスの腕に走る幾本もの恐ろしい傷を思いだす。だからイングリスは、どれほど暑い日でも長袖の服を着て、よほど親しい友人といるときでなければけっして袖をまくることをしない。

ルネットは血をぬぐう手をとめ、眉をひそめてハンカチに目を落とし、たたんでポケットにしまった。そしてかがみこみ、さえずるような声で仔狐を呼び集めた。仔狐はすぐさま彼女の腕にもどり、ふたりはまた森の中を歩きはじめた。仔狐たちがのびあがって彼女の顔を舐める。ルネットは好きにさせながら、嬉しがっているようだ。ペンはかろうじて狼狽の声をこらえた。

「勝手に血が流れだすっていったら、もっと不便なことだってあるんだもの、平気よ」彼女はそう言ってにっこりと笑った。

どういうことだろう。いったい――

無知を哀れむように、デスが教えてくれた。

〈月のもののことですよ。女の巫師にとってはいろいろと面倒でしょうね〉

ペンはしっかりと前を見すえた。暑さのために顔がほてっているから、きっと赤面したことにも気づかれずにすむだろう。鼻血がとまり、ルネットが仔狐をハンカチがわりに使うのをやめたときには、ほっと胸を撫でおろした。

〈もっとよく学ばなくては〉

〈あなたのことです、もちろんやってみるのでしょうね〉デスがイングリスの台詞を真似てくり返した。

あれは――ほんとうに、あれからまだ二日しかたっていないのだろうか。ただし、彼女の言葉はあのときのイングリスよりもずっと慈愛にあふれていた。

踏み分け道をさらに速度をあげて進んでいく。ペンの腕の中の温かい三匹の毛玉は、可愛くはあったが、しじゅう彼に鋭い牙をたてようとする。ルネットの腕に穴があいていないのは、ふたりのもつ魔法の種類が異なっているからだろうか。母狐はいまもルネットを信頼しているが、魔はひどくデスを警戒している。内側でどのような協約が結ばれているにせよ、肉体としての狐はなおもふたりについてくる。それにしても、荘園邸についたらこの狐たちぜんぶをどうやって保護しておけばいいのだろう。また厩舎の房にいれておこうか。仔狐が逃げださないよう下扉は閉めて、母狐に疑似解放感を与えるため上扉はあけたままで。兎を二羽、水盤をひとつ。うまくいけばそれで、東都にもどるときまでやっていけるかもしれない。それにしてもオズウィルはトレウチを逮捕するだろうか。

「おれはあの女を射てはいない！」と彼はさけんだ。

では誰の仕業だったのだろう。

〈デス、トレウチが真実を語っていたかどうか、わかりませんか〉

短い間。

〈はっきりとはわかりませんね。あの男は混乱していたし、わたしは忙しかったから〉

まあいい。トレウチがマガルの死について何かを――非常に多くを、知っているのは間違いない。そしてオズウィルは、そうした事実をひきだす術を心得ている。

〈オズウィルにできないときは、わたしたちが引き受けましょうね〉デスは楽しそうだ。

もちろんペンとデスならできるだろう。だがオズウィルが求めているのは単なる情報ではなく真実だ。それが父神教団の仕事だ。

「むこうから頼んでくるまで待ちましょう」声に出して答えると、ルネットが不思議そうな視線を投げてよこした。

荘園邸の背後にひろがる牧草地に出た。みんな屋内にいるのか、どこかに行ってしまっている。ぐるりとまわって厩舎にはいり、ルネットが歌いながら狐たちを適当な房に誘いこんだ。下扉を閉ざして、ペンはようやくほっと胸を撫でおろした。

「トレウチがどこに連れていかれたかわかるまで、あなたはここにいてください」歯形のついた腕をふりながらペンは言った。これも巫師が支払う代償に数えられるだろうか。「みんなをおちつかせて。そして、もし必要なら守ってやってください」

ルネットのほっそりした姿に不安そうな視線をむけ……彼女は強力な巫師なのだと思いなおす。相手が軽んじてくれればいっそう都合がいい。少なくともペン自身の体験ではそうだ。

「それから、その——母狐からもみんなを守ってください。もちろん、人間を近づけないようにして」

ルネットがうなずいたので、ペンは厩舎を出て邸にむかった。牧草地の端で動くものがある。ああ、ウェガエだ。真面目に領地の視察をつづけているのだろう。庭師兼管理人である老ロスノのうしろを歩いている。老人がふり返ってウェガエに示したのは——そう、牧草地のはずれ、遠い影の中に立っている、トレウチの小屋だ。

距離がありすぎるので何を話しているかまでは聞こえないが、ロスノは引き返し、ウェガエはそのまま小屋にはいっていった。待てよ。トレウチが小屋にもどっているはずはない。ついさっき、オズウィルのもとに連行されたはずなのだから。

〈中に誰かいますよ〉とデス。〈トレウチではありません。ちがいますね。誰か、わたしたちの知らない人……怒っていますね〉

グレイジェイはこの荘園の使用人全員を調べたはずなのだが。オズウィルによるトレウチの取り調べにも立ち会いたい。この新しい謎も気になる。ペンリックはふたつの好奇心に引き裂かれてためらいながら、どちらにも一歩ずつ足を踏みだそうとした。

〈小屋の中で何かよくないことが起こっています！〉

とつぜんのデスの言葉で、ペンのむかう方向が決まった。庭師をつかまえて何が起こっているのかたずねようと思ったのだが、ロスノは彼に気づくと、奇妙に怯えた顔でよろよろと足をはやめた。

〈ペン、走りなさい！〉

理由をたずねようと考える間もなくすでに走っていた。異常な速度を貸してくれないということは、生死にかかわる問題ではないということだろうか。

〈いまはまだ、ですね〉厳しい答えがもどる。

自分で速度をあげた。牧草が緑の細い指となって足にからみつき、遅らせようとする。

小屋の中から大きな音が聞こえた。ペンは入口の段を駆けあがって扉をひきあけた。屋内は薄暗く、いくつかの影が動いている。

〈デス、光を！〉

視野が明るくなり、ひっくり返った小さなテーブルが見えた。ウェガエが板敷きの床に倒れ、血の流れる顔を両手でおおっている。眼鏡は手の届かない場所にとんでしまっている。がっしりとした年輩の男が杖をもってどすどすと進み、ブーツの足で眼鏡を踏みつけた。ばりばりという恐ろしい音に、ウェガエの口から自分が殴られたかのような悲鳴がこぼれた。

戸口から光が射し、ペンリックがおずおずとはいってきたのに気づいて、見知らぬ男がぐいと髭面をあげた。

「ああ？」

数時間前にナートが森で会ったという〝ドレウチもどき〟だろうか。結局、この男を狩りだす必要はなかったというわけだ。幸運というべきか。ペンが口をひらいて、説明を求める言葉か、とにかく何かを言おうとしたとき、男がつかつかと歩み寄って頭に杖をふりおろした。

〈ああ、庶子神の幸運だったか〉

ペンもこんどばかりは魔のようなすばやさで首をすくめた。さもなければ頭蓋を砕かれていただろう。だがその一撃をかわしただけで終わりではなかった。男は太い手をひるがえし、すぐさま杖の反対側の端をたたきつけてきたのだ。デスが杖を粉々に砕いて助けようとしてくれたが、それは前腕が強打される直前ではなく、直後にすぎなかった。ペンはもう少しで折れそうになったずきずきと痛む腕を抱えたまま、悲鳴をあげてあとずさった。

〈棒術使いだ〉

それも危険なほどの手練れだ。そしておそらくは狂暴化している。武器が半分に砕かれても攻撃の手をゆるめず、そのまま反対にむけて、ペンが思いがけず供給してしまった鋭く折れた切っ先を短槍のようにつぎつぎ鋭くくりだしてくる。戦場の反応なのだろうか。ペンは声をあげ、男の手の中の杖すべてを爆発させて大鋸屑《おがくず》に変え、燃えあがらせた。

それでようやく男も理解したようだった。少なくとも驚愕に大きく目を瞠っている。だがそれでも男は動きをとめず、煙と炎の中で大きく両手をひろげ、ペンの首につかみかかってきた。人殺しの最中にかくも無礼に闖入《ちんにゅう》して邪魔をしたペンに対する、これがとうぜんの報いということなのだろう。ウェガエが悲鳴をあげながらよろよろと立ちあがり、見えないながらに武器か楯《たて》になるものはないかと手さぐりしている。何か見つけてくれればいいのだけれど。ペンはいま自分自身のことで手いっぱいだ。

〈そうでもありませんよ〉とデス。

そして腕をのばし、襲撃者の両手の骨を折った。耳のすぐそばで聞こえるくぐもった音に気分が悪くなる。眼鏡に対する報復として、これは正当だろうか。

首にかかる力が弱まり、すさまじい痛みのために――と、ペン自身のためではなく願わずにはいられない――彼を絞め殺そうとする最後の試みが中断した。ペンリックは息をつまらせながらあとずさり、懸命にこの狂った殺人者と距離をとろうとした。魔術師であっても、攻撃や防御の計画を立てるには時間が必要なのだから。

だがこの男はそうではないらしい。ペンがとつぜん闖入してきてから彼のとった行動すべてにおいて、まるで意志が感じられない。訓練によるものだろうか。戦いの最中には考える時間などとることはできない。ペンもそうした訓練をしておくべきだった。だがそれはそれとして、魔を預けられた神官にとって、行動の前に考えることは義務でもある。神殿に捧げた誓いのどこかにそう記されていた。少なくとも、それらしいことが示唆されていたはずだ。

「ハルベル伯父です！」ウェガエが横から声をあげた。

「だろうと思っていました！」ペンもかすれた声で答えた。

「愚かな！　戦いをやめなさい！」ウェガエがさけんだ。ああ――いや、ペンにむけてさけんだのではない。「この人は魔術師です！」

まだ気づいていなかったのか、それともまったく理性を失っているのだろうか。ウェガエはそのひと声で事態がおさまることを期待していたのだろうが、ハルベルはなおもぎらぎらと大きく目を見ひらいたまま、ふいに新たな獰猛《どうもう》さでとびかかってきた。ペンはかろうじて強烈な蹴りをかわした。ハルベルが腫れあがった手でベルトのナイフを抜こうとし――そして成功した。庶子神の涙にかけて！

今回は狭い室内を追いまわされているあいだにいくらか時間がとれたので、ペンはナイフの柄を熱するという新たな防御法を見出した。

〈ペン〉デスがたしなめた。〈技を見せびらかしているときではありませんよ〉

柄が白光を放ちはじめる。とうとうハルベルは苦痛の雄叫びをあげてナイフを落とした。

〈なんとかして終わりにしましょう〉とペン。〈わたしが殺されたら、あなたはウェガエに飛び移ることになりますよ〉

〈おや……〉デスがうなる。

彼の魔は、勇敢というよりは〝性悪〟であるようだ。

〈あの男で遊ぶつもりなのですか〉

生来の身軽さで猛烈な蹴りをさらにいくつかかわす。

ウェガエがようやく鉄のフライパンを見つけ、それほど強烈ではないもののみごとな一撃を敵に食らわし——ふたたび殴りとばされた。フライパンががらんがらんと音をたてて飛んでいく。ハルベルが苦痛のあまりこぶしを握りしめたまま身をかがめたことだけが、わずかな気休めとなった。

〈あの男の腰に触れなさい〉とデス。〈ほんの一瞬でいいから。でも、ある程度正確でなくてはなりませんよ〉

〈庶子神の涙にかけて！　だったらわたしの動きを最高にはやめてください〉

ペンははじめて攻撃に出た——というか、なんとなく攻撃に似た行動をとりはじめた。くるりとむきを変えて、またまた強烈な蹴りを食らわそうと距離を縮めてきたハルベルとむかいあう。

〈左？　右？　下？　上？〉

世界じゅうの動きがこれ以上はないほどのろくなる。ペンは親指でくちびるをはじきながら、脚のばねをきかせるべくうずくまった。床を蹴って宙にとびあがり、片手をハルベルの肩について、低い天井の梁にぶつからないよう膝を曲げる。そして、杖で殴られてまだずきずき痛むもう一方の手をのばし、男の腰付近の脊椎に手のひらをあてた。ごくやわらかな接触だった。骨の折れる音。今回はどこか濡れたように聞こえる。そしてそれが最後となった。

感覚のなくなった脚が投げだされ、ハルベルはこん棒で殴られた牛のように倒れた。

「ええ?」

床板に足が触れた。膝を曲げて衝撃をやわらげる。身体を起こし、数歩よろめいてから均衡をとりもどした。世界はまたもとの速度にもどっているものの、目まぐるしく魔法を使ったため、全身が沸騰しそうなほど熱くなっている。息を切らしたまま立っていると、汗が顔を流れ、眉にひっかかり、あごからしたたり落ちた。少しでも涼もうと、かがみこんでブーツと靴下をもぎとり、胴着とシャツを脱いだ。

床の上ではハルベルが口汚く罵《ののし》りと脅しの言葉をわめきながら、なんとかして立ちあがろうともがいている。だが彼の腰から下はカスタードクリームをつめた袋のようにぐにゃぐにゃで役に立たない。

ウェガエがフライパンをとりもどして楯のようにかざし、もう一方の手で前をさぐりながら、つまずきつまずきびくびくとペンのそばまでやってきた。

「伯父はわたしを殺すと言ったのです」咽喉のつまったような声だった。「軽蔑されていることはわかっていました。ですが、そんなに憎まれているとは知りませんでした!」

「――ついでに、おまえの母親のあの売女もだ――!」ハルベルが痛烈な罵声《ばせい》を浴びせた。

肉体的に表現できなくなった暴力性を、言葉で放出しようというのだろうか。罵り、わめき、その猥雑《わいざつ》な怒りの目標は、ウェガエと、ウェガエの母と、ペンリックと――名指しはされなかったが、〝この、青白い金髪の庶子神の小僧〟というのが自分であろうことはわかる――すべての神殿魔術師と、魔憑きの狐と、東都の司法官にむけられている。さらには、ペンの知るかぎりとうの昔に亡くなっているはずの、自分の奥方と弟もそれに加えられた。

ペンリックはウェガエを戸口にひっぱっていった。

「邸まで走ってください。オズウィルを見つけて。みんなを見つけて。助けを呼んできてください」

ウェガエは遠くにぼんやりと見える茶色い塊のうちのどれが荘園邸であるか、教えてもらわなくてはならなかったが、ペンリックが頭をつかんでしっかり目標を定めてやると、よろめきながらも正しい方角にむかって駆けだしていった。

ペンリックは小屋にもどって、たったいまここで起こった出来事を理解しようとした。身分を剝奪されたハルベル領守が復讐にもどってきた。それは確かだ。だがこれまで、ペンの仮説がこのように恐ろしい形で証明されたことは一度もない。

聴衆がいなくなったのでハルベルも口をつぐんだ。三年前に東都を逃げだしてから、この男は間違いなく傭兵部隊で戦ってきたのだろう。兄のドゥロヴォも、もし熱病で亡くなっていなければ、このような獣になってしまったのだろうか。ペンは身ぶるいした。

折れた手が痛むのだろう、ハルベルは両手を包みこむように身体を丸めている。だが下半身からは、それ以上の痛みは——いかなる感覚も、届いてはいないはずだ。

〈そうなのでしょう、ヘルヴィア?〉ためらいがちにたずねた。

どのような傷をどうやって与えるかという確かな情報は、彼女か、もしくはアンベレインから出たに決まっている。

〈まあそんなものね〉彼女も嬉しそうではない。とはいえ、ペンのように動揺してもいない。

ペンリックはこれまで一度も、このように計画的に、かつ直接的に、魔法によって他者を傷つけたことはなかった。

〈ですがちゃんと抑制はされていましたよ〉とデス。〈そのことを忘れないで〉

前腕と首に紫色の痣があらわれはじめた。酷使された筋肉が抗議するように暴れている。かがみこんでシャツをひろい、肩をすぼめながら着なおした。まだ残りのものを身につける気にはなれなかったが、神殿徽章はとりあげて、斜めに左肩にとめた。いまのペンは、史上もっとも威厳のない神官だろう。血を流し、汗まみれで、顔に髪がかぶさっているところから察するに、結っていた金髪もほどけてしまったにちがいない。髪を結びなおしながら散り散りになった知性をなんとかかき集め、とつぜん彼の犠牲者となってしまった男を、困惑をこめて見おろした。憎悪の視線が見つめ返す。ペンは咳払いをしてたずねた。

「あなたはいつも会ったばかりの相手を殺そうとするのですか」

だがそれが軍人というものなのだろう。

さっきより力がなく、さっきほど大声でもないが、またもや罵りの言葉が吐かれた。

不安になった。もしペンの与えた傷が原因でこの男が生命を落としたら、それも魔による殺人と見なされるのだろうか。人による法廷のいかなる気まぐれとも無縁な庶子神独特の正義により、彼はデスを失うことになるのだろうか。

直接の犠牲をはらったわけではなくとも、デスは彼のためにそれほど大きな運命を賭けてくれたのだろうか。

〈わたしは思い悩んだりしませんよ〉デスが淡々と答えた。〈この男はそれよりさきに縛り首になるに決まっていますからね〉

それはそれであてにならない希望だ。

容疑者の尋問をはじめるには、オズウィルとサラと、そしてサラのノートがなくてはならない。それはわかっている。それでもペンは知らなくてはならなかった。

「三日前、森でマガル学師を殺した矢はあなたが射たものですか」

ハルベルは乱れた髪の奥から憎悪をこめて彼をにらみつけた。

「あの愚かな神殿の女か。スヴェドラ婆の魔を追いだして滅ぼすには、それしか方法がなかったからな。あの忌ま忌ましい狐に飛び移っていなければ、半分は片がついていたのに」

「半分……とは？」

「あとの半分は、弟の妻だったあの売女とウェガエの小僧だ。何もかもはじめからあの売女が仕組んでやがったんだ。おれのものを奪って——あの腰抜けにやるために」

「まさか……その人たちをみんな殺せば、すべてを——地位と、財産と、領地をとりもどせると考えていたわけではありませんよね？」

ハルベルは馬鹿にしたように鼻を鳴らした。

「おれのものにならないなら誰の手にもわたしはせん。とりわけあいつらにはな」そっぽをむいて唾を吐き、「時間がなかった。あの小僧、ガキなんかこしらえやがって」

ペンはまばたきをした。

「その……自分の魂がどのような状況で神の前に召されるかのほうが、ふつうは大きな関心ではないかと思うのですが」

だが、どの神かという問題は残る。正義の父神はもちろん除外される。母神と姫神も同じく。すべてのはみだし者を司る庶子神も、マガルの殺人者となれば受け入れを拒みたもうだろう。とはいえそこはなんともいえない。御子神は、ペンも知るとおり広大な慈悲をあらわしたもうが、それでも……

「神々なんざくそくらえだ。世界もくそくらえ。何もかも……くそくらえだ！」

〈なんとも壮大ですね〉デスがつぶやいた。

「では……ではあなたは、こうしたすべての努力を、意味のない残酷な犯罪を、ただ自分の気がすむからという、それだけの理由でおこなったというのですか」

言葉にならないうなり声。

ペンの声が冷やかになった。自分でもどうしようもない。

「それで、気はすんだのですか」

ハルベルは怒りにまかせて無意味に腕をばたつかせたが、ペンまでは届かない。だがそれでもまだ試みようとしている。

ペンは外に出て、入口の木の段に腰をおろした。午後遅くの太陽がまだ明るく輝いている。ピクニックに、もしくは魚釣りに行くには絶好の天気だ。だがハルベルと奈落のような戦いをくりひろげたいまの気分には、雨の降る真夜中のほうがふさわしい。

心も身体も痛い。気分が悪い。

「ほんとうに、なんて醜悪なんでしょう」

「でも予想はついていたのでしょう？」とデス。

慰めてくれているのだろうか。ちっとも慰めにならないけれど。

「予想することと、それが現実になるのを見ることとは、同じではありません」

ありがたいことに、彼女は何も言わなかった。

顔をあげると、オズウィルが牧草地を横切ってこちらにやってくるのが見えた。そのうしろからぞろぞろと大勢がついてくる。ノートをもったサラ、ほとんど目の見えないウェガエ領守は召使いのジョンスに手をひかれている。トレウチをあいだにはさんだナートとクレイル。イングリス。イングリスを見て心が軽くなった。立ちあがれないハルベルを邸に連れもどるには、ふたりの男手が必要だ。

オズウィルが近づきながら鋭い視線で問いかけてきた。

「あなたの容疑者を」――と肩ごしに背後を示し――「確保しました。どうぞ」

「パイクプール領守はあんたに生命を救われたと言っておられたが」

「まあ、そういうことになるでしょうか。あの伯父上は狂気に冒され、逆上のあまりウェガエを殴り殺そうとしていたようですから」

「そこに割ってはいったのか」

「そういうわけでもないんですが。なんかもううんざりです」

「ふむ」

オズウィルは心配そうに眉をひそめて彼を見つめながらも、一隊を率いて小屋にはいっていった。

戸が開け放しのままだったので、結局ペンは不本意ながら、厚かましくすべてを立ち聞きすることになった。

ハルベルをすわらせようとしたのだろう、ひと騒動あってから、オズウィルがいままではすっかりお馴染みとなった予備尋問をはじめたが、敵意もあらわな容疑者はまったく協力する気配を見せなかった。だがオズウィルはまもなく、ハルベルとトレウチを対決させた。トレウチをここまで連れてきたのはそのためだったのだ。責任の押しつけあいと罵りあいは、赤く熱した鉄を使わなくとも、査問官が考えだすいかなる尋問よりもうまい結果を生みだした。勢いがなくなったときは、少しばかり刺激してやるだけですぐさま再燃する。

「おれのせいじゃない！」トレウチが主張した。「あの魔術師を連れてこいとは言われたけれど、理由は聞かなかった！」

ハルベルが軽蔑をこめて鼻を鳴らし、サラの尖筆が忙しく走る。

「穴熊に素霊がついているんじゃないかと思う、それを確かめて、教団に連れていってほしいと、そう言えって命令されたんだ」

もちろんそれは、神殿魔術師にとってはよくある、だが重要な仕事だ。じつに巧妙な手口だ。

最初に逮捕されたときは魔法についてほとんど知らなかったかもしれないが、ハルベルも機会を得ていろいろと勉強したのだろう。

だからこそ彼は、以前の召使いトレウチに獲物をおびきよせる役を押しつけたのだ。以前スヴェドラにはいっていた魔が、自分に気づくかもしれないと恐れたから。たぶん、そういうことなのだろう。

「おれは現場を見てもいない！　あの女を連れてきて、そのままおいていけと言われたんだ。穴熊がまだ巣にいるかどうか確かめてくると言って、その場を離れろと。おれは何も見ていない！」だが、そのあとの言葉が熱のこもった自己弁護をだいなしにしてしまった。「馬鹿みたいに狐を追いかけたりしないで、そのまますぐに死体を隠しておけばよかったんだ。おれが悪いんじゃない！」

「それを決めるのは司法官だ」オズウィルはため息をついた。

拝聴していた証人たちからサラが署名を集め終わり、間にあわせの担架をつくって荘園邸までハルベルを運ぶことになった。馬が引き具につながれたらすぐ、荷車に乗せて東都の行政官のもとに連行される。自分は横木につながれ歩いていくのだと知らされ、トレウチが延々と文句をならべたが、オズウィルは心動かされたふうもなかった。夜までにはふたりとも、べつの誰かの管轄下にはいっているだろう。もちろん上級捜査官は報告書を書かなくてはならないが。

ナートとジョンスが担架をもって段をおり、そのまま邸にむかった。それからオズウィルが出てきて、サラの厳重な監視のもと、会葬者の悲嘆をたたえたトレウチがつづいた。クレイルは忠実な犬のようにウェガエの手をひいている。オズウィルがしばし足をとめて、奇妙な目でペンを見おろした。

「容疑者を確保しただと。あの男は背骨が折れているぞ。わかっているのか」

「ええ、知っています」ペンはため息をついた。

「どうしてそんなことになったんだ」

「戦っている最中に」もちろんオズウィルはそんなことをたずねているのではない。「ウェガエが見ていたはずです」

あの気の毒な男にどれだけのことが見えていたかは、またべつの問題だ。

「ああ、領守さまの供述は、いささか混乱してはいたがじつに劇的だった。あんたに熱烈な感謝を捧げていたぞ」

「ウェガエひとりでは、とてもハルベルから身を守ることはできなかったでしょう。ぞっとするほど恐ろしい男です」

「だがあんたはまだ立っていて、ハルベルは……そうじゃない」

〈もう二度と立てない〉

「わたしはすわっています」ペンは指摘した。

オズウィルが笑いに近くもない音をたてた。

「ウェガエ領守はわたしたちに同行し、証言と告訴をおこなうそうだ。あんたはどうする?」

ペンは、これまでになく憂鬱そうに入口の柱によりかかっているイングリスを示した。

「わたしは巫師たちといっしょに狐を協会の獣舎に連れていきます。ハルベルやトレウチから引き離しておかなくてはなりません。母狐があのふたりを見たとき、わたしにとめられるかどうか、自信はありません」

「ああ」オズウィルは不安そうに眉をひそめた。「まあ、そういうことはあんたがいちばんよくわかっているのだろう。いずれあんたからも証言をもらうことになるが」

「わたしなら簡単に見つかりますよ。たぶんしばらくは、獣舎と王女大神官のあいだを行ったりきたりしていると思います。それとハーモ学師のところですね。今夜もハーモ学師を訪ねる約束をしていますす。こんなにたくさん報告することができるとは考えてもいませんでしたが」

一日じゅうあてのない記録調査をさせてしまったことを謝ったほうがいいだろうか。

「ああそうだな。ハーモ学師にはわたしからも直接報告したほうがいいだろう。だがまずは親族だ。明日お訪ねすると伝えておいてくれ」そして息を吐き、「わたしたちの成功を喜んでくださるといいのだが」

「ああ、そうですね」それにしても、このことは口に出して告げていいものだろうか。「ハーモ学師も、ハルベルとトレウチから遠ざけておいたほうがいいと思います。気持ちがおちつくまで、二、三日のあいだ」

オズウィルの眉がはねあがった。

「そうなのか?」

「ハーモ学師は聡明な方です。この馬鹿馬鹿しい復讐劇の全容を知れば、とんでもない怒りを爆発させるでしょう」

「……どれくらいとんでもない怒りなんだ？」

「ハーモ学師は政治的にも大きな権限をもっておられます」〈そして混沌の魔も〉「ですから……口実や誘惑の原因は与えないに越したことはありません」

オズウィルは考えこみながらうなずいた。そしてややあってつぶやいた。

「忠告、肝に銘じておこう」

「ありがとうございます」

そしてオズウィルは首をかしげてたずねた。

「それで、あんたはどんな誘惑にかられたんだ」

「ハーモ学師がとらわれるだろう誘惑よりは軽いものだと思いますよ。いずれにしても難しいところでした」

オズウィルは遠ざかっていく担架を見送っている。

「時間があるときに、もっとゆっくりその話を聞かせてくれ。だがな、ペンリック……」

「なんですか」

「激しく抵抗する犯罪者の逮捕はいつだって危険をともなう。誰にとってもだ。これはそういう仕事だ。事態があまりにも急激に展開すれば、抑制は誰にとっても困難になる。わたしの教団ではそれを理解している」

「危険といってもいろいろあるでしょう」

ペンはぼんやりと乾きつつある腕のかさぶたをひっかき、ずきずきと痛む打ち身を撫で、それから顔をあげた。

「あなたはいつもこのように恐ろしい事件を手がけているのですか」

「いや、そんなことはない。もちろんたまにはそういうこともあるが」彼にむけられたオズウィルの視線はどこか心もとなげだ。「あとで話そう」

そして彼はいそいで囚人たちのあとを追っていった。

「では」ペンリックはイングリスを見あげて声をかけた。「わたしたちは迷子の魔の面倒を見にいきましょう」

「ああ」

イングリスの陰気な沈黙が心地よいこともある。ふたりはならんで厩舎にむかった。

狐の一家は四つの大籠にいれられ、ふたつがペンの馬の背後に、あとのふたつがルネットの馬に乗せられることになった。仔狐たちは蓋をしめて閉じこめられたことにしばらくのあいだ鼻を鳴らして抗議していたが、やがて眠ってしまった。母狐はルネットのうしろで、蓋をあけたままひとつの籠を独占するという厚遇を得た。馬の背に揺られながら、母狐が皮肉っぽい表情を浮かべているような気がする。ペンはそれでも、狐はみなああいう顔をしているものだと、みずからを納得させようとした。ふわふわの荷物を王立巫師協会の獣舎に運びこむころ、あたりは暗くなりはじめていた。

予備の房がすみやかに準備され、仔狐たちはほとんど文句を言わず眠りについた。ペンリックは母狐に、明日もう一度くると約束した。だが狐がそれを理解したとは思えなかったし、約束を守れる自信もほとんどなかった。くたびれ果てた巫師たちは、くり返されるペンの感謝の言葉を受けながら、ようやくそれぞれの寝台にむかうことができた。

そしてペンはもう一度のろのろと馬にまたがり――踏み台を使った――王の町を抜けて神殿の町にあがり、庶子神教団の宗務館にむかった。これからおこなわなくてはならない報告が、あまりたいへんなものにならなければいいのだが。

夜の門番はペンリックを認め、泥まみれの格好にもかかわらず、何も言わず通してくれた。ペンは自分でハーモの執務室にむかった。これまでと同じく、遅い時刻なのに蠟燭が点っていて、だがハーモは鵞筆をおいて机に肘をつき、両手に顔をうずめていた。ペンが戸枠をノックするとはっと顔をあげ、赤くなった目をしばたたかせ、ぼんやりとした声をあげた。

「ああ、よかった。やっともどってこられたのですね」

では、寝ないで待っていたのだろうか。

ペンは自分で椅子をとってきてむかい側にどすんと腰をおろした。ハーモはじろじろと彼を見つめてたずねた。

「五柱の神々にかけて。馬にひきずられでもしたのですか」

「そんな気分です」汚れた顔をこすって、〈うへっ〉「実際にはそういうわけではありませんが。

とにかく、ハーモ学師のお話をさきに聞かせてください」

ハーモはくちびるをすぼめながらも要求に応じ、薄い紙束をペンのほうにすべらしてよこした。

「関係のありそうなスヴェドラの報告書を四件見つけました。年をとるにつれてどんどん言葉が少なく簡潔になっているので、あまり役には立たないかもしれません。確認をとらなくてはなりませんから。最後の五年でスヴェドラが手がけた中でもとくに困難な事件です。怒らせた相手があり、しかもその相手の死亡は確認されていません。必要ならさらに調べてみます」

ペンは書類をとりあげてざっと目を通し、二枚めの紙にハルベルの事件が記されているのを見て安堵の息をついた。

「オズウィル捜査官がこの書類を拝見したがるでしょう。確認をとるためにだけでも。明日こちらをお訪ねするつもりだと言っていました」

がんばってあとの三件にも目を通したが、オズウィルのほうが正しく評価できるだろうと考えて紙をおろし、同時に、自分がただの時間稼ぎをしていたことに気づいた。

「オズウィル捜査官は先代領守ハルベル・キン・パイクプールを逮捕し、自白を得ました」

ハーモが椅子の中で身をこわばらせた。ここからでも彼の中で魔がうごめくのが感じられる。熱気を帯びた稲妻《いなずま》のような、暗く赤い閃光だ。

「ハルベルは森の古い荘園邸に隠れていましたが、わたしたちが洗いだしました。中途半端をよしとしない男で、甥のウェガエ領守も殺そうとしました。こちらは、わたしにわかるかぎりでは計画的な犯罪ではありません。ウェガエ領守にとってもオズウィル捜査官の立場にとっても幸運なことに、阻止することができましたが。彼はわたしも殺そうとしました。でもわたしは数に加えなくてかまわないと思います。わたしまでいれる必要はないでしょう」

ハーモのこぶしがさらにきつく握りしめられた。

「その男がマグを殺したのですか」

「はい、使用人に命じて、穴熊に素霊が取り憑いたようだと言って呼びだし、待ち伏せをしている森まで連れてこさせたのです。目的は魔を滅ぼすことでした。マガル学師はただ……その目的の邪魔になっただけだと、あの男は言いました」

短い沈黙。うなるような声がそれを破った。

「その男はいまどこにいるのですか」

「正確なことはわかりません」正直に答えられることが――もしくは答えられないことが、ありがたかった。「東都のグレイジェイが危険な容疑者を監禁しておく場所だと思います」

ハーモがその気になればさがしだすことは不可能ではない。それでも、いますぐというわけにはいかないだろう……

くちびるを引き結んだハーモの沈黙が危険な雰囲気をかもしだしはじめたので、ペンはいそいでつづけた。

「どこにも行きません。行けません。腰の骨と、両手の骨が折れていますから。あの男の苦痛をお望みなら、間違いなくあの男は苦痛にさいなまれています。あの男の死をお望みなら――

そうですね、東都の行政官がきっと学師殿にかわってその仕事を果たしてくれるでしょう。すでに有罪を宣告されている奥方殺しの罪で処刑されるなら、マガル学師のご家族とご友人は、裁判を待つ必要もありません。まもなく、正義の車輪があの男を粉々に打ち砕いてくれるでしょう」そこでためらい、「学師殿がご自身を危険にさらす必要など……ないのです」

ハーモが顔をあげた。おそらく、迷いこんでいた心の赤い霧を通してペンの傷に気づいたのだろう。荒い声でたずねた。

「あなたは自身を危険にさらしたのですか、ペンリック学師」

「それは……」ペンは肩をすくめた。「ある意味そうともいえるかもしれません。わたしは逮捕の過程において抵抗するハルベルを傷つけました。オズウィル捜査官はその事実を不問にできると考えているようです。ですが、友好的でない査問官が調べた場合、その……物理的ではない方法によってそれをなしたことは見逃してもらえないかもしれません。わたしはこれまでそうした行為をしたことがありません。ああ、もちろんマーテンデン兄弟の件がありますけれど、あのときは火をつけただけですし——いいえ、気になさらないでください」ペンは事態をより悪化させる前に口をつぐんだ。

ハーモが食いしばっていた歯の力を抜いた。

「もし誰かにたずねられたら」彼の声は穏やかになったが、だからといって剣呑さが減じたわけでもなかった。「わたしの権限のもとに行動したのだと証言してくださってかまいませんよ、ペンリック学師」

「ありがとうございます」

礼は言ったものの、王女大神官のマントが自分をかばってくれるだろうことはわかっていた。それでもマントは分厚いほうがいい。それに、そうしていればハーモも、自分が役に立っているというわずかな藁にすがることができる。

〈少なくともわたしたちにとっては役に立ちますね〉デスがわずかな冷笑をこめてつぶやいた。

ではそろそろつぎの話題に移ろう。

「また、イングリス巫師が協力を要請した王立巫師協会の巫師数人のおかげで、マガル学師の失われた魔を見つけることができました。予想していたとおり、狐にはいっていました」

ハーモが姿勢を正した。張りつめていた彼の不安は、灰色の雲が風に吹かれて散るように薄れていった。彼の内にひそむ仲間を意識していたデスもまた緊張をゆるめた。

「ああ！　生きたままつかまえたのですか。ここに連れてきてくれましたか。どのような状態で——」

「六匹の仔狐を抱えた母狐に宿っていました。そのため奇妙な状態が生じています」

「もちろん魔が優位に立っているのでしょうね」

「それはそうなのですが、どうもようすがちがっていて。わたしにもはっきりとはわからないのですが、どうやら魔が母狐と仔狐の面倒を見てやっているようなのです」

ハーモが当惑したように椅子の背にもたれ、やがてため息をついた。

「それはきっとマガルでしょう。いかにも彼女らしいことです。スヴェドラはどちらかといえば、あなたのルチアのように、とても……その、力にあふれた人でしたが」

ハーモはいまどんな〝ふさわしからぬ〟言葉をのみこんだのだろう。デスがハーモにむけて——もしかすると、ハーモとペンのふたりにむけてだろうか、忍び笑いを漏らした。

「彼女をどうするかについて、考えていることがあります」ペンはさらにつづけた。「その、つまり、母狐のことですけれど。それと、魔と」

ひと眠りして体力をとりもどしたら考えようと思っている、と言うべきだろうか。もちろんハーモはひと言でこの重荷を彼からとりあげることもできる。ペンの半分は疲れ果て、そうしてほしいと望んでもいる。だが……

「ハーモ学師は昨日、この魔についてなんと言っておられましたっけ」

ハーモは顔をしかめて両手で髪をすいた。

「選択肢はふたつしかありません。ひとつは、東都の聖者にお願いして傷ついた魔を神のもとに送り返していただくことです」

王都の庶子神教団のことだ、もちろん専属の聖者を抱えているだろう。だがペンが聖者というものについて知るかぎり、いつも待機しているわけではない。直接神の手に触れたそうした人々は、つまるところ、第一の忠誠を神殿に捧げているわけではないのだから。デスがたじろいだ。

「もうひとつは」ハーモがつづけた。「その狐を犠牲にして、どれだけのものが残されているにせよ、魔を新しい神殿魔術師に移すことです。ある意味……回収するといってもいいでしょう」

「獣に憑いた素霊をはじめて魔術師に移すときとは、まるで事情が異なっていることにはお気づきでしょうか」

「もちろん同じではないでしょう。そのように傷ついた魔を受け入れることで、魔術師にどのような危険が生じるかもわかりませんね」

ペンはもう少しで立ちあがり、もし魔が通りかかった人間、人間にはいりこんでいたら、ハーモもそんなふうに犠牲にしようなどと言いだしたりはしないはずだと、母狐のために反論しそうになるのをこらえた。だがもちろん、魔が人間にはいっていたら、人も魔も身を守るために自分で口をひらくだろう。ああ、疲労のためまっすぐに考えることができなくなっている。

「第三の方法があります。母狐をしばらくのあいだ巫師のもとにおいて教育することです」

ハーモが驚いて姿勢を正した。

「そんなことをしてなんの意味があるのですか。いくら巫師でも、魔の憑いた精霊で大いなる獣をつくることはできません。ふたつの魔法は共存できないのですから。時間がたてばそれだけ魔の状態も悪くなるでしょう。マグとスヴェドラの多くが失われてしまいます」

「失われるべきものは、もうすでに失われています。コップに多すぎる水をついであふれたようなものです。ですがコップ一杯分の水は残ります。このめったにない状況を、少なくともしばらくのあいだ、研究することに利点はありませんか。考える時間はあります。仔狐が乳離れするまで母狐はどこにも行きません。少なくとも何週間かの猶予はあるでしょう」

優位にたった魔が、直接滅びの脅威にさらされないかぎりは。そのときにはもちろん魔は自分を守ろうとするだろうし、そうすれば真の問題が生じることになる。そう……真の問題がもうひとつ。

ハーモはためらった。

「それはあなたの感じたことですか」

「わたしはほんの短いあいだ母狐を観察しただけです。進行中の変化を知るにはもう少し時間が必要だと思います」

注意深く〝劣化〟という言葉は避けた。べつにそうしなくてはならないわけではなかったけれども。

「安定しているならそれもいいでしょう。ですがもし安定していないなら――」

条件付きの同意に、ペンは肩をすくめた。

「巫師協会の獣舎まで出むいて、ご自身の目でしっかりごらんになってください。最終的な結論をくだすのはそのあとでもいいのではありませんか」

困惑にくちびるをゆがめながら、ハーモがたずねた。

「ペンリック学師、あなたは狐の生命を助けようとしているのですか」

「マガル学師の魔はそれをしているのではないでしょうか」ペンは主張したが、残念ながら説得力はあまりなかった。

ハーモが目をこすった。

「ああ、ですが……。いえ、この件については、巫師協会でもう一度考えることにしましょう。明日」

「それがいいと思います」

少なくとも彼はペンの言葉をその場ではねつけようとはしなかった。椅子から落ちて甘い誘惑をささやく床に突っ伏して眠ってしまう前に、如才なく辞去することにしよう。

ハーモが立ちあがって見送ってくれたこともまた、希望がもてるしるしだ。戸口で、彼はうつむいてつぶやいた。

「わたしならけっして自分の魔を危険にさらすことはしなかったでしょう……素手でたちむかうか、ナイフを使ったと思います」

彼自身もついさっき、まったく同じ思考経路をたどったことを思うと、いまさら驚いたふりをすることもできない。

「もうその必要もありません」

ペンは思いやりのこもった微笑を浮かべ、聖印を結び、親指でくちびるを二度はじいて別れを告げた。


真夜中頃にようやく、ペンリックは疲れ果てて神殿の迎賓館にもどった。王女大神官の扉の下から手紙をすべりこませよう、遅くなったので訪問できないことを詫びようと、文面を心の中で組み立てていたとき、自分の部屋の扉に手紙がとめてあることに気がついた。それには秘書のみごとな筆跡で、どんな時間になろうとかまわないから、休む前に必ず王女の部屋へくるようにと記されていた。

いくつもの廊下を抜けて王女の部屋にたどりつき、おずおずと扉をたたいた。少し待って、もう一度ノックした。背をむけて立ち去ろうとしたとき、扉があいて、秘書が居間に招じ入れてくれた。

「ああ、ペンリック学師、やっといらしたのですね。ここでお待ちください」

ペンリックは一日の汚れをまとったままむっつりと立っていた。すべての打ち身と筋肉が引き攣《つ》れている。ようやく奥の扉からルレウェンがあらわれた。ブロケードの部屋着をまとい、灰色の髪を背中で三つ編みにしている。これまで見たことのない組み合わせだ。

王女はしげしげと彼を見つめてつぶやいた。

「おやおやおや」

今夜は〝おや〟が三つか。それはすごい。いつもならふたつなのに。四つになったときはどうすればいいのだろう。

「こんな時間にお起こしして申し訳ありません。とても長い一日だったものですから」

「わたしの歳になるとこの時間に眠ってなどおらぬものよ」

王女は気にするなというように手をふって慈悲深く彼の謝罪をしりぞけた。秘書がクッションをのせた椅子に王女をすわらせ、ペンにも椅子を勧めた。

青と白で縞模様を描いた立派な絹の椅子だ。汚れ放題の自分を思い、狼狽をこめて椅子を見つめてから、王女の足もとの床にあぐらをかいてすわりこんだ。王女が彼を見おろし、皮肉っぽく灰色の眉をもちあげた。

「それで、今日は郊外でどのような一日をすごしたのだえ」

その説明なら、ありがたいことに練習ずみだ。たいして考えるまでもない。ルレウェンは幾度か指でくちびるを押さえながらも、一、二度、よりくわしい説明を求めて鋭い厄介な質問を投げたほかは、話をさまたげようとしなかった。

「わたしは……わたしは、ハーモ学師から霊的な導きを得られるのではないかと考えていました。わたしたちはともに、重荷であると同時に恵みでもある魔を宿しているのですから。ですがどうやら逆だったようなのです」ため息を漏らし、「でもおかげで、ハーモ学師がマガル学師のために夜中に館を抜けだして殺人を犯しにいく事態だけは防げたと思います」

「その危険があったのかえ」

「そうですね……いまはもうありません」

ルレウェンはくちびるをゆがめた。

「では、そなたが話を聞いて助言してやったことが役に立ったわけよな」

ペンリックは悲しげな笑みを浮かべて両手をひろげた。疲れた犬のように、絹の上靴の足もとで横たわってしまいたかった。

「では、誰がわたしの話を聞いて助言してくれるのでしょう」

「もちろんそなたの神殿上長ぞ。それが仕事であるからの」

「ああ」

頭ががっくりと力を失い、気がつくとペンは王女の膝に顔をうずめていた。指輪をはめた手がやさしく髪を撫でる。まさしく犬だ。

「今日の行動についてわたしの宮廷魔術師にたずねたいことがある者は、必ずわたしを通さねばならぬ」彼女が宣言した。

裏の意味は、〝その者たちはよほどがんばらねばならぬだろうよ〟だ。勇気がわいてくる。それでも……

「国と法はそれでおさまるでしょう。ですがわたしの神はどうなのでしょう。そしてわたしの魔は。その法廷に立つわたしの魂にはなんの守りもありません。それに、暴力は回数を重ねるほど容易になっていきます。ハルベルがそれを証明しています。連州にいたときも、傭兵に行った男たちがすさみきって帰ってきたことがありました。傭兵という仕事につきものの落とし穴です。でもわたしは、今回のことをわたし自身の落とし穴にしたくない。なのに……そうなってしまいそうなのです。なんと、なんと簡単なのでしょう。ハーモ学師も今夜、危うくその穴に落ちそうになりました。わたしなどより何十年も多くの経験を積んだ方なのに」

「だからわたしの助言がほしいのだね」

「はい、大神官さま」

髪を撫でていた手がいくぶんおざなりになり、彼女は姿勢を正して考えこんだ。それからささやいた。

「学識豊かな神官にして魔を宿した坊や、今夜、神殿上長としてそなたに授ける助言はこうだよ。下の浴場で係の者を起こして風呂を使い、髪を洗いなさい」――穏やかな嫌悪をこめて指をこすりあわせ――「それから何か食べて、ゆっくり休むことだね」

それからややあってつけ加えた。

「そのほうがデズデモーナも喜ぶだろうよ」

ペンリックは彼女の上靴をにらみつけた。

「それでは神殿上長の助言ではなく、母の説教ではありませんか」

「そなたの母上がここにおいでなら、間違いなく同じことをおっしゃるだろうよ」きっぱりと告げ、しぶる彼を押しやった。「ほら、さっさとお行き」

「それだけなのですか」

「歯も磨いたほうがいいだろうね。言われなくてもやっているようだがの。そなたの魂はひと晩くらいではどうにもならぬ。そして保証してあげよう、明日になれば、心も身体もずっと元気になっておろうよ」

ペンリックとデスは同時に鼻を鳴らした。ペンリックはルレウェンにむかって、デスは彼にむかって。

「ふわぁ」

のびをしてもぞもぞと身体を起こした。ふらついたため、両手と膝をつかなくてはならなかった。王女との会見のあいだ、デスはひと言も口をはさもうとしなかった。彼の魔が敬意をはらう人間はそれほど多くないが、王女大神官ルレウェン・キン・スタグソーンはその短いリストの筆頭にあげられる。そしてその思いは、双方向に働いているようだ。

ペンは戸口にむかいながら、肩ごしにふり返って声をかけた。

「殿下ももうお休みになったほうがよろしいですよ」

彼女は顔をゆがめて微笑した。

「もちろん、これでゆっくり休めるだろうよ」

翌朝、寝台から重い身体を起こしながらペンリックは考えた。ひと晩休めば回復するといった王女大神官の言葉は楽観的にすぎたのではないだろうか。巫師協会まで町を横切っていってまたもどってこなくてはならないことを考え、結局、神殿厩舎から馬をまわしてもらうことにした。ぼうっと鞍にすわったまま目的地まで運ばれていこうという、いまの気分に完全にふさわしい、のんびりとした馬だった。巫師協会の矢来と獣舎の入口につくころには、ストーク谷を吹き抜ける涼しい湿った風のおかげで、すっかり目も覚めていた。まもなく雨になるだろう。

仕事熱心な馬丁に手綱をわたし、獣舎の中でも庭を見おろす小区画にある、狐一家の房にむかった。ルネットがすでにきているのを見て、心が明るくなった。彼女は昨日の疲れも見せず、ひろい庇の下でスツールにすわっている。ルネットがペンリックに気づき、陽気な挨拶をくれた。ペンはおそるおそるたずねた。

「無理やり引っ越しをさせてしまったけれど、みんな大丈夫ですか」

「元気よ。見てみる？」

ふたりは下扉によりかかって、藁を敷きつめた房をのぞきこんだ。母狐はおちついたようすで横になり、二匹の仔狐に乳を飲ませている。三匹は眠っているのだろう、丸くなって毛皮の山をつくっている。そして最後の一匹は、届くかぎりの兄弟の尾や足に噛みついて問題を引き起こそうしている。母狐が顔をあげて心配そうにペンを見たが、くたびれた母のようなため息をついてまた頭を落とした。巫師に対してはまったく警戒心を抱いていない。

「仔どもたちは、手に負えないほどやんちゃだけれど、とっても楽しそうよ」ルネットが言った。「そのうち運動に連れだしてやらなきゃならないわね。お母さんが、その、しっかりおちついたら」

母狐のことだろうか、それとも魔のことだろうか。母狐に自分のやり方で仔どもたちの面倒を見させてはいるけれど、魔が優位に立っていることは間違いない。乗魔ではなく、乗り手になっている。狐が自分を捕らえた人間とこんなにも穏やかに接していられるはずはない。

〈デス。魔に昨日から何か変化はあったでしょうか〉

母狐は――いや、魔は、仲間の魔の通常ならざる凝視を感じて狐の頭をあげさせたが、その精査をじっと受け入れた。少なくとも、神殿に飼い馴らされた習性がまだ残っているというわけだ。では期待できるかもしれない。

〈魂の密度には変化がありませんね〉デズデモーナが答えた。〈昨日よりおちついているのはよいことです〉

まだ判断するにははやすぎる。ペンは彼女が安定したと宣言したいし、デスもその理由を知っている。それでもその宣言は事実でなくてはならない。

〈時間さえ与えれば、ハーモと彼の坊やが自分たちで判断できるでしょうよ〉

彼の坊や？　ああ、ハーモの魔のことか。

〈それじゃ、ハーモ学師の魔はあなたよりも若いのですか〉

〈たいていの魔はそうですよ。ハーモは人間にしてまだふたりめの乗り手ですね。それほど遠くない以前はただの素霊だった子です〉それからいかにも不本意そうに、〈ハーモは彼にとってよい乗り手ですね。ずいぶんうまく成長しています。もうひとつ上手に選んだ人生を送れば、医師になれるでしょう〉

いつだってそれが最高の報奨だ。巫師が慎重に犠牲をくり返し、巫師にふさわしい大いなる獣をつくるように。この仔狐たちにもそうした生涯が用意されるのだろうか。精神的強靭さと知力を育てるため、巫師は獣のために長い生を用意する。となれば、最初の一年がすぎる前に仔どもの半分が生命を落とすような森の中ではなく、ここで手厚く世話されるほうが彼らにとってもずっと幸せだろう。

湿気を帯びた空気をつたって声が聞こえ、ペンは物思いから覚めた。ふり返ると、ハーモが角を曲がってくるところだった。驚いたことに、オズウィルと、彼の影たるサラも同行している。オズウィルは約束したとおり、報告を交換しあうため今朝になってからハーモを訪ねたのだろう。だがここまでついてきたのは、おそらく義務感ではなく好奇心からだ。

オズウィルは親しげに手をふるルネットに会釈を送り、それから堅苦しく、魔術師監督官に彼女を紹介した。

「昨日はたいへんな仕事を果たしてくださってありがとうございました」礼儀正しく挨拶しながらも、ハーモの視線はどうしようもなく房のほうにひきよせられている。「その……はいってもいいでしょうか」

ルネットはくちびるをすぼめた。

「もちろんです、学師さま。でもわたしたち、なるたけお母さん狐をわずらわさないようにしているんですよ」

できるだけさっさとひきあげてほしいという含みのある言葉だ。だがハーモがわかったとうなずくと、ルネットは下扉をあけて彼を中に入れ、また閉ざした。

ふいに母狐が顔をあげ、それから仔狐をふりはらって起きあがった。仔狐たちは文句をこぼしながらも、人間を見て奥にひっこんだ。母狐は防御の姿勢をとろうとしていない。ハーモは彼女の前で膝をつき、藁の上にあぐらをかいた。母狐が恐れるようすもなく近づいてくる。いまさらながらペンは気づいた。ハーモは魔憑きの狐がはじめて知人として認識できる相手だったのだ。

ふたりは長いあいだじっと見つめあった。何も言わず。だがたがいに相手を理解できないわけでもなく。ハーモが片手を床にひろげ、つぶやいた。

「あなたの失ったもののことを思うと、ほんとうに心が痛みます」

ああ、もちろん。もちろんそうだ。マガルは魔を失ったが、魔もまたマガルを失ったではないか。魔は喪失を嘆くことができるのだろうか。

〈もちろんできますとも〉デスがささやいた。〈素霊としてこの世界に生まれたときには知らない感情ですけれどね。でもわたしたちも学びますよ。おお、どれほど多くを学ぶでしょう〉

ペンの胃がとつぜん形も根拠もない悲嘆でふるえた。彼自身の悲しみではない。慎重にゆっくりと息を吸い、吐いた。

母狐が黒い前足をハーモの手にのせた。声が聞こえなくとも、〈視覚〉に頼らなくとも、その言葉が理解できた。

〈あなたの失ったもののことを考えると、わたしの心も痛むわ〉

ハーモがふり返った。

「彼女はここにいます。明らかに、彼女の一部がこの中にいるのです」

それだけをつぶやいて、彼はまたすべての関心を狐にもどした。

ルネットがあごをしゃくってささやいた。

「このふたりなら大丈夫よ。しばらくそっとしといてあげましょう」

彼女もまた、苦しいほど個人的な心の交流に割りこんでしまったと感じているのだろう。

灰色の朝の光の中で、四人は乗馬用踏み台のそばにもどった。ここではじめて巫師たちに会ったのだ……あれはほんとうに昨日のことだったのだろうか。ペンは安堵のうなりをあげてすわりこんだ。

オズウィルが膝のあいだで握りしめた両手を見おろしながらたずねた。

「あのふたり、好きあっていたんだろうか。ハーモ学師とマガル学師だが」

ペンリックはひらひらと手をふった。

「明らかにそうでしょうね。でも床をともにする仲かといえば、たぶんちがうと思います。魔術師同士がそのように親密な関係になることはまずあり得ないですから。でもべつの種類の、同じくらい深い愛情があるんです。弟子を育てる喜び。彼女の輝かしい未来に対する期待。ふたりの芸術家を考えてみてください。たがいに競いあいながら、相手の作品を高く評価している。生き残った者は、ただ失われた相手だけではなく、あり得たはずの未来を惜しんでいるのです」

「なるほど」

サラは耳を傾け、考えこむように顔をしかめながらも、いまばかりはノートをとろうとはしていない。

「そちらはどうなんです」ペンはたずねた。「昨夜はうまくいったのですか。ハルベルを無事ふさわしい運命に送りこむことができたのですか」

罪が二倍になったのだ、迎える運命も二倍厳しいものになれと願わずにはいられない。オズウィルがうなずいた。

「やつはいま刑務所で、司法長官の管理下にある。こんどばかりは早馬で逃げだすこともできないだろうよ」

「上司への報告はとどこおりなくすみましたか」散々だった昨夜の自分を思いだしながらたずねた。

なんと、オズウィルはにやりと笑った。陰気ではあるが笑みにはちがいない。ペンは問いかけるように眉をあげた。

「連中、帰還したわたしをつかまえて、パイクプール氏族との関連が浮上してきたため、この事件はわたしからとりあげられ、より身分の高い査問官に預けられることになったと、くどくど説明しはじめたのだ。だからわたしは、もう手遅れだと言ってやった」

「ほんとうに残念です」サラが残念さの欠片《かけら》も感じられない声で陽気につぶやいた。師匠と同じ皮肉な笑みを浮かべている。

ペン自身、これまで官僚的な階級制度をいやというほど経験してきたので、説明されずともその意味は理解できる。

「おめでとうございます」

「ありがとう」とオズウィル。「幾重にもくり返し礼を言う。なんといっても、気の毒なウェガエ領守の死体を今日の食卓にのせずにすんだことがありがたい。どう考えても後味のいい食事にはならなかっただろうからな」そのさまを思い浮かべたのだろう、オズウィルの笑みが渋面に変わる。「それはそうと、領守さまがあんたに会いたがっているぞ」

ペンはうなずいた。

「東都を去る前に必ず機会をつくります」

サラが誰にともなくたずねた。

「魔術師はいっしょに暮らしたり働いたりできないって聞きましたけれど、巫師もそうなんですか？」

「そんなことないわよ」とルネット。「わたしたちはいつだっていっしょに仕事してるわ。今日の午後だってみんなで歌の練習をするのよ」

サラはさして喜んだふうもなく、さらにたずねた。

「それって、神殿の聖歌隊みたいなものですか？」

ルネットがふいに、まるで狐のような微笑を浮かべた。

「ぜんぜんちがうわよ」

奇しの声で合唱するのだろうか。〈おやおや〉と、王女大神官なら言うところだ。もしくは〈おやおやおやおや〉だろうか。ほんとうに、なんと言うだろう。

ルネットがオズウィルの肩ごしにどこか遠くをじっと見つめながら言葉をつづけた。

「でも巫師も、魔術師と同じ問題を抱えていると思うわ。ふつうの人はわたしたちに近づくのを怖がるでしょ。自分に理解できない力がわたしたちの血にまじってることを恐れているのよ。奇妙な獣をもつわたしたちが、獣そのものであるかのようにね」

「それは……馬鹿げているのではないか」オズウィルがためらいがちに言った。「理解できないことがあるなら、それについて学べばいいだろう。それだけのことだ」

ルネットの灰色の目が赤い睫毛の下できらめいた。ペンがその表情をどう解釈すればいいかわからずにいるうちに、デスがつぶやいた。

〈おやまあ、まるきり望みのない朴念仁というわけでもないのね、あの男も〉

サラが興味深そうにペンを見つめている。

「だったら、魔術師は二倍に孤独なんですか。ふつうの人には恐れられて、ほかの魔術師と近づくこともできないのなら」

この娘は口数は少ないが、じつに多くを見ている。そして口をひらくと……痛いところを突いてくる。

「わたしたちはつねに魔とともにありますから」ペンは答えた。もしできるなら、きっとデスも同意して頭を撫でてくれるだろう。

「ああ、みんなここにいたのか！」

ペンはほっとしてふり返り、手をふった。イングリスだ。

彼はぶらぶら近づいてくると、彼ら全員を見まわして笑みに近いものを浮かべ、ルネットにたずねた。

「朝になって、新しい狐くんたちはみんな元気か」

「もちろんよ。ペンリックのとこのハーモ学師が会いにいらしてるの。いま中にいらっしゃるわ」と房を示し、「秘密会議の最中よ」

イングリスは動きをとめ、ペンにはわからない巫師の知覚をのばし、うなずいた。

「わかった」そしてペンに目をむけ、「それで、あんたは大丈夫なのか」

さまざまな意味をふくんだ問いだ。

「いずれはっきりすると思います」

イングリスはズボンの縫い目の上で指をぱたぱた動かしながら、グレイジェイに会釈を送った。いや、サラに、だ。

「待っているあいだに獣舎を見てまわらないか。狼のところに案内するぞ」

「それは面白そうです」サラもまた笑顔に近いものを彼にむけ、すぐさま立ちあがった。

そのひと幕を見ながら、ルネットが楽しそうに目を細め、身をのりだしてオズウィルに声をかけた。

「それじゃあなたはわたしたちの狐をごらんになる?」

「ほかにもまだ狐がいるのか」

「山猫もいるわ。ほんとに可愛いのよ」

オズウィルが純然たる笑顔をつくって立ちあがった。なんともとつぜん愛想がよくなったものだ。そんなオズウィルを見るのはとても奇妙だ。

いっしょに行動するのではなく、ふたりの巫師はふたりのグレイジェイをそれぞれ反対方向に連れていこうとしている。だがルネットが途中で足をとめ、いかにも社交辞令といった口調で、それでも礼儀正しくたずねた。

「ペンリック、あなたもいかが?」

ペンは手をふった。

「この前イングリスに案内してもらいました。わたしはここでハーモ学師を待っています」

「そう、わかったわ」

〈あなたにしては上出来ですね、ペン〉

角を曲がっていくオズウィルが、捜査のときと同じようなもっともらしい口調で質問を重ねる声が聞こえてきた。

「それで、ルネット巫師、あなたはいつから王立協会に所属しているのだ。どうしてこの職に興味をもって……」

〈おやまあ〉とデス。〈巫師はほんとうに協力して働くようですね〉

ペンは彼らが視界から消えるのを見送って、ため息をついた。

「わたしのことは気にしなくていいです。わたしはここにすわって、独り言をつぶやいていますから」

〈まあまあ、坊や〉

ペンはくちびるをゆがめた。

静かな房の扉を見ているうちに、微笑が消えた。司法官が執務室からもどってきて判決をくだすのを待つときも、きっとこんな気持ちがするのだろう。〈視覚〉をのばそうか。でものぞき見をしていると思われるかもしれない。もちろん気づかれるに決まっている。近づいて房の扉によりかかるのもやめたほうがいい。混沌の魔三体をそんな近距離におくのはまずい。

ペンの慎重さと忍耐が報われ、ようやくハーモが房から出てきた。彼はズボンの藁くずをはらい落とし、下扉を閉めた。そして目がよく見えないようなしぐさであたりをうかがい、ペンからもっとも離れた踏み台に腰をおろした。

「それで、どうお考えになりましたか」ペンは静かにたずねた。

「魔が優位に立っているのに、安定しています」ハーモはゆっくりと答えた。「マガルとスヴェドラの影響が残ってるようです。いましばらく危険はないでしょう。ですがこの狐を、力の使い方を知らない生まれたての素霊と同じように扱うなどといった、迂闊な真似をしてはなりません。彼女たちの残像のおかげでうまく人慣れさせることはできるかもしれませんが、その同じ傷ついた残像が、より大きな危険を招くこともあり得ます。つねに気を配り、油断なく世話をしなくてはなりません」

ペンはブーツの爪先で丸石をこすった。

「考えていたのですが。教団はしばしば、訓練を終えた候補生を年輩の魔術師と組ませ、魔をつぎの宿主に馴染ませるでしょう?」

ペンは道端で偶然倒れたルチアに会ったため、臨終の看取りという恐ろしい体験はせずにすんだし、ふたりの接触は何週間も何カ月もつづくものではなく、ほんの数分にすぎなかった。

「仔狐が巣立ったら、母狐をそうした候補生に預けてはどうでしょう。そうすれば移行が穏やかにおこなわれますし、監視の目にも情愛がこもるのではないでしょうか」

ハーモが首をかしげた。

「ほかに例を見ないペットになるでしょうね」

想像できるばかりではない、羨ましくさえ思える。ともにすごす母狐と若い魔術師候補生。自分がもうすでに魔をもっているのでなければ……

〈坊やはただ、賢い狐をペットにできればものすごくカッコいいと考えているだけでしょ〉デスがからかった。

否定はしない。

「人選は慎重におこなわなくてはなりませんね」とハーモ。

そういえばこの男は、神殿のために魔術師をつくることを役目としているのだ。

「その決定はハーモ学師が引き受けるのですね」

「たぶんそうなるでしょう」

彼は細くした目で、何かをあてはめようとするかのようにじっとペンを見つめている。

「そうですね。わたしも救いたいと……誰がいいか考えて……ふむ、ふむ」

彼の〝ふむ〟という響きは好きだ。とても希望がもてる。仔狐たちが育ってしまうまでのあいだ、ハーモは何週間かをかけて、ウィールド聖王の領土全域に散らばった神官候補生すべての中からふさわしい者を見つけだしてくるだろう。彼は間違いなくその仕事を、思慮深く立派に成し遂げるだろう。そう、この国のどこかに、とても幸運な候補生がいるのだ。

〈成り行きでいつのまにかわたしと組んでしまったことが口惜しいの?〉

デスの問いは穏やかだが、ごくごくかすかに傷ついたような気配が感じられる。いまさらやりなおせるものではない。ペンの背中に幾本かの矢が突き刺さるとか、そういった災難が起こらないかぎり。

ペンは哀れっぽく答えた。

〈確かにハーモ学師なら、とてもよい組み合わせを考えてくれるでしょう。でもわたしたちは、それ以上にすばらしい〝仲人〟によって結びつけられたのではないでしょうか〉

〈……それは心地よくはあるけれど、都合のよすぎる考え方ですよ〉

〈ええ〉ペンはため息をついた。


東都の王宮行政官は、再逮捕の一週間後、ハルベル・キン・パイクプールを絞首刑に処した。ペンリックは立ち会わなかった。ハーモは立ち会ったと、ペンは聞いている。

マーテンズブリッジへの帰途につく三日前、ペンリックは王女大神官に公式の謁見を願いでた。

王女は彼を私室に迎え入れ、荷造りをしていた召使いたちをさがらせた。もってきた荷物すべての上に、王都で購入したすべての品をつめこんで、四百マイルの帰路の旅をしようというのだ。東都の丘陵はそれなりに美しいが、ペンが慣れ親しんできた地平にそびえる白い急峻ではない。だが山々も、果てしない岩の忍耐できっと待っていてくれるだろう。いまペンは肉体と精神双方のもどかしさに駆り立てられていた。

今日ばかりはしっかりと洗濯した教団の白いズボンを穿いてきたので、最高に愛想のよい微笑をひらめかせながら、おちついて青と白の絹の上に腰をおろした。

「今日は提案があってまいりました、殿下。殿下の宮廷魔術師として、わたしの能力をいっそう高めるために」

「話しはじめる前に、殊勝らしゅう挨拶でもしたらどうだえ」

「ええと、その、殿下がそれをお望みなら」

「べつにかまわぬよ」灰色の眉の角度は、何も言わずとも彼女の関心を示している。「つづけるがよい」

「友人のイングリス巫師とずっと話していたんです。王立巫師協会を訪ねて、イングリスの上位者であるファースウィズ師範とも話しました。若い巫師の訓練を監督なさっている方です。王立協会は教育機関と飼育農場と歴史研究の学問所を兼ねたようなところで、近頃では病気や怪我をした獣のための療養所にもなっています」

「なかなかにぎやかそうなところだの」とルレウェン。

ペンは力いっぱいうなずいた。

「それで、ファースウィズ師範は、わたしがしばらくのあいだ王認巫師たちとともにすごし、できるかぎり彼らの魔法を学ぶことに多大な関心を示してくださいました」

「それによってわが甥の巫師たちにどのような益があるのだえ」

「そうですね。その期間、逆にわたしを研究できるのではないかと思います」

「その学習にはどれくらいの期間がかかるのだえ」

「はっきりわかりません。つまり、巫師は一生涯かけておのが職を探究しますが、わたしはすでに自分の職に選ばれ、それについているわけですから。ですが巫師協会にはすばらしい蔵書があって、しかもどんどん増えているんです。この前協会を訪問したとき、わたしは自由に閲覧してもよいという許可をもらいました」

計り知れないほど貴重な書物の上に涎をたらすなよと、イングリスには厳しく警告されてしまったが。

「そこにある書物をすべて読みきるのにどれくらいかかるのだえ。ひと月か?」

「とんでもない、もっともっと長いです!」ためらって、「……一年、でしょうか?」

「ぎりぎりそれくらいならばの」複雑な編みこみにした頭をいぶかるようにかしげ、「そして、そなたをそれだけのあいだ手放して、わたしにはどのような利益があるのだえ」

「もどったとき、さらにさまざまな力をもってお仕えできるのではないかと」

「どのような力だえ」

「それがいまからわかっているなら——わたしにわからなくとも、誰かが知っているなら——それを知るために勉強する必要などなくなるではありませんか。ご許可いただけますか」

「さてさて……はじめに思ったほど見かけ倒しでもなさそうだの」

ふたりは挨拶をかわすふたりの剣士のように会釈をまじえた。ルレウェンの指が絹に包まれた膝をこつこつとたたく。

「宮殿にもどったら話そうと思っていたのだが……そなた、魔法を用いた医術に関するルチアの書物を新しく印刷しなおしたであろ。マーテンズブリッジ母神教団のリエデル師範がえらく感銘を受けてな。診療所で学問をしないかと誘いがきておるのだ。そなた本来の仕事にさしさわりのない時間帯での」

「なんですって」ペンは身体を起こした。

診療所の書庫に新たな印刷技術の賜物を贈り、王女大神官の食卓でリエデル師範と幾度か食事をともにしたことが、そのようにすばらしい実を結ぶことになるとは考えてもいなかった。

「それもやってみたいです！　もちろん」

「巫師の勉強のかわりに、ではないのだな？」

「どちらもです」ペンはしっかりと答えた。「でも同時に両方はできないですね。魔法を使ってもそれは無理です」

「判じ物のようだの」

そして彼女は面白そうに椅子の背にもたれた。ペンがその謎を解くのを見守ろうとするかのように。もしくは、頭の二倍もある食べ物に食らいつこうとしている者をながめるように。

「デスの以前の乗り手ふたりは」ペンはゆっくりと答えた。「医師の訓練を受け、医師として働いていました」

「リエデル師範は気づいておるよ。だからそなたの学習もはやいだろうと考えているようだ」

ペンはうなずいた。

「これまでのわたしの経験から――デスの広大な知識を使わせてもらってきた経験から考える

に、すべての知識は勝手にわたしの心に浮かんでくるのではありません。ある意味、わたしが自分でひきだしてこなくてはならないんです。なんといえばいいか、用水路から水源まで溝を掘るような感じで。そうしてはじめて水があふれてくるんです。ときには桶をもって一杯ずつ汲まなくてはならないこともあります。語学に関してはそうでした。ですがリエデル師範が教えてくだされば、わたしは最終的にデスの知識すべてを獲得することができるでしょう」

これに関してデスの意見をたずねるつもりはない。前回、彼女が神殿によって用意された医師候補生ではなく、まだ学師にもなっていなかったルチアに飛び移ったのには、彼女なりの理由があった。さらに、ルチアが著した医学書の一言一句を印刷のために筆写し、ふたつと半の言語に翻訳してきたことから、ペンはすでにある程度のことを理解している。

「そうです」ペンはゆっくりと手さぐりで前進した。「さきに巫師の魔法を学んでおけば、正式に医学を勉強するときに何か新しいものを提供できるかもしれません。すでに知られていることを再確認するだけではなく」

ルレウェンがくちびるをすぼめた。

「それはまこと説得力のある意見だの」そこでためらい、「それで、そなたはその学問休暇のあいだ、どうやって暮らしていくつもりなのだえ」

「わたしは、その、殿下から俸給がいただけるものと考えていたのですが?」

「ではわたしが、いつまでかわからぬ期間、そなたがそばにおらぬことに対して、支払いをせねばならぬというのか?」

「……そうですが?」ペンはさらに機嫌とりを試みた。「ときどきはウェガエ・キン・パイクプールと奥方が食事に誘ってくださると思います。もう何度かお誘いいただいて、とても楽しい時をすごしました」

「美味な料理であったのか」

「何を食べたかはあまりよくおぼえていません。でも、イヴァイナがとんでもないことを考えついたんです。ハーモ学師が興味をもってくだされぱいいのですが。そもそもは、魔法でつくった版木を使っての出版に投資をしてもよいという話だったのですが。実際にわたしがそれを思いついたのは、トレウチに刺される直前そのナイフに錆を生じさせて崩したときなんですけれど——いえ、とにかく、晩餐の席で印刷について説明しているときに、魔術師は木版だけではなく、鉄版もつくれるのではないかと思いあたったんです。鉄の板だったら、数十部とか数百部ではなく、何千もの写本をつくることができます。学生たちも高価な本をめぐって争う必要がなくなります。そうしたらイヴァイナが、同じようにして木版画や彫刻はできないのかとたずねたんです。わたしは、考えたこともない、わたしは絵が描けないから無理だと答えました。そうしたらイヴァイナは、もしかしたら絵を描く魔術師もいるのではないかと言いました。それでわたしは、ああ、もちろんそうかもしれませんと答えました。ハーモ学師に人選を頼めば、そうした能力をもった者たちにこの技術を教えることができるでしょう。そうすれば——」

ルレウェンが片手をあげて言葉の奔流を押しとどめた。

「秘書に命じて、そなたが出版物から得る報酬歩合について検討させよう。すぐに。おそらく今夜にでもな」

「ああ、ありがとうございます、殿下」興奮がおさまった。

「そなたを東都で放し飼いにする前に、ともかくひと騒動ありそうだの」

心が期待にはねあがった。

「ありがとうございます、殿下！」まったく異なる口調でくり返した。

「ふん」ルレウェンは細いあごをこすりながら、考えこむように彼を見つめた。「詩の一節がずっと頭にこびりついているのだがの。なんの詩だったか思いだせぬのだ。もう何年もずっと悩んでおる。パイクプール領守夫人の出版物には詩集もあるのかえ」

ペンはすわったまま途方に暮れ、それから堰を切ったように話しだした。

「わたしは学問書のことしか考えていませんでしたけれど、もちろん、それもできますよね。物語の本なんかも……。ほんとうに、なんだってできるじゃないですか」

そこで言葉をとめ、どれだけの報酬をもらえることになるのかたずねようとしたが、結局は好奇心の方が勝った。

「どういう詩なんですか？」

「ほんとうに断片だけなのだ。問答歌のような。吟遊詩人が放浪の学者について語っている。『学習に喜悦あり、教導に至福あり』。ぼろを着てさまよう貧しい男で、わたしはそれを不公平と思ったものだよ」

「きっと全財産を写字生に支払ってしまったのでしょう。つまるところ、人は何かを選ばなくてはならないのですから」

ルレウェンは上品に鼻を鳴らし、それからたずねた。

「デズデモーナはこうしたことすべてについて、どう思っているのだえ」

ペンは口をひらこうとし、

「デス？」と呼びかけて、返事を本人にゆだねた。

「わたしは巫師に一票いれますね」デスはためらいもなく答えた。「新しいことが学べます。それに、ルチアにはひとりの巫師についてとても楽しい思い出があるんですよ」

ペンはデスが不都合な詳細を話しはじめる前に、またいそいで口を閉じた。もしデズデモーナとルレウェンが、彼なしで、彼が聞いていないところで話せるなら、どのような会話がとびかうのだろう（恐ろしいことになるに決まっている）。

〈一度ぜひためしてみたいですね〉デスがからかう。

ペンは歯を食いしばった。

ルレウェンがぽんと彼の手をたたいた。

「デズデモーナ、間違いなく、この子をわたしのもとに連れもどっておくれよ」

「御意のままに、大神官さま」魔が答えた。

訳者あとがき

L・M・ビジョルド〈五神教〉シリーズの新刊『魔術師ペンリック』をお届けする。

このシリーズは前作『影の王国』で終わりだと思っていたのだが、ここまでつくりこんだ世界設定をそのまま捨ててしまうのはもったいないとビジョルド女史も考えたのだろうか、その後六つの連作中編が発表された。本書はそのうちの三編を収録したものである。背景はこれまでと同じ五神教世界。ウィールドを舞台とし、時代としては『影の王国』より百五十年ほど未来、『チャリオンの影』および『影の棲む城』より約百年過去に相当するそうだ。


ここで、みなさまに謝らなくてはならないことがある。前作『影の王国』で、ウィールドはイブラ半島の五神教三国とダルサカのあいだの山の中にあると思う——とあとがきに書いた。すみません、あれは大きな間違いでした。『チャリオンの影』と『影の棲む城』に収録されていた地図に騙されたともいえるのだが、五神教世界、じつはとんでもなく大きな設定をもっていたのだ。

ヨーロッパの地図をひろげて、百八十度回転させてほしい。右上にイブラ半島（イベリア半島）がくる。その左下にダルサカ（フランス）がある。いろいろなところで紹介されていた話を総合するに、どうやらウィールドは、さらにその左下、ほぼドイツにあたる広大な国であるらしいのだ。前作に登場した、南の島からきたという詩人の王子と白熊の故郷は、ウィールド南岸からさらにくだった北欧あたりに位置するのだろう。ウィールドの北の国境付近にはレイヴン山脈がそびえ、それを越えたスイスに相当する場所に、本書の主人公ペンリックの故郷、連州がある。連州の北にも急峻な山脈がそびえ、そのむこう、イタリア北部のあたりにはアドリアという国がある。この世界、イタリア半島は存在しないらしい。アドリアから船に乗ってペロポネソス半島までいくと、非常に長い歴史をもつセドニア帝国がある。

ほかにもいくつか小国の名前はあがっているが、以上がおおまかな地図となる。ペンリックの故郷である連州は、王のような統治者をもたない小領地が集まった山国で、ウィールドとは友好な関係を保っている。「連州」の原語は Cantons であるが、canton とはそもそもスイスの州を意味する単語だ。ビジョルド女史はヨーロッパ地図を念頭におき、それぞれの国の特色をじつにうまくアレンジして五神教世界をつくりあげたといえるだろう。

さて、本書の主人公ペンリック・キン・ジュラルド。連州の小貴族ジュラルド領守の末の弟、十九歳の若者である。みごとな金髪で、本人はあまり意識していないが容姿もなかなか美しいらしい。どちらかといえば貧しい小貴族で、兄や姉たちのあいだで末子としての気苦労はしてきたようだが、ビジョルドの主人公としては珍しく大きな不幸を背負っていない。読書が好きで、でもひ弱なわけではなく、城の者たちといっしょに山を身軽く駆けまわって狩りもする、素直に育ったごくふつうの青年である。唯一の不満は自分の将来に夢をもてないこと。

そんなペンリックが、道端で具合の悪そうな老婦人を見かけて声をかけたことから物語がはじまる。その老婦人は神殿魔術師で——この世界では、庶子神の司る混沌の魔を宿した者が魔術師となる。魔術師が死ぬと、魔術師に宿っていた魔はすぐそばにいる人間に飛び移る。そうやって何人もの魔術師と共生していくあいだに、魔は力と知識をたくわえていく。その老婦人に宿っていたのは、馬とライオンと十人の人間を経て二百年以上の歳月を生きてきた強力な魔だった。魔や魔術師に関する知識などほとんどないに等しい一介の若者が、偶然手に入れてしまったそんな老獪《ろうかい》な魔をどうやって制御していけばいいのか。ペンリックは人生の大きな転機に直面し——。彼のキャラクターを反映して、本書は明るく愉快な物語になっている。存分に楽しんでほしい。


『影の王国』でもおわかりのように、ウィールドの氏族はキン・〇〇として獣にちなんだ名前をもっている（ペンリックのキン・ジュラルドはサオネ出身の先祖の名前なので例外だ）。『影の王国』でも登場したウルフクリフ、ホースリヴァなどは、狼の崖、馬の河とわかりやすいものの、あまり馴染みのない動物名もあるので、本書に登場する氏族名を簡単に紹介しておこう。

百五十年前から玉座についているスタグソーンは牡鹿の茨《いばら》。一話に登場するマーテンデンは貂《てん》の巣。同じくこれは地名だが、マーテンズブリッジは貂の橋だ。二話に出てくるボアフォードは猪《いのしし》の浅瀬。ボアフォード氏族は『影の王国』にも登場した氏伯をいただく大貴族である。

三話のパイクプールは川魳《かわかます》の池。彼はペンリックの兄と同じく、領守という小貴族である。精霊戦士をつくるには氏族の獣を生贄《いけにえ》にしてその魂をとりこむのであるが、カマスに戦士をつくれるほどの魂があるとはとても思えない。たぶん、だからこそ、小貴族なのだろう。

ペンリックが登場する物語は、いまのところつぎの六編が発表されている。

Penric's Demon（二〇一五）「ペンリックと魔」
Penric and the Shaman（二〇一六）「ペンリックと巫師」
Penric's Mission（二〇一六）
Mira's Last Dance（二〇一七）
Penric's Fox（二〇一七）「ペンリックと狐」
The Prisoner of Limnos（二〇一七）

残る三編も、いずれそのうちに紹介できることと思う。どうぞお楽しみに。

なお、二〇一七年より新たに創設されたヒューゴー賞のシリーズ部門であるが、二〇一八年は、L・M・ビジョルド〈五神教〉シリーズが受賞した。おめでとうございます。今後とも本シリーズがつづいていくことを期待したい。

検印
廃止

訳者紹介 東京女子大学文理学部心理学科卒、翻訳家。主な訳書に、ホブ「騎士の息子」「帝王の陰謀」「真実の帰還」、ウィルソン「無限の書」、ビジョルド「スピリット・リング」「チャリオンの影」「影の棲む城」他。

魔術師ペンリック

2018年9月28日 初版
2023年6月9日 3版

著 者 ロイス・マクマスター・ビジョルド
訳 者 鍛《か》 治《じ》 靖《やす》 子《こ》

発行所 (株) 東京創元社
代表者 渋谷健太郎

162-0814/東京都新宿区新小川町1-5
電 話 03・3268・8231-営業部
03・3268・8204-編集部
URL http://www.tsogen.co.jp
工友会印刷・本間製本

ISBN978-4-488-58714-7 C0197

創元推理文庫

全米図書館協会アレックス賞受賞作

THE BOOK OF LOST THINGS◆John Connolly

失われたものたちの本

ジョン・コナリー 田内志文 訳

◆

母親を亡くして孤独に苛《さいな》まれ、本の囁《ささや》きが聞こえるようになった12歳のデイヴィッドは、死んだはずの母の声に導かれて幻の王国に迷い込む。赤ずきんが産んだ人狼、醜い白雪姫、子どもをさらうねじくれ男……。そこはおとぎ話の登場人物たちが蠢《うごめ》く、美しくも残酷な物語の世界だった。元の世界に戻るため、少年は『失われたものたちの本』を探す旅に出る。本にまつわる異世界冒険譚。